HEXEN SEXPARTY

1-6

Roman von
Luna Blanca

Aktuelle Infos zu Autorin, Verlag und Büchern:

www.buchgeil.de
www.luna-blanca.com

Dieses Taschenbuch ist auch als Ebook erhältlich.

Originalausgabe

Erste Auflage Juni 2014

Copyright © 2014 by Ralf Stumpp Verlag,
Spaichinger Strasse 1, 78582 Balgheim
Cover-Design & Photos: Copyright © 2014 by Ralf Stumpp
Lektorat/Korrektorat: Dr. E.

Für aktuelle Daten und Kontakt-Infos siehe obenstehende Web-Adressen.

Dies ist ein Werk der Phantasie. Personen und Handlungen sind frei
erfunden. Etwaige Ähnlichkeiten mit lebenden oder toten Personen
wären rein zufällig und nicht von der Autorin beabsichtigt.
Sexuell handelnde Personen sind volljährig in ihrer Eigenschaft als fiktive Figur.

ISBN 978-3-86441-051-2

INHALT

TEIL 4
Kampf im Folterkeller

TEIL 5
Schwarzmagie und Schwesternblut

TEIL 6
Walpurgisnacht, die Geilheit lacht!

TEIL 1

EINE FEHLT!

1

Das Kreischen der Hexen bei ihrem Anflug auf den Blocksberg klang etwas übergeschnappt, aber heiter. Jedes Mal, wenn eine Neue am sonnenüberfluteten Himmel auftauchte, ertönte das vielstimmige *Hallo!* der bereits Angekommenen. Beim Sinkflug und ganz besonders beim Landen erklangen anerkennendes Zungenschnalzen, fröhliches Pfeifen und übermütiges Kichern.

War eine Hexe schließlich gelandet und von ihrem Besen gesprungen, wurde sie von den anderen herzlich umarmt. Manchmal aber auch nur respektvoll und höflich begrüßt. Das kam ganz darauf an, wie nah man sich stand und wie grün man sich war. Die Hexen waren schon seit Urzeiten eine eingeschworene Gemeinschaft. Selbstverständlich gab es aber auch unter ihnen hin und wieder Streit, Missgunst und sogar langjährige Auseinandersetzungen.

Heute Abend und die ganze Nacht hindurch würden sie alle miteinander schlemmen, Späße treiben und wilden Sex haben. Zu Letzterem fehlten ihnen noch die Männer. Beileibe nicht alle Hexen lebten in Keuschheit oder fühlten sich zum eigenen Geschlecht hingezogen, auch wenn sich diese Vorurteile bisher die ganze Menschheitsgeschichte hindurch hartnäckig gehalten hatten. Einige von ihnen waren sogar ganz ausgebuffte, geifernd hungrige Feinschmeckerinnen der sexuellen Genüsse. Das zeigte sich schon an der Kleidung, in der manche Hexen zur heutigen Walpurgisnacht erschienen waren: Am gefälligsten wirkte die Blumenhexe Florentina, die bereits kichernd palaverte, umringt von einigen Bewunderinnen. Ihre drallen Busen waren von unzähligen Blüten und Rosenkelchen umrankt, allesamt nicht nur frisch gepflückt, sondern mit allerlei Wundermitteln in Farben und Formen noch bunter und fester gemacht. Ihre Brustwarzen waren mit winzigen Orchideenblüten nur knapp bedeckt. Große Teile der Felsplattform des Blocksbergs schienen vom betörenden Blumenduft ihres violett schimmernden Haars eingelullt zu sein.

Ganz anders hingegen, nämlich weitaus schmutziger und ordinärer, gab sich Vulgaera, von allen nur neckisch „Sauhexe" genannt. Mit dicken fettigen Fingern fraß sie von einer mitgebrachten Hammelkeule, während sie sich grunzend und scherzhaft quiekend mit der schwarzen Voodoohexe Olisa unterhielt. Ihre Brüste, die feinporigen riesigen Fleischsäcken glichen, hingen über ihren gigantischen Bauch. Sie wurden mühsam gehalten und bedeckt von einem Konstrukt aus braunem Samt und Wolle. Nur die himmlischen Engel der Schwerkraft mochten wohl wissen, wie lange dieses noch halten würde!

Jene Voodoohexe kam aus einem fernen heißen Land. Dort trieben seltsame und gefährliche Tiere ihr Unwesen. Der Boden war von der unbarmherzigen Sonne ausgedörrt, so dass er überall ein gewaltiges Netz an tiefen Rissen aufwies. Olisa war recht züchtig gekleidet, da eingemummt in ein gelbes Fell mit vielen schwarzen Punkten. Sie war an eine durchweg hohe Temperatur gewöhnt und fror im hiesigen Mittelgebirgsklima, sofern sie sich nicht mit ihrer Kleidung vor der Kälte schützte. Trotz ihres umfangreichen Textils strahlte die Voodoohexe eine geheimnisvolle bezaubernde Erotik aus.

Aquanda, die Wasserhexe, war auch schon da, unübersehbar mit ihren blauen Haaren und dem langen, grüngeschuppten Fischschwanz, den sie anstatt Beinen besaß. Eigentlich war sie eher eine Nixe, hatte aber tiefreichende familiäre Wurzeln zum Bund der Hexen. Ihre Brüste waren eher klein, aber fest und wohlgeformt. Die Brustwarzen waren von dunkelgrünem, trockenem Seetang bedeckt. Wo sie auf ihrem fischigen nackten Unterleib ihre Scheide hatte, wusste niemand. Keine hatte sie je danach gefragt, keine wusste, wie sie den Geschlechtsakt vollzog. Niemals war sie dabei beobachtet worden. Sie pflegte sich in den heißen Phasen der alljährlichen Walpurgisnächte mit dem Mann ihrer Wahl zurückzuziehen und sich mit ihm an einem verborgenen Ort zu vergnügen. Ob es diesmal dazu kommen würde, dass man ihr kleines Geheimnis aufdeckte?

Die Wüstenhexe Asifa, die Sumpfhexe Lacuna, die Gelbhexe Xiannu und Anobella, die seltsam männlich wirkende Anushexe, waren ebenfalls vor kurzem eingetroffen. Sogar die grausig stinkende Aashexe Gäa war schon da. Ihr Gestank hielt sich in diesem Jahr sogar in Grenzen. Hatte sie womöglich gebadet oder sich gar ausgiebig die Zähne geputzt?

Spektakulär für den ganzen Hexenorden würde die Ankunft der gern gesehenen Hexen aus den nordischen Ländern sein; nämlich die der Eishexe Istapp und besonders die der beeindruckenden Weißhexe Druid. Respektvoll erwartet und von manchen argwöhnisch gefürchtet wurde das Eintreffen von Belua, der Satanshexe, die einen Pakt mit dem Gehörnten hatte.

Ja, Männer waren nötig, um heute die lange Nacht der Nächte unvergesslich zu machen in ihrem grenzenlosen Fleischgenuss… Noch ahnten diese nichts von ihrem sexuellen Glück, welches sie bald treffen würde wie der schnelle Pfeil des Jägers das ahnungslose Wild!

Die Männer würden die Hexen im Laufe des Nachmittags aus Sonnhagen entführen, dem Dorf, das unweit des diesjährig ausgewählten Blocksbergs lag. Wobei *unweit* relativ war: Sonnhagen befand sich etwa drei Stunden Fußmarsch entfernt von hier in unmittelbarer Nähe zur Burg des Fürsten Arnulf von Hagen. Für die Hexen war das ein Besenflug von wenig mehr als einer Viertelstunde.

Wie an jedem Nachmittag, der einer Walpurgisnacht voranging, würde es wieder spannend werden, wie mehr oder weniger freiwillig sich die Männer verschleppen ließen. Fast alle waren sie zunächst immer entsetzt, wütend oder eingeschüchtert. Doch das legte sich bald, wenn sie erkannten, dass ihnen keine ernsthafte Gefahr drohte außer totaler sexueller Erschöpfung. Vielen würde es letzten Endes sehr gefallen, von der aufgestachelten Hexenhorde auf die verruchteste Art vernascht zu werden! Einige Hexen sahen ausgesprochen gut aus, und zwar nicht nur die jüngeren. Fast alle von ihnen verstanden es, sich mittels ihrer Zauberkräfte viel schöner zu machen, als sie in Wirklichkeit waren. Selbst die älteste Fuchtel würde angesichts der dunklen Nacht, dem vorteilhaften Licht des warmen Hexenfeuers und vor allem der Macht ihrer Magie attraktiv wirken wie eine Prinzessin in der Blüte ihrer Jugend.

Sicherlich, es gab immer wieder Hexen, die sich einen Spaß daraus machten, die Männer zu erschrecken. Sei es erst kurz vor dem Geschlechtsakt oder schon während des Küssens, Fummelns oder Bumsens. Es war immer wieder erstaunlich, wie unterhaltsam und abwechslungsreich die Zaubertricks waren, die sie draufhatten. Da verwandelten sich beispielsweise glühende und vollbusige Schönheiten plötzlich in vierhundertjährige Mumien oder wiehernde Esel. Damit erschreckten sie die zuvor zu äußerster Geilheit getriebenen Männer bis zum Rande eines Nervenzusammenbruchs.

Überhaupt, die Männer an sich.... Das war schon eine merkwürdige Spezies! Einerseits scheinbar recht einfach gestrickt und oft von geradezu erschütternder und plumper Grobheit. Und dann wieder so unberechenbar sensibel und empfindlich, als wären sie launische Waschweiber in einem muskelbespannten Körper. Jedes Jahr aufs Neue war eine Walpurgisnacht nicht nur eine geballte Ansammlung vergnüglicher Ausschweifungen. Sie war zugleich auch eine interessante Studie des männlichen Verhaltens unter Einwirkung von extremstem Stress, geschickter Manipulation und raffinierter weiblicher Magie.

Keine der Hexen hatte jedoch den leisesten Schimmer einer Ahnung, was bald Ungeheuerliches passieren würde. Weder die Jungen noch die Alten. Die Geschehnisse während der diesjährigen Walpurgisnacht würden sich für gewöhnliche Gottesfürchtige und Angsthasen als überaus empörend erweisen und zugleich durchsetzt sein mit teuflisch gutem Sex! Sie würden für alle mystischen Zeiten zur ewigen Legende werden. Nicht zuletzt auch deshalb, weil sich die Hexen in späteren Zeitaltern immer wieder gerne von der Walpurgisnacht anno 1612 erzählten. Jener schicksalsträchtigen Nacht, als der berüchtigte Hexenverfolger des Spätmittelalters auf den Plan trat. Die Nacht, als die ansonsten friedlichen Festlichkeiten ausarteten in eine bunte Fleisch-Orgie der Wollust und des Wahnwitzes, durchsetzt mit Strafe, Sühne und säuischem Ekel.

Selbst in einer jetzt noch unendlich weit entfernt scheinenden Neuzeit würden sich die Erinnerungen an diese unvergessliche Zaubernacht halten, als ob sie in Stein gemeißelt wären. Und noch weit darüber hinaus bis in eine fantastische Zukunft hinein! Viel später, wenn die Hexen beschließen würden, in einer geheimen Geistwelt abseits der Menschen zu leben, tischte man bei Trinkgelagen mit Kräuterbier, Pilz-Tee und Tollkirschtorte sehr gerne immer wieder von neuem die Erzählungen über diese Walpurgisnacht auf.

Nun aber, als diese Zukunft noch sehr, sehr fern war, befanden sie sich allesamt in der bodenständigen Gegenwart des felsigen Blocksbergs; ausgelassen, etwas albern und voller Vorfreude! Jedenfalls, bis die bedrohlichen Schatten Gestalt annahmen, die bereits am Rande dieses sonnigen Nachmittages lauerten.

Wollen wir unsere Aufmerksamkeit auf eine junge Schönheit richten, die an diesem letzten Tag des Aprils 1612 unruhig von einem Bein aufs andere trat. Ihren Besen noch in der rechten Hand, obwohl sie damit schon vor einer guten Stunde auf dem Berg gelandet war und ihn momentan nicht benötigte, suchte sie mit ihren hübschen dunklen Augen die Reihen der Hexen ab. Deren Anzahl vergrößerte sich, je länger der Tag fort schritt und je mehr von ihnen eintrudelten.

Die junge Hexe hieß Tyna. Ihre sehr langen, sehr hellen Haare standen farblich in starkem Kontrast zu ihren Augen, welche geheimnisvoll schimmerten wie schwarze Rubine aus den Schatztruhen fremder Völker. Das Haar war eigentlich kaum mehr hellblond zu nennen. Es schien fast weiß zu sein, besaß aber doch einen Hauch von zartem Gold, der es in der Sonne blitzen und leuchten ließ wie sprießender Weizen im Sommer.

Sie ist nicht da, dachte Tyna und runzelte sorgenvoll die Stirn. *Sie ist sehr zuverlässig und immer pünktlich. Wir wollten die Ersten sein und uns vor allen anderen hier treffen. Und jetzt ist sie nirgends zu sehen!*

Was sie dabei am meisten sorgte, war ihre Gefühlsschlange im Bauch. So pflegte sie ihren sechsten Sinn zu nennen, der stets in ihr nistete, ähnlich wie ein Bandwurm. Doch anders als dieser, war ihre Gefühlsschlange vielmehr nützlich als schädlich. Sie war natürlich nicht wirklich körperlich vorhanden, sondern eher in Geist und Seele verwurzelt und mit allen ihren Nervenenden verbunden. Am stärksten war sie in der Bauchgegend spürbar. Die Gefühlsschlange wand sich in ihr, warnte, erkannte Seelenzusammenhänge und zog kluge Schlussfolgerungen. Oft schlief sie oder ruhte zumindest. Nun aber war sie hellwach, aufgeregt, in Alarmbereitschaft!

Etwas stimmte hier ganz und gar nicht. Etwas drohte schiefzulaufen. Im fernen Hintergrund, irgendwo dort draußen, braute sich Ungutes zusammen. Diese Walpurgisnacht würde nicht wie alle anderen zuvor sein. Jedenfalls nicht harmlos und ungestört – wenn man das überhaupt von irgendeiner bisherigen Walburga hatte behaupten können… Denn gemeinschaftliche Entführungen, verruchte Zaubereien, Fress-Orgien, Saufgelage, Sex-Exzesse und unzählige Schäferstündchen an allen möglichen und unmöglichen Orten waren eigentlich alles andere als harmlos zu bezeichnen.

Tyna fasste sich mit der linken Hand an ihren Bauch. Dort, wo jetzt tief drinnen ihre Gefühlsschlange nervös umherschlingerte und sie in Unruhe versetzte. Sie blickte auf den Stoff ihres Kleides, der ihren Bauch bedeckte. Das dunkelrote Kleid aus dünnem Leinen fiel locker über ihren schlanken Körper und umschmeichelte ihn zart und anschmiegsam. Der breite weiche Gürtel aus schwarzem Kalbsleder umspannte ihre Taille sanft aber fest. Ihre Füße steckten in knöchelhohen wendegenähten Schuhen aus dunkel gefärbtem Ziegenleder. Sie waren um die Waden zusätzlich mit dünnen Lederschnüren festgewickelt, um während eines Besenflugs auch ganz sicher nicht verloren zu gehen. Schuhe waren aufwändig herzustellen und ziemlich teuer, auch für Hexen. Würde sie sie verlieren, während sie über dichtgewachsenes Unterholz oder hohes Weidegras flöge, wären sie nur schwer wiederzufinden. Obwohl sie als junge Hexe bereits beachtliche magische Kräfte besaß, war sie weder allwissend noch übermächtig. Nicht einmal die älteren Hexen waren das. Jede von ihnen hatte okkulte

Vorlieben, geheimes Spezialwissen und besondere Begabungen, welche manchmal erstaunliche Qualitäten bewiesen. Oft aber kam es vor, dass einer Hexe gerade ganz einfache Dinge wie ein verlorener Schuh in die Quere kamen und sie ratlos und ärgerlich machten.

Wo ist sie? dachte Tyna angestrengt. *Liebe Schlange in meinem Innern, sag mir, wo meine beste Freundin Iris sich befindet!* Sie schloss die Augen und konzentrierte sich auf ihr Bauchgefühl. Keine noch so leise Antwort war zu vernehmen oder zu fühlen. Stattdessen hörte sie weiterhin die Geräuschkulisse der fröhlichen und gackernden Hexen, von denen nun schon Dutzende den Blocksberg bevölkerten.

Wo ist Iris? Ist sie noch in ihrem Haus im Wald? Hat sie sich doch verspätet, dieses eine Mal? Und dann gleich um ganze Stunden?

2

Eine Explosion aus kaltem Nass zerriss die Stille wie ein Donnern und ein blauer Blitz. Sofort wurde es hell. Ihre Augen gaben den Blick frei auf eine graue Decke, die warme gelbe Flecken von Kerzenschein widerspiegelte. Nasses Haar kräuselte sich um Stirn, Ohren und Nacken. Wassertropfen perlten auf ihrer Gesichtshaut ab und liefen über die Wangen.

„Bist du nun wieder wach?" schnarrte eine unangenehm hohe Männerstimme. Es hörte sich an, als kaute jemand während des Sprechens auf einem großen Stück Brot herum.

Sie atmete hörbar ein und hielt den Atem kurz an, während die Gedanken in ihrem klatschnassen Schädel umherzujagen begannen.

Ein Traum?

Nein.

Der Wald.

Männer mit Pferden.

Der Keller. Die Ohnmacht!

Das war es: Sie war bewusstlos gewesen und nun unsanft mit einem Schwall kalten Wassers geweckt worden. Kaum wurde ihr das bewusst, nahmen pochende Schmerzen von den Fingern ihrer linken Hand Besitz. Sie atmete keuchend aus.

Zaghaft versuchte sie die Hand zu heben, um zu sehen, was die Schmerzen verursachte. Ihre Gliedmaßen wollten ihr gehorchen, konnten es aber nicht. Hände und Beine waren gefesselt und fixierten sie auf die harte Unterlage, auf der sie lag. Es mochte eine Pritsche oder eine Bahre aus Holz sein, möglicherweise ein Tisch.

Wer hatte da gesprochen?

Eine hässliche Visage tauchte über ihr auf. Ein wüster grobschlächtiger Kerl mit einem stumpfen unförmigen Gesicht. Es bestand aus einer fast affenartig niedrigen Stirn, wirren erdbraunen Haaren und einer langen fleischigen Nase. Der Mann war von kräftiger Statur, hatte aber einen ungeheuren Buckel, welcher sich hinter seinem Kopf auftürmte. Seine wässrigen grauen Augen musterten sie kalt und abschätzend wie die eines gleichgültigen Metzgers, der ein Stück Fleisch begutachtet. Er trug ein grobes sandfarbenes Sackgewand, das mit einem faserigen Kälberstrick um seinen fetten Wanst festgebunden war.

In den Händen hielt er einen Holzeimer, mit dessen Inhalt er sie gerade begossen hatte. Jetzt warf er den leeren Eimer von sich und rieb sich tatkräftig die großen, ungepflegten Hände.

„Bist du wach?" erklang das Schnarren nochmals, diesmal ungeduldiger und lauter.

Die Stimme gehörte nicht dem Buckligen, den der bewegte seine dünnen Lippen um keinen Deut.

Iris gab ein Geräusch von sich, eine Mischung aus Husten, Krächzen und Räuspern. Das genügte offenbar als Antwort. „Wunderbar!" frohlockte die unsympathische Stimme aus dem Hintergrund. „Dann kann es ja weitergehen mit unserer kleinen Befragung!"

Irgendwo im Raum ertönte ein Kratzen und Schaben wie von seltsamen Insekten oder Nagetieren. Was war das nur?

Inzwischen sah Iris etwas klarer. Die schemenhafte Helligkeit um sie herum war nun etwas abgemildert, erschien dunkler und kontrastreicher. Mehr Details tauchten vor ihrem Gesichtsfeld auf.

Neben dem Buckligen war jetzt eine zweite Gestalt zu sehen. Sie war größer und viel massiger als dieser, außerdem wesentlich vornehmer gekleidet. Es handelte sich wohl um einen Mönch, denn er trug das schwarze Haar zu einer kranzförmigen Tonsur frisiert. Sie wirkte wie eine zu kleine, etwas lächerliche Mütze auf seinem riesigen, teigigen Schädel. Bleiche, schweißglänzende Haut spannte sich über sein aufgequollenes Gesicht. Augen, Mund und Nase sahen darin seltsam verloren aus, erschienen sie doch auffallend klein zu sein im Verhältnis zur Größe des Kopfes. Die Nase war wie der Schnabel eines Raubvogels geformt. Jedoch nicht wie der eines stolzen Adlers, sondern vielmehr wie der eines verkümmerten Bussards. Die Äuglein waren zu Schlitzen zusammengekniffen und blitzten listig unter buschigen dunklen Brauen hervor. Der Mund war zierlich, aber die Lippen dennoch markant wie winzige frische Blutwürstchen und genauso rot. Als der Mann nun wieder zu sprechen begann, war zu sehen, dass sich kein Bissen Nahrung in seinem Mund befand, obwohl es so seltsam klang, als wären seine Backen voller Brot. Währenddessen waren nach einer kurzen Pause wieder die leisen Kratzgeräusche im Raum zu hören.

„Bist du nun endlich bereit, die Wahrheit zu sagen, Unglückselige?" Die Mönchsgestalt trat näher zu ihr, während der Bucklige zurückwich oder von ihr zurückgeschoben wurde, so genau konnte Iris das nicht sehen. Der Kerl war ein riesiger Fleischberg. Unter einer dunkelbraunen Kutte aus feinem, glänzendem Samt zeichneten sich herabhängende Männerbrüste und ein enormer Bauch ab. Böse, vorwurfsvolle Augen funkelten sie von oben herab an, vernichtend aggressiv in ihrer Selbstherrlichkeit und Arroganz.

„Seid ihr... ein Mönch?" brachte Iris hervor. Sie bemühte sich, die stechenden Schmerzen zu ignorieren, die in ihrer linken Hand rumorten. Was hatte sie dort für eine Verletzung? Hatten diese beiden Kreaturen ihr diese zugefügt? Sie versuchte, den Kopf anzuheben und einen Blick auf ihre Hand zu werfen. Kaum sah sie diese, zuckte sie zurück. Die Finger waren blutig und rotgeschwollen, als wären sie gequetscht worden.

„Ein Mönch!" schnaubte der Dicke empört und stemmte seine dicken Arme in die Hüften. „Selbst in deiner misslichen Lage verstehst du dich noch auf Respektlosigkeiten und Provokationen, wie?" Er drehte sich zu dem Buckligen um, der etwas abseits stand und die Szene gleichmütig beobachtete. Als sei er ein Gegenstand, den man vor der nächsten Benutzung beiseite gestellt hatte. „Es ist noch nicht lange her, da habe ich mich ihr vorgestellt. In ihrer schäbigen Baracke im Wald!" knurrte der Dicke. „Und jetzt bezeichnet sie mich schlicht als *Mönch!*"

„E – e – er ist ein A – a – ein A – a!" kauderwelschte der Bucklige plötzlich, wie wenn er sich verpflichtet fühlte, etwas zu sagen. Seine Stimme klang dunkel, kratzig und recht männlich, aber durchaus schwankend und ängstlich. „Ein A – a…"

„Ein Abt bin ich!" zischte der Dicke leise und spürbar genervt von dem Sprachfehler des Buckligen. „Der Abt des Klosters *Aureus Veritas,* höchstpersönlich!" Unter der Kutte, die seinen kurzen, dicken Hals halb bedeckte, blinkte etwas Goldenes: eine schwere Kette aus kostbarem Edelmetall.

Der Specht soll mir ins Hirn hämmern, wenn das nicht ein Kruzifix aus purem Gold ist, welches da an der Kette hängt! dachte Iris mit wachsendem Grimm. *Ein Mann der Kirche ist er also, und auch noch ein Abt… Für einen Geistlichen trägt ja recht weltlichen und protzigen Schmuck! Höflichkeit und Güte scheinen ihm fremd zu sein. Hat ER die Wunde an meiner Hand veranlasst?* Sie versuchte sich an die Ereignisse der letzten Stunden zu erinnern, stocherte dabei aber nur in einem fast undurchdringlichen Nebel herum. Was war nur passiert? Warum war sie in der Gewalt dieser Leute?

Die Antwort hierauf war eigentlich naheliegend, ebenso der Grund für ihre Lage. Sie kannte den Abt zwar nicht, und von seinem Kloster *Aureus Veritas* hatte sie hier und da nur Unbestimmtes gehört, da es mehrere Tagesmärsche entfernt lag. Aber sie wusste, dass ihre Lebensumstände und ihre Berufung sie in Schwierigkeiten gebracht hatten. Zwar war sie noch recht jung, dafür aber schon seit einigen Jahren erfolgreich aktiv als Heilerin und Kräuterkundige. Und als noch weit mehr als das.

Einzelne Bildfragmente irrten durch ihren Geist, der von der Ohnmacht noch etwas verwirrt war. Sie sah ein kleines Haus vor ihrem inneren Auge. Ihr Holzhäuschen im Wald! Da war Hufgeklapper zu hören gewesen, Schritte und ein Gepolter. Ein harsches Klopfen war an diesem Morgen erklungen, als sie noch mit starken Kopfschmerzen im Halbschlaf gelegen hatte. Beinahe war ihr das Klopfen erschienen wie Hammerschläge, die gegen ihren Schädel knallten. Nur sehr widerwillig war sie nach unten zur Haustür gewankt und hatte geöffnet, arglos und nichts Böses ahnend. Männer hatten sich vor der Tür in Stellung gebracht, einige davon hoch zu Ross und schwer bewaffnet. Da war auch eine Kutsche mit zwei vorgespannten Pferden gewesen…

Dieser Abt hier hatte in der Kutsche gesessen, an das erinnerte sie sich nun genau. Auch sein Name fiel ihr ein. Er war ihr als *Oswald Crudelis* vorgestellt worden. Und er war auch kein gewöhnlicher Abt.

Er war einer der bekanntesten und gefährlichsten Inquisitoren des Landes und womöglich weit darüber hinaus! Ein unnachgiebiger, scharfsinniger Hexenjäger im Dienste der Kirche und des Papstes in Rom. Sein eifriges Ansinnen war es, jede Frau aufzuspüren, die auch nur den leisesten Verdacht erweckte, eine Hexe zu sein. Er schnüffelte und fahndete nach diesen Frauen, ging jeder noch so leichtfertigen Verunglimpfung nach und unterzog sie seinen ganz speziellen „Verhören". Unter Bauern, Kaufleuten und sogar Rittern war bekannt, dass Oswald Crudelis sich für nahezu unfehlbar hielt, da so gut wie jede der von ihm Verhörten schließlich einknickte. Die eine früher, die andere später, alle von seiner Folter gepeinigt und halb verrückt vor Angst, Scham und Verzweiflung. Ausnahmslos alle gestanden sie letzten Endes ihre „Schuld".

Die Schuld, eine Hexe zu sein. Die schwere Sünde, im Dienste höherer, finsterer Mächte zu stehen, die im Verborgenen wirkten, unabhängig und weit abseits vom hellen Glanz der Kirche. Dabei standen Hexen nicht unbedingt im Dienste finsterer Mächte, sondern hatten häufig ein geradezu göttliches, heilsames Ansinnen zum Wohle der Menschen!

Iris bemühte sich, die Mosaiksteine ihrer bruchstückhaften Erinnerung langsam wieder zusammenzufügen. Sie war am Morgen ohne Umschweife verhaftet und zur Burg geschafft worden. Zur Burg des Fürsten Arnulf von Hagen, in deren Schatten das Dorf Sonnhagen lag, unweit des Tannenwaldes, in dem ihre Hütte stand.

Sie konnte nun die Einzelheiten des Raumes um sie herum deutlich wahrnehmen. Auf langen, schmucklosen Tischen standen unheilvoll wirkende Gerätschaften aus Eisen. Zwei lange Ketten waren mit schweren Eisenbeschlägen an der Decke befestigt und hingen auf den Boden herab. Trübes Licht kam spärlich durch ein Fenster von weit oben. Es war lang, aber sehr schmal. Vergittert war es nicht; das war auch nicht nötig. Selbst eine Katze hätte Schwierigkeiten gehabt, sich durch den schmalen Lichtschlitz hinaus nach draußen zu winden. Auf der anderen Seite des Raumes war eine Tür in die unförmige, feuchte Steinwand eingelassen. Sie war mit einem ellenlangen Riegel verschlossen. Wuchtige Eichenbretter wurden von geschmiedeten Eisennägeln zusammengehalten, augenscheinlich gebaut für die Ewigkeit. Einige gelbe Bienenwachskerzen steckten auf Metallhaltern an den Wänden und erzeugten zusätzliches, unruhig flackerndes Licht. Zweifellos ein übler Folterkeller!

Die Quelle der Schab- und Kratzgeräusche war nun auch erkennbar. Unweit der soliden Türe stand ein schmales Pult, hinter dem ein recht klug aussehender Mann mit Papier und einem Tintenfass saß. Er kritzelte mit einem Federkiel auf einem Blatt herum. Offenbar ein Schreiber, der damit beauftragt war, während des Verhörs ein Protokoll zu führen.

Iris starrte an die Decke. War dieser Raum hier extra für den Inquisitor eingerichtet worden? Oder hatte er schon vor dessen Treiben existiert und bereits anderen zweifelhaften Gestalten für ihre ruchlosen Taten gedient? Jedenfalls hatten diese fleckige Steindecke wahrscheinlich schon etliche, wenn nicht gar unzählige glücklose Menschen gesehen. Bestimmt waren auch viele von ihnen beim Anblick dieser trostlosen grauen Decke gestorben. Vielleicht sogar unter grauenvollen Schmerzen unvorstellbaren Ausmaßes! Ohne Aussicht darauf, den blauen Himmel jemals wiederzusehen, jedenfalls nicht in diesem Leben.

Drohte ihr selbst das gleiche Schicksal? Würde sie die stille Schönheit und den würzigen Duft des geliebten, friedvollen Waldes nie mehr genießen dürfen?

Und gerade heute war dieses Unglück über sie hereingebrochen! An diesem wichtigsten Tag des Jahres, vielmehr der bedeutendsten Nacht für die Angehörigen ihres geheimen Ordens… Iris schloss die Augen. Sie wünschte sich nichts weiter als Dunkelheit, Ruhe, Frieden.

Schmerzen spürte sie nicht nur in ihrer Hand, sondern auch im Unterleib. Dort machte sich auch warme Feuchtigkeit bemerkbar. Blut.

Ihre Monatsblutung! Ihre weibliche Achillesferse. Die einzige Sache, die eine Hexe wirklich schwächen konnte und es auch unnachgiebig tat, Monat für Monat, sich unbeirrt jeder Magie widersetzend.

DESHALB konnten sie mich erwischen! Deshalb war ich unvorbereitet, schutzlos und ohne meinen Zauber! fluchte sie in sich hinein, erbittert vor Frust und nüchterner Erkenntnis. *Wären sie nur ein paar Tage früher oder später gekommen, dann hätte ich mich verborgen, ihnen die Sinne vernebelt oder ihre Pferde im Galopp mit ihnen durchgehen lassen!*

Jetzt war es zu spät für sämtliches Wenn und Aber. Ihre Blutung hatte sie in den Fängen, und mit ihr nahm eine tiefgreifende Hilflosigkeit von ihr Besitz. Viel schlimmer noch: Sie war im Moment ihrer größten Schwäche ausgerechnet in die Hände des grausamen Hexenjägers Oswald Crudelis geraten!

Ihr ganzes junges Leben lang hatte alles ganz normal funktioniert. Und jetzt passierte *das*, gerade am heutigen Tage der kommenden Walpurgisnacht! Iris hatte, wie alle Hexen im jüngeren Alter, eine fast schon gelangweilte Routine darin entwickelt, die immer wiederkehrenden Tage ihrer Monatsblutungen in äußerster Vorsicht und Unscheinbarkeit zu verbringen. Wohl wissend, dass jeder schwerwiegende Fehler in diesen Tagen der fast vollständigen Magielosigkeit sie teuer zu stehen kommen konnte. Ihr Fehler war es gewesen, zu glauben, dass das Eintreten ihrer Blutung kurz vor Beginn der Walpurgisnacht bedeutungslos sei. Stand doch das Treffen mit ihren vielen Schwestern aus aller Herren Länder unmittelbar bevor und würde ihr Kraft durch die Macht der Gemeinschaft verleihen…

Falsch gedacht! Mochten sich die ersten Hexen auf dem Blocksberg womöglich schon eingefunden haben – sie selbst war jetzt hier und ihres Zaubers beraubt. Wie sollte sie während ihrer machtlosen Tage die nötige geistige Schwingung erlangen, um andere Hexen per Gedankenaustausch um Hilfe zu rufen?

Iris roch stinkenden, sauren Atem. Sie verspürte einen Lufthauch wie aus einer kalten, unwirtlichen Höhle, in der ein dreckiger Bär haust. Sie öffnete die Augen und schrak zurück vor dem großen bleichen Gesicht des Inquisitors Oswald Crudelis, das kaum eine Handspanne vor dem ihren verharrte. Seine grausamen und boshaften Schweinsaugen taxierten sie abschätzend.

„Wer bin ich?" fragte er gefährlich leise. Im Hintergrund kratzte und quietschte die Feder des Schreibers, der wohl fleißig alles mitschrieb, was gesprochen wurde.

Iris blickte ihren Peiniger an. Sie bemühte sich, ihren Abscheu vor seinem schlechten Ruf, seinem garstigen Benehmen und seinem widerwärtigen Aussehen zu verbergen.

„Ihr seid der Abt und Großinquisitor der heiligen Kirche, Oswald Crudelis", sagte sie matt.

Entzückt und umschmeichelt von wahnhaft egozentrischem Stolz sah er auf die Gefesselte herab. Dann fuhr er sich eitel durch seine unförmige Mönchstonsur und streichelte sein Haar.

„Das bin ich, Weib!" bestätigte er. „Du hast heute die einmalige Chance, deine verruchten Schandtaten vor mir persönlich zu beichten und damit deine Seele zu retten! Ist das nicht wundervoll? Ich werde dir vergeben und dir sogar einen Ablassbrief ausstellen, ohne dass es dich auch nur eine einzige Münze kosten wird!"

Es wird mich das Leben kosten! dachte Iris beklommen.

„Ich werde dir, als ein Stellvertreter Gottes auf Erden, deine Sünden vergeben. Sofern du sie nur vollständig beichtest und bereust!" erklärte Oswald Crudelis feierlich, als verkünde er eine besonders gute Nachricht, für die er eigentlich unterwürfigen Dank erwartete. „Das Verhör muss gar nicht lange dauern, wenn du nur vernünftig bist, schwarzhaarige Teufelin!" Bei den letzten Worten begann seine Stimme zu zittern. Ein unaufmerksamer Beobachter hätte das für Furcht gehalten. Tatsächlich aber war es sexuelle Erregung, gepaart mit der Vorfreude auf das perverse Verhör.

Crudelis wusste, dass seine ganz spezielle Befragung bis tief in die Nacht hinein dauern würde. Schon allein deshalb, weil ihm dabei immer noch mehr Einzelheiten und Fragen einfallen würden, um die Anklage mit einer Fülle von entsetzlichen Sünden größter Bandbreite anreichern zu können. Der Schreiber bekäme viel zu tun.

Es bereitete dem Inquisitor unsägliches Vergnügen, ein sündhaftes und widerborstiges Weibsbild zu unterjochen. Natürlich alles im Dienste seiner uneigennützigen, geistlichen Pflicht!

„Nur keine Sorge!" säuselte er, und seine Stimme schnarrte jetzt nicht hoch und misstönend, sondern sie kroch in Iris' Ohren wie widerlicher Schleim. „Ich werde deine Sünden aufdecken. Und dann werde ich dich *reinwaschen* davon!"

„Warum? Weil ihr ein *Waschlappen* seid?" entfuhr es Iris, und sie wollte sich fast im selben Augenblick mahnend auf die Zunge beißen. Es war unklug, den Kerl herauszufordern. Immerhin bestand die Möglichkeit, dass sie sich aus ihrer Lage irgendwie würde befreien können. Und sei es nur, indem sie lange genug am Leben blieb, um ihre magischen Kräfte wiederzuerlangen. Zwar hatte die Monatsblutung erst gestern angefangen. Doch vielleicht war das Schicksal barmherzig und stoppte die Blutung vorzeitig, damit ihr Zauber sich wieder entfalten konnte?

„Waschlappen", hauchte Oswald Crudelis ungläubig, als hätte er nicht recht gehört. „*So* nennst du mich, ja?" Er wurde vor Wut noch bleicher, als er ohnehin schon war. Seine Backen zitterten, und er verkrampfte die Hände vor seiner Brust. Er hatte kurze, dicke Wurstfinger, die genauso unansehnlich waren wie der Rest von ihm. Trotzdem beneidete Iris ihn um die Unversehrtheit seiner linken Hand. Die ihre brannte wie Feuer, lag blutend und verletzt neben ihr auf der Pritsche und bedurfte dringender Behandlung.

Crudelis drehte sich kurz um und rief mit vor Zorn bebender Stimme über seine runde Schulter hinweg: „Diese Beleidigung brauchst du nicht für die Nachwelt festhalten, Schreiber!" Dann wandte er sich wieder seinem Opfer zu.

Er holte blitzschnell mit der rechten Hand aus. Ein Knall ertönte wie von einer speckigen Peitsche, die auf menschliche Haut trifft. Iris' Kopf flog zur Seite. Auf ihrer Wange erblühte eine heiße, rote Blume der Schmerzen. Harte Wurstfinger bohrten sich in ihren Hals, bereit, zuzudrücken und zu würgen.

Ein verlegenes Räuspern ertönte. „Wo – wo – wollt ihr wirklich... Ich m – meine, eure sau – sau – sauberen H – Hä – Hände schmu – schmutzig machen?" fragte der Bucklige aus dem Hintergrund.

Der Inquisitor besann sich und nahm seine Finger vom Hals der jungen Frau. „Natürlich nicht!" sagte er und nestelte an seiner edlen, dunkelbraunen Kutte. Er bemühte sich, seinen schneller gewordenen Atem unter Kontrolle zu bekommen. „Ich werde mir die Hände an diesem Biest aus dem Wald nicht schmutzig machen! Das ist deine Aufgabe, Foltermeister!" Er klatschte in die Hände.

Iris senkte ihren Blick nach unten, um ihre gebundenen Hände zu betrachten. Die Fesseln bestanden aus dünnen, aber starken Hanfseilen, die beinahe unzerstörbar wirkten. Beiläufig sah sie auf den Schritt des Abtes, wo etwas Merkwürdiges vor sich ging. Ein Zelt war aus dem feinen Samtstoff der Kutte hervorgewachsen. Nicht sehr beeindruckend zwar, aber unübersehbar verursacht von einer nur allzu natürlichen, männlichen Zeltstange!

Es erregt ihn, mir Gewalt anzutun! Iris ließ alle Hoffnung fahren, sich aus der Sache herausreden zu können. Mit bloßen Worten zumindest würde sie in diesem Keller nichts Vorteilhaftes für sich bewirken. Im Gegenteil! Ihr loses Mundwerk, welches sie stets nur sehr schwer unter Kontrolle hatte, sorgte dafür, dass ihre Lage immer explosiver wurde! Ihr musste eine tatkräftige Lösung einfallen, und zwar sehr rasch.

Bevor das brutale Schwein ihr ernsthaftes Leid zufügen konnte!

Drei Hexen tauchten in einer dreieckförmigen Formation am Himmel auf. Sie schienen zunächst mitten durch eine weiße Wolke zu fliegen. Man sah ganz weit oben, verschwommen in der Luft, ihre dunklen Umrisse. Die Besen wirkten aus der Entfernung klein wie Zahnstocher. Dann sausten sie zu dritt erdwärts.

Im Näherkommen sahen die anderen Hexen, dass es sich um Eminentia, Kali-Hagzissa und Suprema handelte.

„Wie haben die auf dem Weg hierher zusammengefunden?" fragte sich die Sauhexe Vulgaera laut und kratzte sich ratlos am Vierfachkinn, während sie die elegante Landung der drei anerkennend beobachtete. „Die kommen doch aus völlig entgegengesetzten Ländern?"

Eminentia hatte als erste wieder festen Boden unter ihren Füßen. Sie war eine Lichthexe und damit eine überaus hellsichtige Seherin. Die Zukunft war für sie wie ein bereits geschriebenes Buch, in das sie hier und da Blicke werfen konnte und dabei anstrebte, es bald vollständig lesen zu können. Sie war eine grandiose Könnerin der weißmagischen Künste und stammte aus den tiefsten Wäldern Germaniens. Ihr Antlitz war wie das eines uralten, gütigen Engels. Ihre Haut war milchig weiß und schimmerte fast durchsichtig. Das hellblau glänzende Haar trug sie zu einem dicken, runden Knoten geflochten, der auf ihrem länglichen Schädel thronte. Gekleidet war sie in weiße Tücher, die auf komplizierte Weise zusammengebunden und mit ebenso weißen Kordeln verflochten waren.

Ihr vollkommenes Gegenstück war Kali-Hagzissa, die fast völlig schwarz aussah bis auf ihre dunkelrot gefärbte Haut und das Weiß ihrer Augäpfel. An ihrer Nase prangte ein großer, goldglänzender Ring mit kunstvollen Verzierungen. Ansonsten hatte alles die Farbe von Holzkohle: Die langen, fast bis zum Boden reichenden Haare, der Sari aus reiner Seide und die Sandalen, die sie an ihren roten Füßen trug. Ganz anders als Eminentia war sie nicht auf einem Strohbesen mit Eichenholzstiel geflogen, sondern auf einem schwarzgestrichenen Bambusrohr, an dessen Ende ein Bündel Reisig befestigt war. Kali-Hagzissa war eine glühende Anhängerin der weiblichen Göttin Kali ihres geheimnisvollen Landes. Das exotische Reich, dem sie entstammte, war von einer Vielzahl von Menschen bevölkert, außerdem von gigantischen plumpen Tieren mit Rüsseln und anderen Kuriositäten. Am Abend jeder Walpurgisnacht wusste Kali-Hagzissa viel Spannendes zu erzählen. Sprachliche Hürden gab es dabei kaum, obwohl die Hexen unterschiedlicher kaum sein konnten und aus den verschiedensten Winkeln der Erde stammten. Ihnen allen gemein waren gute Kenntnisse in *Tabalusz-Wro*, jener okkulten Sprache, in der sich nicht nur Hexen weltweit verständigen konnten. *Tabalusz-*

Wro wurde auch von Vampiren, allerlei Geistwesen und Dämonen verstanden. Diese Sprache war sogar im Jenseits bekannt, weswegen man durch sie sogar mit den Toten aus der Schattenwelt Kontakt aufnehmen konnte.

Kali-Hagzissa gehörte zu den Hexen, deren Weg zur Feier der Walburga am weitesten war. Wie allen anderen war auch ihr diese Nacht und das Treffen mit ihren Schwestern hochheilig, weswegen sie keine Mühen scheute, dem alljährlichen Treiben beizuwohnen. Zu der Reise hierher war sie schon vor zwei Monden aufgebrochen. Genauso lange würde später ihr Rückflug sein, unterbrochen von vielen kleinen Pausen und Zwischenstationen. Doch das ganze Leben war ihrer Ansicht nach eine einzige Reise, und das lange, aufregende Leben einer Hexe ganz besonders. So störte sie das Vagabundieren in keiner Weise. Zusammen mit ihrem schwarzen Bambusbesen hatte sie schon viele Länder überflogen und bereist.

Der Besen von Suprema hingegen bestand aus einem langen, dünnen Friedhofskreuz mit längst verblichener Beschriftung. Am unteren Ende des Kreuzes war ein dichtes, großes Büschel gelbgrünen Farns verwachsen, welches das Friedhofskreuz wie die Karikatur eines Besens aussehen ließ.

Suprema war die Todeshexe im Bunde. Sie wurde von vielen Hexen achtsam bewundert und von einigen stets furchtsam beäugt. Als Herrin über das Reich der Toten verlegte sie ihren Wohnort von einem Kirchhof zum anderen. Sie schlief in frischen, noch leeren Gräbern oder regengeschützt in Grüften reicher Verstorbener, zu denen sie sich Zugang verschaffte. Wie fast alle Hexen verfügte sie über die Fähigkeit, bei Bedarf mit ihrer nahen Umgebung optisch zu verschmelzen und sich damit mit einer äußerst guten Tarnung weitgehend unsichtbar zu machen. Deshalb gelang ihr das Nächtigen auf Friedhöfen gut und meist unbemerkt von Gärtnern und Totengräbern. Freilich gab es darüber hinaus allerlei magische Hilfsmittel, die eine Hexentarnung bei Bedarf noch perfekter machen konnten.

Es war ein offenes Geheimnis, dass Suprema starke Verbindungen zum Vampirismus hatte und etliche ranghohe Mitglieder der weitverzweigten Familien der Vampire persönlich kannte. Böse Zungen behaupteten manchmal, meist unter Einfluss von zu viel Kräuterwein oder einer besonders kräftigen Pilzsuppe, Suprema wäre gar selbst ein Vampir. Doch dem war nicht so. Weder litt sie unter Blutdurst noch hatte sie eine Allergie gegen Sonnenlicht und Kruzifixe. Zumal sie ja sogar ihr geliebtes Friedhofskreuz als Reitbesen benutzte! Nadelspitze Reißzähne, ähnlich denen eines Vampires, besaß sie nicht. Allerdings hatte sie eine lange Reihe ungewöhnlich kräftiger Zähne, die als gefährliche Waffe einsetzbar und denen eines Vampirs ebenbürtig waren.

Als die drei Nachzüglerinnen die umherstehenden Hexen fröhlich begrüßt und sich nach dem langen Flug ausgiebig gereckt und gestreckt hatten, sahen sie sich nach ihrer Hexenmeisterin um.

Die steinerne Vanda war längst da. Wie immer hatte sie niemand kommen gehört oder gesehen. Es war, als wäre sie plötzlich erschienen wie ein Sandsturm, den man zunächst nur als laues Lüftchen wahrnimmt und erst wirklich bemerkt, wenn er allgegenwärtig ist. Still und starr wie eine Statue verharrte Vanda auf der felsigen

Anhöhe des Blocksbergs inmitten der Hexenschar. Sehr mager, krumm, schief und unendlich alt und verhutzelt, war sie dennoch ihrer aller unangefochtene Anführerin. Ohne zu sprechen, ohne jemanden anzusehen und ohne sich zu bewegen, schaffte sie es binnen weniger Augenblicke, sämtliche Hexen zum Schweigen zu bringen. Kein Flüstern und kein Raunen waren mehr zu hören, als schließlich ausnahmslos jede Hexe Vanda bemerkt hatte. Fasziniert und auch etwas neidisch mussten die Hexen ihrer Meisterin mal wieder zugestehen, dass sie es geschafft hatte, sich wie jedes Jahr zur Walpurgisnacht auf rätselhafte Weise in ihre Mitte zu schleichen.

Es war nicht klar, welche der Hexen das Loblied auf die steinerne Vanda zuerst anstimmte. Es wurde immer gesungen, wenn die Anführerin zum ersten Mal seit längerer Zeit wieder auf der Bildfläche erschienen war. Ohne zu zögern stimmten alle Hexen in das Lied mit ein. Sie sangen ihr Loblied auf die steinerne Vanda mal recht oder mal schlecht, mal betörend schön oder auch garstig brummend, immer aber begeistert, voller Inbrunst und erfüllt von aufrichtiger, bedingungsloser Liebe:

„Steinhexe Vanda, heilig dein Name!
Steinhexe Vanda, eilige Dame!
Steinhexe Vanda, grell wie der Blitz!
Steinhexe Vanda, schnell schwillt dein Schlitz!

Steinhexe Vanda, dein Reich ist schon hier!
Steinhexe Vanda, trink gleich Kräuterbier!
Steinhexe Vanda, dein Wille Gesetz!
Steinhexe Vanda, so chille doch jetzt!

Steinhexe Vanda, vom Schwanze verwöhnt!
Steinhexe Vanda, von Pflanze bedröhnt!
Steinhexe Vanda, sä´ ewig breit Samen
Steinhexe Vanda, in Ewigkeit, Amen!"

Als schließlich kein Laut mehr zu hören war, nicht mal ein Atmen, seufzte Vanda. Ihr steinalter, eingefallener Brustkorb hob und senkte sich unter dem riesigen, grauen Wolltuch, in das sie ihren Leib gehüllt hatte.

Bewundernd musterten die Hexen die Älteste unter ihnen. Vanda hatte den Vollmond in ihrem Leben schon viele tausend Male auf- und untergehen sehen und die Sonne noch sehr viel öfter. Ihr Gesicht, umhüllt von einer weiten, wollenen Kapuze, hatte unzählige

Furchen und Falten, welche selbst das kleinste Fleckchen ihrer wettergegerbten, ledernen Haut durchzogen. Das Gesicht wirkte so hohlwangig und eingefallen, dass sich darunter die Formen ihres Schädels deutlich abzeichneten. Ihre blauen Augen waren wässerig trüb und lagen tief in den Höhlen. Ihre Hände waren klauenartig, die Finger dünn und mit Hornhaut überzogen. Die Nägel standen lang und gelb von den Fingerkuppen ab. Ihre Busen erinnerten mehr an ausgetrocknete, zusammengerollte Ziegenhäute als an die Brüste einer Frau. Damit sie nicht beim Gehen darüber stolperte, hatte sie sie kurzerhand über die Schultern nach hinten geworfen, wo sie wie ein kleiner Rucksack an ihr herabhingen. Das war sehr praktisch: Beim Schlafen und Ruhen dienten sie als Nackenkissen.

Dann sprach Vanda, und ihre Stimme klang genauso, wie sie selbst aussah. Es war, als spräche ein tausend Jahre alter Baum mit Stimmbändern aus wurmstichigem, fauligem Holz: „Sind wir vollzählig?"

„Ja!" bestätigten mehrere Hexen.

„Ja!" echoten mit kurzer Verzögerung einige weitere. Dann setzten noch andere an, um die Frage zu bejahen. Doch sie wurden von einer dunklen, festen Stimme übertönt.

„Wir sind nicht vollzählig! Eine fehlt!"

Alle Hexen drehten sich in die Richtung, aus der der Ruf gekommen war. Eminentia die Lichthexe stand da, ihren Strohbesen mit dem kerzengeraden, glatten Eichenholzstiel neben sich auf den Boden gestemmt, und sah freundlich aber bestimmt in die Runde.

„Eine fehlt, und zwar eine von den jungen Schwestern!" erklärte sie. „Um welche es sich handelt, ist mir noch nicht ganz klar. Ihr Name fällt mir gleich ein…" Sie bekam glasige Augen und starrte ins Leere, da ihr hellsichtiger Geist in ihrem Innern nach der Antwort suchte.

„*Iris* ist es! Sie fehlt, und ich weiß nicht, wo sie ist!" rief ein junges Ding, das am Rande der Menge stand. Alle Augen richteten sich auf die Hexe, die es gewagt hatte, Eminentia zu unterbrechen. Sie stand da in ihrem dunkelroten Kleid aus Leinen, das von einem schwarzen Ledergürtel straff an ihren schlanken, anmutigen Körper gepresst wurde. Das hellblonde, fast weiße Haar hing ihr bis über den wohlgeformten Po hinab. Ihr Gesicht war außergewöhnlich hübsch: schlank und zierlich, aber weiblich rund und puppenhaft weich, mit großen, dunklen Augen, vollen Lippen und wohlproportionierter, kleiner Nase. Eigentlich sah das arme junge Hexchen eher anmutig als bedrohlich oder respekteinflößend aus, weswegen gerade die älteren Hexen feixten oder leicht herablassend ihre recht großen und krummen Nasen rümpften.

Vanda richtete ohne Umschweife direkt das Wort an sie: „Wer ist Iris, Kleine? Und wer bist du?"

„Ich bin Tyna", antwortete die junge Hexe. „Iris ist meine beste Freundin. Sie lebt im Tannenwald, ganz hier in der Nähe, unweit des Dorfes Sonnhagen. Wir hatten ausgemacht, uns hier auf dem Blocksberg als eine der ersten zu treffen, vor allen anderen."

„So, so." Die steinerne Vanda nickte bedächtig. „Die Jugend mal wieder. Noch keine hundert Jahre alt, und immer die Ersten sein wollen! Ungeduld, gekreuzt mit

Naseweisheit!" Ein vereinzeltes Lachen ertönte aus der Gruppe der Hexen, verstummte aber sogleich wieder.

„Sie ist nicht gekommen!" bekräftigte Tyna sorgenvoll. „Iris ist immer pünktlich. Es ist ihr Lebensprinzip. Seit ich mit ihr befreundet bin, war sie noch nicht ein einziges Mal unzuverlässig."

„Ich kenne nicht alle euch Hexen mit all euren Einzelheiten", sagte Vanda. „Helfe mir mal ein bisschen auf die Sprünge, kleine Tyna. Immerhin bin ich schon reichlich alt, und Alter ist Gift fürs Gedächtnis, selbst für ein so durchtriebenes Weibsbild wie ich es bin. Was macht diese Iris im Tannenwald? Warum glaubst du, ist sie noch nicht da? Du weißt…" Sie runzelte die Stirn, was angesichts ihrer zahllosen Falten kaum noch sichtbar war. „Du weißt, wir haben heute große Pläne! Die Festvorbereitungen, die Entführungen der Männer, der Zaubertrank, das Essen…"

„Iris ist eine Kräuterhexe, aber noch nicht so erfahren. Etwa so jung wie ich. Wir beide haben die Hexenweihe zur selben Zeit bekommen. Erinnerst du dich noch daran, Vanda? Es war zu der Zeit, als wir für den Blocksberg der damaligen Walpurgisnacht einen hohen Felsen am Meer ausgewählt hatten! In dem Land mit den vielen Kakteen. Es mag jetzt schon zwei Dutzend Monde her sein."

Langsam und nachdenklich nickte Vanda. „Ja, ich glaube, ich erinnere mich", bestätigte sie gütig. „Das ist aber schon lange her! Na, so ganz blutjung bist du demzufolge dann aber auch nicht mehr, junge Maid!"

Tyna nickte hastig und etwas eingeschüchtert. Sie fuhr fort: „Eben weil wir für die diesjährige Walburga diesen Blocksberg hier ausgesucht hatten, hat sich Iris ganz besonders gefreut. Denn er liegt in ihrem Wirkungsbereich, in der Nähe ihres Waldes und ihres Hauses."

„Ich verstehe", sagte Wanda grüblerisch und mit knorriger Grabesruhe. „Gerade weil Iris sich darüber freut, dass die Walpurgisnacht mit all ihren Schwestern in der unmittelbaren Nähe ihres Zuhauses stattfindet, wäre sie heute auf jeden Fall pünktlich zur Stelle gewesen. Aus reiner Vorfreude und aus Respekt vor dem seltenen Ereignis…"

Tyna nickte.

„Jedoch ist ihr vermutlich etwas sehr Wichtiges dazwischen gekommen." Vanda zupfte sich an einer Warze am Kinn, die dieses vermutlich schon seit weit über tausend Jahren verunzierte. „Da sie eine Kräuterhexe ist, muss sie vielleicht einfach einen Notfall behandeln? Vielleicht hat ein Kind von giftigen Beeren genascht? Oder ein alter Bauer leidet unter Schwindelanfällen und lahmem Blut und benötigt einen Aderlass?"

„In dem Fall hätte Iris mir eine Nachricht geschickt", wandte Tyna ein. „Sie hat einige Raben, die sie schon mehrmals mit Botschaften auf Papier zu mir geschickt hat, auch über sehr weite Strecken."

„Damit beschäftigt ihr jungen Hexchen euch also? Nun denn." Vanda wiegte ihren zerbrechlich wirkenden Kopf hin und her. Die weite Kapuze wankte und gab einige hauchdünne Strähnen weißen Haares frei. „Da kein Rabe mit einer Botschaft eingetroffen ist und du nicht weißt, wo sie sich befindet, werden wir einfach nachschauen. Das ist das Naheliegende. Du kennst vermutlich ihren genauen Wohnort im Wald?"

Tyna bejahte es.

„Dann fliege mit zwei anderen Hexen hin und hole sie! Sorge dafür, dass wir bald vollzählig sind. Heute Nacht sollen neben dem ganzen Spaß auch unsere magischen Beschwörungsrituale nicht zu kurz kommen. Für diese ist es vorteilhaft, wenn wir alle ohne Ausnahme vereint und mit Herz und Geist eng verbunden sind! Keine Sorgen über fehlende Schwestern sollen unser Herz trüben."

Tyna gehorchte gerne und eilig. Rasch fanden sich zwei Hexen, die sie begleiten wollten. Es handelte sich um die gutmütige und hilfsbereite Sauhexe Vulgaera und um Hallu-Ulla, die Rauschhexe. Hallu-Ulla hatte aufgrund des übermäßigen Genusses von allerlei Beerenbier, Tränken und Pilzgerichten öfters Halluzinationen. Sie war eine vielgeübte Meisterin in der Kunst des gepflegten Berauschens. Passend dazu war ihr Besen ein originelles Gerät von doppeltem Nutzen. Zum einen war er so etwas wie eine Wasserpfeife, denn der hohle, dünne Holzstiel hatte ein Mundstück am oberen Ende. Er mündete unten in einem bauchigen, kleinen Holzgefäß, welches einen zusätzlichen Ausgang mit dem Chillum für eine Rauchmischung hatte. Zum anderen war es auch ein Haarbesen: Unterhalb des Gefäßes war ein dichtes, starkes Bündel schwarzer Pferdehaare zusammengebunden. Dieses wurde so gut wie nie zum Wischen benutzt, diente aber bei Landungen auf hartem Boden als weicher Stoßdämpfer für das Holzgefäß.

Tyna, Vulgaera und Hallu-Ulla hockten sich auf ihre Besen, nahmen etwas Anlauf und erhoben sich in die Lüfte. Immer höher stiegen sie hinauf. Der Wind fing leise an zu rauschen. Während es langsam um sie herum kühler wurde, je höher es ging, sahen sie weit unter sich die Hexen, die sich daran machten, weitere Vorbereitungen für die heißeste Walpurgisnacht aller Zeiten zu treffen.

4

„Bist du das, Jan?" Gertruds Schritte wurden langsamer, als sie die Gestalt ängstlich zu erkennen versuchte. Es handelte sich um einen Mann, hochgewachsen und breitschultrig. Er trug halblanges Haar und hatte die Nachmittagssonne schräg hinter sich im Rücken, weswegen er sehr dunkel erschien.

Der Mann hob beide Arme und bog sie seitwärts nach oben. Seine Finger formte er zu gebogenen Hörnern. „Ich bin der Leibhaftige!" knurrte er und wankte auf sie zu.

Gertrud stockte das Herz in ihrer Brust. Sie blieb wie angewurzelt stehen. Endlich aber erkannte sie ihn und lächelte erleichtert. „Jan, du Untier! Mich so zu erschrecken… Hast du mir aufgelauert?"

„Ich lauere dir jeden Tag auf!" antwortete Jan verschmitzt und bewegte sich noch näher auf sie zu. „Merkst du das denn nicht, schöne Magd?"

Schmeichler! dachte Gertrud, doch freute sie sich über seine Worte und hoffte, dass sie voll und ganz ehrlich gemeint waren.

Mehr Licht fiel nun auf den jungen Mann, und was es erhellte, war überaus gut anzusehen. Jan war der Sohn eines wohlhabenden Großbauern. Er trug neben einer groben, dunkelgrünen Stoffhose eine Weste aus schwarzem Kuhleder und ein dünnes, weißes Leinenhemd. Sein Gesicht war männlich herb und kantig, mit großem, vorstehendem Kinn, strahlend braunen Augen voll warmer Herzlichkeit und dunkelblondem, lockigem Haar, das ihm bis zu den Schultern reichte.

Wie süß und drall sie doch ist! stellte er fest, während er dicht vor ihr stehenblieb und zufrieden bemerkte, dass sie nicht schüchtern zurückwich. In der Tat, Gertrud war eine attraktive Magd. Nicht allzu schlank, sondern recht kurvenreich. Diese Kurven betonten ihre üppige Weiblichkeit auf betörende Weise. Unter ihrem halblangen, schlichten Kleid aus grauer Wolle zeichneten sich ihre Brüste sehr deutlich ab. Groß, fest und wohlgeformt verhießen sie zugleich aufregende Abenteuer und warme Geborgenheit. Ihr Gesicht war rund und von gesunder, kräftiger Farbe. Himmlisch blaue Augen schienen wie Elfenlichter unter ihren kastanienfarbigen Brauen hervor. Ihr brünettes Haar trug sie zu einem langen, breiten Zopf gebunden, der bis zu ihrer Hüfte herabbaumelte. Auf ihrem Rücken hing ein fein geflochtener Korb. Er war leer.

„Im Ernst!" beteuerte Jan. „Ich bin dir nachgestiegen. Nicht nur aus Zuneigung und Neugierde. Auch, weil es sich für ein hilfloses, hübsches Mägdelein nicht ziert, allein im Wald herumzuirren."

Gertrud stemmte ihre ärmellosen Arme in die Hüften und verzog die vollen Lippen zu einer gespielt affektierten Schnute. „Ich *irre* nicht im Wald herum!" widersprach sie schnippisch. „Ich suche Beeren für das Fest."

„Für die Kuchen?" fragte Jan.

„Für diese, ja, und auch einfach nur zum Knabbern", bestätigte Gertrud. „Ich muss mich etwas beeilen. Die Kuchen werden schon gebacken. Es wurden zwar schon Beeren gesammelt, aber sie reichen nicht. Ich habe mich bereit erklärt, noch welche zu suchen."

„Sind überhaupt schon Beeren reif? Jetzt, Ende April?"

„Wenige… Die meisten sind noch ziemlich sauer. Aber wir süßen sie mit Honig. Hauptsache, es gibt ein paar schöne rote Früchte zu den Kuchen."

„Sollen wir zusammen hingehen heute Abend?" fragte er und wechselte unvermittelt das Thema.

Sie errötete und wich einen Schritt zurück. „Auf das Fest? Das… das geht doch nicht."

„Warum nicht?"

„Das weißt du doch. Du bist ein Bauer. Dein Vater hat einen großen Hof. Ich bin eine einfache Magd. Wie sieht das denn aus, wenn wir zusammen unterm Maibaum sitzen?"

„Gut sieht das aus!" Er strahlte sie aufmunternd an. „Außerdem werden wir nicht sitzen, sondern tanzen!"

„Mit dir in den Mai tanzen?" Gertrud errötete noch mehr. Ihre zarten Bäckchen hatten bereits die Farben reifer Himbeeren angenommen. Sie schwieg jetzt, doch war ihr anzumerken, dass sie der Idee, die er da so forsch geäußert hatte, durchaus nicht abgeneigt war. Es bedurfte nur einer geschickten männlichen Überzeugungstaktik.

„Schau", sagte er und legte sanft seine große, herbe Hand auf ihren rechten Oberarm. Sie zuckte etwas zusammen, aber sie ließ die Hand da, wo sie war, und machte keinen Versuch, sie abzuschütteln. „Schau, wir haben doch schon einmal miteinander getanzt! Letztes Jahr im Herbst, am Erntedankfest."

„Das war etwas anderes", entgegnete sie. „Es war reiner Übermut. Alle im Dorf waren angetrunken vom Wein und Most. Es hat sich spontan ergeben. Keiner hat sich etwas dabei gedacht oder es ernst genommen."

„Das hätten sie aber besser. Glaubst du nicht, dass ich es ernst mit dir meine? Den ganzen langen Winter über habe ich nur an dich gedacht!" Er sah sie offen und mit entwaffnender Herzlichkeit an.

„Ich bin eine Magd", wiederholte sie steif.

„Die Musik habe ich schon von dir gehört", antwortete er und zwinkerte sie an. „Dass du eine Magd bist, passt doch wunderbar! Du weißt, was Arbeit ist, kennst die Landwirtschaft und wohnst schon lange in Sonnhagen. Ich habe dich schon schön gefunden, als ich noch ein kleiner Junge war und du ein kleines Mädchen!"

Gertrud trat verlegen von einem Bein aufs andere. Jan führte langsam seine andere Hand auf ihren linken Oberarm, so dass er sie nun mit beiden Händen berührte. Was für schmale Schultern sie doch hatte für eine so rundlich gebaute, starke, junge Frau! In ihm wuchs sein Beschützerinstinkt in ungeahnte Höhen. Sein Begehren meldete sich. Er spürte ein wohliges Kribbeln im Bauch und bekam einen trockenen Mund.

„Was sagen deine Eltern dazu, wenn du zum Tanz in den Mai mit der Magd vom Nachbarhof auftauchst?" wollte sie zweifelnd wissen.

„Nicht mit irgendeiner Magd", berichtigte er sie. „Mit *dir*, Gertrud! Was sollen sie schon sagen? Ich bin ihr einziger Sohn, seit mein Bruder am Bluthusten gestorben ist. Meine beiden Schwestern werden den Hof später bestimmt nicht alleine führen wollen."

„Was ist mit der Lena?" fragte sie misstrauisch. Sie erinnerte sich nur allzu gut an die kesse junge Bäuerin, die Jan schon früher nachgestellt hatte. Sie war zwar ein gutes Jahr älter als er, aber recht hübsch. Außerdem hatte sie sehr wohlhabende Eltern. Ihr Vater besaß einen der größten Bauernhöfe in Sonnhagen. Zu allem Übel aber war Lena sehr schlank. Mit langen, schmalen Beinen, Wespentaille und hohlwangigem, zierlichem Gesicht war sie der Traum vieler Bauernsöhne in Sonnhagen und Umgebung.

„Was soll mit ihr schon sein? Sie passt nicht zu mir, ist herrschsüchtig und viel zu besitzergreifend. Eine Frau mit gutem Herz und angenehmem Wesen ist mir viel lieber als eine reiche angehende Hof-Erbin." Jans Worte hinterließen bei Gertrud einen tiefen Eindruck von Aufrichtigkeit und waren nachvollziehbar. Die junge Magd war drauf und dran zu glauben, dass die Sache mit dem gutaussehenden Kerl etwas werden könnte. Vielleicht schon heute, am letzten Apriltag? Und in der Nacht zum ersten Mai?

Ausschlaggebend für die folgende Umarmung war der helle Schrei eines Kauzes oder eines anderen gefiederten Waldbewohners. Der Schrei war weder erschreckend laut noch bedrohlich, bot aber einen willkommenen Grund für Gertrud, in die Arme des kräftigen Mannes zu schlüpfen.

Jan empfing sie und umschloss ihren weichen, fülligen Oberkörper mit zärtlicher Kraft. Er machte die Augen zu und sog die Luft tief ein, roch ihren einzigartigen Duft nach frischgewaschenen Haaren, Blumen, Körpercreme und etwas süßlichem Schweiß.

Gertruds Nase genoss die ungewohnt männlichen Ausdünstungen, die sie so plötzlich umgaben. Sie wünschte sich, dass dieser Augenblick lange andauern möge, am besten bis zum heutigen Abend, an dem das Maifest begänne. Und *ja*, sie wollte nichts sehnlicher als mit Jan unterm Maibaum zu tanzen! Alle sollten es sehen, und sie sollten entweder fröhlich mitfeiern oder sich hämisch das Maul zerreißen. Ganz egal! Was einzig und allein zählte, war die Möglichkeit, dass es mit Jan klappen könnte, allen gesellschaftlichen Hürden und Anstandsregeln zum Trotz. Vielleicht keimte gerade jetzt eine große, beständige Liebe, die bald feste Wurzeln schlüge?

Eines führte zum anderen. Kurze Augenblicke später küssten sie sich. Zaghaft zunächst und etwas unbeholfen, dann immer leidenschaftlicher und wilder werdend. Jan grub die Hände in das brünette Haar ihres Hinterkopfes. Seinen Mund auf den Gertruds gepresst, wanderte seine Zunge in ihr herum und umtanzte die ihre, welche ebenfalls vorwärtsstieß und ihn wohlig schmeckte.

Als sie sich nun eng umschlungen aneinander festhielten, spürte sie etwas Hartes an ihrem Bauch. Zweifellos konnte es nur *das eine* sein: der emporgereckte, vorwitzige Schwanz, bis aufs Äußerste gereizt und angeregt, bereit, endlich und zum ersten Mal von ihr Besitz zu ergreifen!

Sie stöhnte leise und etwas verzweifelt, sowohl aus Erregung als auch aus dem Bewusstsein heraus, dass sie nicht mehr wirklich Herrin ihrer Lage war. Und doch wusste sie, dass trotz aller aufwühlender Gefühle und der tiefen Zuneigung, die sie für ihn empfand, eines nicht passieren durfte…

„Ich will dich! Jetzt!" keuchte Jan. Seine Hände wanderten fiebrig über den grauen Wollstoff, der ihre Schulterblätter bedeckte. Sie fanden den Weg auf ihrem Rücken nach unten, wo sie sich an ihrem niedlichen Hüftspeck festhielten.

„Nein!" flüsterte sie mit aufgerissenen Augen. „Nein, Jan! Das darf nicht sein – noch nicht! Wir sind…"

Er verschloss ihre Lippen mit einem innigen, unendlich zärtlichen Kuss. Seine Hände senkten sich auf ihre Pobacken hinab und begannen, sie mit zarten, kreisenden Bewegungen zu liebkosen.

„Ich will dich nicht einfach nur bocken!" beteuerte er. Sein jungenhaft unschuldiges Gesicht ließ sie über seine etwas unflätige Ausdrucksweise hinwegsehen. „Ich will mit dir zusammen sein… für immer!"

Versprechungen und Ankündigungen, die Männer im Zustand ihrer Erregung machten, waren mit Vorsicht zu genießen, soviel wusste Gertrud spätestens seit ihren vielen Gesprächen mit älteren, erfahreneren Frauen. *Männer sind wie Hunde!* hatte die alte Josefine immer verkündet, wenn Gertrud bei ihr gesessen und mit ihr Kartoffeln geschält oder Hühner gerupft hatte. *Im Fressen, Bellen und in ihrem Imponiergehabe sind sie ganz groß. Aber wenn es ernsthaft zur Sache und um eine gemeinsame Zukunft geht, ziehen sie den Schwanz ein!*

Das waren natürlich grob gesagte und gewagte Übertreibungen einer etwas verbitterten alten Frau gewesen. Jedoch hatten sie damals in Gertrud den Samen einer gesunden Vorsicht gesät, was den Glauben an voreilige Versprechungen und Beteuerungen anging. Mit ihren gerade mal neunzehn Jahren war Gertrud noch Jungfrau. Sie hatte nicht vor, diesen Status wegen eines übereifrigen und ungeduldigen Lümmels zu verlieren.

Da war nur die Tatsache, dass Jan nicht irgendein dahergelaufener Bursche war, sondern schon seit etlichen Monden der Held ihrer Träume. *Wer weiß, ob er heute Nacht nicht bei einer anderen schwach wird, wenn ich ihn jetzt abweise?* bangte sie. *Was, wenn er in Lenas Fänge gerät, angetrunken und voller unbefriedigter Gelüste?*

„Jan! Es ist noch zu früh!" stieß Gertrud hervor. Ihr Atem ging schneller als ein Mühlrad in einem reißenden Fluss. „Es geht jetzt nicht!"

„Du willst es doch auch!" entlarvte er sie und tastete fahrig nach ihr. Sein erhitzter Unterleib rieb sich an dem ihren. Sein großgewachsener pulsierender Kolben schabte ihren Bauch entlang, in Zaum gehalten nur vom dünnen Stoff seiner Hose. „Lass mich dich kosten, liebste Gertrud, nur ein kleines bisschen! Gib mir etwas zu naschen, damit ich deinen Geschmack auf meiner Zunge bewahre, bis wir endlich richtig zusammen kommen!"

Gertrud wand sich zwischen seinen fordernden und doch so liebevoll streichelnden Händen. Sie war gefangen in einem irritierenden Wechselbad der Gefühle.

„Die Beeren", sagte sie etwas konfus und presste ihre Hände an seine Brust, um ihn etwas auf Distanz zu halten. Dabei fühlte sie nur noch mehr Begehren in sich selbst hochsteigen, denn seine Brust erschien ihr über alle Maßen stark und männlich.

„Lass doch die Beeren!" flüsterte er. Sein Atem war heiß und gepresst. „Ob ein paar mehr oder weniger in den Kuchen sind, merkt doch keiner. Die schönsten und süßesten Beeren hast du ja ohnehin schon, und die gibst du bitte keinem… außer mir!" Er strich mit seinen Händen über ihre Brüste und versuchte ihre Brustwarzen zu ertasten. Das war nicht schwer, denn sie hatten sich längst versteift und zeichneten sich im erregten Zustand unter der dünnen Wolle ihres Kleides ab.

Gertrud quiekte leise. Mehr aus Vergnügen und Übermut anstatt aus Erschrockenheit und Empörung, wie sie sich selbst etwas schuldbewusst eingestand. Durch eine katzenhaft elegante Körperdrehung gelang es ihr, sich ihm zu entwinden. Sie raffte den Rock ihres Kleides hoch, obwohl dieses nur halblang war, und rannte los.

Verblüfft sah Jan ihr einen Moment lang nach, wie sie über den bemoosten Weg davonflitzte. Sogleich spurtete auch er los.

„Na warte, Gertrud, mein freches Mägdelein!" rief er lachend. „Dich kriege ich schon!" Als Antwort kam ein helles, kaum hörbares Kichern, das in ein angestrengtes, lautes Atmen überging.

Die Vögel des Waldes unterbrachen ihr Pfeifkonzert nicht, trotz der merkwürdigen Vorgänge auf dem Waldboden unter ihnen. Vielleicht spürten sie, dass von den beiden umhertollenden jungen Menschen keine Gefahr ausging.

Gertrud verließ den Weg und lief über dichte Grasbüschel. Sie sprang über Farnwirbel und schlug Haken zwischen Tannen und Fichten. Jan folgte ihr. Er wäre zwar problemlos schneller gewesen als sie, doch trug er nur Lederschuhe mit dünner Sohle, die nicht für die Wanderung über Stock und Stein geeignet waren, geschweige denn für ein Querfeldeinrennen im Nadelwald. Es erstaunte ihn, mit welcher Wildheit und Selbstsicherheit Gertrud sich im Gehölz bewegte, so als würde sie hier jeden Winkel kennen. Ihm war klar, dass große Teile dieses weitläufigen Waldes ihr ebenso fremd sein mussten wie ihm selbst, aber zumindest zeigte sie das nicht. Hatte sie denn keine Angst vor Schlangen oder wilden Tieren? Bären waren hier schon lange nicht mehr gesichtet worden, soweit er wusste. Was natürlich nicht hieß, dass es nicht irgendwo welche von ihnen gab! Wölfe allerdings trieben in der Gegend öfters ihr Unwesen. Besonders in harten, kalten Wintern wagten sie sich bis weit in die Dörfer der Menschen hinein. Vor allem nachts, um Schafe, Ziegen oder Hühner zu reißen. Was für eine unerschrockene und schöne Braut Gertrud doch war! Die junge Magd faszinierte Jan immer mehr. Er war überzeugter denn je, dass sie eine sehr verlässliche und bodenständige Ehefrau für ihn werden könnte – und eine womöglich sehr gute Wahl für die Bewirtschaftung seines elterlichen Hofes.

Jan jagte um einen großen Nadelbaum herum und fragte sich dabei, ob sie wohl imstande wäre, ihm zu entwischen, oder ob sie ihre Flucht nur inszenierte, um ihn zu necken. Plötzlich prallte er gegen ihren weichen Leib. Gertrud taumelte nach vorne. Geistesgegenwärtig packte er sie, damit sie nicht stürzte. Beide fingen sich wieder und standen nun keuchend und eng umschlungen mitten im Wald. Jan erkannte nun, was

Gertruds Aufmerksamkeit auf sich gezogen und sie veranlasst hatte, im Laufen innezuhalten.

Vor ihnen erstreckte sich eine kleine Lichtung, auf die schummrige Säulen gelben Sonnenlichts fielen. Auf der Lichtung stand ein schmales, hohes Häuschen aus Holz, zweistöckig und mit einem sehr spitzen Giebeldach. Es wies himmelwärts, fast wie eine hölzerne Nadel. Die Wände des kleinen Hauses waren mit bemoosten und verwitterten Schindeln bedeckt. Moos wuchs auch in weitläufigen Teppichen auf den Dachziegeln, soweit man das erkennen konnte. Vor dem Haus begrenzte ein windschiefer Jägerzaun ein winziges Gärtchen, in dem allerlei Pflanzen wuchsen. Von Wildwuchs konnte allerdings keine Rede sein: Die Büsche, Stauden und Gräser waren in rechteckigen Beeten angeordnet. Hinter dem Haus stand ein Holzschuppen, aus schweren Balken grob zurechtgezimmert. Ein mehrstimmiges, lebhaftes Krächzen ertönte von dort, ohne dass zu sehen war, wer oder was Urheber dieser Laute war. Ansonsten drang vom Haus kein Laut zu ihnen. Keine Lampe brannte drinnen, obwohl es hier auf der Lichtung trotz der Sonnenstrahlen nicht allzu hell war und es in dem Gebäude recht düster sein musste. Nichts regte sich hinter den Gardinen, die sich in den rotgestrichenen, alten Fensterrahmen abzeichneten.

„Seltsam", sagte Jan leise und legte seine Hand um Gertruds füllige Taille. „Hier war ich noch nie. Wohnt hier ein Förster?" Gleichzeitig ahnte er aber, dass dem nicht so war. Denn der Förster von Sonnhagen und sein Wohnort am Rande des Waldes, in Sichtweite des Dorfes, waren ihm wohlbekannt.

„Das muss die Hütte der *Kräuterliese* sein!" hauchte Gertrud nervös. Es war Jan nicht klar, ob ihre Nervosität durch das Zusammensein mit ihm und durch seine Hand um ihre Taille verursacht wurde oder durch die Entdeckung der eigentümlichen, fremden Behausung.

„Welche Kräuterliese?" fragte er verdutzt.

„Na, weißt du davon gar nichts?" antwortete sie. „Sie kam vor ein paar Sommern hierher und arbeitet seitdem als Heilerin und Knochenflickerin. Für ein Kräuterweib sieht sie ziemlich jung aus. Ist wohl kaum über zwanzig Lenze alt. Immerhin hat sie schon einigen Leuten geholfen. Sie versteht sich anscheinend ziemlich gut auf das Zubereiten von Kräutern als Medizin."

„Ich habe sie noch nie gesehen", sagte Jan. „Jedenfalls nicht wissentlich. Wie heißt sie?"

„Ich weiß nicht." Gertrud zuckte die Schultern. „Wir Frauen im Dorf nennen sie nur Kräuterliese. Sie zeigt sich ziemlich selten und bleibt die ganze Zeit im Wald. Eine sehr seltsame Person."

„Wie kriegt sie ihre Lebensmittel? Geht sie auf die Jagd?" wollte Jan wissen.

„Eine Wilderin ist sie nicht. Keiner kann bisher etwas Schlechtes über sie sagen", meinte Gertrud. „Obwohl manche es tun. Allein schon deshalb, weil sie so eigenbrötlerisch lebt. Einer vom Dorf bringt ihr hin und wieder Essen, ich glaube, der alte Hufschmied. Ihm hat sie einmal den Fuß geschient, als er sich in seiner Werkstatt verletzt hatte."

„Wie kommt es, dass ich von dieser Kräuterliese gar nichts mitgekriegt habe?"

„Das frage ich mich allerdings auch. Aber sie lebt sehr unauffällig und tritt kaum in Erscheinung. Ich selbst habe sie weniger als ein halbes Dutzend Mal gesehen. Vielleicht einmal pro Sommer, seit sie hier ist."

„Wie kam sie her? Hat sie das Haus bauen lassen?"

„Dafür ist es doch viel zu alt. Sie war plötzlich da, weit hergereist und ganz allein. Das Haus hat sie gekauft von der Schwester des alten Jägers Hartwig, der hier bis zu seinem Tod gelebt hat." Gertrud sprach nun etwas lauter. Ihr Atem normalisierte sich langsam.

„Schau, die Tür steht auf!" Jan zeigte auf die hölzerne Türe, die ebenfalls rot gestrichen war wie die Fensterrahmen. Die Tür war einen großen Spalt weit geöffnet. „Sie wird zuhause sein! Oder sie ist im Wald unterwegs und kommt gleich wieder."

„Lass uns gehen!" sagte Gertrud. „Die Kräuterliese ist mir unheimlich, obgleich sie nicht viel älter sein kann als ich. Sie hat mit eigenartigen Dingen zu tun. Manche sagen, da ist Hexerei im Spiel! Der Büttel von Sonnhagen hat deswegen schon mit Leuten aus der Burg zusammengesessen. Es war die Rede davon, dass man der Kräuterliese einmal genauer auf die Finger schauen sollte, bei allem, was sie so treibt."

„Hm." Jan nickte und wollte schon seinen Blick von dem schmalen Holzhäuschen abwenden, da hörte er beunruhigende Geräusche. Sie kamen von oberhalb der Lichtung, von den hohen Gipfeln der Tannen.

Gertrud hielt erschrocken inne und lauschte wie Jan dem Prasseln und Rauschen. Beide reckten ihre Hälse und sahen angestrengt und etwas bang zu den Tannenspitzen hinauf.

Langhaarige, dunkle Gestalten glitten Pirouetten drehend durch die Luft. Sie sanken mit wehenden Haaren und flatternden Beinkleidern abwärts, bis sie knapp über dem Grasboden schwebten und schließlich sanft aufsetzten. Es waren Frauen, drei an der Zahl. Sie sahen beinahe aus wie menschliche Wesen. Jedoch umgab sie eine sehr fremde, rätselhafte Aura. Wie wenn sie aus unheimlichen, fernen Ländern kämen oder aus einer mysteriösen Geisterwelt herabstiegen. Im Gras stehend, schwangen sie ihre Beine über die Besen, auf denen sie geflogen waren, und pflanzten diese auf wie Ritter ihre Lanzen.

„Das sind Hexen!" stammelte Gertrud kaum hörbar und heiser vor Angst. Jetzt war sie es, die nach Jan griff. Er spürte ihre krallende Umklammerung an seinem Unterarm. Ihre Hand fühlte sich kühl an, fast kalt, als würde die Furcht in ihr eine Eiseskälte hervorrufen.

Jan schluckte und wusste keine Erwiderung, geschweige denn Worte der Beruhigung. Sehr langsam und fast lautlos, wie er es bei der Jagd nach Wild von seinem Vater gelernt hatte, setzte er sich in Bewegung und zog Gertrud mit sich. Mit nickendem Kopf beschied er ihr, ihm zu folgen. Er bemühte sich, sie nicht sein Gesicht sehen zu lassen, da er glaubte, dass darin seine wie aus dem Nichts geborene, waschechte Angst zu lesen war.

Ihre Schritte wurden schneller. Sie achteten nicht auf knackende Zweige oder knirschende Steine, sondern rannten um ihr Leben. Sie verfolgten sich nicht mehr spielerisch und beschwingt von fröhlichen Liebesgefühlen; jetzt waren sie befeuert durch die nackte Panik, von leibhaftigen Hexen erwischt zu werden!

Noch ahnten sie nicht, dass ihnen beiden heute, an diesem letzten Tag des Aprils, noch einiges bevorstehen würde an übersinnlichen Vorkommnissen, fleischlichen Exzessen und wahnhafter Eifersucht. Eine gemeinsame Zukunft voller trautem Liebesglück schien höchst zweifelhaft und ungewiss.

5

„War da nicht etwas?" Die Rauschhexe Hallu-Ulla legte den Kopf schief und lauschte.

„Was du wieder hörst, meine Gute!" lachte Vulgaera spöttisch. „Hast wohl wieder die Nachwirkung eines kräftigen Rausches in deinem Oberstübchen, wie?"

„Das war keine Halluzination. Ich habe Schritte gehört!" beharrte Hallu-Ulla und ließ ihren forschen Blick über die langen Reihen der Tannen schweifen. Sie strich sich eine ihrer grünbraunen Haarsträhnen aus der Stirn.

„Wahrscheinlich nur ein Fuchs oder ein Reh?" schlug Tyna vor. Sie war ungeduldig und hatte ein mulmiges Gefühl, da sie bereits die halboffene Eingangstüre des Hauses bemerkt hatte. „Lasst uns lieber nach Iris sehen!"

„Nicht so hastig, junge Tyna!" entgegnete Hallu-Ulla. „Du weißt, wir müssen vorsichtig sein, besonders wenn wir uns unter gewöhnlichen Menschen bewegen. Unser Hexenorden lebt von Tarnung und Verschleierung. Wir dürfen uns nicht unbekümmert unter Menschen bewegen!"

„Hier ist wahrscheinlich gar niemand bis auf die Raben im Käfig hinterm Haus!" sagte Tyna. In der Tat war von dort her verhaltenes Gekrächze zu hören. „Ich glaube, du verwechselst manchmal Vorsicht mit Verfolgungswahn."

„Du musst noch viel lernen!" stellte Hallu-Ulla fest. „Du hast noch nicht gesehen, wie Menschen reagieren, wenn sie eine Hexe sehen."

Vulgaera nickte und mischte sich ein: „Zuerst erschrecken sie sich. Dann besinnen sie sich auf ihre Überzahl und Waffen. Sie rotten sich zusammen. Schließlich wird die Hexe gejagt!" Beschwörend nickte sie, so dass ihre dicken Hängebacken wackelten. Unruhig wünschte sie sich etwas zu essen. Ein Hühnerbein, ein Stück Braten oder zumindest einen Apfel, an dem sie zur Beruhigung kauen konnte. Sie rammte ihren Besen, der eigentlich eine Heugabel war, entschlossen in die Erde. Die riesige Gabel blieb im Gras stecken. Hallu-Ulla legte ihren wesentlich empfindlicheren Wasserpfeifen-Besen sorgfältig daneben.

Tyna hingegen behielt ihren Strohbesen in der Hand, während sie zu dritt durch das offene Gartentor des Jägerzaunes auf die Eingangstür zugingen. Das Gras vor dem Haus war plattgetreten. Etliche Abdrücke von Pferdehufen und einer Kutsche hatten sich in die weiche Erde gegraben. Die Hufabdrücke und die Radspuren schienen noch recht frisch zu sein. *Reiter waren hier*, dachte Tyna. *Hoffentlich in guter Absicht!*

Vulgaera schritt voran. Von sehr breiter und mächtiger Gestalt, mit wogenden Fleischmassen und riesigen, schaukelnden Brüsten, stapfte sie ins Haus, wobei sie die halboffene Türe rasch aufstieß. Ein langgezogenes Quietschen wies unüberhörbar darauf hin, dass Iris es mit der Instandhaltung ihrer Unterkunft nicht allzu genau nahm, zumindest was das Ölen der Türscharniere betraf. Wobei die nicht geölten Scharniere auch eine Vorsichtsmaßnahme sein konnten, da sie vor unwillkommenen Eindringlingen warnten.

Tyna war beeindruckt von den kleinen Kräuterbeeten, die den Vorgarten zierten. Sie warf einen letzten Blick zurück auf Schwarzes Bilsenkraut, Stechapfel, Engelstrompete, Hanf, Weißdorn, Fingerhut, Koriander und einige andere Pflanzen, deren Herkunft und Bestimmung sie nicht einzuschätzen vermochte. Dann folgte sie ihren zwei Ordensschwestern in das Hexenhaus.

Bei jedem ihrer Schritte knirschten die alten Dielenbretter im Flur. Es roch nach Staub, Kräutern und Knoblauch. Die Decke war niedrig und bestand ebenfalls aus Holzbrettern. An den Wänden hingen kleine Ölgemälde. Darauf befanden sich Stilleben mit Weintrauben, Sanduhren und Totenköpfen sowie düstere Landschaftsbilder.

„Iris!" rief Tyna halblaut und wiederholte es kurz darauf merklich kräftiger: „Iii-risss!"

Bis auf die Geräusche der Holzbretter und das gedämpfte Krächzen der Raben war nichts zu hören.

„Sie ist nicht da", stellte Vulgaera fest. „Lasst uns mal in der Küche nachschauen." Küchen waren Orte, wo sie sich sehr gerne aufhielt. Sie ging voran und bewegte ihre wogenden Fleischmassen durch die schmale Küchentüre. Ihre ausladenden Hüften schabten am Türrahmen vorbei. Einen Moment lang sah es so aus, als würde sie in der Öffnung steckenbleiben.

Die Küche machte einen gemütlichen Eindruck. Hier roch es stark nach getrockneten Kräutern und Gewürzen. Vor allem lag hier ein penetranter Knoblauchgeruch in der Luft. In einem länglichen Netz aus dünnen Hanfschnüren hingen unzählige der weißen Knollen von einem Küchenregal herab. Dutzende von Einmachgläsern und Tonbehältern mit versiegelten Deckeln waren mit getrockneten Kräutern gefüllt. Sorgfältig waren die Namen der Pflanzen mit Tinte auf hauchdünne Etiketten aus hellem Birkenholz geschrieben. Jedes der Behältnisse verfügte über ein solches Etikett. Sie waren großzügig mit Leim aufgeklebt worden.

„Von Kräutern versteht sie was, die kleine Iris", sagte Vulgaera anerkennend. „Obwohl sie ansonsten noch wenig Erfahrung hat."

In der Küche gab es viel zu sehen, zumindest wenn man Sympathien für die Heilkunde hatte. Allerdings hatten sie keine Zeit zu verlieren. Auf dem Blocksberg liefen inzwischen die Vorbereitungen für die Walpurgisnacht auf Hochtouren, da wollten sie auf der Suche nach Iris nicht herumtrödeln.

Im Waschraum, der neben der Küche lag, hielten sie sich nur kurz auf. Bis auf Waschbrett, Zuber und einen Vorrat an weißen Seifenstücken gab es nichts zu entdecken.

Als sie begannen, die steile Treppe nach oben zu steigen, ächzten und stöhnten die Holzstufen entsetzlich, wie ein übermüdetes, leidgeprüftes Fabelwesen. Tyna war sehr unwohl zumute. Mehr noch als den beiden älteren Hexen stand ihr die Sorge und Beunruhigung über die Abwesenheit ihrer besten Freundin deutlich ins Gesicht geschrieben. Sie ging voran, gefolgt von Hallu-Ulla. Zuletzt machte sich Vulgaera an die Besteigung der Treppe, wurde aber von Hallu-Ulla zurückgehalten.

„Bleib unten!" rief sie Vulgaera und streckte ihr den flachen Handteller entgegen, wie um sie zurückzuschieben. „Geh nicht mit nach oben!"

„Warum?" meinte Vulgaera stirnrunzelnd und griff nach dem Treppengeländer, das aus einfachen, aber angenehm glatt geschliffenen Holzplanken bestand.

„Du bist zu schwer!" sagte die Rauschhexe schlicht. „Hörst du nicht, wie die arme Treppe Zeter und Mordio schreit? Was, wenn sie unter unseren Füßen zusammenbricht? Wir würden uns verletzen, und dazu noch das Haus von Iris beschädigen!"

Vulgaera verschränkte beleidigt ihre baumstammdicken Arme vor ihrer gigantischen Brust. „Die böse alte *Sauhexe* wieder mal, nicht wahr?" murrte sie und zog einen Flunsch. „Wie immer, wenn es was zu kritisieren gibt. Zu schwer hier, zu fett da, zu verfressen dort! Ich kann es nicht mehr hören und fordere ein Recht darauf, zu tun, was immer auch ihr tut!"

„Dann fang an abzuspecken, und wiege ausschließlich das, was wir auf die Waage bringen, und nicht das vier- bis sechsfache davon!" fertigte Hallu-Ulla sie ab. „Du bleibst da unten, Dicke! Das würde uns gerade noch fehlen, dass die ganze Treppe unter uns zusammenkracht… Geh durch die Hintertür und schau dich mal hinterm Haus um." Sie wollte nach oben zu Tyna blicken, aber die war schon in einem der Zimmer des ersten Stockes verschwunden. Hallu-Ulla setzte ihren Aufstieg fort, während die Sauhexe Vulgaera sich auf die Suche nach der Hintertür machte, die zum Schuppen führte.

Tyna stand im Schlafzimmer ihrer abwesenden Hexenfreundin. Das Bett war nicht gemacht und sah aus, als hätte Iris bis vor kurzem noch darin geschlafen. Die große, mit Gänsefedern gefüllte Leinendecke lag halb auf dem Boden, halb auf der Strohmatratze. So als wäre Iris rasch aufgestanden.

Haben Besucher an die Tür geklopft und sie aus dem Bett gescheucht? dachte Tyna. *Berittene Besucher? Waren sie es, die die Hufabdrücke vor dem Haus hinterlassen haben?*

Sie hörte ein Knarren von Lederschuhen, die auf Bodenbretter trafen, als Hallu-Ulla hinter ihr ins Zimmer trat. Ohne sich umzudrehen sagte Tyna: „Ich glaube, Iris finden wir hier nicht. Sie ist weg, verschwunden."

Hallu-Ulla ging gemächlich im Zimmer umher und prägte sich die Einzelheiten ein: Die leere Waschschüssel, ein Regal mit alten, handschriftlichen Büchern, von denen viele in Leder und manche in Holz gebunden waren, eine Truhe für die Bettwäsche und mehrere Kerzenhalter an den Wänden. Auf einem Tischchen neben dem Bett stand eine erkaltete Öllampe mit schwarzverbranntem Docht.

Außerhalb des Hauses ertönte ein mehrstimmiges, lautes Krächzen, aufgebracht und wütend. Dazu erklang Vulgaeras gedämpfte Stimme: „Nun habt euch nicht so, ihr schwarzgefiederten unmusikalischen Schreihälse!" Hallu-Ulla sah Tyna kurz an und verdrehte die Augen. Es war ein ironischer Ausdruck des Genervt-Seins, sah aber gruselig aus. Für einen Moment war nur das Weiße ihrer Augäpfel zu sehen.

Was sie wohl mit diesen Augen schon alles erblickt hat? fragte sich Tyna bei dem Anblick. *Das meiste davon waren bisher wohl die Lichtblicke und auch Abgründe verzerrter Phantasiewelten, hervorgerufen und unterfüttert durch Starkbier, Kräuterweine, Räucherwerk, Essenzen, Pilzsuppen und zu Tee aufgebrühtem Pulver!*

Im selben Moment durchfuhr sie eine schreckliche Vision; wie eine polternde, schwarze Kutsche, die über einen irrsinnig schmalen Weg am Rande eines Abgrundes entlangrast. Einher ging das flackernde Bild in ihrem Geist mit der Angst, wahnsinnig zu werden. Sie sah mit den Augen von Iris. Ihre beste Freundin lag gefesselt in einem dunklen Kellerverließ, umgeben von grässlichen Gerätschaften aus Eisen sowie Männern, die ihr Böses antun wollten. Unheilvolles war zu hören, zu riechen und zu fühlen. Glücklicherweise aber waren das Bild und die lebhaften Sinneswahrnehmungen in ihrem Innern schnell wieder fort, aufgelöst in den unendlichen Weiten ihrer Gedankengänge.

„Was hast du?" fragte Hallu-Ulla teilnahmevoll, als sie Tynas nach wie vor sehr hübsches, aber nun aschfahles Gesicht wahrnahm. Von sehr hellem, glänzend blondem Haar umrankt, waren die dunklen, rubinartigen Augen darin schreckgeweitet. Die Rauschhexe sah in die Richtung, in die Tynas entsetzte Augen blickten, aber dort war nur die nackte, wurmstichige Holzwand zu sehen.

„Was ist los?" hakte Hallu-Ulla nach. Sie rüttelte vorsichtig an der linken Schulter der jungen Hexe, wie wenn diese aus zerbrechlichem Porzellan sei.

Tynas Mund stand offen. Sie bleckte ihre Lippen und schloss ihn, bevor sie ihn wieder öffnete, um zu murmeln: „Ich… ich habe sie gesehen."

„Iris?" Hallu-Ulla verengte ihre Augen zu Schlitzen und konzentrierte sich. War sie etwa nicht die einzige, die hin und wieder Halluzinationen hatte?

„Sie ist in Gefahr!" brachte Tyna heraus und führte beide Hände vors Gesicht. Wie umwölkt von unendlicher Müdigkeit oder Scham, vergrub sie ihr Antlitz in ihre Handteller. „Sie wird gefangen gehalten!"

„Unsinn!" wiegelte Hallu-Ulla ab. „Eine Hexe nimmt niemand so leicht gefangen! Wir haben einen sechsten Sinn, hochsensible Vorahnungen. Unsere Aura wirkt wie ein übersinnlicher Sensor. Wir erfassen die Vorgänge in unserem näheren Umkreis sehr genau, oft sogar zeitlich etwas in die Zukunft versetzt. Und wenn es hart auf hart kommt, können wir auf eine ganze Reihe magischer Tricks und machtvoller Zaubereien zurückgreifen."

„Es ist passiert!" sagte Tyna düster. „Ich weiß nicht, *wie* es passiert ist. Aber Iris ist in den Händen von Leuten, die ihr Übles wollen. Ich habe ihre Stimme gehört, habe gesehen, was sie sieht, mit ihren Augen! Nur für die Zeit eines Wimpernaufschlags… Aber das hat genügt. Sie ist in einem dunklen Kellerraum, der nur von Kerzen und einem schmalen Fensterschlitz erhellt wird. Grobe Männer mit bösen Absichten sind bei ihr. Sie ist gefesselt. Überall stehen Apparate herum. Eiserne Dinge, die ihr Angst machen. Dinge, die schon vielen Frauen zuvor furchtbare Schmerzen zugefügt haben!"

„Und da heißt es immer, ich als Rauschhexe hätte nicht mehr alle Tauben im Dachstübchen!" meinte Hallu-Ulla skeptisch. In Wahrheit aber nahm sie Tynas

Eingebung sehr ernst. Wie oft hatte sie selbst schon derlei Bilder in Wachträumen vor sich gesehen – freilich meist unter weniger dramatischen Umständen – und war von anderen Hexen nur müde belächelt worden? Sie schüttelte den Kopf und schnalzte mit der Zunge. Nicht weil sie Tynas Vision bezweifelte, sondern weil sie mitgenommen war von der Verstörtheit der jungen Hexe, die anscheinend wirklich ein beunruhigendes Bild vor Augen gehabt hatte. Während sie den Kopf schüttelte, fiel ihr Blick auf einen Fleck, der die Strohmatratze verunzierte.

Der Fleck war dunkelrot, fast bräunlich. Trockenes Blut?

Gemächlich und lautlos, fast schwebend, glitt Hallu-Ulla auf das ungemachte Bett zu. Sie wollte Tyna in ihrem kritischen Geisteszustand nicht durch zu laute Geräusche noch weiter erschrecken. Aufmerksam betrachtete sie den Fleck auf der Matratze. Kein Zweifel, es handelte sich um Blut.

Ein Blutfleck in der Mitte der Matratze. War er entstanden durch eine Verletzung? Oder…

Noch bevor sie Tyna auf den Fleck aufmerksam machen konnte, sah diese ihn selber, da ihr der forschende Blick der Rauschhexe in Richtung der Matratze nicht entgangen war.

„Ihr Blut!" begriff Tyna. „Iris… war schwach! Deshalb…" Sie sank vor dem Bett auf die Knie und beäugte den Fleck aus nächster Nähe. „Deshalb haben sie sie gekriegt!"

„Du meinst, wegen einer… Monatsblutung?" Hallu-Ulla war perplex. An so etwas hatte sie nicht gedacht. Bei ihr war diese lange Phase des Lebens vorbei. Seit über hundert Sommern hatte sie keine Monatsblutung mehr gehabt. Natürlich wusste sie um die schweren Einschränkungen, mit denen jüngere Hexen fertigwerden mussten, die ihre regelmäßige Blutung hatten. Schließlich hatte sie diese auch selbst lange Zeit erdulden müssen. Zweifellos war es für eine Hexe höchst gefährlich, sich in den Tagen ihrer Monatsblutung unter Menschen zu begeben oder sich gar auf Scharmützel und Kämpfe einzulassen. Während einer solchen Zeit war die magische Kraft und Hellsichtigkeit einer Hexe kaum größer als die einer gewöhnlichen Frau.

„Wir müssen sie retten!" Tyna umklammerte mit beiden Händen ihren Besen, wie wenn sie im nächsten Augenblick schon davonfliegen wolle, um ihren Worten Taten folgen zu lassen. „Sie ist in einem Verlies oder in einem Gefängnisturm! Oder im Keller eines Stadthauses!"

„Warte, warte!" beschwichtigte Hallu-Ulla sie. „Selbst *wenn* das so sein sollte… Du kannst da nicht alleine hin! Wir müssen zum Blocksberg zurück und Vanda um Rat fragen!"

„Bis dahin verlieren wir kostbare Zeit!" Tyna stampfte mit einem Fuß auf. „Lass sie uns suchen! Jetzt, sofort!"

„Seid ihr bald fertig da oben?" ertönte von draußen Vulgaeras breite, gedehnte Stimme. Sie hörte sich an, als hätte sie etwas zu Essen gefunden und kaute nun darauf herum. „Ich habe die Raben gefüttert. Waren ganz schön hungrig, die Viecher! Da liegt ein Sack mit Körnern rum, neben dem Käfig. Und in der Küche war noch wunderbares Weißbrot, noch fast frisch. Und Käse…"

„Wir kommen gleich!" rief Hallu-Ulla unwirsch in Richtung des kleinen Fensters. Es war zwar geschlossen, aber Vulgaera schien die Ankündigung dennoch gehört zu haben, denn nach einem freundlichen „Gut!" war sie nicht mehr zu hören.

Die Rauschhexe wandte sich wieder Tyna zu. Diese blickte sie direkt an und rief: „Dann lass uns eben zum Blocksberg fliegen und Hilfe holen!"

Hallu-Ulla nickte. Was hätte sie sonst schon tun sollen? Die Kleine hatte ja Recht.

Eine von ihren Schwestern war schwach und in Gefahr – da war Eile das Gebot der Stunde! Die Zeit bis zur Berichterstattung auf dem Blocksberg würde schnell wie im Flug vergehen.

6

„Die Zeit drängt!" keifte Oswald Crudelis. Er hörte sich an wie ein dickes, unersättliches Kind, das auf ein Spielzeug oder eine Süßigkeit wartet. Dabei ging es jedoch um Leben und Tod, um Folter und Verderben!

Er rieb sich voller Vorfreude und Tatendrang die fetten Finger. Iris sah ihn aus den Augenwinkeln, wie er neben dem Buckligen stand, feist und erwartungsvoll. Wie ein Kapellmeister, der auf den Einsatz seiner Musiker wartet! Vielleicht würden Schmerzensschreie tatsächlich wie Musik in seinen Ohren klingen? Zuzutrauen wäre ihm dieses kranke Verhalten, dessen war Iris sich sicher.

„Die Hexe soll gestehen, was sie schon alles angestellt hat! Vor allem, wo und wie die Hexenbrut, die dort draußen sonst noch überall kreucht und fleucht, heute Nacht sündigen wird!" Crudelis schnaubte ungeduldig. „Die Leute haben den Maibaum längst aufgestellt! Ganz Sonnhagen feiert heute Nacht den Tanz in den Mai. Und irgendwo braut sich ein irrsinniger Kessel aus Unzucht und Unheil zusammen! Satanische Weiber führen wieder Böses im Schilde und sind mit dem Teufel im Bunde! Man munkelt es hier und da schon seit längerem, dass es in unserer Gegend Anzeichen gibt für die Ausübung von Schwarzmagie und gottloser, wüster Machenschaften! Zu allem Überfluss haben wir heute Nacht Walpurgis…" Er bekreuzigte sich rasch und wischte sich den Schweiß von der bleichen Stirn. Einzelne Haarbüschel seiner Mönchstonsur standen ihm fettig nach allen Seiten.

„W – w – wie ge – genau so – so – soll ich sie quälen, Herr?" fragte der Foltermeister. „Die Da – Da – Daumenschrau – au – auben haben nicht recht gewirkt vorhin!"

„Bereite schon mal einiges Werkzeug vor!" befahl Oswald Crudelis. „Zangen, Messer und diese Eisenbirne für den Mund. Du weißt schon, jene, die die ganzen Zähne und den Kiefer von innen heraus zermalmen kann!" Bei den Worten konnte er es nicht lassen, sich an den Schritt zu fassen, wo das inzwischen zusammengeschrumpfte Zelt sich wieder aufzurichten begann.

„Mit Verlaub, ihr seid völlig krank im Geiste!" entfuhr es Iris. Sie starrte an die steinerne Decke und fragte sich dabei, mit welchem Gefühl sie bald schon dieselbe Decke vor Augen haben würde. Aufgelöst in einem Strudel furchtbarer Schmerzen würde sie wohl sein, während ihr eigenes Blut ihren sich krümmenden Leib einnässte. Es würde sich nicht um die harmlosen paar Tropfen einer Monatsblutung handeln – sondern um Blut in einer großen, äußerst ungesunden Menge! Sie ertappte sich bei dem abgrundtief traurigen Gedanken daran, wie lange es wohl dauern mochte, bis der Tod sie von ihrer Pein erlöste.

„Ich bin krank im Geiste, so?" presste Crudelis hervor und trat auf sie zu, nicht ohne zuvor in Richtung des Schreiber zu blaffen: „Diese Unverschämtheit wird nicht auf Papier festgehalten!"

„Wie viele unschuldige Frauen habt ihr bereits auf dem Gewissen?" fragte Iris unbeirrt und hob ihren Kopf. „Was habt ihr den Frauen alles angetan mit eurem irren Verstand? Unter dem Deckmantel einer an sich wunderbaren Religion lebt ihr eure perversen Gelüste aus! Glaubt ihr, ich habe nicht gesehen, wie euer krummer Schwengel sich aufzurichten versucht hat unter eurer Mönchskutte?"

Eine Hand traf sie hart im Gesicht. Sie ballte sich zur Faust, während Crudelis erneut ausholte. „Ich – bin – Abt! Ich trage keine gewöhnliche *Mönchskutte!*" brüllte er und drosch ihr die Faust auf die Nase. In Iris brandete Schmerz auf wie eine von einem Orkan ausgelöste Flutwelle im Meer. Er setzte noch zweimal nach, aber diese Schläge waren wesentlich schwächer. Einer traf sie nochmals auf die grauenvoll schmerzende Nase, ein anderer knallte gegen ihre Wange. Bitter riechendes Blut füllte ihre Nase und lief ihr über die Lippen. Es schmeckte nach Eisen und Bitterkeit.

„Eine gefesselte Frau schlagen, wie heldenhaft! Schreiber, notiert das alles sorgfältig! Damit die Leute erfahren, was für ein ruhmreicher Held ihr Inquisitor doch ist!" krächzte sie und bereute es sofort. Denn zum einen lief ihr durch das Sprechen das Blut von der Nase in den Mund. Zum anderen begann Crudelis sie mit seinen ekelhaften Wurstfingern zu würgen.

„Miststück!" fluchte er und biss mit seinen kleinen gelben Zähnen auf seine zusammengerollte Zunge. Er stöhnte und japste, während er sich abmühte, ihr die Luftzufuhr zu drosseln. Gerne wäre er auf den Tisch gesprungen, auf den sie gebunden war, und hätte sich auf ihre Brust gehockt, um ihr wirkungsvoller zusetzen zu können. So gelenkig war Crudelis jedoch nicht, und so musste er sich damit begnügen, seiner Wut aus einer für ihn recht unbequemen Position heraus Ausdruck zu verleihen.

„He – Herr, wenn i – ich mir erlau – au – auben darf…" ließ sich der Foltermeister zögernd vernehmen. „Ihr tu – tut meine Arbeit! Das ist nicht erlaubt, wie im Ha – Ha – Handwerk mit den verschiedenen Gi – Gilden."

Crudelis hielt verärgert inne und besann sich dann auf seinen Status als kühler, rationaler Großinquisitor und scharfsinniger Hexenjäger. Es war unangemessen für einen Mann seines Standes, sich derlei Gefühlsregungen hinzugeben.

Schnaufend ließ Crudelis von der jungen Frau ab und nestelte an seiner in Unordnung geratenen Kleidung. Er fasste an die Stelle unter seinem schwammigen Kinn, wo, halb verborgen vom Stoff der Kutte, sein goldenes Kruzifix hing. Während er es nervös und grimmig streichelte, begann es seine besänftigende Wirkung auf ihn zu entfalten. Er seufzte und schloss kurz die Augen, nur, um sie sogleich wieder zu öffnen. Sie glänzten härter und bösartiger wie zuvor, als er herrschte: „Mit deinen ganzen Beleidigungen machst du alles nur noch schlimmer und auswegloser für dich, Hexe! Beantworte mir meine Fragen! Vielleicht bleibt dir dann die eine oder andere Züchtigung erspart!"

Iris sagte nichts. Sie schluckte schwer und schmeckte das Blut ihrer Nasenwunde, das ihre Kehle hinunterkroch wie eine ekelhafte, schleimige Schnecke.

„Wirst du auf alles antworten, was ich dich frage?" knurrte der Inquisitor voller Verachtung und Abscheu.

Iris schwieg. Ihre Nase begann nun schrecklich zu schmerzen. Ob sie wohl gebrochen war? Gerne wäre sie jetzt in ihrer kleinen Kräuterküche gewesen, um sich im Nu einige passende Heilkräuter auszusuchen, die sie in die Nasenlöcher stopfen konnte.

„A – a – antworte dem Herrn I – I – Inqui – Qui – Ki…" schnauzte der Foltermeister, doch sein Befehl mündete in einem heillosen Gestammel. Er hatte sich einen sprachlichen Strick gedreht, in dem er sich nun in einer schier endlosen Aneinanderreihung von Vokalen wand.

„Schon gut!" winkte Oswald Crudelis mürrisch ab und beschied dem Buckligen durch eine harsche Geste, besser den Mund zu halten.

„Du wirst antworten!" versprach er mit einem grausamen Grinsen und beugte sich über Iris. „Kleine, widerwärtige Hexe mit tückischen Fuchsaugen und schwarzem Haar, welches glänzt wie der Pelz einer Ratte! Du wirst noch darum *betteln*, antworten zu dürfen, wenn wir dich erst richtig in der Mangel haben!"

Iris drehte den Kopf mit ihrer bluttriefenden Nase weg von dem sadistischen Abt. Sie konzentrierte sich auf die kümmerlichen Reste ihrer magischen Kraft, die die schwächende Monatsblutung ihr vielleicht gelassen haben mochte.

Plötzlich durchfuhr sie ein Bild. Stark, intensiv und sehr lebendig, wenn auch nur für einen einzigen Augenblick. Sie sah ihr eigenes Schlafzimmer vor sich. Ihre beste Freundin Tyna befand sich darin, zusammen mit einer anderen Hexe. Diese war nur sehr verschwommen erkennbar und nicht zu identifizieren. Zweifellos aber standen beide vor ihrem Bett, welches sie am heutigen Morgen wegen des lauten Hämmerns an der Tür so unverhofft verlassen hatte.

Wurde sie bereits von ihren Schwestern gesucht? Konnte sie gar mit baldiger Hilfe rechnen?

Iris wagte es kaum zu hoffen. Sie presste die Augenlider zusammen und versuchte, ihre verbliebenen geistigen Kräfte zu bündeln. Hilflos bemühte sie sich, abermals eine innere Verbindung zu Tyna aufzunehmen – falls das Aufflackern der Schlafzimmer-Szene in ihrem Geiste überhaupt eine solche gewesen war und nicht bloß ein verzweifeltes Trugbild.

Nichts geschah. Sie fühlte sich lediglich schlaff, kraftlos und vollkommen ausgeliefert. Abgesehen von einer kleinen Glut still leuchtender, unbeirrbarer Zuversicht, die in ihr glühen würde bis an ihr Lebensende!

TEIL 2

EIN SCHMERZ UND EINE SEELE

7

Der Büttel Reinhardt Ehler sah besorgt zum Himmel hinauf. Die Sonne zeigte sich zwischen vereinzelt dahinschwebenden grauen Schleierwolken. Sie war schon ein gutes Stück über den Himmel gewandert, seit sie des Mittags senkrecht von oben herab geschienen hatte. Für einen Nachmittag am letzten Tag des Aprils war das Wetter sehr milde, fast schon frühsommerlich warm.

Umso heikler und beschämender erschien ihm sein Auftrag, den er am hellichten Tage inmitten des Dorfes Sonnhagen auszuführen hatte. Ein Auftrag, den ihm seine herrische Frau Martha gegeben hatte. Mit vor Geilheit wankender und etwas brüchiger Stimme; quengelnd, fordernd und unmissverständlich in ihrer wollüstigen Ungeduld.

Es war nicht der erste Auftrag dieser Art. Wieder einmal hatte er sich ihr kleinlaut gefügt. Er, der im Dorf respektierte und anerkannte Ordnungshüter, dem keiner zu widersprechen wagte außer denen im Dunstkreis des Fürsten Arnulf von Hagen, führte die schamlose Anordnung seiner Frau aus! Es war ein äußerst dreistes, geradezu skandalöses Anliegen, dazu noch unter einem lachhaften und aberwitzigen Vorwand. Umso verruchter war, dass dieser Sache weder Misstrauen noch Widerstand entgegengebracht werden würde.

Wieder einmal würde es bestimmt recht einfach sein, den Dorf-August abzuführen und ihm einen triftigen Grund dafür vorzugaukeln, seine fragwürdige Pflicht zu tun. Der Dorf-August war nicht nur sehr einfältig und beschränkt, sondern auch mit einem Gedächtnis wie ein Sieb ausgestattet. Was er heute tat, würde er morgen größtenteils wieder vergessen haben. Er war noch keine zwanzig Jahre alt und lebte in einem schäbigen Haus mit seiner Ziege zusammen. Mangels eines vorhandenen Stalls ließ er sie bei sich wohnen und sogar in seinem Bett schlafen. Es stand außer Frage, dass seine geistigen Fähigkeiten denen des Tieres nur unwesentlich überlegen waren.

Hingegen besaß der Dorf-August Fähigkeiten rein körperlicher Natur, die außergewöhnlich und echt bemerkenswert waren. Reinhardt Ehler musste dies neidlos und aufrichtig anerkennen. Bei jedem anderen Mann des Dorfes hätte er in seinem Vorgehen schwerste Bedenken und wäre zutiefst unglücklich in Bezug auf seine Frau. Beim Dorf-August jedoch war das etwas anderes. Er war keine ernste Gefahr für das Eheglück. Ihn brauchte man nicht wirklich als Rivalen anzusehen. Der Dorf-August war einfach nur ein Mann fürs Grobe, dem egal zu sein schien, bei welch abartigen Spielen er mitmischte.

Der Büttel zögerte kurz und atmete tief durch, als er vor der Hütte des Dorf-Augustes stand. Dann fasste er sich ein Herz und klopfte. Verhalten zunächst, schließlich aber herrisch und laut.

„Jaaa?" ertönte eine hohe, etwas übergeschnappte Stimme. „Wer macht Geräusche am Holz?"

„Ich, Reinhardt Ehler!" sagte der Büttel forsch. „August, es gibt wieder etwas zu tun für dich!"

Wenige Augenblicke später öffnete der Dorf-August die Tür. Vorsichtig, mit schiefgelegtem Kopf und großen Augen spähte er durch den Türspalt. Als er den Dorfbüttel erkannte, riss er die Türe auf und deutete eine Verbeugung an. Offensichtlich erinnerte er sich an ihn.

„Nur herein!" grinste er und schob dabei dümmlich die Unterlippe mit der Zunge nach vorne. „August hat dich schon einmal gesehen!"

Reinhardt Ehler ignorierte das unangemessene Duzen. Er antwortete ebenso direkt: „Ich kenne dich doch auch. Wir haben uns ja schon oft gesehen. Um es kurz zu machen: Du musst mitkommen! Es gibt Arbeit für dich."

Der Dorf-August runzelte die Stirn, als müsse er diese Information erst langwierig verarbeiten. Hinter ihm ertönte ein langgezogenes Meckern. Er drehte sich um. Es waren schnalzende und pfeifende Geräusche zu hören, welche seiner Ziege galten.

Der Büttel verdrehte die Augen und verschränkte die Arme. Er stand ungeduldig im Türrahmen. Unwirsch sah er auf den lichten Hinterkopf des Dorf-Augustes. Dieser machte keine Anstalten, sich wieder zu seinem Besucher umzudrehen, und widmete sich stattdessen seiner Ziege.

Ein sehr merkwürdiger und wenig menschlicher Kauz! dachte Reinhardt Ehler und besah sich den langen, dünnen Körper des Tölpels. Er hatte kräftige Gliedmaßen, die aus zu langen Armen und O-förmigen Beinen bestanden. Der Oberkörper war etwas gebeugt und drahtig wie der eines Wiesels. Gekleidet war der Mann in ein hellbraunes, etwas verschmutztes Wams und eine ähnlich farbige, viel zu kurz geratene Hose. Die klobigen Füße steckten in abgenutzten Ledersandalen.

Mit einem Mal drehte sich der Dorf-August wieder um, so dass der Büttel erschrak. Sein breiter Mund mit den dicken, bleichen Lippen grinste breit und zeigte eine Reihe krummer Zähne. Über der fleischigen Nase leuchteten naiv und arglos kleine Äuglein. Über ihnen wucherten strohblonde, dichte Augenbrauen. Eine sehr niedrige, fast affenartig flache Stirn floh nach hinten, wo auf dem schmalen Kopf lichtes, blondes Haar wuchs.

„Arbeit!" sagte der Dorf-August frohlockend. „Arbeit ist gut! Doch Gabriele will August nicht fortlassen."

„Es wartet wieder eine großzügige Bezahlung auf dich!" versprach der Büttel gönnerhaft. „Davon kannst du Gabriele saftige Mohrrüben und Kohlköpfe kaufen."

„Und Zuckerrüben?" hakte der Dorf-August lauernd nach.

„Auch das. Doch beeile dich nur! Meine Frau wartet schon."

„Warum?" Der Dorf-August kratzte sich ratlos am Kopf.

„Du weißt schon", sagte Reinhardt Ehler nervös und etwas verlegen. Er sah sich kurz um. Auf der staubigen Straße war nur wenig los. Viele Dörfler waren bereits auf dem

Festplatz, wo sie halfen, die abendliche Maifeier vorzubereiten. „Der Acker! Er muss wieder mal gepflügt werden."

„Und August soll das tun?" fragte der Dorf-August mit einer Mischung aus Unsicherheit und Stolz in der Stimme.

„Ja!" bestätigte der Büttel und bemühte sich um einen geduldigen und freundlichen Tonfall. „Weil du das so gut gemacht hast letztes Mal. Du bist der Beste dafür. Keiner kann mit dem Pflug so gut umgehen wie du!"

Der Dorf-August nickte eifrig und erfreut. Er schien aber nicht wirklich zu wissen, um was es hier ging. *Er ist tatsächlich dümmer als ein Sack Mehl!* stellte der Büttel erschüttert fest. *Wie gut, dass wir im Dorf für ihn sorgen. Ohne uns und ganz auf sich allein gestellt wäre er verloren!* Wenn ein altes Sprichwort stimmte, dann war der Kerl zu einer gewissen Sache aber sehr gut brauchbar. Das Sprichwort lautete in etwa: *Die dümmsten Ochsen vermögen den größten Pflug zu ziehen!*

„Wo ist der Acker?" wollte der Dorf-August wissen und rieb sich tatkräftig seine riesigen, spindeldürren Hände.

„Der Acker ist bei Martha, meiner Frau", sagte der Büttel leise. „Komm mit, rasch! Sie will nicht lange warten und wünscht, dass die Arbeit getan ist, bevor heute Abend der Tanz in den Mai beginnt! Sie ist ganz durcheinander und aufgewühlt von herben Frühlingsgefühlen. Es ist nicht leicht auszukommen mit ihr, wenn sie so unzufrieden ist wegen ihres ungepflügten Ackers!"

Ohne die Tür abzusperren, folgte ihm der Dorf-August, als Reinhardt Ehler die Straße in Richtung seines Hauses beschritt. Der Büttel hatte es nun eilig. Seine Frau konnte wahrhaft unausstehlich werden, wenn ihre Stimmung von blanker, herrischer Lüsternheit in Wut und Enttäuschung umschlug. Es war dann schwer, sie wieder umzustimmen, um den Tag noch irgendwie zu retten.

Zum Glück war der Dorf-August willig und gehorsam wie immer. Verstohlen blickte der Büttel beim Gehen auf die Beinkleider des großen, hageren Mannes. Unter dem grobmaschigen, braunen Stoff zeichnete sich eine Art drittes Bein ab. Es hing ihm von der Höhe seines Schrittes bis fast zum Knie seines linken Hosenbeines hinab.

Zweifellos, der Kerl hatte den besten Pflug des Dorfes und konnte hervorragend damit umgehen. Das hatte er schon Dutzende Male bewiesen, wenngleich er sich daran wohl nicht mehr erinnerte. Martha Ehler stand ein aufregender und unvergesslicher Nachmittag bevor! Und er selbst würde als Ehemann wieder zum schwitzenden Zuschauer verdammt sein…

8

Die Vorbereitungen zur Walpurgisnacht waren in vollem Gange, als Tyna mit Hallu-Ulla und Vulgaera wieder auf dem Blocksberg eintraf. Sie landeten mit ihren Besen auf der Felsplattform, die hier und da Stellen erdigen Untergrunds aufwies und mit dichten Sträuchern, kargen Bäumen und trockenen Büscheln Heidekraut bewachsen war.

Eine frische Brise war aufgekommen, die über die Gipfel der Nadelbäume und das Gras zwischen den Steinen und Felsen strich. Inmitten dem leisen Pfeifen des Windes erklangen die dünnen Stimmen der Hexen, krächzend und dennoch merkwürdig melodisch:

„Gebt acht, ihr Leut´
Die Tannen wehen!
Die Nacht wird heut
In Flammen stehen!

So lacht erfreut!
Wollt Pannen sehen?
Mit Macht wir heut
Zusammen stehen!"

Einige Hexen hatten weitere frohe Lieder angestimmt, die ihrer Vorfreude auf Walpurgis Ausdruck verliehen.

Ähnlich wie es heute auch die Bewohner von Sonnhagen tun würden, wollten die Hexen ein gewaltiges Maifeuer entzünden. In der Mitte der steinernen Anhöhe des Blocksbergs waren Äste, Zweige und Reisig mehr als mannshoch aufgetürmt worden. Im Zentrum des riesigen Haufens von Brennmaterial prangte ein dünner, grob behauener Kiefernstamm. Er war die eigentümliche Version eines Maibaums und für die Hexen ein Symbol der Macht ihrer Feinde. Heute Nacht würde dieses Machtsymbol lichterloh brennen und letztendlich nur kalte Asche übrigbleiben.

Fürwahr, der Hexenmaibaum war ein gruseliges Relikt, ersonnen von der steinernen Vanda nach langen und geheimen Gesprächen mit den führenden Geistern der

Schattenwelt. Der Baumstamm zeigte allerlei Ornamente und Runen, die des Schnitzens kundige Hexen an vielen fleißigen Winterabenden angebracht hatten. Es waren Zeichen, die dem Orden der Hexen schon seit Tausenden von Sommern bekannt waren, Runen der Hexensprache *Tabalusz-Wro*, welche die verschiedensten Bedeutungen hatten: Macht über die Schwerkraft, Herrschaft des Geistes über den Körper, Aura-Lesen, Hellsicht, Gedankenübertragung, Seelenreisen, Kontaktaufnahme mit dem Jenseits, Heilung von Krankheit und Wahnsinn mit der reinen Kraft des Willens.

All diese Zeichen sollten die Kraft des Feuers stärken und für die vollkommene Bannung und Verbrennung des Schlechten sorgen. Das Schlechte war der erdrückende Machtmissbrauch des Adels und der Kirche, die Unterjochung der Bevölkerung durch Könige, Fürsten und Geistlichkeit. Dargestellt waren diese Mächte durch einen kurzen Querbalken, der im oberen Viertel des Hexenmaibaums angebracht war. Er war gespickt mit kleinen Münzen. Es handelte sich um Heller und Kreuzer, die mit Eisennägeln ans Holz geschlagen waren. Außerdem waren auf den Querbalken kleine Papierstückchen genagelt. Diese Dinge standen für die enormen Reichtümer der Kirche sowie für die Ablassbriefe, mit denen sich manche Angehörigen der hohen Geistlichkeit auf geschickte Weise viel Wohlstand ergaunerten. Hart erarbeitetes Geld von hoffnungsvollen und naiven Menschen, die sich weismachen ließen, sie könnten sich ihr Seelenheil und ihren Platz im Himmel mit schnödem Mammon erkaufen.

Ganz anders als beim Maibaum der Landbewohner würden bei dem der Hexen die Symbole der wahren Unterdrücker und Volksverführer brennen. Die wirkliche Gefahr für das Volk bestand nicht in der Existenz von Hexen, Geistern, Werwölfen und Vampiren, obwohl es diese Wesen natürlich gab und sie sich manchmal als sehr gefährlich erwiesen. Der größte Feind des Volkes war geschickt maskiert und lebte mitten unter ihm: als Herrscher, als geistige und mediale Obrigkeit, als scheinbar moralisch unfehlbare Instanz.

Der Orden der Hexen hatte sich schon seit dem frühesten Altertum für Freiheit, Selbstbestimmung und Hilfe für die Schwachen stark gemacht. Er stand damit der manipulierenden und heuchlerischen Macht der Herrschenden frontal gegenüber. Freilich hatten es diese mit jahrhundertelang geknüpften Netzwerken geschafft, das Volk geschickt zu unterdrücken, ja, die einzelnen Volksgruppen gar gegeneinander aufzuhetzen, um die wahren Missstände zu verschleiern. Die Herrschenden vermochten es sogar, diese Bürde als schmackhaft, sinnvoll und als das einzig Wahre erscheinen zu lassen.

Die Hexen mussten sich in Acht nehmen. Sie waren zahlenmäßig eine deutliche Minderheit, selbst wenn man ihre Bewunderer unter den Menschen hinzuzählte. Die hexenverfolgende Inquisition und die gnadenlose Verbannung aller Ideen, die das Geschäft einiger Kirchenleute stören konnten, hatten besonders seit dem Beginn dieses siebzehnten Jahrhunderts nach Christus stark zugenommen.

Heute Nacht aber würde er in Flammen aufgehen, der Maibaum der Hexen, das verruchte Zeichen der verlogenen Menschenführer!

Neben aller Bedeutungsschwere würden der leichtsinnige Spaß und das hemmungslose Vergnügen aber nicht zu kurz kommen! So war bereits eine Unmenge von Essen zubereitet worden. Seit einigen Monden schon waren fette große Schinken geräuchert und verschiedenes Gemüse in Öl eingelegt worden. Frisches, weißes Brot duftete herrlich, auf Tischen aufgetürmt und erst vor kurzem im Ofen gebacken. Fische, die am frühen Morgen noch im Fluss geschwommen waren, wurden nun ausgenommen und in Mehl und Salz gewälzt, um sie fürs Grillen vorzubereiten.

Die Voodoohexe Olisa hatte seltsame, große Nüsse aus ihrem fernen Land mitgebracht. Aus ihnen konnte man ein dunkelbraunes, aromatisch riechendes Pulver gewinnen, das zusammen mit Honig vermischt wunderbar süß und sahnig schmeckte.

Die Blumenhexe Florentina bot eine ganz besondere Spezialität an: mit zerstampften Mandeln und Zuckerrübensirup gefüllte Blütenblätter, die in kochendem Öl kross gebraten worden waren. Eine fast überirdische Köstlichkeit, die beim Essen langsam auf der Zunge zerschmolz.

Für den rustikalen Geschmack wurden ein Wildschwein, ein Rehbock, mehrere Hasen und etliche Rebhühner zusammen mit den besagten Fischen gebraten und gegrillt. Das Wild war selbstverständlich im Wald des Fürsten Arnulf von Hagen gewildert worden. Berge von Kartoffeln standen bereit, um im Feuer geröstet oder in Töpfen mit kochendem Wasser gegart zu werden.

Viele Hexen hatten Leckereien und seltene Nahrungsmittel aus ihrem jeweiligen Land mitgebracht. Einzig und allein die Aashexe Gäa war mit leeren Händen gekommen. Ihre abscheulichen Mitbringsel der vergangenen Walpurgisnächte hatten ihre Ordensschwestern veranlasst, ihr unmissverständlich klar zu machen, dass von ihr keinerlei kulinarische Geschenke erwartet wurden. Man verzichtete gerne darauf, jetzt und für alle Zeiten.

Mit Kräutern angereicherter Wein war gekeltert worden, der in Würzigkeit und Wirkung dem gebrauten Starkbier in nichts nachstand. Viele Hexen würden, wie zu jeder Walburga, diesen Getränken gerne zusprechen. Die einen mehr, die anderen weniger reichlich. Mit Ausnahme der Lichthexe Eminentia, der Weißhexe Druid und der Wüstenhexe Asifa, die dem Alkohol entsagten. Sie bevorzugten schlicht Wasser und Tee.

Asifa hatte dieses Mal ein ganz neues, kostbares Mitbringsel dabei. Es handelte sich um dunkle, fast schwarze und sehr würzig riechende Bohnen. Zermahlen und mit heißem Wasser aufgebrüht, so erklärte sie, ergäben sie ein erfrischendes und aufmunterndes Getränk. Die meisten Hexen freuten sich schon darauf, es probieren zu dürfen. Gerne fanden sich Hexen bereit, bei dem mühsamen Mahlen der Bohnen mitzuhelfen.

Berüchtigt war vor allem der Hexentrank, von welchem jedoch erst nach hereingebrochener Dunkelheit gekostet werden durfte. Für ihn war eigentlich die Rauschhexe Hallu-Ulla zuständig, die Meisterin der vielfältigen Halluzinationen. Da sie mit Tyna und Vulgaera vorrübergehend abwesend gewesen war, hatten sich die Weißhexe Druid und die Gelbhexe Xiannu um die Zubereitung des Trankes gekümmert. Beide verstanden etwas davon, wenngleich ihre Kenntnisse hierüber bei weitem nicht an jene Hallu-Ullas heranreichten. Diese würde die gehaltvolle Suppe anschließend noch mit allerlei Pilzen und Kräutern nachwürzen.

Wer den geheimnisvollen Sud genoss, wurde emporgehoben in völlig neue geistige Höhen. Oder aber geerdet mit ernüchternden, faszinierenden Erkenntnissen über sich und das Leben. Es war auch möglich, eine noch nie dagewesene Fülle und Wahnhaftigkeit der sexuellen Abgründe zu erleben. Je nachdem, was man unter Einfluss des Trankes anstrebte zu tun oder auf welche Weise der eigene Geist beschaffen war.

Was den Sex anging, so zeigten sich schon jetzt erste Auswüchse abgrundtiefer Schamlosigkeit. Hätten die Männer des Dorfes Sonnhagen gesehen, was hier an fleischlichen Exzessen geplant wurde, sie hätten sich augenblicklich in alle Winkel des Umkreises verkrochen. Und zwar zitternd und angstschlotternd beim Gedanken daran, dem zügellosen Hexenvolk auf Gedeih und Verderb ausgeliefert zu sein!

Die steinerne Vanda ging lautlos zwischen den Reihen der emsig beschäftigten Hexen umher. Es machte den Eindruck, als schwebte sie knapp über dem Boden, ihr weites, graues Wolltuch hinter sich herziehend. Obwohl sie uralt war und überaus gebrechlich wirkte, täuschte der äußere Schein sehr. Sie nahm mit ihren trüben, blassblauen Augen jede noch so kleine Einzelheit wahr. Sie sah, dass die Wüstenhexe Asifa Brotfladen über dem Feuer röstete. Zufrieden bemerkte sie, dass Kali-Hagzissa in ein tiefes Gebet zu ihrer Göttin vertieft war und schlich unhörbar an ihr vorbei, um sie nicht zu stören. Auch akzeptierte sie naserümpfend, dass die Anushexe Anobella ihren Besen wusch. Vielmehr, sie putzte den glattgeschliffenen kurzen Ast, der sich am mittleren Teil des Besenstiels befand. Den Ast, den sie beim Fliegen stets tief in ihrem Hinterloch versenkt hatte. Einerseits, um einen besonders festen Halt auf dem Besen zu haben. Zum anderen, damit sie diesen im Flug mit nur leichten Bewegungen ihres Gesäßes lenken konnte.

Bei der Sumpfhexe Lacuna angekommen, verharrte die steinerne Vanda einige Zeit in ihrer typisch reglosen Pose. Lacuna war dabei, ihr grünes, wirres Haar mit einem Kamm zu bearbeiten, der aus dem Oberschenkelknochen eines Pferdes geschnitzt war. Sie verströmte einen unterschwelligen Geruch nach Moor und Brackwasser, der eher interessant als unangenehm war.

„Machst du dich schön für die Nacht mit den Männern?" fragte Vanda.

Die Sumpfhexe hielt einen Augenblick inne und lächelte, so dass ihre dunkelbraunen Zahnstümpfe zu sehen waren, die wie vermoderte Stücke alter Baumrinde aussahen. „Das tue ich!" sagte sie. „Der Mann, den ich mir aussuche, wird mich *unwiderstehlich* finden!"

Vanda lachte kurz auf. Es hörte sich an wie ein alter Tonkrug, der an der Mauer eines Brunnens zerschellt. „Zweifellos wird er das!" stimmt sie zu. „Er wird nach dir lechzen wie der Hund nach dem Wurstbrät." Sie wartete, während Lacuna fortfuhr, ihre grünen Haarsträhnen zu kämmen. Dann räusperte sie sich.

„Ist der Bannkreis vollständig?" wollte sie wissen.

Die Sumpfhexe nickte. „Er wurde schon am Vormittag geweiht", antwortete sie. „Ich war selbst dabei. Es war eines der ersten Dinge, die wir unternommen haben, als wir heute Morgen hier eingetroffen sind, ich und ein halbes Dutzend Schwestern."

„Ist er lückenlos?" hakte Vanda nach.

„Lückenlos wie ein versiegelter Weinschlauch!" war die stolze Antwort. „Nicht einmal eine Maus wird heute Nacht etwas Ungewöhnliches bemerken. Jedenfalls, so lange sie sich außerhalb des Bannkreises befindet."

Vanda nickte erleichtert. Der Bannkreis war eine Garantie für das ungestörte Feiern der Walburga. Die Hexen würden unter sich sein, zusammen mit den bestaussehenden Sonnhagener Männern. Jeder Normalsterbliche, der sich auf der anderen Seite des Bannkreises befand, würde nichts Verdächtiges vom Fest der Hexen bemerken; weder das haushoch flackernde Hexenfeuer, noch das laute Kreischen und Schreien, noch die vielfältigen Düfte. Selbst wenn sich jemand dem Bannkreis bis auf wenige Schritte näherte, würde er allenfalls ein leises Rauschen oder Zirpen hören, als befänden sich einige Grillen inmitten eines sanften Windes. Der Bannkreis war mit Besenstielen gezogen worden. Im Abstand von zwei bis drei Ellen hatten die Hexen ihre Besen mit dem Stiel nach unten in die Erde gerammt und eine getrocknete Spore des Fliegenpilzes darin versenkt. Die Sporen hatten sie von den Pilzen, die sie im letzten Herbst gesammelt und getrocknet hatten. Der Fliegenpilz mit den vielen weißen Punkten auf seinem roten Hut war ein Symbol für das Sehen und die Wahrnehmung. Er war wegen seiner Farben sehr auffällig, und die Punkte prangten auf ihm wie Augen. Wo die Sporen des Fliegenpilzes den Blocksberg begrenzten, da sorgten sie für die perfekte Täuschung des menschlichen Auges in Form einer unsichtbaren magischen Sichtschranke. Als Bannkreis um den gesamten Blocksberg herum verstreut, trübten sie die Sinneswahrnehmungen von zufälligen Beobachtern und Lauschenden.

In Gedanken an die wundersame Kraft der Schwarz- und Weißmagie versunken, stutzte Vanda plötzlich. Von hoch oben ertönte ein aufgeregtes Rufen. Sie sah himmelwärts. Na klar, das unreife junge Ding von vorhin war es, das da so herumkrakeelte!

Die steinerne Vanda und die Sumpfhexe Lacuna verfolgten, wie die drei Hexen vor ihnen auf der Felsplattform landeten. Die junge Tyna sprang mitten in ihrer Landung mit angewinkelten Beinen auf den Boden, so dass es ihr eigentlich an den Füßen oder Fußknöcheln hätte wehtun müssen. Falls sie dadurch Schmerzen verspürte, so nahm sie diese nicht zur Kenntnis. Sie schaute die alte Vanda verzweifelt an und rief etwas nahezu Unverständliches, das wie „Iris!", „Gefangen!" und „Wir müssen sie suchen!" klang. Hinter ihr beendeten die Sauhexe Vulgaera und die Rauschhexe Hallu-Ulla ihren Flug und erlangten wieder festen Boden unter ihren Füßen. Sie waren merklich vorsichtiger gelandet als die junge Tyna und stiegen bedächtig von ihren Besen. Hallu-Ulla wollte ihr merkwürdiges Rauchgerät nicht beschädigen, welches ihr zum Fliegen diente, und Vulgaera war schlichtweg zu fett, um sich allzu behände bewegen zu können. Glücklich sahen sie alle drei nicht aus. Ihnen war anzumerken, dass sich etwas Beunruhigendes ereignet hatte.

Aufmerksam hörte Vanda sogleich dem Bericht der jungen Hexe zu. Auch die anderen Schwestern hatten sich rasch zu den Angekommenen gesellt und die Ohren gespitzt.

Als Tyna die Erzählung vom erfolglosen Besuch im leeren Haus ihrer Freundin Iris beendet hatte, herrschte zunächst Stille. Lediglich das Zwitschern eines Vogels war zu hören und das Zischen einer Eisenpfanne, in der etwas briet.

„Nun gut!" Vanda verlor keine Zeit mit Rätselraten und unnötigem Geschwätz. Sie war praktisch veranlagt und dachte nicht in komplizierten Bahnen, sondern sehr direkt und ohne sich vor Entscheidungen zu drücken. Das machte sie als Anführerin des uralten Hexenordens so vorbildhaft und verlässlich. „Wir werden deine Freundin suchen, das verspreche ich dir, meine Kleine! Jetzt, sofort. Aber wir werden deswegen die Vorbereitungen zur heutigen Walburga keinesfalls unterbrechen."

„Erst die Suche!" wagte Tyna mit tief besorgtem Blick einzuwerfen.

„Wir tun beides!" bestimmte Vanda. „Der Abflug zum Dorf ist längst schon fällig. Es wird Zeit, zu starten, um alle Männer rechtzeitig herzubringen. Vielleicht finden wir dort auch Iris? Weit kann sie nicht fort sein, denn sie weiß ja, was heute Nacht passieren soll!"

„Und wenn nicht? Was, wenn Iris nicht in Sonnhagen ist?" entgegnete Tyna und schluckte. In ihrer Kehle saß ein trockener, heißer Kloß von der Größe eines ausgewachsenen Apfels. So fühlte es sich jedenfalls an.

„Dann werden irgendwelche Leute schon Bescheid wissen. Wir werden den Dörflern diese Informationen schon entlocken, verlass dich darauf!" versprach Vanda ruhig.

Tyna nickte langsam und spürte einen Hauch Zuversicht in sich. Sie vertraute auf die Weisheit, Umsicht und Schläue der Alten.

Vanda stieß einen überraschend lauten, gellenden Pfiff aus. Er entwich ihren vertrockneten, spröden Lippen wie der Warnschrei eines Raubvogels. „Alle Hexen auf ihre Besen!" befahl sie. „Mit Ausnahme derer, die unabkömmlich sind für die Vorbereitung des Festes!"

Es dauerte kaum die Zeit, die eine Eule braucht, um einen Borkenkäfer zu verspeisen, da hatte sich der Großteil der Hexen zum Abflug bereit gemacht. Die Reise würde nicht lange dauern, nur etwa eine Viertelstunde. In ihrer aller Blicke lag ein Ausdruck größter Konzentration, grimmiger Jagdlust und kaum verhohlener Vorfreude auf die Sonnhagener Mannsbilder, denen bald Unvergleichliches blühte.

9

„Das ist der Pflug?" blökte der Dorf-August, während Martha Ehler ihm ungeniert an sein baumelndes Gehänge griff. „Das… das ist doch aber das *Schläuchlein* von August, aus dem er Wasser lässt?"

„Das nennst du *Schläuchlein?* Es ist vielmehr eine fett gemästete Schlange, jedenfalls im schlaffen Zustand. Jetzt aber wird es zu deinem Pflug!" knurrte Martha. Sie umfasste den imposanten, aber schlaffen Schwanz, der selbst jetzt schon die Größe einer riesigen Mohrrübe hatte. Beeindruckt besah sie sich die großporige, violett gefärbte Eichel und begann, die Haut hinter dieser vor- und zurückzuschieben. Die Frau des Büttels war splitternackt. Sie saß auf dem weichen Federbett in ihrem Schlafgemach. Der Dorf-August stand vor ihr, ebenfalls völlig entkleidet, und ließ dümmlich grinsend geschehen, was sie mit ihm vorhatte.

Reinhardt Ehler stand neben der Zimmertür und verfolgte die Geschehnisse mit gemischten Gefühlen. Es war nicht das erste Mal, dass seine Frau sich den gutgebauten Kerl vornahm. Jetzt war es mitten am Nachmittag. Das Tageslicht war zwar durch die zugezogenen Gardinen stark gedämpft, aber streng genommen befand sich der Büttel gerade im Dienst. Seine Anwesenheit bei dieser Sache hier war schlichtweg ungeheuerlich. Wenn die Leute in Sonnhagen auch nur die leiseste Ahnung von dem hatten, was hier vor sich ging, dann war er geliefert!

Nur die Ruhe! schalt er sich. *Die Tür unten ist verriegelt. Niemand hat mich mit dem Dorf-August nach Hause gehen sehen. Und selbst wenn, dann könnte das problemlos einen amtlichen Grund haben.*

Seine Frau schob sich nun den großen, weichen Schwanz zwischen ihre vollen, roten Lippen. Sie fing an, kräftig daran zu lutschen und zu saugen. Kaum ein Viertel des gewaltigen Dings vermochte sie in ihrem Mund unterzubringen. Der Schwanz fing an zu erröten und härter zu werden. Martha musste ihren Hals höher strecken, um dem steigenden Winkel des Ungetüms gerecht zu werden.

„Das Schläuchlein kitzelt!" kicherte der Dorf-August, schamhaft und kokett wie ein Schulmädchen. Er hielt die Hände vor seinen Mund gepresst, als erlebte er das alles zum ersten Mal.

„Ich öle dir deinen Pflug, bevor es auf den Acker geht!" verkündete Martha sabbernd und hielt einen kurzen Moment mit dem Lutschen inne. „Warte nur ab, wie es gleich flutschen wird, Kerlchen!"

Der Dorf-August fing an, leise vor sich hin zu stöhnen. Offenbar empfand er das „Ölen seines Pfluges" überhaupt nicht als unangenehm. „Was ist mit Augusts Säcklein?" gurrte er. „Es wuselt und krabbelt darin, als liefen dort viele Ameisen herum!"

„Um dein Säcklein kümmere ich mich gleich!" versprach Martha. Sie ließ ihre Zunge noch einige Mal über den angeschwollenen Riemen schnellen. Anschließend wanderte ihre Zunge abwärts, bis ihre Lippen zum Hodensack fanden. Sie riss den Mund auf und ließ eines der Eier darin verschwinden.

„Um Gottes willen!" stöhnte der Dorf-August ängstlich. Er beobachtete mit angespannter Miene, wie Martha das riesige Ei in ihrem Schlund umherwandern ließ. Es grenzte an ein Wunder, wie sie das schaffte, ohne sich den Kiefer auszurenken. „Du darfst es nicht kaputtmachen! Beiße August nicht in sein armes Säcklein!"

Martha ließ das Ei wieder entschlüpfen und blickte spöttisch zu dem Angsthasen empor. Ihr Gesicht war gerötet und glänzte vor Schweiß. Wirre hellbrünette Haarsträhnen hingen ihr in die Stirn. „Das ist kein *Säcklein*, August – das ist ein großer, haariger Kartoffelsack mit zwei riesigen Erdäpfeln drin! Ich muss doch prüfen, ob der Sack dicht ist. Denn wenn er es nicht ist, gelangen die Kartoffelkäfer hinein, die die Erdäpfel auffressen wollen!" Sie fuhr fort, am Hodensack herum zu lecken, und hatte sogleich das andere Ei im Mund.

„Ja... oh ja! Das Säcklein muss ganz dicht sein!" japste der Dorf-August. Seine enorm langen und dünnen Arme umfassten Marthas Kopf und wühlten in ihrem halblangen Haar herum. Als sie sich wieder daran machte, seinen erigierten Kolben zu lutschen, unterstützte er die rhythmischen Bewegungen ihres Kopfes, indem er diesen leicht vor- und zurückstieß.

Dieses unersättliche geile Stück! dachte Reinhardt Ehler mit einem Anflug von Verbitterung. Zugleich schämte er sich, denn er hatte das große sexuelle Verlangen seiner Frau noch nie zu ihrer vollen Zufriedenheit stillen können. Immer hieß es: „Deine Ausdauer ist die eines Hasenbockes auf der Flucht!" Oder: „Dein Riemen gelangt nicht bis in die hinteren Winkel meiner Lusthöhle!" Oder: „Deine Leidenschaft ist kein Feuer, sie ist nichts als ein Glühwürmchen!"

Martha sah gut aus, obwohl sie genau wie er selbst schon mehr als dreißig Sommer erlebt hatte. Sie war von stattlicher, runder Statur, weder schlank noch dick. Ihre Brüste waren groß und hingen etwas träge herab, waren aber hübsch anzusehen: rund, weich und mit großen, rosafarbenen Nippeln. Ihre Haut war sehr hell und empfindlich gegen Sonnenlicht, dabei rein wie frisch geformter, ungebrannter Ton und glatt wie die Oberfläche eines Kieselsteins. Ohne Zweifel verdiente sie es, im Bett von einem tüchtigen Mann bedient zu werden. Allein schon deshalb, weil sie dann ihm, Reinhardt, eine ansonsten treue und einigermaßen friedfertige Gattin war.

Und wenn es schon ein zweiter Bettpartner neben ihm sein musste, dann war der Tölpel des Dorfes der geeignete Mann dafür! Er war mit wenig Verstand, dafür mit umso mehr Männlichkeit gesegnet. Tatsächlich war er so einfältig, dass kein Mann je in ihm den überlegenen Nebenbuhler gesehen hätte, der eine ernsthafte Gefahr für das Eheglück bedeuten könnte.

„Jetzt du! Mach mich feucht!" wies Martha den Dorf-August an. Sie sank nach hinten auf das weiche Federbett und spreizte ihre Beine. „Komm schon! Tu es, wie du es schon einmal getan hast!"

Er verstand und enterte das Bett, um sich sogleich zwischen ihre offenen Schenkel zu beugen. Mit offenem Mund stürzte er sich auf das widerborstige, hellbraune Gebüsch, das sich vor ihm kräuselte, und versenkte die Nase darin. Flugs erkundete er mit der Zunge den Spalt unterhalb des Gebüschs, der dem ungestümen Tasten willig nachgab.

Als machte er das zum ersten Mal, schmeckte der Dorf-August nun etwas verunsichert und zögernd mit der Spitze seiner Zunge ein bitteres, leicht scharfes Aroma. Dennoch grub er die Zunge unerbittlich tiefer in die enge Öffnung und wälzte sie darin umher.

„Das ist gut!" seufzte die Büttelsfrau genießerisch. „Geschickt machst du das, August!"

Erfreut ließ der so Gelobte seine Zunge um den Spalt herum kreisen, der rötlich anschwoll. Seine breite Nase wühlte und stocherte in dem hellbrünetten Kraushaar umher. Hingebungsvoll saugte er an dem Spalt. Er rieb die Lippen gierig daran wie an einem leer werdenden Wasserschlauch in der Wüste.

„Jetzt den Pflug!" herrschte der Büttel und drosch dem Dorf-August mit der flachen Hand von hinten auf das nackte Gesäß, dass es laut knallte. „Auf, auf! Genug mit dem Herumschmatzen!" Er wünschte sich, dass seine anspruchsvolle Gemahlin endlich zur Befriedigung fände. Denn heute Abend, beim Tanz in den Mai, würde so einiges los sein. Es stand zu befürchten, dass es für ihn als Sonnhagener Büttel wieder einmal keine geruhsame Nacht werden würde. Eine große Feier bedeutete immer Betrunkene, Raufbolde und Streithähne, über die es zu wachen galt. Dass seine Frau ausgerechnet heute unwiderstehliche Lust auf eine Bettnummer mit dem potenten Tölpel des Dorfes hatte, war heikel, weil zeitlich ausgesprochen ungeschickt.

„Warte, nicht so schnell!" widersprach Martha Ehler ihrem Gatten. Dann, an den Dorf-August gewandt: „Leck mich überall! Auch das andere Loch!" Sie grätschte ihre Beine noch weiter und bog sie nach hinten, so dass nun ihr erbsengroßes, rotes Hinterloch frei lag.

Der Dorf-August war irritiert. Er konnte sich nicht daran erinnern, schon einmal Ähnliches getan zu haben. Ihr Wunsch erschien ihm absurd und sinnlos, wenn nicht gar anrüchig und riskant.

„Das kleine Loch da?" fragte er und schielte skeptisch auf die fordernde Frau. „Da, wo bei August immer die Würste herausfallen? *Da* soll er lecken?"

„Ja!" stieß sie hervor, laut atmend und zitternd wie eine bald Sterbende. „Mach schon!"

„August hat Angst, dass eine Wurst herauskommt, wenn er daran leckt", murmelte er. „Die Würste riechen nicht gut! August hebt sie in einem Eimer auf und wirft sie nachts immer in den Brunnen, wenn alle schlafen! Weil er sich furchtbar schämt, dass durch ihn solche schrecklichen Würste zur Welt kommen!"

Deshalb ist das Wasser im Dorf in letzter Zeit so schlecht geworden! durchfuhr es den Büttel siedend heiß. *Da haben wir den Grund dafür!* Er wagte aber nicht, das Thema jetzt und hier anzusprechen und den dummen Kerl während des Geschlechtsaktes mit Martha zur Rede zu stellen. Das musste warten.

Schließlich begann der Dorf-August zaghaft, an dem Hinterloch zu lecken. Zunächst streichelte er mit seiner rauen Zunge über die schrumpelige, winzige Öffnung. Er wurde mutiger und strich kräftig darüber wie ein Anstreicher mit dem Pinsel über eine Wand. Endlich rollte er seine Zunge zusammen und versuchte, sie durch das Loch hindurchzuschieben.

„Du Teufelsbraten!" schrie Martha, jetzt nahezu völlig aufgelöst und mit entarteter Heftigkeit. Ihre klammen Finger krallten sich in die weiße Baumwolle des Bettes. „Putze mein Innerstes mit deinem feuchten Lappen!"

Der Dorf-August wollte etwas sagen, aber es entwich ihm nur ein unverständliches Lallen, da seine Zunge im Gesäßloch der Frau steckte. Martha wimmerte und wand sich im Zustand zunehmender Erregung, getrieben vom Ansturm der kräftigen Zunge.

„Nun pflüge!" befahl sie schweißgebadet und zitternd, kaum noch Herrin ihrer Stimme. „Pflüge den Acker, wie du ihn noch nie gepflügt hast!"

Der Dorf-August gehorchte. Er wusste, was zu tun war, ob er sich nun an die Details vergangener Schäferstündchen erinnerte oder es einfach aus einem Instinkt heraus tat. Er nahm hockend seinen Platz hinter Martha ein, die auf allen Vieren vor ihm kniete wie eine läufige Hündin. Einige Male knetete er seinen Schwanz und brachte ihn vom inzwischen nur noch halbsteifen Zustand wieder zu einer gurkenhaft beeindruckenden Stärke.

Fasziniert beobachtete Reinhardt Ehler, wie der Dorf-August seinen hartgewachsenen Kolben in die Lustspalte seiner Frau einzuführen versuchte. Die dunkel angeschwollene, heiß pulsierende Eichel von der Größe eines reifen Apfels drang zwischen die feuchtglänzenden Schamlippen und weitete sie augenblicklich. Schon rutschte die Eichel zwei Finger breit hinein in die Öffnung, die sich vor ihr auftat, während beide Schamlippen sie eng umschlossen.

Martha kreischte auf, als der dicke Schwanz mit einem Ruck in sie drang, getrieben vom kräftig zustoßenden Becken des Tölpels. Er war erst zur Hälfte in sie eingedrungen, da fing der Dorf-August auch schon zu bocken an. Sein Unterleib schwang erst geschmeidig hin und her, um dann weit ausholend los zu rammeln. Mit jedem Kolbenstoß glitt das schwere Ding tiefer in die Frau.

Als sie ihren gemeinsamen Rhythmus gefunden hatten, schaukelte der Dorf-August hinter Martha wie ein Schiff auf den Wellen eines stürmischen Meeres aus Fleisch. Er hielt mit seinen großen, dünnen Händen ihre Hüfte umfasst. Entschlossen hatte er seine Knie neben ihre Waden und tief in die Federkissen gelegt. Bei jedem Beckenstoß klatschte es laut, wenn seine schweißglänzende, erhitzte Haut auf die ihre traf.

Es dauerte eine ganze Weile, bis Marthas köchelnde Erregung in eine entscheidende Phase kam. Ihren Hintern weit nach oben gereckt, den Oberkörper nach vorne weisend und die fülligen Brüste geschmeidig schaukelnd, durchliefen sie warme Wellen maßloser Lust.

„Pflügt August gut?" fragte der Rammelnde etwas atemlos, aber durchaus beherrscht. Schweißperlen standen auf seiner Stirn und seiner Brust. Einige fielen auf Martha herab, die seine wuchtigen Stöße empfing wie eine geile Nonne die Hostien der Hurerei.

„August… hat den besten… Pflug!" brachte die Büttelsfrau angestrengt hervor. Ihre Worte waren zunächst nur ein leises Stöhnen, um dann in ein langgedehntes, tierisches Schnauben überzugehen.

Sie wird mir noch die ganze Nachbarschaft zusammenbrüllen! befürchtete Reinhardt Ehler sorgenvoll. *Hoffentlich hört niemand etwas davon! So laut, wie sie sich jetzt schon gebärdet, wird man die Schreie ihres Höhepunkts bis zum Marktplatz hören! Der nahe Maifeiertag scheint ihre Sinne zu beflügeln. Dermaßen verrückt hat sie sich beim Geschlechtsakt noch nie benommen. Ich muss –*

Irgendwo von unten ertönte ein Hämmern, schallend und hektisch. Metall wurde gegen Metall geschlagen.

Das eiserne Bildnis des Bären an der Eingangstüre! Der Ring, der durch die Nase des Bären gezogen war, diente als Türklopfer.

Das Hämmern schien kein Ende zu nehmen. Es klang nach äußerster Dringlichkeit, Gefahr und höchster Alarmstufe!

Einen letzten Blick auf seine Frau werfend, die unter dem Bocken des Dorf-Augustes zuckte und stöhnte, ging Reinhardt Ehler zur Tür des Schlafgemachs. „Besuch! Ich muss nach dem Rechten schauen!" rief er halblaut über seine Schultern in den Raum. Er war unter dem Druck der Ereignisse sehr nervös. Hektisch eilte er die schmale Steintreppe des Hauses hinab zum Eingang, jedoch nicht ohne zuvor sorgfältig die Schlafzimmertüre zu schließen.

Draußen standen ein junger Mann und eine junge Frau. Der Mann war kräftig und hatte lockiges, dunkelblondes Haar. Die etwas füllige Frau besaß schöne Augen und stattliche Brüste. Beide wirkten sehr aufgeregt und ängstlich. Damit passte ihre Stimmung in etwa zu der des Büttels, der sich momentan ebenfalls alles andere als nervenstark fühlte.

„Was gibt es? Wozu das laute Klopfen?" fragte er etwas unwirsch. Fast im selben Augenblick erkannte er den jungen Mann als den Sohn eines wohlhabenden Großbauern. „Du bist doch… Jan?" fügte er fragend hinzu.

Die Frau neben ihm sah aus wie eine Magd frisch vom Felde. Sie wirkte verschwitzt und ihr brünettes Haar stand in alle Richtungen ab, obwohl sie das meiste davon zu einem langen, breiten Zopf geflochten hatte.

Der Jüngling nickte. „Ich bin Jan, und das ist Gertrud", sagte er schnell atmend und mit belegter Stimme. „Wir müssen euch etwas melden, Büttel! Etwas Furchtbares haben wir im Wald beobachtet…"

„Nie hätten wir so etwas für möglich gehalten!" bekräftigte Gertrud und bot mit ihren angstgeweiteten Augen und ihrem bebenden Mund ein zwar attraktives, aber bemitleidenswertes Bild des Jammers.

„Was soll denn passiert sein? Und was treibt ihr im Wald?" wollte Reinhardt Ehler wissen, während er mit einem Ohr beklommen in Richtung des oberen Stockwerks lauschte. Schwach, ganz schwach, konnte er ein zweistimmiges Stöhnen hören. *Hoffentlich haben die beiden da keine besseren Ohren als ich!* bangte er. Doch seine

Ängste waren unbegründet. Diese jungen Leute hatten weitaus andere Sorgen als fremden Schlafzimmergeräuschen nachzugehen.

„Wir haben Hexen gesehen!" stieß Jan hervor. „Leibhaftige Hexen!"

„Und nicht nur eine, sondern gleich *drei* davon!" ergänzte Gertrud unheilvoll.

Der Büttel wusste nicht warum, aber er glaubte den beiden augenblicklich. Er wurde kalkweiß im Gesicht und umklammerte fest den hölzernen Türgriff. Dennoch versuchte er Haltung zu bewahren und nach außen hin einen gefassten, würdevollen Eindruck zu machen. Ganz gelingen wollte ihm das allerdings nicht.

Jan und Gertrud waren jedoch so außer sich, dass sie mehr mit sich selbst und ihren Ängsten beschäftigt waren als mit der Frage, ob sich der Sonnhagener Büttel standesgemäß benahm.

Reinhardt Ehler überlegte fieberhaft, was nun zu tun sei. Auf jeden Fall musste er, falls wirklich echte Hexen gesehen worden waren, der Obrigkeit in der Burg Meldung erstatten. Zumal der Großinquisitor Oswald Crudelis dort gastierte und im Zuge seiner gründlichen und unnachgiebigen Hexenverfolgungen erst heute Morgen eine Verdächtige im Wald aufgespürt hatte! Ehler hatte zwar per Boten eine Nachricht hierüber erhalten. Er war aber nicht zugegen gewesen, als man das junge Kräuterweib verhaftet hatte. Alles war hinter seinem Rücken geschehen. Obwohl er gegenüber dem Inquisitor und erst recht der Obrigkeit in der Burg nur ein kleines Licht war, hätte er sich doch gewünscht, etwas mehr Respekt und Mitspracherecht zu erhalten.

Diesen Respekt würde er unzweifelhaft bekommen, wenn er die Entdeckung von Hexen melden konnte – sofern es sich hierbei nicht doch um Hirngespinste zweier unreifer junger Leute handelte. Wenn dem so wäre, würde er sich allerdings gewaltig blamieren! Es war deshalb wichtig, diesen Jan und diese Gertrud eingehend zu vernehmen, noch bevor er sich zur Burg aufmachte, um Bericht zu erstatten.

„Wartet hier draußen!", sagte der Büttel angespannt. „Ich hole meinen Gehrock."

„Wo gehen wir denn hin?" fragte Jan.

„Können wir nicht einfach zu euch ins Haus?" bat Gertrud voller trüber Besorgnis. „Hier draußen ist es mir so… bedrohlich zumute!"

Reinhardt Ehler winkte ab. „Das geht nicht! Meine Frau hat gerade einen, ähm, von der Kaminkehrer-Gilde da. Er fegt den Kamin, und das ist, ähm, ziemlich schmutzig! Ich sage ihr kurz Bescheid und komme dann wieder. Ihr erstattet mir Bericht. Dann werde ich sofort zur Burg eilen, um die Sache zu melden. Vorausgesetzt, da ist wirklich was dran!"

„Das ist es!" beteuerte Gertrud. „Es war gruselig anzusehen! Sie flogen auf Besen und landeten auf der Waldlichtung beim Haus der Kräuterliese!"

Der Büttel nickte und verschwand im Haus. Die Eingangstüre schloss sich hinter ihm mit einem dumpfen Poltern.

Während er noch am Fuße der Treppe war, hörte er das Bett oben im Schlafgemach rütteln und ächzen. Seine Frau stieß Lustschreie aus, die nur noch wenig menschlich klangen. Vom Dorf-August war gar nichts zu hören. Was nicht unbedingt ein gutes Zeichen war!

Ehler griff sich seinen Gehrock vom Eisenhaken neben der Treppe und stürmte dann die Stufen hinauf. Nebenbei versuchte er, sich das Textil anzuziehen. Oben vor dem Schlafgemach angelangt, hatte er es geschafft, den Rock überzustreifen. Sofort riss er die Türe auf.

Martha und August waren beim letzten Akt angelangt. Gelenkig wie ein Affe besorgte der Tölpel es der Büttelsfrau nun in der Missionarsstellung. Sie lag rücklings vor ihm auf dem Bett. Er hielt ihre emporgestreckten Beine an den Fußknöcheln umklammert. Sein Becken hämmerte gegen ihre Pobacken, schnell wie der Flügelschlag einer Taube. Der enorm große Schwanz glitt mit einer Leichtigkeit durch ihre glitschige, rotgeschwollene Pforte, die bewies, welch willkommener Gast er dort war.

„Die Ameisen! Sie kommen gleich alle heraus aus dem Säcklein!" schrie der Dorf-August halb bestürzt, halb im Freudentaumel.

„Raus mit dem Ding!" mischte sich der Büttel energisch ein. „Spritz ja nicht in die Spalte hinein, hörst du!" Nicht auszudenken, was passieren würde, wenn der Kerl seine Gattin schwängerte! Ehler wagte sich dies noch nicht einmal ansatzweise auszumalen. Der kalte Schweiß stand ihm auf der Stirn.

Auch Martha wusste, dass es nun höchste Zeit war, dem Bettgefecht ein wohlverdientes Ende zu machen. Einigermaßen hatte sie ihren erhitzten und von Wonnen durchströmten Verstand noch beisammen. Zum Höhepunkt war sie ohnehin schon mehrfach gekommen. Ihre Lust begann nun einige weitere muntere Purzelbäume zu schlagen, um alsbald langsam abzuebben. Mit Gesten gab sie ihrem Sexpartner zu verstehen, dass er seinen Kolben bitte aus ihr entfernen möge.

Der Dorf-August zog seinen immer noch wachsharten Schwanz aus der Frau. Auf beiden Knien wankte er im Bett rückwärts und fing dann an, unkontrolliert und gellend zu brüllen. In mehreren weißen Fontänen entwich ihm der Saft aus dem Rohr und benetzte Marthas Bauch und Schenkel. Auch auf dem hellen Federbett landete so einiges davon.

Schließlich sank er ermattet in die Kissen. „Hat es August gut gemacht?" wollte er wissen, nach Lob schielend.

Bevor seine Frau etwas sagen oder vielmehr seufzen konnte, antwortete ihr Mann für sie: „Du hast wie immer ganze Arbeit geleistet! Alles in Ordnung. Hier ist deine Belohnung!" Er hatte einen großen Silberling aus seinem Münzbeutel gekramt und warf ihn dem Dorf-August hin. Der schnappte sofort und geschickt zu. Er betrachtete die Münze eingehend und biss darauf, um die Echtheit zu prüfen.

„Glaubst du etwa, ein Amtsbüttel verteilt falsches Geld?" knurrte Reinhardt Ehler. „Jetzt mach, dass du rauskommst! Deine Ziege wartet auf dich."

„Ja!" antwortete August und wölbte die untere Lippe über die obere. „Gabriele wird böse sein, wenn ich so spät zurückkomme!"

„Die Ziege wird dich schön ausmeckern vor Eifersucht!" kicherte Martha, deren Atem wieder etwas ruhiger geworden war und ihr das Sprechen erlaubte. Sie hatte bereits ein wollenes Tuch bei der Hand, um sich den Eiersaft des Dorf-Augustes von der Haut zu wischen.

Dem Büttel allerdings war nicht zum Scherzen zumute. Er stand in seinem Gehrock im Schlafgemach und machte sich daran, zu seinen Besuchern zurückzukehren, die vor dem Haus warteten.

„Nimm den Hinterausgang, wenn du gehst!" wies er August an. Martha beschied er: „Ich muss gehen! Es braut sich etwas Unheimliches zusammen!"

Er ließ seine Frau zurück, die ihm mit einem sexuell verklärten, aber auch etwas furchtsamen Gesichtsausdruck nachblickte.

10

„Hast du den Bauern des Ortes oder der näheren Umgebung geschadet? Gar Händlern, Bürgersleuten oder etwa den höheren Ständen?" Oswald Crudelis´ Stimme hallte kalt und erbarmungslos durch das Kellerverlies wie das erboste Gekläff eines alarmierten Wachhundes, wenngleich in einer recht hohen Stimmlage.

Iris sagte nichts. Sie musste sich trotz der schmerzenden Nase beherrschen, um ihrer Wut nicht in Form einer patzigen Antwort Ausdruck zu verleihen.

„Rede, Weib! Rede, solange dir das noch möglich ist, ohne schwere leibliche Schäden zu erleiden, die dich daran hindern könnten!"

Crudelis befand sich außerhalb ihres Blickfeldes. Gefesselt und auf dem hölzernen Tisch liegend, blickte Iris an die graue Steindecke, welche die flackernden Lichtschimmer der Wandkerzen reflektierte. Neben den ruhelosen Schritten des Großinquisitors war das Kratzen des Federkiels zu hören, mit dem der Schreiber jedes Wort des Verhörs auf Papier mitschrieb.

„Hast du Gott den Allmächtigen gelästert und die Heilige Kirche verspottet, indem du schwarze Magie verübt hast?"

Ich bevorzuge die weiße Magie! hätte Iris am liebsten geantwortet, doch sie schwieg beharrlich.

„Triffst du dich mit deinesgleichen, um gottlose und verruchte Dinge zu treiben? Habt ihr in der Vergangenheit tapfere Männer aus ihren Dörfern entführt? Mit heimtückischen Absichten und Kraft eures Zaubers und eurer Rauschmittel? Hiervon gibt es immer wieder Gerüchte und Meldungen von nah und fern, besonders zur Zeit eurer alljährlichen Walpurgisnächte!"

„Es i – ist be – be – besser, wenn du r – redest, Unglü – glü – glü – glückselige!" empfahl der bucklige Foltermeister und verhaspelte sich dabei wieder gründlich.

„Braust du Tränke und Pulver zusammen, um Menschen zu vergiften?" fuhr der Inquisitor ungerührt fort. „Hilfst du Frauen bei der Abtreibung von Schwangerschaften? Haben du und deine Hexen-Komplizinnen Kinder entführt? Lasst ihr die Milch von Kühen auf dem Felde sauer werden?"

Iris räusperte sich und verzog die Augenbrauen zu einer finsteren Miene. „Ja, ich braue Tränke und Pulver!" antwortete sie gereizt. „Jedoch nur, um den Leuten zu helfen! Ich bin eine Heilerin… oder eine Kräuterkundige, wenn ihr so wollt. Das wisst ihr doch ganz genau! Fragt den Hufschmied des Dorfes, den alten Johann. Ihm habe ich letzten Herbst den Fuß geschient, als er ihn bei einem Unfall in seiner Werkstatt gebrochen hatte. Hat er davon niemandem erzählt?"

„Sicherlich hat er das!" entgegnete Oswald Crudelis scharf. „Er scheint reichlich verwirrt zu sein, bringt dir regelmäßig Essen und andere Dinge in dein Hexenhaus im Wald! Vor seinem Unfall war sein Verstand recht klar, so sagen viele Leute. Erst seitdem *du* ihn behandelt hast, wirkt sein Geist wie umnachtet oder benebelt. Gib es zu, Hexe! Du hast ihn mit verbotenen Sprüchen und Ritualen verzaubert, damit er dir zu Diensten ist und dir hilft, dein schändliches Werk zu verrichten! Womöglich hast du sogar seinen Unfall verursacht, damit du Gelegenheit hattest, ihn in deine Fänge zu kriegen?"

„Man kann immer alles so hindrehen, wie es einem passt", sagte Iris kühl. „Eure Meinung stand doch schon fest, als ihr in dieser Kutsche und mit den bewaffneten Rittern an eurer Seite bei mir vorgefahren seid."

„Weil ich weiß, dass du so schuldig bist wie diejenigen, die auf ewig im Fegefeuer brennen!" stieß Crudelis voller unterdrücktem Hass hervor. „Ich will es aber von dir selbst hören! Ich erwarte ein Geständnis!"

Iris schwieg wieder. Argumente oder gar ein ernsthaftes Gespräch würden hier nichts bringen. Nicht bei diesem fanatischen, verbohrten, frauenhassenden Wahnsinnigen.

„Und die schlimmste Sache von allen, die sagst du mir jetzt persönlich ins Gesicht!" zischte der Inquisitor. Plötzlich tauchte seine gemeine, dicke Fratze dicht vor ihren Augen auf, so dass sie erschrak. Sie konnte ihr blankes Entsetzen nicht verhehlen. Sein Mundgeruch war so übel, er hätte selbst einen Dämonen der Hölle zur Strecke gebracht.

„Die schlimmste Sache von allen, das sind eure unheiligen Feiern und barbarischen Spiele!" behauptete er finster. „Ihr trefft euch, wie allgemein bekannt ist, jedes Jahr am letzten Abend im April. Ihr treibt garstige Späße und begeht abscheuliche Sünden in eurer *Walpurgisnacht!* Ihr nennt sie auch Walburga, Bealtinne, Tana, Rudemas... oder schlicht Hexensabbat!" Das letzte Wort spie er beinahe aus. Ein feiner Sprühregen ekelhafter Speicheltröpfchen ging auf sie nieder. Iris schloss angewidert die Augen. Sogleich zuckte sie entsetzt zusammen, denn sie spürte ein grausames Druckgefühl auf den Lidern. Der dicke Sadist hatte seine Wurstfinger auf ihre Augen gepresst. Krampfhaft versuchte er, ihr diese gewaltsam zu öffnen, indem er mit Daumen und Zeigefingern an den Augenlidern zog.

„Schau mich an, wenn ich mit dir rede!" kreischte er. Seine Stimme überschlug sich vor Zorn und Empörung. „Ich bin dir wohl nicht schön genug, wie? Ja, der Pferdefüßige ist da wohl etwas anderes, nicht wahr? Dein Buhler aus dem Schattenreich!"

Iris stockte der Atem. Einen Moment lang hatte es den Anschein, als wolle er ihr in seinem Wutanfall die Daumen tief und mit aller Kraft in die Augenhöhlen treiben. Zum Glück ließ er aber wieder von ihr ab. Vorsichtig öffnete sie die Augen einen Spalt weit und sah, wie er sich mit verschränkten Armen neben ihr aufbaute.

„Hast du mit ihm gehurt?" keuchte er leise.

„Mit wem?"

„Mit wem? Mit wem? Na, mit dem Pferdefüßigen!" tobte Crudelis wieder los. „Mit dem Beelzebub! Dem Biest! Luzifer! Satan! Dem Teufel!"

„Nein", antwortete Iris ruhig. *Ich kenne aber Belua,* dachte sie. *Unsere Satanshexe behauptet, die Braut des Höllenfürsten zu sein. Fürwahr, ich wünschte, sie wäre jetzt hier… Sie könnte dir wohl mehr als genug von dem erzählen, was du hören willst!*

„Nein!" höhnte er. „Natürlich nicht! Wie denn auch? Wohnst ja nur alleine in dem seltsamen hohen Haus im Wald, umgeben von Raben, Tollkirschen, Pilzen und Bilsenkraut! Machst Gewitter und lässt die Kinder von Müttern sterben, die daraufhin verzweifeln!"

„Wegen mir sterben keine Kinder!" sagte Iris voller Entrüstung. „Im Gegenteil! Ich kenne Salben und Tinkturen, die gegen Geburtswehen helfen, gegen Blutsturz und gegen…"

„Schweig!" donnerte Oswald Crudelis und drohte mit der Faust. „Schweig, Weib! Sonst gebe ich dir noch eine auf deinen Hexenzinken!"

Iris schwieg beleidigt. Sie fand, dass sie eine schöne Nase hatte. Keine, die man derart verunglimpfen durfte. Natürlich konnte es sein, dass ihre Nase jetzt, nachdem der geisteskranke Unhold sie geschlagen hatte, gebrochen war! Vielleicht auch für immer widernatürlich krumm und gebogen! *Wenngleich das momentan mein geringstes Problem sein dürfte*, dachte sie mit wild loderndem Unbehagen. *Was der mit mir vorhat, zieht schwerwiegendere Folgen nach sich als nur eine gebrochene Nase!*

„Die Hurerei mit Satan, wie war sie?" erkundigte sich der Inquisitor nach einer längeren Pause, in der nur leise Schritte im Hintergrund und das Kratzen der Schreibfeder zu hören gewesen waren.

„Ihr sagtet doch gerade eben, ich solle schweigen?" fragte Iris unschuldig. An ihre bedrohlich pochende Nasenwunde denkend, beeilte sie sich hinzuzufügen: „Kann ich irgendetwas tun, um euch von meiner Unschuld zu überzeugen? Gibt es eine Möglichkeit für mich, aus dieser Sache heil herauszukommen?"

„Natürlich!" antwortete Crudelis sofort und beinahe freundlich. „Du wirst diese Angelegenheit heil überstehen, das verspreche ich dir. Obwohl du alles andere als harmlos bist. Versuche ja nicht, mir Märchen aufzutischen! Du wirst dennoch Gnade finden. Wenn…" Er senkte den Kopf und sah sie nachdenklich an. „…Wenn du gestehst und mir sämtliche garstigen Einzelheiten nennst, die ich wissen will! Die ganzen Schamlosigkeiten und Hurereien! Ich will sie alle aus deinem verdorbenen, liederlichen Mund hören!"

„Heißt das", hakte Iris nach, „dass ihr an meine Unschuld ohnehin nicht glauben werdet, und ich deshalb Sünden beichten soll, die ich gar nicht begangen habe? Um euch zu ergötzen?"

„Ihr Hexen verdreht einem geradezu das Wort im Munde! Eure Zungen sind giftige Schlangen, die sich in den stinkenden, verlogenen Gruben eurer Mäuler suhlen!" erwiderte Oswald Crudelis anklagend. „Du bist so schuldig wie dein pferdefüßiger Buhler, Teufelshure! Das werde ich mit gewissen eisernen Gerätschaften und Werkzeugen zu beweisen wissen… sofern du nicht sehr rasch gestehen solltest!" Er funkelte sie böse an. „Im Falle aber, dass du voll geständig bist und mir von deinen Spielen mit Satan genau berichtest, will ich Gnade vor Recht ergehen lassen."

„Dann lasst ihr mich frei?" fragte Iris hoffnungsvoll.

Der Inquisitor hielt inne und starrte sie an. Dann lachte er los. Es klang sehr dreckig und voller hoher Misstöne. „Frei?" stieß er belustigt gackernd hervor und schüttelte sich vor Lachen. Sein riesiger Bauch wackelte unter der dunkelbraunen Mönchskutte hin und her. „Ich lasse dich frei!" bestätigte er schließlich, und seine Heiterkeit ebbte rasch ab.

Iris musterte ihn mit ernstem, fragendem Blick.

„Du wirst fliegen wie ein Vogel!" versprach er ihr. „Deine Seele wird sich gen Himmel erheben, völlig frei und losgelöst. Du wirst von deinen Sünden reingewaschen werden! Die Hölle bleibt dir erspart, das kann ich dir versichern. Dein Leib wird in seinem irdischen Dasein brennen, aber dafür entgeht deine Seele dem ewigen Feuer!"

Iris sank innerlich in sich zusammen. Der Schweinehund trieb sein hinterlistiges Spiel mit ihr und verhöhnte sie noch in ihrer Todesangst.

„Um es dir in aller Deutlichkeit zu sagen: Erzähle mir von der Unzucht mit deinem Meister Satan! Dann verzichte ich auf die furchtbare Marter, die dich sonst erwartet." Er zögerte kurz, als überlegte er, und setzte hinzu: „Nun ja... *alles* kann ich dir natürlich nicht ersparen! Etwas Folter muss sein, so oder so. Aber es wird nicht länger dauern als bis zum späten Abend, darüber sei dir gewiss. Und deine Verbrennung wird schon morgen früh sein, wenn das Volk nach der Maifeier noch verschlafen und weintrunken ist. Du wirst nicht viele Zuschauer haben, die deinem Feuertod beiwohnen, und damit nicht allzu viel Schande ausgesetzt sein. Die Schmerzen während und nach der Folter wirst du nur diese eine Nacht lang durchstehen müssen, bis du von ihnen erlöst wirst. Nicht wahr?"

Er drehte sich um und sprach etwas kaum Verständliches zu dem Foltermeister, denn dieser stotterte daraufhin lustlos, wie wenn er enttäuscht sei, aus dem Hintergrund: „Oh j – j – ja, verehrter Großin – inqui – quisi – tor! Wir ma – machen es gnädig! Nicht so wie bei den a – a – anderen!"

Oswald Crudelis murmelte etwas und hantierte dann auf einem Tisch mit einigen Gegenständen herum. Es klirrte und schabte dumpf. So, als träfe Eisen auf Holz. Dann tauchte er wieder direkt vor Iris auf, ein Stück rundliches Metall in den Händen. Merkwürdig erfreut und beinahe stolz, als ob er ihr ein seltenes Geschenk präsentierte, streckte er ihr das Ding entgegen. Schwer und bedrohlich schwebte es über Iris´ Gesicht, gehalten von seinen dicken, weichen Fingern.

Das Eisen war birnenförmig und von der Größe einer Kinderfaust. Ein langes Drehgewinde ragte aus dem hinteren Teil heraus. An den Seiten der Metallbirne befanden sich reihum mehrere gekrümmte Stäbe, lang und breit wie Finger.

„Eine ganz kniffelige Sache!" lobte Crudelis und blickte entzückt auf das klobige, kleine Gerät. „Kompliziert und kostspielig, fast ein Kunstwerk! Aber für euch Hexenpack ist mir nichts zu teuer. Sehr großzügig, findest du nicht?" Ohne eine Antwort zu erwarten, hielt er die Birne mit der linken Hand fest, während er mit der rechten hinten am Gewinde drehte. Nach einigen Umdrehungen begannen sich die Metallstäbe an den Seiten zu bewegen. Unaufhörlich wuchsen sie nach allen Seiten aus der Birne heraus wie furchtbare Stacheln.

„Wenn du diese ganz besondere Frucht aus massivem Eisen zwischen deine schönen

Lippen tief in den Mund geschoben bekommst, wird es spannend!" sagte der Inquisitor ungerührt, als spräche er über etwas Belangloses wie das Wetter. „Im Prinzip ist es wie eine Streckbank, nur viel kleiner und für den Mund. Je länger an dem Gewinde gedreht wird, desto mehr breitet sich die Birne mithilfe der Metallteile an den Seiten aus. Ganz egal, wo sie sich befindet. Darin steckt eine enorme Kraft, die alles um sich herum langsam und unnachgiebig zerstört. Zuerst werden Zunge und Gaumen gequetscht. Der Druck auf den Kiefer wird unerträglich. Wenn dann deine hübschen, weißen Zähne anfangen, zu schmerzen und schließlich zu zerbröseln, tut es richtig weh. Dein Kiefer wird zermalmt. Du wirst dann nichts mehr sagen, geschweige denn überhaupt nur schreien können. Wir haben das…"

„Schon gut!" seufzte Iris. „Ich bin ganz in euren Händen, bin euch voll und ganz ausgeliefert! Sagt mir einfach, was ich tun soll, um mir eine solche Tortur zu ersparen."

„Gestehe endlich die Hurerei mit Satan, und zwar in allen Einzelheiten!" forderte Crudelis und bleckte sich die runden Lippen. In seinem aufgedunsenen, teigigen Gesicht war mehr als nur ein Funken Wollust zu erkennen. Die kleinen, grausamen Äuglein funkelten sensationsgierig. Seine Nüstern an den Seiten der schmalen Raubvogelnase bewegten sich im Takt seiner flachen Atemzüge. Verschwitzte, kurze Haarsträhnen seiner Mönchstonsur hingen ihm kreuz und quer in die Stirn.

Iris nickte resigniert. „Ich werde gestehen", sagte sie tonlos. „Ich erzähle euch, was ihr unbedingt wissen wollt."

„Aber mit mehr Begeisterung!" forderte der dicke Abt streng. „Es soll nicht wie ein trockener Bericht klingen. Sondern so, wie du wirklich empfunden hast beim Akt mit dem Pferdefüßigen! Lasse sie heraus, deine ganze abnorme Lüsternheit und weibische Tollheit! Ohne falsche Scham, denn diese hilft dir nun nicht mehr weiter. Scham hättest du empfinden sollen, bevor du durch deine widerwärtigen Taten damit begonnen hast, Gott zu lästern!"

Die junge Frau nickte nochmals. Sie wünschte sich mit müden Augen weit, weit fort von hier zu sein. Wieder zurück in ihrem gemütlichen, kleinen Waldhäuschen und…

Sie sah ihre Freundin Tyna vor sich.

Iris riss die Augen weit auf und holte tief Luft. Rettung war gekommen! Tyna hatte keine Monatsblutung; ihre magischen Kräfte waren deshalb nicht beeinträchtigt. Egal ob Donnerhall, todbringende Blitze oder ein Nebel der Blindheit – ihr würde etwas einfallen, wie sie Iris aus der verzwickten Lage befreien konnte!

Tyna machte gerade Anstalten, sich auf ihren Besen zu setzen. Hinter ihr war eine felsige Gegend zu erkennen. Verkrüppelte, alte Kiefern und einige blühende Laubbäume wuchsen hier und dort. Zwischen Steinen und Felsvorsprüngen wucherten gelbe Grasbüschel. Dutzende Gestalten irrten um sie herum. Aber diese waren dunkel und so schemenhaft, dass sie nicht genau zu erkennen waren. Tyna drehte den Kopf und sah Iris direkt in die Augen.

„Ich sehe dich!" sagte sie. Ihre Stimme hatte ein Echo, wie wenn sie sich in einem Tal oder auf dem Grund eines tiefen Brunnens befände. „Ich sehe dich, Iris, und ich fühle deine Pein! Dein Schmerz ist der meine. Unsere Seelen sind auf ewig miteinander verbunden! Ich bin bei dir, denn wir sind *eins*. Wir sind ein Schmerz und eine Seele!"

Es war ein Trugbild. Tyna war nicht hier, jedenfalls nicht in diesem Kellerverlies. Und jetzt war das Bild auch schon wieder weg. Es war kaum für die Dauer eines Herzschlags zu sehen gewesen. Iris zwinkerte hektisch. Tränen traten in ihre Augen. Sie wünschte sich das soeben Gesehene sehnlichst wieder herbei. Doch nichts dergleichen geschah. Sie war auf den Tisch gefesselt und allein an diesem trostlosen Ort. Allein bis auf die zu allem bereiten Männer, die sie foltern wollten.

Wo war Tyna? Befand sie sich mit den anderen Hexen auf der Anhöhe, die dieses Jahr zum Blocksberg auserkoren war? Diese war nicht allzu weit weg von hier. Mit aktiven magischen Kräften hätte Iris leicht eine telepathische Verbindung zu Tyna aufnehmen können. Aber alles, was ihr momentan an Telepathie geblieben war, waren innere Bilder und Stimmen, die ab und zu für winzige Augenblicke spürbar waren. Möglicherweise waren das alles ausschließlich Illusionen, genährt von verzweifelter Hoffnung.

Wenn du irgendwie herausfinden solltest, wo ich bin, liebe Tyna, dann beeile dich lieber! flehte Iris in Gedanken. *Die Zeit entscheidet darüber, in welchem Zustand ich bald auffindbar sein werde... Die Zeit und dieser mörderische Abt! Morgen früh wird es zu spät sein. Irgendwann morgen, im Laufe des Tages, wird von mir nur noch ein Häufchen Asche übrig sein! Und bis dahin werde ich einige sehr unangenehme Stunden verbringen.*

Ein Zerren am sandfarbenen Oberteil ihres Kleides riss sie aus ihren düsteren Gedanken und Befürchtungen. Grobe Hände betatschten ihre Brüste unter dem Stoff. Ein kräftiger, haariger Arm tauchte auf, der ein langes Messer hielt. Es war der des Foltermeisters. Geschickt zerschnitt seine Klinge das Kleid. Schon lagen ihre Brüste frei, und Iris spürte mit einem Mal sehr deutlich die Kühle, die in dem Kellerverlies herrschte. Sie fror erbärmlich. Gänsehaut machte sich auf ihren Brüsten und ihrem Bauch breit.

„Die Hu – Hu – Hure!" tönte der Foltermeister, empört und fasziniert zugleich. „Sie ist e – erregt!" Triumphierend wandte er sich dem Inquisitor zu und deutete auf die großporige Gänsehaut der jungen Frau.

Jämmerliche Schwachköpfe! dachte Iris voller Verachtung. *Ihr kennt euch mit Frauen aus wie der Ochse mit dem Fliegen!*

„Ich sehe ihre Lüsternheit!" brummte Oswald Crudelis. „Das zeigt, wie unglaublich abgebrüht und abnorm diese Kreatur ist, wenn sie sich sogar im Angesicht eines Mannes der Kirche ihrer Verkommenheit nicht schämt!" Er beugte sich zu Iris hinab, die seinem bohrenden Blick auswich.

„Jetzt", sagte er und packte mit seinen Wurstfingern ihre Brüste, „jetzt wirst du mir alles haarklein erzählen! Berichte, wie du mit dem Leibhaftigen Unzucht getrieben hast!"

11

„Guten Flug!" wünschte die steinerne Vanda und hob ihre knorrige, alte Hand zum Abschied. „Holt die Männer aus dem Dorf herbei, und zwar nur die Schönsten und Kräftigsten! Sucht die junge Kräuterhexe! Bringt in Erfahrung, wo sie geblieben ist!"

Die Hexen nickten. Manche winkten und einige sahen konzentriert himmelwärts. Der Start mit dem Besen war nicht ganz einfach. Das Fliegen geschah fast wie von selbst, wenn man endlich oben war. Aber genug Energie in den Besen zu leiten, damit er sich zuverlässig in die Lüfte emporschwang, erforderte für einen Moment die Bündelung sämtlicher Geisteskräfte.

Vanda blieb auf dem Blocksberg und überwachte die weiteren Vorbereitungen der Walpurgisnacht. Mit ihren weit über tausend Lebensjahren fühlte sie sich zu alt dafür, um bei kräftezehrenden Männerentführungen und Aufregungen ähnlicher Art mitzumachen. Außerdem hatte sie es ganz gern, überrascht zu werden. Neues Dorf, neues Glück! Was würden ihre Ordensschwestern wohl dieses Jahr anschleppen an jungen Bauern, Knechten und vornehmen Bürgersleuten? Vanda kannte Sonnhagen nicht. Aber sie war sicher, dass auch dieser Ort genügend geeignete Männer beherbergte, um die heutige Nacht zu einem sehr prickelnden Erlebnis zu machen.

Kaum hatten sich die drei Dutzend Hexen in die Luft erhoben, da wandte sich Vanda dem großen, schmiedeeisernen Topf zu, der über einem Feuer köchelte. Hallu-Ulla, die Meisterin der Halluzinationen, rührte darin herum. Ihr zur Seite standen die Weißhexe Druid und die Gelbhexe Xiannu, die sich ebenfalls in der Kunst der Zaubertränke auskannten.

„Macht ihn nicht zu stark!" riet Vanda den Köchinnen. „Ihr wisst, was vor einigen Sommern passiert ist, als zu viel schwarzes Bilsenkraut darin war!" Die drei nickten und Xiannu grinste verstohlen. Damals hatte der Trank eine dermaßen berauschende Wirkung gehabt, dass die eine oder andere Schwester sich tagelang für ein Tier oder ein Fabelwesen gehalten hatte. Dementsprechend turbulent und chaotisch war die damalige Walburga ausgeklungen.

Vanda nahm Hallu-Ulla den hölzernen Schöpflöffel aus der Hand und tauchte ihn am Rand des Topfes unter, wo das Gebräu nicht gar so heiß war. Was sie heraufbeförderte, ließ sie in der Schöpfkelle umherkreisen, bevor sie darauf blies und einen winzigen Schluck kostete. Während sie sich die cremige, warme Flüssigkeit auf der Zunge zergehen ließ und die Vielfalt an Geschmacksnoten wahrnahm, verfolgten ihre Augen den Flug der Hexen am Himmel.

Sie flogen in keiner bestimmten Formation, sondern einfach hintereinander her, immer zwei bis drei Hexen nebeneinander. Es war nun bereits später Nachmittag. Die

Sonne, die die meiste Zeit über kräftig geschienen hatte, wurde merklich schwächer, je mehr sie in Richtung des Horizonts wanderte. Allzu lange konnte es nicht mehr dauern, und sie würde sich erst orange und dann rot färben, um dann der Dämmerung und schließlich der Nacht zu weichen.

Hoch oben in der Luft flog auch Tyna und fröstelte. *Wir müssen Iris vor der Dämmerung gefunden haben!* dachte sie angstgeplagt und entschlossen zugleich. *Es ist unsere heilige Hexenpflicht, diese Nacht der Nächte wie immer mit dem Einbruch der Dunkelheit pünktlich zu beginnen. Wenn Iris bis dahin nicht bei uns auf dem Blocksberg sein sollte, werden wir ohne sie feiern müssen.* Das war eine sehr traurige Vorstellung für Tyna. Sie wischte sie energisch beiseite und sah auf den Boden hinab, der in weiter Tiefe unter ihr gähnte und sie fast schwindlig machte. Sie wandte ihren Blick nach vorne, wo die Voodoohexe Olisa und die schwarze Hexe Kali-Hagzissa das magische Geschwader anführten. Zielsicher schwebten sie auf das Dorf Sonnhagen zu, das von der Ehre des okkulten Besuches noch nichts ahnte. Hätten die Bewohner davon gewusst, so wären sie wohl schreiend aus ihren Häusern in den Wald gelaufen oder hilfesuchend die weitläufige Anhöhe zur Burg des Fürsten Arnulf von Hagen hinaufgestürmt.

Unter ihnen zog eine graubraune Heidelandschaft vorüber, immer wieder unterbrochen von üppigen, grünen Baumkronen und Ansammlungen dichten Gebüschs. Ein schmaler Bach schlängelte sich zwischen Wiesen, Felsen und Pflanzen hindurch und führte sie nach Sonnhagen, wo er hindurchfloss und Energie für die Wassermühle lieferte. Die Schatten der Bäume und Felsen begannen immer länger zu werden und kündeten das Dahinschwinden des Tages an. Äußerst blass und noch sehr undeutlich war der Vollmond am Himmel zu erkennen, der auf seine große Stunde wartete.

Werden wir heute Nacht glücklich zusammen feiern? sorgte sich Tyna und umklammerte mit festem Griff den Stiel ihres Besens, welcher sich im Flugwind etwas wand wie ein sich abmühender Vogel. *Wie wird es sein, wenn der Mond in seiner vollen Pracht hoch oben steht und sein kühles Licht zu uns hinabschickt? Wird er uns alle lachen oder klammheimlich weinen sehen?*

„Da vorne!" ertönte der Ruf von Kali-Hagzissa. Sie benutzte die Hexensprache *Tabalusz-Wro*, wie alle anderen Schwestern auch, wenn sie unter sich waren. Dennoch klang ihr Dialekt dabei fremd und merkwürdig; es hörte sich an wie „Doa vuane!" Sie verlangsamte ihren Flug etwas, indem sie den Besen an der oberen Seite des Stieles in Richtung ihrer Brust zog. Alle sahen erdwärts.

Das war also Sonnhagen: eine große Gruppe von schätzungsweise zweihundert Häusern, Hütten und Scheunen. Sie waren lose verbunden mit ein paar hellen, staubigen Straßen und durchsetzt vom Grün kleiner Gärten und einzelner Bäume. Braune Äcker umgaben das Dorf. Ganz in der Nähe wand sich ein breiter Pfad einen Hügel hinauf, auf dem die Burg des Fürsten aufragte wie eine mächtige, graue Riesenfaust.

Die Menschen, die auf den ersten Blick zu sehen waren, konnte man an zwei Händen abzählen. Sicher aber befanden sich viele von ihnen in den Häusern, oder sie waren auf den Feldern und im Wald unterwegs, um ihren täglichen Pflichten nachzugehen. Am Rande des Dorfes befand sich ein großer Platz, auf dem ein kahler, hoher Baumstamm zu sehen war. Er war von sämtlichen Ästen befreit und danach blau und weiß bemalt worden. Behängt war er mit allerlei Symbolen und Wappen, wie manche der besonders scharfäugigen Hexen erkennen konnten. Zahlreiche Dorfbewohner wuselten dort umher und waren mit den Vorbereitungen der Feierlichkeiten des Maifestes beschäftigt.

„Sie feiern heute Nacht, genau wie wir!" stellte die Anushexe Anobella süffisant fest. Sie bemühte sich, ihren etwas schlingernden Besen unter Kontrolle zu halten. Wie es ihre Art war, saß sie mit hochgerafftem Rock und nacktem Hintern auf dem Besenstiel. Der blankpolierte, fingerlange Ast des Stiels steckte in ihrem engen Hinterloch. Er sorgte nicht nur für einen guten Halt auf dem Fluggerät, sondern auch für eine sehr direkte Steuerung desselben durch intensiven Körperkontakt.

Die Hexen umschwirrten Olisa und Kali-Hagzissa, die wie selbstverständlich die Führung der Gruppe übernommen hatten. Sie drehten sich langsam in der Luft, zogen weite Kreise um die Fliegenden herum oder schwebten in sanften Kurven auf und ab. Selbst die Geschickteste unter ihnen allen vermochte es mit ihrem Besen jedoch nicht, auf einer Stelle in der Luft zu verharren.

„Es muss schnell gehen, wie immer!" mahnte Kali-Hagzissa, und Olisa ergänzte: „Trödelt nicht herum! Sobald wir unten sind, begebt ihr euch auf die Suche nach den passenden Männern! Jede von uns sollte einen mitbringen. Das macht insgesamt etwa drei Dutzend."

Sie wollten sich bereits alle nach unten in die Tiefe stürzen, da erhob Kali-Hagzissa noch einmal das Wort, während sie ihren ruckelnden Besen bezähmte: „Und tötet nicht, Schwestern! Ganz gleich, wie sie auf euch reagieren werden! Die meisten wohl mit Furcht und Flucht, einige andere aber womöglich mit Zorn und Kampfeslust. Macht, dass ihnen der Übermut gründlich vergeht, doch missbraucht nicht eure magischen Gaben!"

Dann gab sie ihrem Besen einen kräftigen Klaps und jagte steil nach unten, absolut schwindelfrei und das Ziel fest im Visier. Die anderen folgten ihr wie ein Schwarm beutehungriger Hornissen.

12

Sie sahen dem Büttel nach, der eiligen Schrittes und mit wehendem Gehrock der entfernten Burg zustrebte, ohne sich noch einmal umzudrehen. Schlichtweg alles hatten sie ihm erzählt, was sich im Wald bei dem seltsamen Häuschen zugetragen hatte. Nun ja, selbstverständlich *nicht wirklich* alles… Die Schilderung ihres zaghaft begonnenen Schäferstündchens hatten sie dabei wohlweislich ausgelassen.

Nachdem sie ihren Bericht beendet hatten, war er davon geeilt. Nicht ohne sie vorher noch anzuweisen, vorerst mit niemandem über die Sache zu reden und sich bereit zu halten, falls sie bei den Herrschaften der Burg als Zeugen vorgeladen werden sollten.

„Ein Großinquisitor ist dort!" hauchte Gertrud beeindruckt. Sie sah in die Ferne, wo sich die Burg am nahen Horizont vor dem hellen Grün der Hügel und dem blassen Grau der Berge abzeichnete. „Das hat er gesagt. Glaubst du, wir müssen dem Hexenjäger persönlich Rede und Antwort stehen?"

Jan zuckte mit den Achseln. „Wenn es einer Aufklärung dient… Das erfahren wir noch früh genug!" beruhigte er sie und betrachtete ihr Gesicht. Es war gerötet, aber bildhübsch.

Wie schön sie ist! schmachtete er. *Trotz aller Aufregungen und Ängste. Selbst in Stunden größter Bang und Not sieht sie einfach umwerfend aus!* Mehr denn je war er entschlossen, sie tüchtig zu umwerben und vollkommen für sich zu gewinnen. Nur mit ihr würde er ein glückliches und erfülltes Leben verbringen können! Ohne zu zögern legte er den Arm um ihre weichen, schmalen Schultern. Als er bemerkte, wie sie aufgrund seiner Annäherung zusammenzuckte, drückte er mit seinen Fingern zärtlich ihren Oberarm.

„Sie könnten uns sehen!" sagte Gertrud besorgt und ließ offen, wen genau sie damit meinte.

Jan wischte ihre Bedenken fort, indem er schelmisch grinsend erklärte: „Trudchen! Nach dem Schrecken im Wald haben wir es verdient, uns frei und unbeschwert zu fühlen. Je eher die Sonnhagener erfahren, wie gern wir uns haben, desto früher werden sie es akzeptieren. Du wirst sehen, bei der Maifeier werden sie uns sogar zuprosten!"

„Glaubst du wirklich?" äußerte Gertrud ihre Zweifel und kicherte sogleich verschämt in sich hinein. *Trudchen* hatte er sie genannt… Das gefiel ihr. Noch nie hatte jemand ihr gegenüber diesen Kosenamen benutzt.

Was ihr sehr imponierte, war seine unerschütterliche Selbstsicherheit, die nach einem kurzen Angst-Intermezzo rasch zurückgekehrt war. Nachdem auch er im Wald beim Anblick der drei fliegenden Hexen erschrocken war, erschien er ihr jetzt strahlend und vertrauenserweckend wie ein starker Fels in der Brandung. Mit schamerfüllter Ungläubigkeit bemerkte sie, dass ihr Herz bei seinem Anblick schnell und vernehmlich schlug. Wenn sie ganz ehrlich war, so wusste sie um die zarte, warme Feuchtigkeit, die sich in diesem Augenblick zwischen ihren festen, jungen Schenkeln auszubreiten begann.

Jans strahlend braune Augen trafen auf die ihren, die blau leuchteten wie ein erwärmter See im Licht der Sommersonne. Das lockige, dunkelblonde Haar umrankte sein hübsches Gesicht und sah sehr einladend aus. Sie hätte gerne liebevoll mit beiden Händen hineingegriffen und seinen Kopf zu sich herangezogen, um endlich wieder seine wundervoll küssenden Lippen zu spüren!

Sie verstanden sich. Ein Blick führte zum anderen, eine Geste provozierte die nächste. Beide ließen den Geschehnissen freien Lauf. Der Bauernsohn und die Magd wussten, wo die nächste leere Scheune lag, einsam dahindämmernd im schwindenden Licht des späten Nachmittags. Nur *eine* sanfte Berührung sollte es sein, eine einzige Umarmung, vielleicht ein flüchtiger Kuss! Das dachte sie und das dachte vielleicht auch er… Wohl aber ahnten sie beide, dass es dabei nicht bleiben würde.

Gemeinsam in der Scheune des Bauern Leopold zu verschwinden, war nicht ganz ohne Risiko. Aber was sollte ihnen schon passieren? Ihre wachsende gegenseitige Zuneigung mochte etwas unangemessen sein und eine derartige Liebe war wenig standesgemäß. Aber allzu große Empörung würde eine Entdeckung ihres Zusammenseins wohl nicht hervorrufen. Immerhin entstammten sie demselben Dorf und wurden von allen als gute Mitbürger anerkannt. Zudem galt Jans Vater als so einflussreich und wohlhabend, dass sein guter Ruf auch auf den Sohn abfärbte und ihm einen gehobenen Status verlieh.

Ohne sich umzuschauen, verschwanden Jan und Gertrud im tiefen Schlund der großen Holzscheune. In dieser lagerten noch etliche trockene Heuballen vom letzten Jahr. Sie würden ein duftendes und bequemes Bett abgeben!

Hätten sie zuvor nur einen einzigen Blick nach oben in den blauen Himmel geworfen, dann wäre ihnen ein Schwarm merkwürdig aussehender Vögel aufgefallen, die in raschem Tempo abwärts flogen…

So aber empfing sie der weiche und nach Heu riechende Schoß der alten Scheune. Er verhieß ihnen Ruhe und Behaglichkeit für eine schöne Zeit zu zweit. Jan schob das Tor zu, welches aus wurmstichigen, groben Brettern gezimmert war. Mit einem rauen Ächzen verschloss es den Eingang, hielt das Sonnenlicht draußen und verwandelte das Innere der Scheune in eine dunkle, intime Liebeshöhle.

„Endlich sind wir allein!" seufzte Jan. Er rückte näher an die brünette und dralle Magd heran. So nahe bei ihr, spürte er eine tiefe innere Geborgenheit. Das Aroma ihrer Haut erschien ihm schon jetzt so vertraut und lieb, dass er nicht mehr glaubte, weiterleben zu können, ohne es tagtäglich riechen zu dürfen. Er wünschte sich wirklich und von Herzen, es jeden Tag seines künftigen Lebens ausgiebig zu schmecken.

Mit dieser Frau jeden Abend einzuschlafen soll mir ein irdisches Paradies sein! beschloss er. *Dafür werde ich ihr Haus und Hof und den ganzen Himmel auf Erden zu Füßen legen.*

Diesmal war Gertrud es, die zum Küssen drängte. Kaum hatten sich ihre hungrigen Münder vereinigt, wurde ihnen beiden schwindelig zumute vor Glück und berauschendem Liebestaumel. Sie sanken rückwärts auf einen mächtigen, bettweichen Heuballen, ohne dabei voneinander zu lassen, und liebkosten sich wild und behutsam zugleich.

Gertrud fühlte Jans harten Kolben in seiner Hose, als er sich begierig an ihr rieb. Fiebrig fröstelnd vor ihren eigenen unanständigen Gedanken zögerte sie nicht, mit der Hand wie zufällig über die Wölbung zu streicheln. Als sie Jans aufforderndes und genießerisches Stöhnen vernahm, fasste sie sich ein Herz und ließ ihre Hand an die heikle Stelle zurückwandern.

Während sie seinen steifen Schwanz rieb, der sich heiß und pulsierend unter dem dünnen Stoff der Hose bemerkbar machte, flüsterte sie mit belegter Stimme: „Es darf aber nicht zu weit gehen! Hörst du, Jan? Wir dürfen nicht…"

Sanft legte er den Zeigefinger auf ihre Lippen und lächelte, als bade er in einem warmen Fluss der puren Wonnen: „Still, mein Trudchen! Wir sind füreinander geschaffen. So ist es doch ganz gleich, was wir wann miteinander tun werden, denn es wird ja ohnedies geschehen. Lass uns als fest versprochenes Paar in den ersten Mai gehen!"

Während er ihr die oberen Knöpfe ihres Kleides öffnete, um an die betörende Fülle ihrer Brüste zu gelangen, ertönten Schreie von draußen. Ein überraschtes, warnendes Rufen, undeutlich in seinen Worten, aber unverkennbar bebend vor Aufregung.

„Was ist da los?" Gertrud reckte beunruhigt ihren hübschen Kopf aus dem tiefen Heu nach oben. Sie versuchte zu lauschen. Jan hingegen beschwichtigte sie. Er hatte seinen Mund bereits tief zwischen ihren weichen, runden Brüsten vergraben.

„Was soll schon sein?" flüsterte er fahrig und ganz aufgelöst in der Euphorie des Fühlens und Schmeckens. „Sie richten die Tische her, stecken Fahnen an den Maibaum… Vielleicht ist jemandem ein Hammer auf den Fuß gefallen?"

„Das kam nicht vom Festplatz!" antwortete Gertrud und hörte sogleich ein mehrstimmiges Brüllen und Kreischen, überstimmt von einem meckernden, schrillen Lachen. „Das kam von ganz nah!"

TEIL 3

HEXEN IM DORF!

13

Der Tischler Jost ließ den schweren Hobel über die Tischplatte sausen. Zahlreiche Holzspäne gesellten sich zu den vielen, die bereits auf der Wiese lagen.

„So ist es gut!" lobte ihn Georg Amman, sein Meister. „Die Tische müssen alle so glatt sein wie möglich. Wir haben schließlich einen Ruf zu verlieren, und Tische, welche die Arme zerkratzen, sind Gift fürs Geschäft!"

Jost nickte stumm und arbeitete weiter verbissen mit dem Hobel. Seine Schuld war es nicht, dass die neuen Tische erst so spät fertig geworden waren und jetzt kurz vor der Maifeier auch noch nachgeschliffen werden mussten. Der Baum war das zeitaufwändige Problem gewesen! Der diesjährige Maibaum war höher als die der letzten Jahre und wies weitaus mehr Verzierungen und geschnitzte Wappen auf. Immer wieder waren Mitglieder des Dorfrates in der Werkstatt erschienen und hatten Änderungsvorschläge gemacht und Sonderwünsche ausgesprochen. Und Amman, der erfolgshungrige und nach Anerkennung lechzende Tischlermeister Sonnhagens, war auf jeden noch so absurden Gedankengang der Herren eingegangen. Wie selbstverständlich hatte er neue Tafeln mit den Bildnissen weiterer Schutzheiliger angefertigt, hatte Wappen ausbessern und verfeinern lassen und dafür gesorgt, dass der Stamm schließlich mit dicken Haarpinseln sorgfältig bemalt und reich verziert wurde. Letzteres war gar nicht sein Aufgabenbereich. Das Malen war ihm eigentlich von seiner Handwerksgilde verboten. Aber da der Maibaum komplett und unter Zeitdruck von ihm und seinen Gesellen angefertigt werden sollte, blieb keine andere Möglichkeit, als auch diese Arbeit zu übernehmen.

Jemand rief den Namen der ehrwürdigen Jungfrau Maria und ihres Sohnes: entsetzt, wild gestikulierend, angstvoll nach oben blickend! Es war einer der Metzgerlehrbuben, die zur nahen Feuerstelle gekommen waren, um frisch geschlachtete Schweine auf Spieße zu stecken. Der junge Kerl deutete auf den Maibaum und sah aus, als würde er im nächsten Moment seine Beine in die Hand nehmen und davonlaufen.

„Beim Spiel des Troubadour!" stieß Georg Amman keuchend hervor und bekreuzigte sich hastig. Kalkweiß war er geworden, sobald er die Gestalt auf dem Maibaum wahrgenommen hatte.

Der Tischler Jost erkannte eine Frau, die sich auf dem oberen Drittel des Baumes an den nackten Stamm klammerte und auf sie alle herabsah. Sie war schon recht alt, strahlte aber eine unheimlich starke, sehr fremdartig wirkende Energie aus. Sie hielt einen langen Reisigbesen in der linken Hand. Ihr Gesicht wirkte weder angestrengt noch verunsichert, wie es in Anbetracht ihres luftigen Aufenthaltsortes anzunehmen gewesen wäre. Es schien grobschlächtig und vergnügt. Der Mund war zu einem skurril breiten Grinsen verzogen, das eine Reihe gelber, großer Zähne zeigte. Die lange, schmale Nase schien zu schnuppern, denn Nüstern und Nasenspitze bewegten sich fortwährend. Die Augen funkelten wie die eines Raubtieres, welches Beute entdeckt hat.

„Das… das gibt es doch nicht…! Wie kommt die da hinauf? Wer ist das?" japste der Tischlermeister Amman. Er griff mit klammen Händen an das Wams über seiner Brust, als könne er dort eine Antwort finden.

Kaum hatte er gesprochen, sprang die Frau vom Maibaum auf die Wiese hinab, blitzschnell und beängstigend lautlos. Sie warf den Besen auf einen der Gesellen, der sich ihr mit einer breiten Säge bewaffnet entgegenstellen wollte. Der Stiel traf den bedauernswerten Handwerksburschen genau auf der Stirn und ließ ihn wie vom Donner gerührt zu Boden sinken.

Die Frau lachte ausgelassen und wie übergeschnappt. Es war ein schrilles, schauderhaftes Kreischen, aus tiefster Kehle kommend und doch heiter sprudelnd wie eine eiskalte Gebirgsquelle.

Eine Hexe! durchfuhr es Jost siedend heiß. Augenblicklich ließ er den Hobel fallen und machte einige Schritte rückwärts. *Eine wirkliche, leibhaftige Hexe! Und sie wagt sich hierher, auf den Dorfplatz, am hellichten Tag!*

Vergessen waren die Tische, deren Platten zu glätten waren. Auch von Schweineleibern, Spießen und dem Podest für die Tanzkapelle wollte jetzt keiner mehr etwas wissen. Alle Hälse reckten sich gen Himmel. Entgeistert nahmen die Leute das Unheil war, das wie ein Schwarm riesiger, grauenerregender Vögel über sie hereinbrach.

Die Hexe, die sich des Maibaums bemächtigt hatte, war nur die Vorhut gewesen. Jetzt stürzten Dutzende düsterer Gestalten aus der Luft herab. Sie ritten auf Besen und stießen gellende, fast tierhafte Schreie aus. Ihre langen Haare wehten wie die zerfetzten Fahnen einer finsteren Streitmacht aus dem Schattenreich. Glühende Augen suchten den Dorfplatz ab und musterten die entsetzten Menschen. Von denen waren die meisten zwar kräftige Männer. Doch kaum einer von ihnen dachte ans Kämpfen, sondern floh lieber oder versuchte sich zu verstecken.

Jost überlegte nicht lange. Er spurtete los und rannte um sein Leben. Flink wie ein Hase sprang er über den bewusstlosen Gesellen, der von dem Besenstiel getroffen worden war, und jagte über den Dorfplatz in Richtung der steinernen Bürgerhäuser. Aus den Augenwinkeln heraus nahm er seinen Meister Georg Amman wahr, der von zwei Hexen in die Mangel genommen wurde. Sie hatten ihre Besen nach der Landung fallenlassen und waren dabei, den armen Mann auf den Boden zu wälzen. Eine hatte ihm ihre lange, dünne Hand zwischen die Beine geschoben. Wie harte, verhornte Vogelkrallen kneteten ihre Finger sein Gehänge, was ihm ein hohes, verzweifeltes Jaulen entlockte.

„Der ist nichts für uns!" grunzte die eine der beiden. „Er ist zu alt!"

„Auch die Alten leisten was!" entgegnete die andere. „Manchmal sind die sogar gefügiger und geschickter als die Jungen. Dieser hier sieht zumindest stattlich aus. In seiner Wurst regt sich sogar etwas, wenn ich sie nur tüchtig quetsche!"

Jost wollte gar nicht wissen, was genau diese Schreckensweiber da vorhatten und wie es seinem Meister weiter erging. Sein ganzes Streben galt jetzt einer raschen Flucht. Nur weg von diesem Wahnsinn, der da plötzlich und aus heiterem Himmel über sie alle hereingebrochen war! Fast glaubte er zu träumen, wusste aber doch gleichzeitig nur zu genau, dass das nicht der Fall war.

Die Hexen hatten sich bereits auf verschiedene Männer gestürzt. Zu zweit oder auch alleine brachten sie sie zu Fall, indem sie ihnen ihre Besen zwischen die Füße warfen. Oder aber sie schossen helle, weiße Blitze aus ihren ausgestreckten Zeigefingern, welche ihre Opfer blendeten, aus den Schuhen warfen und wehrunfähig machten. Manche der Männer waren wie gelähmt, nachdem die Hexen sie mit ihren übersinnlichen Blitzen getroffen hatten. Sie lagen mit verkrampften Gliedmaßen und starrem Blick auf der Wiese, unfähig, sich zu rühren oder gar zu fliehen.

Ein Mann – er sah aus wie der Bäcker Albertus, was aber wegen seiner explosiv hektischen Zuckungen kaum zu erkennen war – wand sich unter dem gierigen Grabschen einer unglaublich hässlichen Alten. Sie besaß ein graues Haargestrüpp, das wie eine Unmenge dichter Spinnweben ihre grässlich anzusehende und boshaft verzogene Fratze halb bedeckte. Der Gestank, den sie verströmte, war sagenhaft in seinem Ausmaß und seiner Verderbtheit. Er raubte dem bedauernswerten Mann den Atem und drohte ihn zu ersticken. Jost wusste nicht, dass es sich um die Aashexe Gäa handelte, die sich wie die anderen einen Teil der Männerbeute sichern wollte. Hätte er es gewusst, so wäre es für das weitere Geschehen und sein Schicksal ohnehin unbedeutend gewesen.

Die Hausecke der steinernen Dorfschmiede vor Augen, die ihm sogleich hätte Sichtschutz bieten können, lief Jost einer grünhaarigen Hexe in die Arme. Sie war gerade von ihrem Besen gesprungen, welcher in Hüfthöhe und mit stark verlangsamtem Tempo über dem Boden geschwebt hatte. Jetzt fing sie den erschrockenen Tischler mit einem Netz aus dünnen Hanfseilen, das sie sich kurzerhand vom Rücken zog, wo es gehangen hatte wie ein sonderbarer Umhang. Sie roch nach Sumpf oder Moor, und auf ihrer hellen, großporigen Haut wuchsen grüne Flechten. Ihr Lachen klang glucksend und düster wie ein aufgewühltes, schlammiges Gewässer, das über dem Kopf eines Ertrinkenden in trägen Wellen schwappt. Die Augen waren von dunklem, schmutzigem Gelb. Die Pupillen glänzten darin rotbraun wie verblühte Seerosen.

„Neiiin!" schrie Jost. Er versuchte, sich aus dem muffig riechenden Netz und der starren Umarmung der Grünhaarigen zu befreien, indem er sich schwer machte und zur Erde sinken wollte. Die Hexe packte ihn an Haar und Kragen, zog kräftig an ihm und schleuderte ihn dann mit einem giftigen Zischen von sich.

„Da!" blubberte sie. „Das ist einer für dich! Jung und voller Kraft!"

Als er zitternd auf dem kiesbedeckten Boden lag, bemerkte er die junge Frau, zu der die Hexe anscheinend gesprochen hatte. Sie stand wenige Schritte von ihm entfernt und hielt ihren Strohbesen so, dass man annehmen konnte, auch sie sei soeben erst aus der Luft gelandet.

Auch die junge Frau gehörte unverkennbar dem Hexenorden an, doch war sie atemberaubend schön: Ihr langes, sehr hellblondes, fast weißes Haar fiel von den Seiten ihres hübschen, schlanken Gesichtes herab bis über die Taille. Diese war ungewöhnlich schmal und zart. Ein schwarzer Ledergürtel schmiegte sich um sie und gab einem dunkelroten Kleid Halt. Aus feinem Leinenstoff gefertigt, hüllte es ihren anmutigen, wohlgeformten Körper ein wie Geschenkpapier etwas ungemein Wertvolles und Kostbares.

Was Jost sofort faszinierte, waren die zauberhaft dunklen Augen des Geschöpfes, die ihn kühl, aber ohne Wut oder Hass anblickten. Sie strahlten ein tief verwurzeltes Selbstbewusstsein aus, welches genährt war durch das Wissen um komplexe überirdische Geheimnisse. Demütig und schicksalsergeben senkte Jost den Blick vor dieser jungen, schlauen und bezaubernd gutaussehenden Hexe.

Sie haben uns immer erzählt, wie garstig und grausam Hexen sind! dachte er verwundert. *Die Ratsherren, der Büttel, die Mönche... Alle sind sich darin einig. Doch diese hier ist einfach umwerfend! Schöner als jede Maid, die ich bisher gesehen habe!*

„Weißt du, wo die junge Frau ist, die ihr hier im Dorf wohl *Kräuterliese* nennt?" fragte die hübsche Hexe unvermittelt. Ein Windhauch umspielte ihr gleißend helles Haar und bauschte eine breite Strähne auf, so dass sie wie der sonderbare Wimpel eines Elfenvolkes flatterte.

Jost schluckte. In ihm arbeitete unter höchster Anspannung sein reger Verstand, welcher sich soeben noch mit der Beschaffenheit von hölzernen Tischplatten beschäftigt hatte. Was wollten diese fliegenden Weibsbilder hier im Dorf? Warum stürzten sie sich auf die Männer? Waren gar die schrecklichen Gerüchte wahr, die, von Landstrichen nah und fern kommend, immer wieder nach Sonnhagen gesickert waren? Hatten die Hexen sich heute, am Nachmittag vor der Walpurgisnacht aufgemacht, um Männer zu sich zu locken? Männer, die dazu bestimmt waren, bei abscheulichen Spielen mitzumachen und enormen sexuellen Entartungen beizuwohnen?

Wenn er sich die grässlichen Hexen ansah, die den Dorfplatz und die nähere Umgebung heimsuchten, so befiel ihn bei diesen Gedanken das nackte Grausen. Diese eine hier allerdings, diese fast elfengleiche mit dem märchenhaft feinen Silberhaar, war etwas ganz anderes. Für sie hätte Jost spontan fast alles getan! Hatte sie ihn schon verzaubert? War sie womöglich gar nicht so attraktiv, wie es ihm erschien? War alles nur ein raffinierter Zaubertrick, der ihn umgarnte wie ein klebriges Spinnennetz die Fliege?

„Wo die Kräuterliese ist?" wiederholte er nun stotternd und sinngemäß die Frage der jungen Hexe. „Du meinst... ihr meint... die, die im Wald haust und mit ihren Salben und Tinkturen allerlei Leiden und Gebrechen behandelt?"

„Genau die!" bekräftigte die Frau, die eine Hexe war. „Hast du sie gesehen?"

„Nun... ja", murmelte er, eingeschüchtert von der Anwesenheit des Hexenvolkes im Allgemeinen und von der einzigartigen Schönheit dieses Exemplars im Besonderen.

„Wann und wo hast du sie das letzte Mal gesehen?"

„Das ist schon länger her. Zwei Dutzend Tage sicherlich, oder auch drei."

„Weißt du, wo sie jetzt ist?"

„Im Wald, vermute ich."

„Dort ist sie nicht! Jedenfalls nicht in ihrem Haus. Ich befürchte, dass ihr etwas zugestoßen ist! Denn sie hätte zu einem bestimmten Treffpunkt erscheinen sollen. Dort ist sie nie aufgetaucht."

Schon klar, dachte Jost und spürte in seiner Kehle plötzlich eine staubige, schier unerträgliche Trockenheit. *Ich weiß auch, zu welchem Zweck ihr euch treffen wolltet. Es scheint, dass die vielen Spekulationen, die man überall hört, doch wahr sind! Fragt sich nur, ob eure Walpurgisnächte wirklich so verrückt und entsetzlich sind, wie es durch die Gerüchteküche geistert?* Noch wusste er nicht, dass er die Antwort darauf bald am eigenen Leib erfahren würde.

„Dann… dann weiß ich nicht, wo sie ist!" gab er niedergeschlagen und kleinlaut zu, wie wenn er eine sofortige Bestrafung für sein Unwissen erwartete.

„Er will es wohl nicht wissen!" keifte die Hexe mit dem grünen Haar und dem Aroma von Sumpf und Moder.

„Nein, ganz bestimmt würde ich es sagen, wenn ich es wüsste!" beeilte sich Jost zu versichern. Der kalte Schweiß stand ihm auf der Stirn, und das kam nicht von der Anstrengung seines Fluchtversuchs.

„Ich glaube dir", sagte die junge Hexe traurig. „Leider! Ganz so einfach ist es dann wohl doch nicht…" Zu der Grünhaarigen gewandt, erklärte sie: „Lacuna, wir müssen alle befragen, derer wir habhaft werden können! Ganz bestimmt ist Iris hier irgendwo! Weit kann sie doch nicht sein! Wo hätte sie denn einen Grund, hinzugehen?"

„Lass uns erst mal die Männer einfangen, Tyna!" knurrte Lacuna grimmig. „Deswegen sind wir hier."

Nein! beharrte Tyna in Gedanken. *Ich jedenfalls bin in erster Linie hier, um nach Iris zu suchen!* Aber sie fügte sich der Anweisung der älteren Ordensschwester. Geistesabwesend band sie dem Tischler, der verstört am Boden hockte, mit dem Netz Lacunas kunstvoll die Arme auf den Rücken.

„Wage es nicht, dich zu erheben und davonzulaufen!" empfahl sie Jost streng. „Du bleibst hier liegen, bis über das weitere Vorgehen entschieden wird!"

Er nickte gehorsam. Um ihn herum tobte ein erbittertes Jagen und Ringen. Männer wurden mit Blicken und Gesten gelähmt, mit Stricken gefesselt oder mit geschickten Hieben wehrunfähig gemacht. Hexen stoben durch die Wege und Hinterhöfe Sonnhagens und trieben alle zusammen, die ihnen interessant erschienen. Sichtliche Gegenwehr oder gar Waffengewalt gab es keine. Die Bewohner verschanzten sich in ihren Hütten und Häusern. Jene, die bereits hoffen durften, von den Hexen verschont zu werden, verharrten ruhig und betend in ihren Verstecken. Sie würden nicht im Traum daran denken, sich der wilden Horde entgegenzustellen.

Die Sumpfhexe spuckte verächtlich aus, angewidert von der folgsamen Gehorsamkeit des Tischlers. „Und so was will ein Mann sein!" spottete sie. „Ein Kämpfer bist du jedenfalls nicht! Na, gut aussehen tust du jedenfalls… Heute Nacht werden wir sehen, ob du zumindest *zu etwas* zu gebrauchen bist!" Sie stieß ein schallendes, wieherndes Gelächter aus, das in ein vergnügtes Röcheln und Husten überging. Ihr Blick wanderte zu einem Holzschuppen, der einen Steinwurf weit entfernt war.

Zwei Hexen umschlichen ihn, schnüffelnd und misstrauisch. Es handelte sich um die Eishexe Istapp und die Wüstenhexe Asifa, die trotz ihrer äußerst verschiedenen Herkunft in trauter Zweisamkeit vereinigt auf der Pirsch waren. Asifa stelzte in etwas gebückter

Haltung an dem Tor des Schuppens entlang. Sie besaß nicht nur ein sehr gutes Gehör, sondern auch eine ausgezeichnete Nase für die Witterung von Menschen.

„Der Teufel soll mich holen, wenn die beiden dort in der Holzbude nicht etwas ganz Reizendes geschnuppert haben!" stellte die Sumpfhexe Lacuna fest und stemmte frohlockend die bemoosten Arme in die Hüften.

14

„Da ist nichts, Trudchen!" beteuerte Jan. Er knubbelte sie in einer beinahe schon vertraut wirkenden Geste in den Oberarm, indem er ihr weiches Fleisch zwischen Daumen und Zeigefinger zärtlich rieb.

Unbeirrt sah Gertrud zur Wand des Holzschuppens, als könne sie durch diese hindurch sehen und erkennen, was da draußen vor sich ging.

„Und doch…" fing sie an, aber er verschloss ihre Lippen mit einem innigen Kuss.

Ihr letzter Widerstand brach, und jetzt geriet sie in die mitreißenden Wogen ihres jungen und heißen Geschlechtstriebes. Der Bauernsohn und die Magd wälzten sich eng umschlungen auf dem knisternden Heuballen. Gertrud fühlte den wachsharten Schwanz ihres Liebhabers an ihrem Oberbauch. Fordernd und pochend spannte sich Jans Kolben unter dem Stoff seiner Hose.

Wie lange noch halte ich seinem Drängen stand? bangte Gertrud voller Scheu und Scham. *Was, wenn der Bauer Leopold seinen Schuppen aufsucht? Dann stehen wir ganz schön dumm da!* Wobei sie mitnichten standen, sondern sich liegend im Heu wanden wie paarungswillige Mäuse.

„Du darfst nicht in mich!" flüsterte Gertrud fest. „Das darf keinesfalls geschehen, Jan, hörst du!" Selbstvergessen und blind für klare Gedanken saugte der junge Mann an einer ihrer Brüste, die er inzwischen aus dem Ausschnitt ihres Kleides befreit hatte.

„Oh Gertrud, lass mich dich bocken!" bat er eindringlich und beschwörend, wie wenn es um sein nacktes Leben ginge. „Ich werde es dir gut besorgen! Es wird dir sehr gefallen! Du wirst gar nicht mehr aufhören wollen, es mit mir im Stroh zu treiben, das verspreche ich dir! Habe ein Einsehen, Trudchen, du willst es doch auch…"

Die unverkennbare Nässe, die sich inzwischen in ihrem Schritt und auf ihren Schenkeln breitgemacht hatte, zeigte, dass er mit seinen deutlichen Worten ganz richtig lag. Aber Gertrud zierte sich nicht nur, sie klemmte nun wortlos ihre Beine zusammen. Sie legte sogar krampfhaft eine Hand an die Stelle, wo sich unter dem Kleid und dem Mieder ihre Spalte befand.

Rücksichtsvoll und voller Verständnis ließ Jan schließlich von seinem Vorhaben ab, obwohl sein Verlangen ihn schier verrückt werden ließ. Sein Schwanz schmerzte steifgeschwollen und eingeengt in seiner Hose und schien erhitzt wie ein Stück Eisen im Schmiedefeuer.

„Na gut, lassen wir es für heute sein mit dem Bocken!" willigte er ein und bemühte sich, ruhiger und gleichmäßiger zu atmen. „Dann helfe mir aber bitte, Trudchen, mein unbändiges Feuer etwas zu löschen. Wenigstens diesen kleinen Genuss wirst du mir doch verschaffen, oder?"

Errötend und verschwitzt sah sie ihn an und verstand. Instinktiv wusste sie, mit was sie ihm diesen Genuss würde bereiten können. Noch nie hatte sie derlei getan, aber dafür schon mehr als einmal kichernd und sich zierend zugehört, wenn reife Frauen davon erzählt hatten.

Schnell entschloss sie sich, ihm seine Bitte zu erfüllen, da sie nicht nur eine tiefe, stark keimende Liebe zu ihm verspürte, sondern ihrer beider Verhältnis mit einem vertrauensvollen Akt der Zärtlichkeit besiegeln wollte. Nach wenigen Augenblicken hatte sie ihm durch geschicktes Fummeln an den feingeschnitzten Knöpfen die Hose geöffnet. Überrascht und erfreut half Jan ihr und nestelte an seinen Beinkleidern herum, bis er sich ihrer vollends entledigt hatte. Achtlos riss er sich die wollene Unterhose vom Leib, die seine Lenden bedeckte.

Gertrud schrak zurück, als ihr sein steif emporgerecktes Glied entgegensprang. Es war dick und glänzte von einigen Tröpfchen des weißen Männersaftes, die ihm bereits etwas voreilig entwichen waren. Blaue Adern rankten um den fleischigen Kolben, an dessen Ansatz der große, stark behaarte Sack baumelte. Dieser Haarwuchs war von ebenso dunkelblonder Farbe wie der auf seinem Kopf, jedoch von eher drahtiger als lockiger Beschaffenheit.

Sie hatte den einsatzbereiten Riemen etwas länger als nötig angestarrt. Jan ächzte voller Vorfreude: „Lutsche, Trudchen! Sauge ihn recht kräftig, meinen prallen Schwanz!"

Gertrud kam seinem Wunsch sofort nach. Obwohl sie sich zunächst davor scheute, das haarige und vom Eiersaft leicht schmierige Ding in den Mund zu nehmen, war ihr doch klar, dass sie diese innere Hürde lieber rasch als zögernd zu nehmen hatte. Tun wollte sie es ohnehin, da war es klüger, nicht allzu lange zu warten. Immer noch war es erst Nachmittag, und sie befanden sich mitten im Dorf, wenngleich gut versteckt in der Scheune.

Während sie begann, an dem starren Fleischknüppel zu saugen, hörte sie zunehmend lauteres Rufen und Kreischen. Es polterte und klirrte. Irgendwo dort draußen fiel etwas um. In ihr wuchs wieder Angst und Besorgnis, doch sie konzentrierte sich fest auf Jans Schwanz. Sie geriet dabei in einen zunehmend gleichförmiger werdenden Takt. Wie auf einem nassen roten Teppich glitt der geschwollene Riemen über ihre Zunge tief in den Rachen. Mehrmals war sie kurz davor zu würgen, wenn das Ding einmal gegen ihr Gaumenzäpfchen stieß. Doch bald hatte sie es heraus, wie sie den Schwanz mit kräftigem Lutschen liebkosen konnte, ohne dass es ihr Brechreiz verursachte.

Beide waren in ihr intimes Spiel vertieft und hörten deshalb nicht, wie das schwere, hölzerne Tor des Schuppens geöffnet wurde. Das Öffnen geschah allerdings auch sehr geschickt: langsam, leise und mit vorzüglicher Behutsamkeit. Mit der Gleichmäßigkeit einer aufgehenden Sonne wurde es heller im Schuppen, je weiter sich das Tor öffnete und Tageslicht hineinließ.

Heiß wie kochendes Öl überfiel Gertrud die Erkenntnis, dass sie nicht mehr allein waren. Mit halb geschlossenen Augen und noch ganz auf ihr Zungenspiel fixiert, bemerkte die Magd, wie hell es in dem Schuppen plötzlich geworden war. Heuballen,

Bretterwände, Leiter und der sandige Boden waren mit einem Mal fast so klar und deutlich zu sehen, als schiene die Sonne darauf.

„Sieh an, sieh an!" schnarrte eine rauchige, überhebliche Stimme. „Wen haben wir denn da im Heu? Zwei schamlose Früchtchen, die dabei sind, sich den Saft herauszusaugen!"

Jan fuhr auf, zu Tode erschrocken und völlig perplex. Er wurde sofort aus den Gefilden höchster Lust in die Niederungen schlimmster Peinlichkeit katapultiert. Augenblicklich wichen jegliche Stärke und Spannkraft aus seinem Glied. Es schrumpfte deutlich zusammen.

Zwei schreckliche Weiber standen mitten im Schuppen und schritten langsam auf sie zu. Beinahe hatte es den Eindruck, wie wenn sie dicht über dem Boden schwebten. Ihre wallenden Kleider raschelten über dem sandigen Grund. Es waren zweifellos Hexen. Sie sahen zwar anders aus als die, die vor kurzem auf ihren Besen fliegend auf der Waldlichtung erschienen waren. Aber Haare, Schmuck, Kleidung und vor allem die funkelnden, kaum menschlichen Augen wiesen darauf hin, dass sie Geschöpfe des Schattenreichs waren, welches zumeist nur im Verborgenen blühte.

Jan stand wankend auf, noch halb betäubt von der rumorenden Lust, die Gertrud in ihm geweckt hatte. Eine Hand vor sein halbsteifes Glied gepresst, mit der anderen nach seiner Hose tastend, torkelte er in gebückter Haltung im Heu herum.

Eine der Hexen baute sich vor ihm auf. Sie war lang und sehr dürr, kaum kleiner als der Bauernsohn. Bekleidet war sie mit einem hellen, hauchdünnen Tuch, durch welches ihr knochiger, nackter Körper hindurchschimmerte. Ihr Hals und ihre Arme waren behängt mit weißem Schmuck aus Fangzähnen unbekannter Raubtiere.

„Warum solche Eile?" fragte sie listig grinsend. Eine lange Reihe kleiner, aber recht spitzer Zähnchen glänzten zwischen ihren violetten Lippen hervor. „Bei uns im ewigen Eis, weit, weit weg von hier, gibt es ein Sprichwort: *Langsam bildet sich der Eiszapfen und hat Geduld mit Wachsen und Werden.* Es heißt so viel wie: Eile mit Weile… Pflegt ihr hier nicht so etwas in der Art zu sagen?" Sie erwartete wohl keine Antwort, sondern stürzte sich auf den entgeisterten Jan. Sie warf ihn zu Boden und griff nach seinem umherpeitschenden Hodensack. Mit einem lauten Brüllen reagierte er darauf und versuchte sich mit Händen und Füßen zu wehren, nackt bis auf sein Hemd. Das machte alles nur noch schlimmer! Die Hexe umklammerte mit drahtigen Fingern seinen Schwanz und Sack an der Wurzel. Jede seiner Bewegungen verursachte ihm erschreckende Schmerzen.

„Ja, tobe nur und wehre dich, dann wird dein Gehänge noch abreißen oder zumindest ganz blau werden!" geiferte die andere Hexe. Sie fügte hinzu, an ihre Ordensschwester gewandt: „Gut hast du ihn im Griff, Istapp!" Sie war mit einem struppigen, dichten Fell bekleidet, das eigentlich viel zu warm war für die Jahreszeit. Außerdem trug sie eine Pelzkappe, die ihr bis über beide Ohren hing. Braungebrannt und merkwürdig verschleiert wie sie war, mochte sie wohl aus einem fremden Land kommen, wo sie große Hitze gewohnt war. Ohne Pelz würde sie deshalb vermutlich selbst bei dem gerade sehr milden hiesigen Wetter frieren.

Mit unbarmherziger Miene quetschte Istapp dem armen Jan die Eier. Sie verdrehte seinen gepeinigten Sack dermaßen grob, dass er unter dem eisernen Griff ihrer Klauen hilflos winselte.

„Aufhören!" weinte Gertrud. Sie war im Begriff, sich auf die Hexe zu stürzen. „Lass ihn los, du Scheusal!"

Istapp hielt kurz inne und lockerte den Griff um die Hoden des Bauernsohnes, um sogleich wieder zuzudrücken und die Finger noch tiefer in die faltige Haut des Sackes zu graben.

„Aus dir sprechen Eifersucht und weibische Geilheit, du fülliges Balg!" herrschte sie höhnisch. „Bevor der Kerl zum Bock werden kann, nehmen wir ihn dir weg! Ganz umsonst hast du seinen Schwanz in deiner hübschen Schnauze umhergewalkt… Der weiße Saft bleibt in seinem Sack, bis *wir* ihn in Wallung bringen und hinausbefördern werden!" Sie fing an zu kichern und wurde dabei so laut, dass schließlich ein irres Gelächter daraus wurde. „Sieh dir dieses freche Stück an, Asifa!" prustete sie. „Noch keine zwanzig Lenze alt und will sich *mir* in den Weg stellen, die zwei Dutzend Mal mehr Jahre auf dem Buckel hat!"

Die Hexe, welche Asifa genannt worden war, fiel nicht in das Lachen mit ein, sondern machte blitzschnell einige Schritte auf Gertrud zu. Kaltblütig drehte sie der Magd die Arme auf den Rücken, so dass diese schmerzgeplagt aufschrie, und beugte ihren Kopf zu dem der jungen Frau hin. Mitten in das hilflose Geheul Gertruds hinein murmelte sie einen Spruch und hauchte ihr ihren Atem ins Gesicht.

Gertrud erstarrte. Sie zog die Nasenflügel kraus und bekam große, gläsern wirkende Augen. Sogleich verdrehte sie ihre Augäpfel, bis nur noch das Weiße zu sehen war. Sie fiel wie ein Stein zu Boden, umnachtet von tiefer Bewusstlosigkeit.

„Lasst sie! Tut ihr nichts!" stieß Jan voller Verzweiflung hervor und presste dann die Zähne fest zusammen. Ganz mitgenommen von den grausamen Fingern Istapps, die seine Eier marterten, und dem Schrecken über Gertruds Ohnmacht, sank er auf die Knie. Endlich ließ die hagere Hexe seinen Hodensack los. Wie ein Embryo im Mutterbauch krümmte Jan sich zusammen. Er legte seine Hände schützend über seine gepeinigten Geschlechtsteile.

„Es wird Zeit, nach draußen zu gehen!" meinte Asifa, die ihre feinen Ohren gespitzt hatte. Mit diesen hörte sie so gut wie alles. Als Wüstenhexe war sie an unendliche Stille und atmosphärische Klarheit gewöhnt, die ihr Gehör zu ungeheurer Feinheit und Empfindsamkeit geschult hatten. Sie vernahm die Stimmen der anderen Hexen im Dorf, die sich über die bereits gemachte Männerbeute austauschten. Soweit sie hören konnte, hatte keine ihrer Schwestern bisher in Erfahrung bringen können, wo sich die junge Kräuterhexe Iris befand. Die Antwort auf dieses Rätsel musste also noch gefunden werden, und am besten zügig. Denn allzu lange würde die Dämmerung nicht mehr auf sich warten lassen. Die Kleine musste möglichst bald gefunden werden, denn die Walpurgisnacht hatte stets pünktlich zu beginnen. Die okkulten Ordensregeln besagten, dass die Nacht der Nächte ab genau dem Zeitpunkt ihren Verlauf nehmen sollte, an dem das Zwielicht der Nacht Platz machte.

Die zwei Hexen zogen das Holztor auf und verließen den Schuppen, den schmerzverkrümmten und gedemütigten Bauernsohn mit sich schleifend. Sie ließen Gertrud zurück, die regungslos in ihrer Ohnmacht verharrte und nichts von den erschütternden Ereignissen mitbekam, die sich bald ereignen sollten.

15

„So ist es besser – viel besser!" Zufrieden betrachtete Oswald Crudelis sein Werk. Auf sein Geheiß hin hatte der bucklige Foltermeister die Handfesseln der schwarzhaarigen, jungen Hexe zunächst gelöst und sie dann, mit weiteren Hanfstricken um ein paar Ellen verlängert, wieder festgezurrt.

Iris konnte sich nun aufrecht hinsetzen, war an Händen und Füßen aber immer noch an dem Tisch festgebunden. Die Stricke verliefen bis unterhalb der Tischplatte, wo sie vermutlich sorgfältig verknotet waren. Sie war völlig nackt und fröstelte, da es in dem Keller inzwischen recht kühl geworden war. Ihre Kleidung lag zerfetzt und achtlos hingeworfen auf dem feuchten Boden. Die Schmerzen in ihrer Nase und in ihrer Hand waren inzwischen zu einem beständigen, unterschwelligen Pochen geworden.

Iris sah nun auch, dass es nicht ein gewöhnlicher Tisch war, auf dem sie saß. Sondern eine Streckbank! Wenn sie den Kopf nach hinten drehte, erkannte sie am Ende der langen Holzplatte eine Drehvorrichtung aus Eisen. Ketten mit Armbändern, in die menschliche Gliedmaßen bei einem Streckvorgang gesteckt wurden, waren allerdings nicht zu sehen.

Sie wusste nicht, ob es gut oder schlecht war, dass sie nun einen besseren Überblick über das Kellerverlies hatte und viel mehr Details erkennen konnte als im Liegen, wo sie vor allem die Steindecke im Blick gehabt hatte. Sie konnte mehr sehen. Allerdings war das, was sie sah, nicht sehr ermutigend.

Das Verlies war tatsächlich ein gut ausgestatteter Folterkeller und nicht einfach ein Ort zur Aufbewahrung Gefangener. Ein gutes Dutzend verschiedener, hässlicher Gerätschaften waren im Raum verteilt. Auf mehreren Tischen lagen schauderhafte Werkzeuge, von denen sie gar nicht wissen wollte, für was sie schon benutzt worden waren. Neben der grob beschlagenen, wuchtigen Eichentür stand das Pult des Schreibers, der fleißig mit der Schreibfeder auf Papier vor sich hin kritzelte.

Das wenige Licht, das aus dem schmalen Fensterschlitz hereinfiel, war merklich schwächer geworden. Wie spät mochte es jetzt sein? Früher oder später Nachmittag? Iris hatte kein richtiges Zeitgefühl mehr. Vor allem wegen ihrer Bewusstlosigkeit nach den Folterungen mit der Daumenschraube, aus der sie sehr unsanft mit einem Schwall kalten Wassers gerissen worden war.

Ihre malträtierte linke Hand schmerzte jetzt wieder stärker, als würde sie in ihr angesichts der vielen Folterinstrumente wieder die Erinnerung an die grausame Daumenschraube wachrufen wollen.

„Das ist der Raum, in dem du wie viele Frauen vor dir die einmalige Gelegenheit hast, dir deine Sünden von der Seele zu reden!" verkündete Oswald Crudelis erfreut wie ein Heilsbringer, der eine frohe Botschaft verkündet. „Wie viele von ihnen kannst du klug sein und alles ausführlich erzählen, ohne dass man es dir buchstäblich aus der Nase ziehen muss! Denn auch was die Nase betrifft, haben wir bestimmt irgendwo ein spezielles Behandlungsinstrument, welches weit wirkungsvoller als eine gewöhnliche *Faust* ist…" Er lachte albern und affektiert und trat näher an Iris heran. Die gelben Bienenwachskerzen an den Metallhalterungen der Wände warfen ein warmes und lebendiges Licht auf sein aufgedunsenes, unangenehmes Mondgesicht. Die Kerzenflammen bewegten sich unruhig, getrieben von den Luftströmen, die von den Bewegungen der umhergehenden Menschen verursacht wurden oder durch das kleine Fenster drangen.

„Manche der Frauen, die ich hier verhört habe, waren allerdings nicht besonders klug!" fuhr Crudelis fort und ließ seine Augen über die gefesselte Hexe schweifen. Ihre Brüste lagen frei. Der Bucklige hatte ihr das sandfarbene Oberteil zerschnitten und grob vom Leib gerissen.

Wie schön ihre Brüste sind! dachte der Inquisitor frohlockend. *Nicht sehr groß, aber rund und fest… Die Nippel sehen aus wie vom Zuckerbäcker gemacht! Rosafarben und einladend, wie wenn sie verkündeten: Nimm uns in den Mund! Lutsch uns!* Nervös warf er einen Blick über die Schulter zum Schreiber, der neben der Eingangstür hinter seinem Pult hockte und Protokoll führte. Der Kerl war ein dröger und farbloser Zeitgenosse, immerhin aber sehr loyal und gehorsam, besonders gegenüber den Herrschaften von Adel und Klerus. Ein Abt war für ihn beinahe so etwas wie ein Heiliger, das hatte er während etlicher Hexenverhöre bewiesen. Regungslos, ungerührt und aufmerksam pflegte er die Fragen und Antworten mitzuschreiben. Selbst wenn sich manche Hexen unter der Folter wanden wie Würmer an der Angel und sich die Kehle aus dem Hals schrien, aufgepeitscht von unerträglichen Schmerzen.

Es würde wieder eine etwas heikle Sache sein, den Schreiber nachher loszuwerden, sowie auch den buckligen Foltermeister mit dem unheilbaren Stottern. Bisher hatte das jedoch immer problemlos geklappt. Hinterher, wenn der Inquisitor befriedigt und ausgelaugt seine ganz spezielle Art der „Befragung" beendet hatte, hatte niemand ein Wort darüber verloren.

Heute fühlte sich Crudelis besonders aufgeweckt und angestachelt in seiner Männlichkeit. Obwohl sich in seinem fettweichen, schlaffen Glied nur noch selten etwas regte – es sei denn das Wasser, das er zu lassen hatte – spürte der Abt und Großinquisitor jetzt in sich die Feuer des fleischlichen Begehrens. Ob es am warmen Frühling lag? An der Schönheit dieser verfluchten jungen Hexe? Hatte sie ihn gar verzaubert, weil sie scharf darauf war, sich den Saft seiner heiligen Hoden einzuverleiben?

In maßloser Selbstüberschätzung und Verblendung suhlte sich Crudelis in derlei Gedanken. Er kostete seine Macht voll aus, die er über das vermeintlich böse Geschöpf der Finsternis hatte, welches da hilflos gefesselt vor ihm lag.

„Ich warte immer noch auf dein Geständnis von der Hurerei mit Satan!" grollte er und räusperte sich streng.

Sie hat geblutet! dachte er missbilligend und leicht angeekelt. Er musterte die dunkelrot verkrusteten Schlieren auf ihrem Schritt und den Innenseiten ihrer nackten Oberschenkel. *Selbst eine Hexe hat also derlei Frauenleiden. Oder gehört dies zu ihrer Täuschung, um allen vorzugaukeln, sie sei ein ganz normales Weib?*

Er rieb verstohlen an seiner Leibesmitte. Sein Gehänge machte unter der braunen Kutte einen prallen und fülligen Eindruck. Ach, es würde eine wahre Wonne sein, sich das verruchte Weibsstück ganz alleine vorzunehmen! Sicherlich, dieser Ort hier war nicht gerade anheimelnd und gemütlich, sondern einer sexuellen Erregung eher abkömmlich. Aber schließlich ging es nicht anders! Im Gegensatz zu den Dirnen, die sich Crudelis heimlich im Kloster *Aureus Veritas* in seine Gemächer schaffen ließ, waren seine Ausschweifungen mit den Hexen nur auf diesen dunklen Keller beschränkt. Alles andere wäre zu auffällig und riskant gewesen. Denn leider war er weder allmächtig noch unangreifbar, sondern musste sich dem Fürsten und natürlich auch der Obrigkeit der Kirche fügen. Wenn andere Äbte oder auch Bischöfe – und, das möge Gott verhüten, am Ende gar der Papst persönlich! – von derlei Abenteuern Wind bekämen, so wäre es um seinen weiteren erfolgreichen Werdegang geschehen! Nicht, dass nicht auch andere kirchliche Würdenträger als er selbst sich manchmal benahmen wie die Schweine… Aber er wollte ganz sicher nicht derjenige unter ihnen sein, der dabei erwischt und als willkommenes Bauernopfer der allgemeinen Scheinheiligkeit preisgegeben wurde!

Immer wieder redete sich Oswald Crudelis ein, dass seine brutalen Hexen-Bespringungen vor allem beruflicher Natur seien. Eine solche Besteigung und ein Eindringen in einen dämonischen Hexenschlitz waren immer auch ein wagemutiger, selbstloser Akt! Es war seiner Meinung nach eine Verhöhnung des Satans durch einen ehrenwerten, furchtlosen Mann der Kirche, wenn eine Hexe, also eine Satanshure, vergewaltigt wurde. Zudem brachte es wichtige Erkenntnisse über die Beschaffenheit ihres lasterhaften Lochs und ihres ganzen Körpers. Erkenntnisse, die sehr nützlich sein konnten für weitere Hexenverfolgungen…

Gerührt von seinem beruflichen Ehrgeiz und der mutigen Tollkühnheit, mit der er sich an wehrlosen, gefesselten Frauen verging, spielte der Abt mit seinem Schwanz, der unter der Kutte anschwoll. Oh ja, er würde es dem geilen Luder tüchtig besorgen, bevor der Foltermeister seine Pflicht täte… Bevor der Scheiterhaufen sie verschlänge, würde die Hexe das geweihte Glied des Inquisitors in sich spüren!

Kühl wies Crudelis den Buckligen an, sich im Hintergrund und in der Nähe des Schreibers zu halten. Er wandte ihnen beiden den Rücken zu und stand frontal vor der Gefesselten, während er verstohlen an seinem Geschlecht knetete.

Iris sah nur zu gut, wie ihr dicker Peiniger an sich selbst herumspielte, während er auf ihren nackten Leib starrte. Das Ausmaß an Ekel und Verachtung, das sie bei seinem Anblick empfand, war grenzenlos. Dennoch wusste sie, dass es unklug wäre, ihn noch weiter zu provozieren und sich seinem Drängen zu verweigern. Er wollte eine Geschichte von ihrem Sex mit dem Teufel hören, den sie niemals gehabt hatte? Dann also bitte sehr! Sie nahm sich vor, seine Gelüste zu befriedigen, mit denen er sich anscheinend in Stimmung bringen wollte für ihre spätere Schändung. Es galt, Zeit zu schinden. Denn die leise Hoffnung bestand immerhin, dass Tyna oder andere Hexen ihres Ordens sie aufspüren und ihr helfen würden.

Iris nahm sich zusammen. Sie bemühte sich, weder der Kühle des Raumes noch dem unverhohlenen Geifern des Inquisitors Beachtung zu schenken. Was hatte Belua, die umstrittene und sehr sonderbare Satanshexe, an manchen Abenden der Walpurgisnächte berichtet? Waren das nicht Abenteuer mit ihrem schwarzen Herrn gewesen, von denen sie mehr zähnefletschend als grinsend und frei von jeder Scham erzählt hatte? Die befremdeten und manchmal auch verzückten Blicke der anderen Hexen hatten jedenfalls Bände gesprochen.

Keineswegs war es so, dass alle Hexen mit dem Teufel im Bunde waren, wie es die Hexenverfolger der Kirche stets behaupteten. In Wirklichkeit war der Hexenorden ein uraltes und weltweites Bündnis starker, besonders begabter Frauen. Sie hatten weiß- oder schwarzmagische Fähigkeiten erlangt und bis zur Perfektion vervollkommnet. Eine höhere Macht außerhalb des Ordens gab es für sie nicht. Sie lehnten nicht nur die Hierarchien der menschlichen Gesellschaften ab, sondern sie widersetzten sich auch den Versuchen anderer okkulter Wesenheiten, sie zu vereinnahmen. Natürlich gab es dabei immer wieder Überschneidungen, also Zusammenarbeit oder sogar Freundschaften. Manche Hexen machten kein Geheimnis daraus, dass sie in enger Verbindung mit der Geisterwelt standen, sich mit der Erweckung von Toten beschäftigten oder Kontakte zu Werwölfen und Vampiren pflegten.

Belua hatte schon seit Jahrhunderten ihre Liebe zu Satan verkündet und sich ihm sogar komplett verschrieben. Damit war sie gewissermaßen eine Außenseiterin unter den Hexen. Die meisten verpönten ihre Unterwerfung gegenüber Satan, denn sie widersprach der urweiblichen Stärke, Eigenständigkeit und Freiheit der Magie, die allen Hexen eigen war. Manche von ihnen bewunderten aber insgeheim die fast wahnsinnig zu nennende Angstlosigkeit und Vertrautheit, mit der Belua den Teufel hofierte – sofern sie nicht gar von *ihm* hofiert wurde!

Letztendlich blieb ihr Verhältnis zum Pferdefüßigen jedoch rätselhaft, da sie stets alleine mit ihm verkehrte. Keine Hexe hatte jemals davon berichten können, Satan auch nur gesehen zu haben. Zweifellos war Belua mit Kräften ausgestattet, die selbst unter den Hexen als einzigartig und äußerst merkwürdig galten. Über diese Kräfte soll an dieser Stelle jedoch geschwiegen werden, da sie mit dem Fortgang der Ereignisse nichts zu tun haben.

Beluas Geschichten also, dachte Iris selbstversunken und versuchte sich an Einzelheiten zu erinnern. *Die werde ich dir auftischen, du furchtbar scheinheiliger Mensch unter dem rücksichtslos missbrauchten Deckmantel des ehrenwerten Christentums!*

„Die gottlose Buhlerei!" erinnerte sie Oswald Crudelis mit wachsender Ungeduld. Am Wachsen war auch sein Glied, welches bereits wieder ein Zelt unter der Mönchskutte formte. Es war nicht sichtbar für den Foltermeister und den Schreiber im hinteren Teil des Kellerverlieses, denen er den Rücken zuwandte. „Erzähl! Erzähl!"

Iris räusperte sich. „Zunächst einmal", begann sie, „ist es keine Buhlerei und war es auch nie! Der Teufel ist kein Buhler. Er umgarnt nicht die, die ihm ohnehin zu Diensten sind. Er würde nur um große Männer wie euch buhlen, deren hohem Geist er habhaft werden will!" Sie lächelte den Inquisitor an, der sie mit offenem Mund anglotzte.

Hastig bekreuzigte er sich und griff unruhig nach dem wertvollen Kruzifix an der goldenen Halskette, das halb verborgen unter seiner Kutte hing. „Bei Gott!" murmelte er. „Das darf nie geschehen! *Niemals* wird er sich meines großen Geistes bemächtigen!"

„Ich buhle nicht mit dem Teufel und er nicht mit mir!" erklärte Iris nüchtern und sachlich, wie wenn sie über eine Handwerkskunst redete und über völlig natürliche Dinge des dazugehörenden Könnens und der Zünfte. „Ich suche ihn einfach von Zeit zu Zeit auf, wann immer es ihm nach mir gelüstet! Ich betrete Kraft meiner Zauberei seine geistigen Wirkungskreise, trete in sein Schattenreich und verbinde mich mit ihm!"

Oswald Crudelis hing an ihren Lippen und saugte jedes einzelne ihrer Worte begierig in sich auf, während er seinen Schwanz unter dem feinen, teuren Stoff seiner Kleidung streichelte.

„Wie verbindest du dich mit ihm?" stieß er hervor, die Stimme rau und heiser geworden vor Geilheit und Aufregung. „Sag, du verfluchte Dirne, mit welchen Mitteln wagst du es, Kontakt zu dem Pferdefüßigen aufzunehmen?" Vor sich sah er seine eigene Gestalt, wie er in naher Zukunft Bericht beim Papst in Rom erstattete. Er kniete vor dem Heiligen Vater nieder, küsste seinen Ring und gab ihm die Erzählung der Hexe in allen Details wieder. Freilich *ohne* sich dabei ans Glied zu fassen, wie er es jetzt tat. Die Hexe hingegen würde dann längst tot sein, ihr sündiger Körper verbrannt und als schwarze Wolke gen Himmel aufgestiegen!

Iris dachte kurz nach und sagte dann mit eindringlicher und geheimnisvoller Stimme, halblaut und fast verschwörerisch: „Wenn Satan mich will, so lässt er mich das unmissverständlich wissen. Er schickt seine ganz eigene Art der Brieftaube zu mir: einen großen Raben oder einen Turmfalken, dem das Stück eines abgeschnittenen Stiergliedes an die Krallen gebunden wurde! Ich weiß dann, dass mein Liebhaber aus dem Schattenreich mich erwartet und eile zu ihm."

„Auf deinem Besen?" hakte Crudelis fasziniert nach.

„Auf meinem Besen!" bestätigte Iris. „Sein geflügelter Bote fliegt voran, ich hinterher. Das letzte Mal, als ich mich mit ihm traf, war vor drei oder vier Monden gewesen. Mitten im Winter."

„Hat er mehrere Huren, die ihm hörig sind?" fragte Crudelis mit unverhohlener Lüsternheit und verstecktem Neid. Der Schweiß stand ihm auf der Stirn. „Und sind das alles Hexen?"

„Satan hat unzählige Liebesdienerinnen, die sich für ihn zur Verfügung halten!" antwortete Iris. „Viele davon sind Hexen, aber nicht alle. Es sind auch weibliche Vampire und Werwölfinnen darunter, Dämoninnen und Geisterwesen, von denen nicht einmal ich weiß, dass es sie gibt. Satan kennt sie alle. Er ist ihre Wurzel, während die Kreaturen der Schattenwelt die weit verzweigten Äste am Baum des Bösen sind."

Oswald Crudelis schwieg sichtlich beeindruckt. Das kleine Zelt vor seiner Leibesmitte war etwas eingesunken. Momentan überwog der gruselige und beunruhigende Aspekt der Erzählung und ließ die Erotik in den Hintergrund treten.

„Wie sieht der Pferdefüßige aus?" fragte er. „So, wie er auf den Ölgemälden und in den Büchern dargestellt ist? Mit Hörnern?"

Die junge Hexe nickte zögernd. „So ungefähr. Er ist groß. Mindestens einen Kopf größer als der größte Mann, den man sich vorstellen kann. Seine Gestalt wirkt gebeugt und angespannt, doch zugleich hochmütig, großgewachsen und stolz. Sein Kopf sitzt auf sehr breiten, muskulösen Schultern und ist schmal, aber von sehr kräftiger Form. Ein breiter Kiefer ist mit einem ungeheuer wuchtigen Kinn verbunden, geht über in hohe Wangenknochen und mündet in einer fliehenden Stirn, auf der ellenlange Hörner prangen. Am ganzen Körper ist Satan üppig schwarzbehaart. Ganz besonders an Armen, Brust und Rücken."

Crudelis sah sie atem- und wortlos mit großen Augen an.

Iris spann den Faden weiter: „Neben den Kreaturen der Nacht gibt es auch ganz normale Menschen, die sich ihm verschrieben haben. Zum Beispiel scheinbar gewöhnliche Frauen ohne magische Fähigkeiten. Das sind vielleicht die Heimtückischsten und Gefährlichsten unter seinen Verehrerinnen. Sie leben unbehelligt und gut getarnt mit ihren Ehegatten und Familien zusammen, sind anerkannte Bürgerinnen ihrer Städte oder ihrer Dörfer. Aber insgeheim brodelt ein monströser Strudel der Bosheit in ihnen und sucht nach einer wirkungsvollen Möglichkeit, um aus ihnen hervorzubrechen!"

„Das ist ja entsetzlich!" Crudelis fuhr sich mit seiner teigigen Hand übers verschwitzte Gesicht. Ihm gefiel die Richtung nicht, in die sich der Bericht der jungen Hexe entwickelte, und so forderte er unwirsch: „Erzähle von deinem letzten Mal, als du mit Satan gehurt hast!"

„Der Flug zu ihm war lang", erklärte Iris. Während sie sprach, sortierte sie Erinnerungsfetzen von den Gesprächen mit Belua während verschiedener Hexensabbats. „Ich sollte mich mit ihm in einer Kirche treffen, nahe eines Germanischen Mittelgebirges, in einer großen Stadt am Fluss. Ich glaube sogar, es war ein Dom."

„*Ein Dom!*" hauchte Crudelis ungläubig. Er war völlig verstört von der Dimension des gottlosen Skandals, den er bis vor kurzem nicht für möglich gehalten hätte.

„Satan hatte eine Bannmeile um den Dom gezogen", fuhr Iris fort. Sie hätte sich gerne etwas anders hingesetzt, in den Schneidersitz etwa, doch das verhinderten die Fußfesseln. Darüber, dass wenigstens ihre Hände mehr Spielraum hatten und sie sich auf der Streckbank immerhin hinsetzen konnte, war sie recht froh. „Das vermute ich, weil in der näheren Umgebung des Domes und auch innen keinerlei Menschen waren. In einiger Entfernung wuselten sie herum – es war erst in den frühen Stunden des Abends – aber es schien, als ignorierten sie das Gotteshaus völlig; als gäbe es den Dom für sie gar nicht, während Satan in ihm weilte! Nachdem ich hineingegangen war, sah ich, dass Wolken von Wasserdampf im Innern umherwaberten. ER war erst kurz vor mir eingetroffen. Das Weihwasser hatte bei seiner Anwesenheit in den Kesseln zu kochen angefangen und war verdampft. Alle Kerzen waren ausgegangen, doch er hatte neue Lichter entzündet, die den Dom hier und da erhellten. Satan hatte die Sitzbänke auf der Empore Kraft seiner Gedanken in Flammen gesetzt. Die ganze Empore hatte Feuer gefangen, noch bevor ich hinzugekommen war. Es verbreitete sich im ganzen Dom ein beißender Rauch. Doch mein teuflischer Gebieter hatte die Liebenswürdigkeit und die Macht, den Rauch von mir fernzuhalten. Er wusste, dass ich im Gegensatz zu ihm an die Gesetze der Materie gebunden bin und reine Luft zum Atmen brauche. Schließlich haben Hexen zwar übersinnliche Fähigkeiten, ähneln aber in den meisten ihrer Eigenschaften den ganz normalen Menschen."

„Was habt ihr dann getrieben?" knurrte Crudelis, hungrig nach perversen Details und rastlos wie ein Wolf, der Beute wittert.

„Langsam, langsam!" beschwichtigte ihn Iris und war zugleich erstaunt und etwas erschrocken über ihre eigene Kühnheit. Nach wie vor befand sie sich schließlich in einer sehr bedrückenden und schier ausweglosen Lage. Durch ihre Macht als Erzählerin mochte die Gefahr im Moment nicht akut sein. Aber bald drohten ihr Folter und ein schmerzhafter Flammentod!

„Ich werde euch alles schonungslos berichten!" versprach sie. „Keine Einzelheit werde ich auslassen!" Und bis alles erzählt war, so hoffte sie, würde sie endlich wissen, wie sie aus den Fängen des Hexenjägers entkommen konnte!

16

„Ihr seid also einer der feinen Herren, ja?" fragte Kali-Hagzissa mit einem dumpfen, gefühllosen Brummen in der uralten Stimme, welches sich in seiner Strenge und in seinem Selbstbewusstsein jede Gegenwehr und Patzigkeit verbat.

Schicksalsergeben nickte der Angesprochene. Er wurde von zwei Hexen als Zeichen der Demütigung zu Boden gedrückt. Eine der beiden war die Sauhexe Vulgaera. Sie machte mit ihrer Grobheit und Brutalität keinen Hehl daraus, dass sie vor der Stellung und den edlen Kleidern des Mannes keinerlei Respekt hatte. Er murmelte irgendetwas, das nicht zu verstehen war.

„Was sagst du? Rede laut und deutlich, wenn du zu mir sprichst!" verlangte Kali-Hagzissa und rümpfte die dunkle Nase. Der große, goldene Nasenring wackelte.

„Ich bin ein Ratsherr. Mein Name ist Gabriel Gemswies", sagte der Bürger unterwürfig, aber nun deutlicher und lauter. Er trug einen feinen Rock aus dunkelblauem Samt, der durch die jetzigen Umstände schon ziemlich verschmutzt war. Sein Kragen war noch blütenrein weiß, aber reichlich zerknittert. Seine ehemals sorgfältig frisierten hellbraunen Haare standen schweißnass und wirr nach allen Seiten ab.

„Weißt du, wer wir sind und was wir wollen?"

„Hm… nein."

„Du lügst! Sprich! Wer sind wir?"

„Ihr seid… nun, ihr seid… so etwas wie… Frauen, die Magie betreiben." Der Ratsherr versuchte ein krampfhaftes Lächeln und sah von unten herab vorsichtig zu der düsteren, furchterregenden Frau auf.

Diese grinste nur spöttisch und äffte ihn nach: „*Frauen, die Magie betreiben!* Wir sind bestimmt keine kichernden Weibchen, die zuhause sitzen und Karten legen, um sich scherzhaft die Zukunft vorauszusagen!"

„Das weiß ich!" antwortete Gabriel Gemswies fast trotzig. „Ihr seid das, was man für gewöhnlich *Hexen* nennt!"

„Ganz recht!" lobte Kali-Hagzissa und klatschte demonstrativ in die Hände. Etliche der umstehenden Hexen fielen in ihr Klatschen ein und lachten mal übermütig, mal hämisch. Sie alle hatten ihre Beute gemacht: Jede von ihnen hatte einen Mann vor sich liegen, der regungslos und umnachtet wie in einer Schockstarre war. Obwohl in diesem Zustand Fesseln unnötig schienen, hatten manche der Hexen ihrer Beute mit Stricken die Hände und Füße zusammengebunden. Sie hatten die Männer gefügig gemacht und eingeschläfert mit magischen Formeln wie:

„Mann, gebannt vom Hexenorden
Niemand will dich jetzt ermorden
Hab Vertrauen, schlafe ein
Du schlimmes, schmutz´ges Männerschwein!

Hexe will von dir nicht Liebe
Doch schleift zum Blocksberg dich am Gliede!
Gib bald dein Fleisch, du Mannes-Hur´!
Es fließt kein Blut, fließt Sperma nur!"

Von den Leuten im Dorf war ansonsten niemand zu sehen. Ganz Sonnhagen schien totenstill zu sein. Die verängstigen Menschen hatten sich in ihren Häusern verschanzt. Die Männer unter ihnen waren froh, dass es sie nicht getroffen hatte und sie jetzt nicht regungslos als Beute der Hexen am Boden lagen. Die Frauen und Kinder, deren Männer und Väter zu den Opfern zählten, mochten jetzt zuhause stumm weinend beten und um das Leben ihrer Lieben flehen.

Im Grunde waren die Hexen bereit zum Abflug, aber es gab noch etwas Wichtiges zu klären.

„Seit heute vermissen wir eine der unseren!" herrschte Kali-Hagzissa und blickte auf den Ratsherrn hinab, der vor ihr im Dreck kniete wie ein Häuflein Elend. „Sie ist noch ziemlich jung und lebt seit einigen Jahren in eurer Nähe, in einem Haus im Wald. Bekannt ist sie euch als *Kräuterliese*, so nennt ihr sie jedenfalls. Weißt du, von wem ich spreche?"

Langsam nickte Gemswies.

„Wo ist sie jetzt?"

Der Ratsherr senkte den Blick zu Boden. „Sie ist…. Man hat sie… Also, der Büttel… Nein, ich meine, die Herrschaften von der Burg… Sie haben sie… abgeholt zu einer Anhörung."

„Wer hat sie abgeholt?"

„Ein Mann der Kirche, der zu Gast bei unserem Fürsten Arnulf von Hagen ist. Er heißt Oswald Crudelis und ist Abt im Kloster *Aureus Veritas*. Heute Morgen hat er die Kräuterliese im Wald besucht, soviel ich weiß. Zusammen mit Rittern und Knappen von der Burg hat er sie aufgefordert, mitzukommen."

„Woher weißt du das?"

„Ein Bote wurde zu mir geschickt, nachdem alles schon geschehen war."

„Wann war das, als dieser Bote zu dir kam?"

„Etwa… um die Mittagszeit."

„Was hat der Büttel damit zu tun, den du gerade erwähnt hast?"

„Eigentlich nichts, wenngleich derlei Dinge normalerweise in seinem Verantwortungsbereich liegen."

„Du meinst Verhaftungen? Um eine solche handelte es sich doch?" Kali-Hagzissas Stimme wurde leiser und zischender. Sie wirkte jetzt gefährlich wie eine sich aufrichtende Giftschlange.

Der Ratsherr zögerte kurz, um dann zuzugeben: „Ja. Der Büttel ist für so etwas zuständig. Er wurde aber hierbei übergangen und nicht einmal informiert. Die Aktion scheint von oberster Stelle geplant oder zumindest abgesegnet worden zu sein. Ich habe, nachdem ich vom Boten der Burg informiert worden war, daraufhin dem Büttel Bescheid gesagt."

„Wie heißt der Büttel?"

„Reinhardt Ehler."

„Wo ist er jetzt?"

„In seinem Haus, vermute ich."

Kali-Hagzissa wandte ihren Blick zu Olisa. Die Voodoohexe stand mit verschränkten Armen neben ihr und musterte den Ratsherren mit vernichtendem Blick. Beide wechselten ein paar unhörbare Worte. Dann richtete Kali-Hagzissa wieder ihre Aufmerksamkeit auf Gabriel Gemswies.

„Was macht dieser Abt Crudelis hier genau?" fragte sie.

Gemswies seufzte im Bewusstsein, dass er nun eine schlechte Nachricht mitteilen musste. Er wusste sehr genau, dass heute nicht nur das Maifest der Sonnhagener Bürger gefeiert wurde, sondern auch die Walburga… Irgendwo dort draußen im Verborgenen! Er war sicher, dass die hier anwesenden Frauen über letzteres sehr gut Bescheid wussten.

„Oswald Crudelis", sagte er schleppend, „ist hier in seiner Eigenschaft als Großinquisitor der Kirche. Er ist ein Hexenverfolger."

Kali-Hagzissa pfiff leise durch die Zähne. Sie wirkte aber nicht sonderlich überrascht. Eine ähnliche Nachricht hatte sie wohl schon erwartet.

„Sieh mal einer an! Ein Hexenjäger ganz in unserer Nähe, ausgerechnet am Tag vor unserer liebsten Nacht des Jahres!" Sie blähte die Backen und spuckte erbost neben sich auf den Boden. Unter den Hexen machte sich Unruhe breit. Ein mehrstimmiges, wütendes Murren ertönte. Blicke blitzten auf, Haare knisterten, Fäuste ballten sich. Mühsam wurden Gefühlswallungen und ein Flackern aufgebrachter, schwarz- und weißmagischer Energien gebändigt.

„Also hat der Hexenjäger Oswald Crudelis eine unserer jüngsten Schwestern in seiner Gewalt!" mischte sich die Voodoohexe Olisa ein. „Wir werden sie befreien! Heute noch!"

Kali-Hagzissa nickte. Sie ließ ihren forschen Adlerblick auf dem Ratsherren ruhen, der es nicht wagte, sie anzusehen.

„Wo genau befindet sich die Kräuterliese jetzt?" schnarrte sie eiskalt.

„Das weiß ich nicht genau. Sie wurde in Gewahrsam genommen und wird bald… befragt", antwortete Gemswies unterwürfig. „Vielleicht hat das Verhör… ich meine, die Befragung, schon begonnen."

„Und wenn sie begonnen hat, die *Befragung*", sagte Kali-Hagzissa sarkastisch, „dann steht zu befürchten, dass sie so verläuft wie alle derlei Verhöre von Inquisitoren: mit einem kleinen bisschen Unterstützung durch ein paar niedliche Foltergeräte! Nicht wahr?"

Der Ratsherr war ratlos. Er wusste nicht, ob eine Antwort seinerseits seine Lage nicht noch verschlimmern würde. Also schwieg er lieber verunsichert und ängstlich.

„Wann genau heute Morgen wurde unsere Schwester von Crudelis abgeholt?" hakte Kali-Hagzissa nach.

„So genau hat mir der Bote das nicht gesagt", gab Gemswies entschuldigend zu. „Er meinte etwas von *kurz nach Sonnenaufgang*."

Olisa nickte düster und warf einen Seitenblick auf Kali-Hagzissa. „Das ist schon geraume Zeit her!" unkte sie. „Jetzt ist bereits früher Abend. Die Dämmerung wird bald hereinbrechen. Wenn wir Pech haben, dann steht es schlecht um Iris!"

„Warum hat sie sich nicht gegen die Verhaftung gewehrt?" grübelte Kali-Hagzissa vor sich hin. „Gut, sie ist auf Kräuterheilkunde spezialisiert und noch jung. Aber sie besitzt die Gaben der Hellsicht und der Vorausahnung, jedenfalls in beschränktem Maße und zumindest in Bezug auf ihr näheres Umfeld. Sie kennt die Künste der Verschleierung und eine ganze Bandbreite von Täuschungseffekten. Sie hätte einer Verhaftung leicht entgehen können…"

…*Wenn sie in normalen Umständen gewesen wäre!* fügte sie in Gedanken hinzu. *Vielleicht ist sie krank. Das passiert selbst den Kräuterkundigen, oder gerade eben diesen! Selbstlos und gütig wie sie ist, hilft sie allen, soweit es in ihrer Macht steht, und vergisst dabei ihre eigene Schonung und Gesundheit!*

Oder sie hat das regelmäßige Frauenleiden und verliert Blut! fügte Olisa telepathisch hinzu und nahm damit eine geistige Verbindung zu ihrer Ordensschwester auf.

Auf jeden Fall war es Zeit zu handeln. Reden und Spekulieren half nicht weiter. Rasch entschieden Kali-Hagzissa und Olisa gemeinsam, was zu tun war. Sie fragten den Ratsherren Gabriel Gemswies zunächst weiter aus: nach den Räumlichkeiten der Burg, der Anzahl der Ritter, Knappen und Wächter, die sich derzeit in ihr befanden; nach der Lage des Gefängnisverlieses und ähnlicher Orte.

Nachdem sie alles wussten, was in Erfahrung zu bringen war, teilten sie ihre Gruppe auf. Ein Großteil der Hexen sollte mit den Männern zum Blocksberg fliegen und sich an den geplanten Ablauf der Nacht halten. Einige Hexen würden jetzt zur Burg fliegen, hoffentlich gut getarnt durch den Sand des Vergessens, den die Wüstenhexe Asifa mit sich führte und während des Fluges über sie alle streuen würde. Da Asifa keine allzu üppige Menge des Sandes mit sich führte und es sehr wichtig war, dass die Gruppe unerkannt blieb, durfte diese nicht zu groß sein. Kali-Hagzissa und Olisa bestimmten, dass die Anzahl der Hexen, die Iris finden und befreien sollten, auf ein halbes Dutzend begrenzt sein sollte.

Kurzerhand sollte Tyna in die größere Gruppe der zum Blocksberg Fliegenden eingeteilt werden, doch sie weigerte sich standhaft.

„Iris ist meine beste Freundin!" beharrte sie. „Ich will dabei sein, wenn ihr sie befreit! Ich muss zu ihr, so schnell wie möglich!"

Kali-Hagzissa, die zusammen mit Olisa das Sagen hatte, willigte schließlich ein. Sie erlaubte der jungen Hexe mit dem langen, weißblond glänzenden Haar und den dunklen, rubinhaften Augen, die unheimlich stur und willensstark leuchteten, den Flug zur Burg.

Noch immer lag Sonnhagen da wie tot, während Dutzende von Hexen sich anschickten, gen Himmel zu fliegen. Wahrscheinlich spähten die verzweifelten und angstgeplagten Bürger durch die zahlreichen Fenster. Sie mussten hilflos mit ansehen, wie etliche Männer des Dorfes hoch in die Luft mitgenommen wurden. Unter ihnen war auch der Ratsherr Gabriel Gemswies, dem all sein Zetern und Betteln nichts nutzte. Hexen sprachen ihren Besen gut zu, redeten beschwichtigend auf sie ein und gurrten Zaubersprüche:

„Lieber Besen! Ausnahmsweise
Entschuldige! Ich bitte dich:
Trage heute auf der Reise
Einmal etwas mehr als mich!

Trag das Mannsbild hier, das stramme
Schwing uns hoch zum Himmel sacht
Den Blocksberg ich als Ziel verlange
Denn heute ist Walpurgisnacht!"

Die Männer – viele von ihnen waren Jünglinge, aber auch einige gutaussehende Reifere waren dabei – wurden quer über die geplagten Besen gelegt, die sich widerwillig und wankend in die Luft erhoben. Die Hexen hielten die immer noch betäubten und gänzlich wehrlosen Männer im Fliegen fest oder fixierten sie Kraft ihres Zaubers.

Eine Gruppe von genau sieben Hexen wandte sich in die entgegengesetzte Richtung der Burg zu. Unter der Führung der schwarzen Hexe Kali-Hagzissa und der Voodoohexe Olisa hoben sich fünf weitere Schwestern in die Höhe: Die junge Tyna, die kräftige, schwere Sauhexe Vulgaera, die Wüstenhexe Asifa, die Blumenhexe Florentina und die seltsam männliche Anushexe Anobella.

Immer höher steigend schwebten sie der fernen Burg zu, welche sich im schwachen Licht des schwindenden Tages am Horizont erhob. Langsam, ganz langsam begann sich die Sonne von diesem Teil der Welt zu verabschieden. Zunächst kaum merklich, dann immer deutlicher wandelte sich ihr gleißend helles Licht in ein satteres Gelb, um wenig später in ein sanftes Orange überzugehen. Der Einbruch der Nacht war nicht mehr fern.

Die Zeit drängte, denn der Hexensabbat nahte! Seinen Beginn wollte die Gemeinschaft der Schwestern unbedingt gemeinsam feiern. Allein aus rituellen Gründen war dies ein festes *Muss!*

Keine von ihnen durfte dabei fehlen. Schon gar nicht, wenn ihr Fehlen nicht durch den eigenen Willen oder die eigene Unzulänglichkeit verursacht wurde, sondern durch simple Menschenhand bedingt war!

An ihren Strohbesen geklammert und den kühlen Flugwind nur zu deutlich spürend, folgte Tyna ihren Schwestern hoch über die grüne Heidelandschaft, eine felsige Einöde und einen kleinen See. Ihre langen, hellen Haare flatterten wild hinter ihr, während sie dabei zusah, wie die vor ihnen allen herfliegende Asifa immer wieder eine kleine Handvoll ihres Sandes des Vergessens in die Luft warf.

Wenn jemand in den Himmel sieht oder Leute in der Burg von den Zinnen blicken, werden sie nur eine weiße Wolke wahrnehmen, die sich in zügigem Tempo über den Himmel bewegt, dachte Tyna. Tief in ihr nagte die rastlose Sorge um ihre Freundin Iris. Bis jetzt hatte sie keine inneren Bilder mehr von ihr empfangen. Wenn sie die Augen schloss und sich auf Iris konzentrierte, sah sie nichts als tiefschwarze Dunkelheit.

Hoffentlich ist das kein schlechtes Omen! zitterte ihr junger Geist, getrieben von Panik und Liebe. *Bei allen Mächten unseres heiligen Ordens – bitte, macht, dass es Iris gutgeht... und dass sie noch lebt!*

17

Der Jäger hieß Linhart Duettel und war fest entschlossen, den Zwölfender noch heute aufzuspüren und zu schießen. Sein Luntenschlossgewehr hing an einem breiten Lederriemen über seiner Schulter.

Linhart hatte schon fünfundzwanzig Sommer auf dieser Welt verbracht und war bereits Witwer. Seine Frau war vor zwei Jahren am Brustfraß gestorben und hatte ihn mit ihrem gemeinsamen, einzigen Kind alleine gelassen. Während die kleine Helene zumeist von ihrer Großmutter umsorgt wurde, kümmerte sich Linhart mit immer verbissener werdender Kauzigkeit ums Jagdgeschäft. Im Auftrag des Fürsten und der Gemeinde schoss er nicht nur Rehe, Wildschweine, Füchse und Hasen. Vielmehr fahndete er auch nach Wilddieben, welche in den Wäldern ums Dorf Sonnhagen herum immer wieder ihr Unwesen trieben.

Das ehrgeizige Ziel von Linhart war es schon seit Wochen, den großen Zwölfender zu erlegen, der schon mehrmals gesichtet worden war. Einmal hatte er ihn sogar selbst gesehen. Das war vor wenigen Tagen gewesen, während er ohne Büchse und nur mit dem Hirschfänger bewaffnet am Waldrand Brennholz gebündelt hatte.

Der große Hirsch war urplötzlich aufgetaucht und hatte ihn angestarrt, das schöne Geweih hoch über seinem anmutigen Schädel ragend. Dann war er nach nur wenigen Augenblicken davongesprungen, und Linhart hatte ihm bewundernd und jagdlüstern nachgeschaut.

Der Jäger spürte die Kühle des eisernen Laufes des Gewehres, das quer an seiner Seite hing. Es war eine gute und teure Waffe. Ein erfahrener Glockengießer hatte den Lauf gegossen, und ein Büchsenmacher hatte daran bis zur Vollendung gebastelt. Das feine Schießpulver in der Pfanne neben dem Zündloch war trocken und einsatzbereit. Die Lunte würde sich rasch entzünden, wenn er an dem mitgeführten Feuerstein riebe. Ihm war wohl bewusst, dass er nur eine einzige Chance hatte: nämlich nur genau *einen* Schuss, um den Hirschen zu töten! Oder ihn zumindest so stark zu verwunden, dass er im Fliehen zusammenbrach und er ihn einholen und abschlachten konnte.

Den ganzen Tag lang war Linhart im Wald und in der Heide umhergeschlichen. Er hatte vorsichtigen Schrittes die bevorzugten Futterplätze des Rotwilds aufgesucht und stundenlang auf einem Hochsitz ausgeharrt… Bisher vergebens! Es war fast, als würde der Zwölfender schlau genug sein, um zu spüren, dass Jagd auf ihn gemacht wurde.

Linhart Duettel stapfte durch hohes Gras, das am Fuße einer felsigen Anhöhe in wuchernden Büscheln wuchs, und hielt dann inne. Es war Zeit für einen kräftigen Schluck! Er nahm die Trinkflasche aus gebranntem Ton aus ihrer Halterung an seinem Gürtel und zog den Korkverschluss aus dem Flaschenhals. Das dumpfe, glücksverheißende Geräusch der umherschwappenden Flüssigkeit erklang, welches ihm inzwischen so vertraut war wie früher das leise Atmen seiner schlafenden Frau. Linhart schloss genüsslich die Augen und setzte zum Trinken an. Der brennende Schnaps rann ihm in die Kehle.

Als er die Tonflasche absetzte und sich die benetzten Lippen mit dem Handrücken abwischte, öffnete er die Augen und sah das Zeichen. Es war in die nackte Erde geritzt worden. Ausgesprochen merkwürdig sah es aus. Wie ein mehrzackiger Stern, der von kleinen Symbolen umgeben war.

Auch Stimmen waren jetzt zu hören. Das Murmeln und Raunen mehrerer alter Frauen, die überaus kräftig klangen und anscheinend völlig klar bei Sinnen waren. Das Gemurmel kam von irgendwo dort oben auf der felsigen Anhöhe her, vor der Linhart sich befand.

Menschen! knurrte er ungehalten in Gedanken vor sich hin. *Wie kommen die hierher? Sollen gefälligst ruhig sein... Wäre der Zwölfender jetzt in der Nähe, so würde er Reißaus nehmen!* Er sah nach oben, wo sich Felsen und alte Nadelbäume ein karges Stelldichein gaben, doch von den Menschen war nichts zu sehen. Wieder musterte er das Zeichen auf der Erde, die sich braun und körnig zwischen den vielen Grasbüscheln zeigte. In seinem Verstand arbeitete es nur langsam und holperig, denn er hatte an diesem Tag schon zu oft aus der tönernen Flasche getrunken.

Missmutig ging Linhart weiter. Die Stimmen wurden etwas lauter. Nun war auch ein Prasseln und Knacken zu hören, wie wenn Holz bräche oder ein Feuer brannte.

„Hier hat keiner Feuer zu machen!" brummte er vor sich hin. Er war versucht, abermals einen schnellen Schluck aus seinem flüssigen Proviant zu nehmen. Viel mochte in der Flasche wohl leider nicht mehr drin sein. Zu vertraut war sein heutiger Umgang mit ihr mal wieder gewesen.

Abermals sah er ein Zeichen, das in die Erde geritzt war. Es sah genauso aus wie das vorige. Unschlüssig sah er auf die rätselhaften Symbole hinab. Er kratzte sich am Kopf, so dass seine lederne Kappe verrutschte und ihm schief in die Stirn hing. Er rückte seine Kopfbedeckung zurecht und spähte nach vorne. Weitere Zeichen waren im Abstand von jeweils wenigen Schritten zu sehen.

Hier stimmte etwas ganz und gar nicht! Etwas sehr Seltsames ging vor sich, was er in dieser Gegend und in dieser Form noch nie wahrgenommen hatte. Selbst trunken wurde er sich dieser Tatsache bewusst. Es war, als spürte er die Anwesenheit einer fremden, bedrohlichen Sippe. Vielleicht machten Landstreicher in der Nähe Rast oder fahrendes Volk? Gaukler etwa oder Zigeuner?

Linhart entschloss sich, die Lunte zu zünden. Er brauchte eine Weile, bis er dem Feuerstein Funken entlocken konnte, die die Lunte entflammen ließen. Dann jedoch brannte sie, und er hielt die Flinte fest in beiden Händen. Mit emporgerecktem Lauf sah er nach oben und bemühte sich zu erkennen, was sich auf der Felsplattform tat. Ohne Zweifel, dort befanden sich tuschelnde Weiber! Ortsfremde womöglich, die etwas zu verbergen hatten oder sogar Unheil im Schilde führten! Nun, wenn es ihm heute schon nicht vergönnt war, den Zwölfender zu erlegen, dann war ihm das Jagdglück vielleicht auf andere Weise hold! Einige dingfest genommene Strauchdiebe oder Wilderer bedeuteten stets eine großzügige Belohnung von den Herrschenden der Burg.

Angespannt und lauernd den Zeigefinger am Abzug der Flinte haltend, begann Linhart die steinige Anhöhe emporzuklettern. Sie war nicht sehr steil, dennoch musste er aufpassen, nicht rückwärts hinabzustürzen oder nach vorne zu fallen. Zumal er neben der Flinte auch noch einen Rucksack trug, der seinen Rücken belastete.

Er erstarrte. Ganz deutlich hatte er jetzt menschliche Worte vernommen: *Wenn sie nicht rechtzeitig zum Sabbat zurückkehren, dann...*

Heute war der letzte Tag des Aprils. Am Abend würde überall der Tanz in den Mai gefeiert. Aber *Sabbat?* Was mochte das bedeuten? Der Alkohol in ihm verlangsamte zwar sein Denken und legte einen betäubenden Schleier um seine Wahrnehmung. Doch er gab seinen Gedanken auch eine phantasievolle Freiheit jenseits aller Konventionen und Gewohnheiten.

Eine erschreckende, wahnsinnige Vorstellung übermannte ihn. Er sah vor seinem geistigen Auge entsetzliche Räuber und Mordbuben, die sich in seiner unmittelbaren Umgebung befanden. Und er war ihnen ausgeliefert, er ganz allein!

Ruhig! schalt er sich und bemühte sich um Klarheit und Besinnung. Der gusseiserne Gewehrlauf zeigte nach oben. Sein Finger strich unruhig über den Abzug. Er roch den trockenen, staubigen Qualm der brennenden Lunte. In ihm gewann wieder die Jagdlust Oberhand, verstärkt durch eine grimmige Kampfbereitschaft. *Ich habe genug Zielwasser getrunken!* dachte er siegessicher. *Meine Waffe wartet nur darauf, euch zu zeigen, wo Bartel den Most holt, ihr Halunken und Unruhestifter!*

Noch bevor er auch nur die Hälfte der felsigen Anhöhe erklommen hatte, vernahm er jetzt die Stimmen sehr deutlich. Ihm stockte der Atem. Er lauschte Worten, die von keinen gewöhnlichen Menschen gesprochen wurden, sondern von finsteren Wesen gekrächzt:

„Ich rieche etwas!"

„Na sicher doch! Das Feuer brennt schon und unser Trank köchelt lustig vor sich hin."

„Nein. Da ist etwas anderes… Jemand, der nicht hier sein sollte!"

„Der Bannkreis schützt uns doch! Wie sollte jemand ausgerechnet hierher finden? Und wenn doch, so wird man uns weder hören noch sehen!"

„Besser, ich schaue mal nach… Der Geruch kommt von da drüben! Es ist eine Mischung aus Schweiß, Leder und Eisen, durchsetzt von einem Hauch scharfen Obstwassers!"

Linhart Duettel blieb stehen. Er nahm sich kurz Zeit, einen stabilen Halt auf dem felsigen Grund zu suchen, der mit Grashalmen und Moos bewachsen war. Jetzt, da er wusste, dass seine Gegner ihn entdeckt hatten, wurde er ganz ruhig. Eine kalte Skrupellosigkeit bemächtigte sich seiner. Er wiegte die schwere Flinte in seinen Armen, um im richtigen Augenblick innehalten und genau zielen zu können, sobald seine Widersacher auftauchten. Sofort nach dem Schuss würde er die Flinte als Schlagwaffe gebrauchen oder sie einem der Feinde ins Gesicht werfen. Danach war es Zeit, zum scharfgeschliffenen Hirschfänger zu greifen und damit auf sie zuzustürzen. Bereit, wild und brutal zu stechen und zu schneiden!

Es war still geworden, geradezu beunruhigend still. Nichts regte sich bis auf das Pfeifen weit entfernter Vögel und das zarte Rascheln eines Windstoßes im Gebüsch. Schon fing er an zu glauben, die Fremden da oben seien in eine ihm entgegengesetzte Richtung gelaufen, weil sie ihn anderswo vermuteten.

Da tauchte plötzlich direkt über ihm eine uralte, ungeheuer faltige Frau auf. Sie war mehr ein dürres Gerippe mit skurriler Fratze als ein richtiger Mensch!

Hexe! schoss es ihm panisch und entsetzt durch den Kopf. In fast demselben Augenblick schoss er, den Lauf der Flinte auf die Alte gerichtet. Der Schuss löste sich und peitschte laut auf, so dass es weit und breit durch den ganzen Landstrich zu hallen schien wie das Donnern einer Kanone.

18

„Satan empfing mich mit offenen Armen!" erzählte Iris fast schwärmerisch. Sie wollte sich dafür beinahe auf die Zunge beißen, so echt und mitreißend schien ihr Vortrag in dem elenden Kellerverlies, in welchem sie sich mit dem Hexenjäger Oswald Crudelis, dem Foltermeister und dem Schreiber befand. Wahrlich, sie sah sich in einer echten Zwickmühle: Je mehr sie den Großinquisitor mit ihrem Bericht fesselte, desto länger vermochte sie ihre Folter und vielleicht auch ihre Hinrichtung hinauszuzögern. Doch andererseits verstärkte eine lebensechte Erzählung vom Sex mit dem Leibhaftigen den Glauben der Inquisition, dass sie schuldig war und auf den Scheiterhaufen gehörte.

Nichtsdestotrotz war Angriff die beste Verteidigung, und aus Iris quoll es hervor: „Er küsste mich, unendlich stark und so gefühlvoll, wie es wohl kein Mann jemals vermag. Seine Arme waren wie gewaltige, lebendige Äste eines riesenhaften Urwaldbaumes. Er schlang sie um mich. Sie waren nicht nur überirdisch kräftig, sondern auch hinreißend behutsam. Wie wenn ich ein zerbrechliches Gefäß wäre, dass es in weiche Tücher zu hüllen gilt."

„Sünde!" wisperte Oswald Crudelis erschüttert und kaum hörbar. „Ich ahne schon, wie weit es noch kommt mit diesem lasterhaften Reden. Eine solche Sünde haben meine armen Ohren noch nie vernommen… Obwohl ich bereits von vielen, *sehr vielen* Sünden gehört habe! Ich hoffe, dass Gott der Allmächtige meine Ohren nicht mit Taubheit straft für das, was ihnen hier zugemutet wird!" Er starrte gierig sabbernd auf die blanken Brüste der jungen Frau. Seine unruhigen Blicke wanderten auf ihrem nackten Körper umher. Er bleckte die Zähne beim Gedanken daran, dass er diesen Körper bald zu seiner vollsten Befriedigung benutzen würde…. bevor er in wenigen Stunden den Flammen zum Opfer fiele und für immer von dieser Welt getilgt würde!

„Die Umarmung Satans ist für eine Frau so etwas wie ein wahrgewordener Traum. Aber der *Kuss* des Pferdefüßigen… Er ist, wie soll ich sagen…" Iris dachte nach und formulierte es dann so: „Der Kuss von ihm ist wie sterben zu müssen und bereits das Tor zum Paradies erahnen zu können! Eine unheimliche Vorfreude auf das Kommende!"

„Hurengeschwätz!" blaffte Crudelis mit wegwerfender Geste. „Lästere Gott nicht mit derlei Worten! Glaubst du, eine Satansdirne könne sich erlauben, vom Paradies zu reden?"

Unbeirrt erzählte Iris weiter: „Seine Zunge wand sich durch meinen Mund die Kehle hinab. Sie schien sich anschmiegsam und zärtlich in meine Eingeweide zu winden, ohne so etwas wie Brechreiz oder Erstickungsgefühle in mir zu erwecken. Nicht im Geringsten! Ihr Geschmack war unbeschreiblich gut; feurig-scharf und zugleich süßer als der beste Honigkuchen, der je von Menschenhand gebacken wurde. Satans Zunge zu spüren, war, wie die Schlange im Garten Eden in sich hineinkriechen zu fühlen und zu merken, dass sie vertrauenserweckend, wunderbar und voller Weisheit und Güte ist!"

„Eine weitere Gotteslästerung!" murmelte der Inquisitor erschüttert. „Ich hätte nicht für möglich gehalten, dass man derlei überhaupt denken, geschweige denn *aussprechen* kann!"

„Ich wünschte, dass der Kuss niemals enden möge", sagte Iris, ohne seine Worte zu beachten. „Und als er es schließlich tat, so mündete er in ein Liebesspiel, welches noch viel reicher war an zärtlicher Vielfalt und gefühlvollem Genuss! Satan schlang seine riesigen Hände um meinen Po, während ich seine enormen Schultern zu ergreifen versuchte. Er hob mich in die Höhe und trug mich zum Altar, wo er mir schon eine weiche Lagerstätte bereitet hatte aus zerrissenen und zerknüllten Bibelseiten."

Oswald Crudelis stand da wie zur Salzsäule erstarrt. Er schwieg, doch bekreuzigte er sich rasch mehrmals hintereinander, während Iris fortfuhr: „Die Bibel war eine uralte, handschriftliche, die in einem Schrank in der Sakristei gelegen hatte. Satan erwähnte, wie er mit wenigen Hieben seiner langen, scharfen Fingernägel die vergilbten Papierseiten zerschnitten hatte, um mir damit ein bequemes Polster zu schaffen. Fürsorglich erkundigte er sich, ob es auch dick und angenehm genug sei. Wenn nicht, so gäbe es in der Sakristei weitere Gesangsbücher und auch Schriftrollen vergangener Zeitalter, die er rasch hinzuholen könnte, um meine Lagerstätte zu vervollkommnen. Ich lehnte ab, weil ich ihn endlich in mir spüren wollte. Zunächst küsste er mich weiter hingebungsvoll, während ich inmitten des Haufens zerrissener Bibelseiten auf dem Altar lag. Im ganzen Dom waberte der dichte Rauch der brennenden Empore, hielt aber gehörigen Abstand zu Satan und mir. Unser Liebesspiel wurde vom Rauch nicht gestört. Ich roch nur den feinen, feierlichen Duft nach altem Gemäuer und altem Holz, sowie ein leichtes Aroma von Weihrauch, das von der letzten Messe stammte."

„Das ist ungeheuerlich!" Dem Abt und Hexenjäger schien etwas schwindelig zu sein ob der unerwartet monströsen Darstellung des Schäferstündchens einer jungen Hexe mit Gottes größtem Widersacher. „Für dieses Ausmaß an Sünden wird dich selbst der Flammentod nicht reinwaschen können!"

„Satans Glied war bereits am Erhärten", sagte Iris. „Da er die ganze Zeit über nackt war, habe ich es vom ersten Augenblick an gesehen, nachdem ich den Dom betreten hatte. Schon im schlaffen Zustand war es ungeheuer lang und dick. Ich schätze, dass selbst die größten und mächtigsten Hengste unter den Pferden kein derartig riesiges Gerät ihr Eigen nennen dürfen. Farblich war es etwas heller als Satans sonstiger Körper, welcher fast schwarz ist, aber eine rötlich schimmernde Tönung besitzt. Sein Glied war von einem tiefen Rot, durchsetzt mit schwarz schattierten Adern und einer Eichel wie dunkelbraunes Samt, von der Größe eines ausgewachsenen Apfels!"

Blass vor Neid und Verstörung über die schamlose Selbstverständlichkeit, mit der die Frau vom Geschlechtsteil Luzifers erzählte, biss sich Oswald Crudelis auf die Zähne. Er hatte die Hände von seinem Gehänge genommen. Nun wartete er begierig darauf, dass die nackte, junge Hexe endlich zur Sache kommen und vom eigentlichen Geschlechtsakt berichten mochte.

„In wenigen Augenblicken hatte er mir sämtliche Kleidung abgestreift, ohne sich besonders damit abmühen zu müssen", erklärte Iris. „Als sein Schwanz nur halb ersteift war, war er bereits weit über seine ohnehin sehr stattliche Größe hinausgewachsen. Während ich also nackt die Beine spreizte und meine Spalte mit den Fingern rieb, um sie auf die bevorstehende Begehung durch Satans Glied vorzubereiten, fragte ich ihn, wie das denn überhaupt klappen könne. Sein Teil sei doch jetzt schon so dick und lang wie der Unterarm eines kräftigen Mannes. Unmöglich, dass er damit in meiner zarten Spalte Platz fände! Und wenn sie noch so geschmiert würde vom üppigen Saft meiner Lust, welcher schon jetzt meine Scham benetzte. Er hingegen versicherte mir mit bezaubernder Einfühlsamkeit und Bestimmtheit, dass ich mich nicht zu sorgen brauche. Er wisse, wie wir uns schmerzfrei und auf den höchsten Wellen intimster Gefühle vereinigen würden. Also vertraute ich ihm… Es sollte sich herausstellen, dass er nicht zu viel versprochen hatte!" Iris warf ihren Kopf nach hinten, um eine schwarze Haarsträhne aus ihrer Stirn zu befördern. Sie hatte ihrer Ordensschwester Beluas Gesicht vor Augen, als diese damals das abnorme Treffen mit ihrem Meister geschildert hatte. Das Hexenfeuer jener Walpurgisnacht hatte Beluas hochmütiges, scharf geschnittenes Gesicht gelb erleuchtet und sich in ihren großen, gefährlichen Augen gespiegelt.

„Mein für alle Zeiten größter und unvergesslicher Liebhaber stand auf seinen wuchtigen Pferdehufen breitbeinig vor dem Altar. Er streichelte meine Brüste mit sanften, kreisenden Bewegungen, während sein fast gänzlich steifer Schwanz an meiner triefenden Spalte rieb. Diese war ebenfalls angeschwollen und bot sich ihm dar wie eine frühreife Frucht voller Saft."

Crudelis keuchte erregt. Er strich jetzt wieder hechelnd mit der flachen Hand über sein Gehänge, welches sich unter der Kutte regte. Die Erzählung entwickelte sich ganz nach seinem Geschmack, denn das zuvor deutlich abgeflachte Zelt wuchs wieder zu seiner alten Größe heran. Ja, es ragte nun sogar in einem überaus steilen Winkel nach oben, so dass es fast den Bauchnabel des Kirchenmannes berührte. Er starrte auf die junge, nackte Hexe, die da vor ihm saß, auf die Streckbank gefesselt und dennoch freimütig in Erinnerungen ihrer sexuellen Vergangenheit schwelgend. Ihre Brüste schimmerten wohlgeformt und schweißbedeckt im spärlichen Schein des schmalen Fensters und der Wandkerzen. Ihn überfiel eine heftige Sehnsucht, sie zu bespringen. Jetzt gleich, vor den Augen aller! Mühsam konnte er seine Triebe zügeln.

„Dieses Reiben an meinem Spalt war bereits so herrlich kribbelnd und wunderbar geschmeidig, dass es mir weit schöner vorkam als das beste Bocken, welches ich bisher mit Männern erlebt hatte… Was aber *dann* kam, war nochmals eine gewaltige Steigerung der Lust! Nie hätte ich mir träumen lassen, dass es einen solchen Gipfel der allumfassenden Geilheit wirklich geben konnte. Selbst meine zahlreichen vorherigen Treffen mit Satan in Wäldern und verlassenen Hütten reichten nicht an jenen Abend heran, als er mich auf dem Altar des brennenden Domes nahm!" Iris machte eine Pause und hielt inne, um zu überlegen.

„Was war dann?" drängte der Inquisitor in beinahe weinerlicher Erregung. „Hat er dich endlich gestoßen, Weib?"

„Als er in mich drang, merkte ich es kaum, so schnell und einfach ging es! Trotz der enormen Größe seines unheiligen Kolbens nahm er von meinem Unterleib mit einer Souveränität Besitz, als würde ein Mäuschen in einem Erdloch verschwinden. Erst als mein Inneres von einer feurigen Hitze erfüllt war, welche von einem glitschigen, warmen Strom sprudelnden Lustwassers umspült wurde, fasste ich es: Satan bockte mich, härter als ein Mann es bisher auch nur annähernd vermocht hatte oder es je können würde! Andererseits wiederum so zärtlich und spielerisch, wie wenn ein gefühlvoller Elf sich meiner bemächtigt hätte."

„Wie lange hat es gedauert?"

„Das kann ich nicht genau sagen, da ich währenddessen jedes Zeitgefühl verlor. Ich weiß aber, dass die ganze Kirchenempore während des Aktes komplett ausgebrannt ist. Die Kuppel des Domes verfärbte sich schwarz. Das Feuer verunstaltete die kunstvollen Gemälde, die auf der Empore zu sehen gewesen waren. Die Wand aus Rauch und Qualm, welche sich in einiger Entfernung zu uns zeigte, war so dicht, dass man dort nicht mehr die Hand vor Augen gesehen hätte."

„Hat er seinen Saft in dich gespritzt?" Oswald Crudelis schien nun jede Scham verloren zu haben. Ungeachtet dessen, dass der bucklige Foltermeister und der am Pult sitzende Schreiber sich immer noch hinter ihm im Kellerraum befanden! Er hatte mit der linken Hand seine Kutte hochgehoben und walkte mit der rechten an seinem Schwanz herum. Ob er Unterwäsche trug oder unter der Kutte gar nackt war, konnte man nicht erkennen.

So ein Scheusal! dachte Iris voller Verachtung und Ekel. *Er spielt den Richter und Moralapostel, verurteilt mich für Magie und Unzucht... Doch für einen Mann der Kirche benimmt er sich äußerst unziemlich!* Sie nahm sich zusammen und befeuchtete ihre Lippen, bevor sie weitersprach.

„Mehrere Male brachte er mich durch sein Stoßen und das Liebkosen mit den Händen zum Höhepunkt!" gestand sie. „Ich schrie wie am Spieß, gellend und wie von Sinnen, so dass das Echo in dem rauchgeschwängerten Dom widerhallte. Mit meinen Armen, die fahrig und im Taumel größter Lust auf dem Altar Halt suchten, warf ich ein silbernes Kruzifix zu Boden." *Mein Gott, ich muss wahnsinnig sein oder lebensmüde, das Erlebnis von Belua tatsächlich als mein eigenes wiederzugeben!* durchfuhr es Iris. *Doch Folter und Tod drohen mir ohnehin schon. Ich habe nichts zu verlieren, aber alles zu gewinnen! Vielleicht kann ich diesen Kerl mit der Geschichte so lange bei der Stange halten, bis mir etwas zu meiner Rettung eingefallen ist!* Sie beschloss, weiter mutig und entschlossen die Flucht nach vorn zu ergreifen und die Geschichte zu vollenden.

„Satan begattete mich zu meiner vollsten Zufriedenheit. Aber selber verweigerte er sich vorerst den Höhepunkt!" sprach sie. „Nachdem ich mich schließlich glücklich und ermattet auf dem Haufen zerknüllter Bibelseiten ausgestreckt hatte, zog er seinen riesigen, rotglänzenden Kolben aus mir. Er war beschmiert von Saft: sowohl von seinem zähen, weißen als auch von meinem dünnen, farblosen."

„Dann... dann hat er wohl anschließend mit sich am eigenen Leibe Unzucht getrieben!" stellte der Inquisitor triumphierend fest und bearbeitete dabei weiter unbeirrt sein Geschlechtsteil unter der Kutte.

„Nicht ganz!" widersprach Iris. „Als ich wieder etwas mehr Herrin meiner selbst war, verlangte er von mir, sein Hinterloch mit einer Kerze zu begehen."

„Ungeheuerlich!" Crudelis blieb die Spucke weg. Er hielt unter der Kutte in seinen Bewegungen inne und sinnierte mit starrem Blick: „Also eine gigantische Sünde in dreifacher Hinsicht! Kirchenschändung, dazu noch öffentliche und zudem widernatürliche Unzucht!" Seine Empörung hielt jedoch nicht lange genug vor, um seinen steifen Kolben abschwellen zu lassen. So fuhr er fort, ihn zielstrebig zu streicheln. Iris konnte die Gesichter des Folterknechtes und des Schreibers nicht sehen, die sich irgendwo hinter Crudelis' Rücken befanden. Falls die beiden mitbekamen, was ihr Vorgesetzter hier mit der Hand an seinem Schritt trieb, so äußerten sie sich zumindest nicht dazu. Kein Mucks war von ihnen zu hören. Auch das Kratzen des Federkiels hatte aufgehört.

„Ich sollte ihn mit der Kerze in sein braunes Loch stoßen!" sagte Iris so unschuldig, als berichte sie von der Zubereitung eines großmütterlichen Kochrezeptes. „Es sollte die große Marienkerze sein, welche sich trotz der Stoßerei noch auf dem Altar befand. Auf ihr war mit gefärbtem Wachs das Bildnis…"

„Schon gut!" stieß Oswald Crudelis zutiefst erschüttert hervor. „Erspare mir die abscheulichen Details!" Er verzerrte sein großes, unförmiges Mondgesicht. Sein Schwanz unter der Kutte war anscheinend etwas geschrumpft, obwohl er ihn weiterhin wollüstig rieb. Ob er den Gipfel seiner Befriedigung schon erreicht hatte?

Iris atmete tief durch: „Also nahm ich die Kerze aus ihrer metallenen Halterung. Ich rieb sie mit dem Öl aus der Sakristei ein, welches dort für das Füllen der Lampen lagerte. Kaum glänzte die weiße Kerze so richtig schön und troff schmierig vom Öl, da führte ich sie meinem Meister in seine hintere Öffnung ein. Es ging ganz leicht, denn er vermochte die Muskeln seiner Backen unerhört geschickt zu spreizen. Das Stöhnen Satans klang in dem riesigen, bis zur Unkenntlichkeit verräucherten Dom wie eine sehr dunkle, verzerrte Version der Trompeten von Jericho! Als er schließlich seinen Höhepunkt erreichte, brüllte er so markerschütternd, dass ich befürchtete, die ganze Kuppel des Doms würde über uns zusammenbrechen! Aus seinem zitternden, eisenhart gewordenen Glied peitschten mehrere Salven einer zähen zartrosa Flüssigkeit… Ich weiß nicht, inwiefern sie der Eiersoße eines normalen Mannes glich, und ich will es auch gar nicht wissen. Noch nie hat der Pferdefüßige seinen unheiligen Saft in mich gespritzt. Eigentlich will ich auch vermeiden, dass das jemals geschieht! Denn wer weiß, was daraus irgendwann Abnormes geboren wird…"

„Nun, du kannst dir sicher sein, dass dir eine solch teuflische Schwängerung, die glücklicherweise nie geschehen ist, auch niemals mehr passieren wird!" schloss Oswald Crudelis feierlich. Offenkundig war seine Wollust abgeebbt, zumindest vorerst. Entweder war seinem wundgeriebenen Schwanz unter der Kleidung eine Ladung Saft entwichen. Oder aber er hatte beschlossen, seine wahre Befriedigung auf später zu verschieben, wenn er mit der jungen Hexe alleine sein würde.

„Morgen wirst du sterben!" kündigte er in einem beruhigenden und beinahe väterlichen Tonfall an, wie wenn dies eine großzügige Wohltat sei. „Der Umfang deiner Sünden ist so enorm, dass er das mir Bekannte bei weitem übersteigt! Deine Beschreibungen vom unflätigen Umgang mit dem Pferdefüßigen sind glaubhaft und bringen mich in meinem Forschen und meinen Erkenntnissen voran. Das heißt jedoch nicht, dass dir der Flammentod erspart bleibt! Was ich dir anbieten kann, ist eine Ermäßigung der Folter auf die Zeit bis Mitternacht. Wir werden dich etwas schonen dabei. Ich komme dir in meinem Großmut sehr entgegen, obgleich mich dein schamloses Schwadronieren über die grässliche, abscheuliche Unzucht zutiefst schockiert hat! Du und ich, wir beide werden uns unter vier Augen unterhalten, hier ganz alleine… Anschließend, wenn ich mit dir fertig bin, sehe ich zu, wie unser fleißiger Freund mit dem Buckel sich um dich kümmert. Er wird einige Werkzeuge und Zangen an dir ausprobieren, um dir ein Lied zu entlocken: Eine hohe, gellende Arie der Schmerzen und der Verzweiflung!" Er grinste breit und voller gemeiner Vorfreude. „Hernach darfst du ruhen und deine Gedanken sammeln, Buße tun und beten, sofern du dich dazu in der Lage siehst. Des Nachts, während im Dorf gefeiert und in den ersten Mai getanzt wird, lasse ich den Scheiterhaufen errichten. Darum werde ich mich kümmern! Im Morgengrauen, wenn alles vorbereitet ist, wirst du darauf Platz nehmen und das Holz wird entzündet!" Er warf sich in die Brust wie ein Held. Dabei schaffte er es aber nur, dass seine herabhängenden Männerbrüste schaukelten wie Mehlsäcke.

Iris schwieg und senkte den Blick. Sie wollte die unheilverkündenden eisernen Geräte nicht sehen, die überall im Keller herumstanden. Würde sie es irgendwie schaffen, sich durch kluge Worte oder Taten aus der Affäre zu ziehen? Oder zumindest, noch etwas Zeit zu schinden? Sie presste die Augen fest zusammen und versuchte, Bilder ihrer besten Freundin Tyna und den anderen Hexen heraufzubeschwören. Bilder und Szenen, die sie vor kurzem schon in ihrem Innern erblickt hatte wie Visionen und echte, tiefgeistige Verbindungen. Sie sah nur eine trostlose Leere, die schwarz war bis auf ein Glimmen. Dieses schien immer stärker zu werden, je länger sie sich darauf besann. Das Glimmen war ein heller Funken, beinahe ein zuckendes Flämmchen der Hoffnung, unbeirrt und Mut spendend!

Die junge Hexe atmete tief ein und aus. Sie machte sich gefasst auf das, was da kommen mochte.

TEIL 4

KAMPF IM FOLTERKELLER

19

Die Landung geschah unbemerkt, weil umwölkt vom Sand des Vergessens, den die Wüstenhexe Asifa unermüdlich nach allen Seiten um sich warf. Tyna sprang vom Besen. Die Blumenhexe Florentina, die Sauhexe Vulgaera und die Anushexe Anobella schlichen bereits durchs dichte Gebüsch, angeführt von der Voodoohexe Olisa und der schwarzen Kali-Hagzissa. Asifas geheimnisvoller Sand war nun fast aufgebraucht. Die Wüstenhexe blickte traurig ins dunkle Innere des gegerbten Ziegenmagens, der als Behältnis für den Sand des Vergessens diente. Nur noch eine Handvoll der kostbaren Körnchen befand sich darin.

„Der Kerl da!" zischte Kali-Hagzissa. „Den schnappen wir uns!"

„Ich kümmere mich darum!" empfahl Asifa und holte mit Daumen und Zeigefinger etwas Sand aus dem Ziegenbeutel.

Sie befanden sich nur wenig mehr als einen Steinwurf von der Burg entfernt, die sich als stolze Erscheinung zwischen rauen Felsen und zartgrünen Baumgruppen erhob. Wachen, Soldaten oder Knappen waren keine zu sehen, Ritter schon gar nicht. Die Zugbrücke war zur Hälfte hochgezogen. Ein unüberwindbarer Abgrund klaffte deshalb vor dem riesigen, steinernen Torbogen des Eingangs. Auf dem gewundenen, von Kieseln gesäumten Weg, der zur Burg führte, ging eiligen Schrittes ein Mann mittleren Alters. Er trug einen langen, dunklen Gehrock.

Eine Prise vom Sand des Vergessens wirbelte in die Luft. Die im Gebüsch versteckten Hexen sahen nur noch, wie ein heller, schemenhafter Schatten an ihnen vorbei wirbelte und auf den Mann zuhielt.

Er erschrak und wurde dabei von etwas Unsichtbarem nach hinten gerissen. Er wollte mit den Armen um sich schlagen, konnte es aber nicht, wie wenn ihn Fesseln daran hindern würden. Zugleich erstarb sein lautes Schreien, zu dem er gerade angesetzt hatte, und ging in ein tief gedämpftes, angstvolles Mümmeln über. In wenigen Augenblicken war der Mann vom Weg verschwunden. Plötzlich tauchte er in den Büschen auf, mitten unter ihnen.

Die Hexen schnalzten beeindruckt mit ihren Zungen, als Asifa wieder sichtbar wurde. Sie hatte den Mann fest im Griff. Mit einer ihrer wettergegerbten, großen Hände hielt sie sein Genick umschlungen. Mit der anderen schloss sie ihm fest den Mund.

„Schweig!" herrschte Kali-Hagzissa. Sie blitzte ihr Opfer mit abgrundtief machtvollen, schwarzen Augen an, deren Wildheit und schwarzmagische Energie jeden Widerspruch im Keim erstickten. „Schrei nicht! Sonst ist es um dich geschehen! Hörst du?"

Der Mann starrte sie mit angstgeweiteten Augen an. Er nickte eifrig und wie in

Trance.

„Wirst du ruhig sein und ehrlich auf meine Fragen antworten, wenn du die Gelegenheit dazu bekommst?"

Heftiges Nicken.

Kali-Hagzissa gab Asifa einen Wink, und die Wüstenhexe nahm ihre Greifer vom Mund des Mannes. Der atmete spürbar erleichtert aus und schnappte nach Luft.

„Wer bist du, wie heißt du und warum willst du zur Burg?" fragte Kali-Hagzissa. Ihre allgegenwärtige Schwärze pulsierte in rasender Ungeduld.

„Äch bänn…" hustete der Kerl mit kratziger Stimme und räusperte sich aufgeregt. „Ich bin Reinhardt Ehler, Büttel in Sonnhagen."

Unbeherrscht griff Asifa ihm in sein verschwitztes Haar und riss daran, so dass sein Kopf nach hinten fiel und er verzweifelt keuchte. „Das war nicht die komplette Antwort auf die Fragen meiner Schwester!" warnte sie.

„Ich bin auf dem Weg zur Burg, weil ich Meldung machen muss!" beeilte er sich zu sagen. Unzählige Schweißtropfen bildeten sich dicht und glänzend auf seiner Stirn. „Es wurden… Es wurden, äh, ähem, also, es wurden…" Nervös mit den Augenlidern flatternd blickte er um sich. Ganz offensichtlich ahnte er, wer die waren, die ihn da bedrängten. Die Gruppe der Frauen, die sich um ihn scharte, erschreckte ihn zutiefst. Es waren insgesamt sieben, jede noch exotischer und gruseliger anzuschauen als die andere. Noch mehr aber entsetzte ihn die Möglichkeit, ermordet zu werden, falls er die Nerven verlöre und sich nicht gehorsam zeigte. Er wusste instinktiv, dass er Ruhe bewahren und alles tun musste, was sie von ihm verlangten. So käme er vielleicht mit heiler Haut davon!

„Es wurden Hexen gesehen!" stieß er schließlich hervor und schloss zitternd die Augen. Wohl wissend, dass seine Worte inmitten dieses Haufens wilder Weiber sehr absurd klangen.

„Wer sieht hier Hexen? Du?" konnte sich Kali-Hagzissa nicht verkneifen spöttisch zu fragen. Dann hakte sie nach, ernst und sachlich: „Wer hat diese Beobachtungen gemacht?"

„Ein… ein junger Bauernsohn und eine… Magd."

„Wann haben sie dir davon erzählt?"

„Vorhin, vor meinem Hause. Es ist noch nicht lange her."

„Kommst du direkt aus dem Dorf?"

„Ja."

„Hast du vor deinem Aufbruch Ungewöhnliches dort bemerkt? Etwa Hexen, die auf ihren Besen vom Himmel kommen?"

„N… Nein!"

„Nun gut… dann bist du ja gerade noch rechtzeitig zur Burg aufgebrochen, um das Geschwader unserer Schwestern zu verpassen."

„Wie… Wie ist das gemeint? Warum…"

„Schon gut! *Du* beantwortest mir *meine* Fragen – nicht ich die deinen! Zurück zu dem Bauern und der Magd. Wo wollen sie diese Hexen denn gesehen haben?"

„Im Wald, nahe eines Häuschens mit spitzem Dach. Da, wo die wohnt, die wir *Kräuterliese* nennen!"

Iris! dachte Tyna beklommen. Ihr Herz, noch kaum beruhigt von dem aufregenden Besenflug in luftiger Höhe, begann wieder schneller zu schlagen.

„Und da bist du jetzt unterwegs, um dem Fürsten Arnulf von Hagen Bericht zu erstatten?" wollte Kali-Hagzissa streng wissen.

„Ihm oder seinen Untertanen, ja", gab der Büttel zu.

„Wurde die, welche ihr *Kräuterliese* nennt, auch im Wald gesehen?" fragte Kali-Hagzissa. Sie runzelte ihre Stirn in Hunderte tiefer Falten und Furchen.

„Nein. Das heißt, ja. Aber nicht vorhin."

„Was nun? Wann und wo wurde sie gesehen? Besser noch: Wo ist sie jetzt?" Kali-Hagzissa stemmte die Arme in die Hüften. Sie nahm den schlotternden Büttel aufs Korn wie ein Adler ein in die Enge getriebenes Kaninchen.

„Sie ist in der Burg. Heute Morgen in aller Frühe schon wurde sie… verhaftet."

Also doch! durchfuhr es Tyna. Sie fühlte sich elend. Was, wenn alle Hilfe zu spät käme und sie Iris bereits etwas Schlimmes angetan hatten?

„Wer hat sie verhaftet? Der Fürst?"

„Der Abt des Klosters *Aureus Veritas*. Er ist nicht nur Abt, sondern wurde vom Papst in Rom zum Großinquisitor ernannt. Zurzeit ist er Gast beim Fürsten." Dem Büttel namens Reinhardt Ehler schien es schwindlig geworden zu sein. Er hockte zwischen den Büschen im Gras, umringt von den sieben Hexen, und war ganz bleich.

„Wie heißt dieser Abt?"

„Oswald Crudelis." Ehler sah zum Himmel hoch, als erwarte er dort Hilfe in seiner verzwickten Lage.

„Weißt du, wo sich Oswald Crudelis jetzt befindet? Möglicherweise ist er als Hexenjäger bereits im Begriff, die Kräuterliese zu foltern oder hinzurichten! Meinst du nicht?"

Der Büttel schluckte. „Wenn er das tun will", begann er zögernd, „so vermutlich in einem der Verliese im Keller. Nur dort macht er das für gewöhnlich. Er war ja schon in früheren Zeiten hier und hat seine Pflicht getan…" Die letzten Worte sprach er nahezu unhörbar leise. Vermutlich, weil er sich gewahr wurde, dass sie die Hexen zu Wut und Widerspruch herausfordern könnten.

Kali-Hagzissa klatschte plötzlich laut knallend in die Hände, so dass der Büttel zusammenzuckte wie vom Pfeil einer Armbrust getroffen.

„Wir werden mit dir zur Burg gehen und Einlass begehren!" schnauzte sie. „Du tust gut daran, alles daran zu setzen, dass wir ins Verlies zur Kräuterliese gelangen… *falls* sie dort sein sollte!"

Reinhardt Ehler nickte schicksalsergeben, während die schwarze Hexe mit dem goldenen Nasenring ungerührt weitersprach wie eine Heerführerin angesichts einer bevorstehenden Schlacht: „Sei zurückhaltend und ganz gelassen! So, als ob du alleine wärst! Wir alle werden uns zu tarnen wissen und dich begleiten. Wenn wir in der Burg sind, führst du uns zu den Verliesen oder begleitest uns, wenn die Wachen dich dorthin führen. Du wirst sagen, dass du umgehend und in einer äußerst dringenden Angelegenheit den Hexenverfolger Oswald Crudelis sprechen musst. Und zwar im Beisein der jungen Hexe Iris, wie die Kräuterliese richtig heißt. Du wirst weder zu fliehen versuchen noch die Wachen der Burg auf unsere Anwesenheit hinweisen. Hast du das alles verstanden?"

Verängstigt und verwirrt nickte der Büttel abermals. Ihm war nicht klar, wie das gehen sollte. Wie wollten diese Weiber des Schreckens unbemerkt an den Wachen vorbei gelangen?

Ohne es zu wissen, teilte die Wüstenhexe Asifa seine Bedenken. Denn im Gegensatz zu den anderen Hexen wusste sie um die Spärlichkeit ihres Vorrates an Sand des Vergessens. Er war inzwischen sehr knapp geworden. Es schien fraglich, ob er zur Tarnung der bevorstehenden Aktion ausreichen würde.

Zur Not blieb ihnen natürlich ihre Hexenmagie, die fraglos mächtig und sehr wirkungsvoll war. Zumal sie zu siebt waren und ihre vielfältigen Kräfte bündeln konnten. Unverwundbar waren sie aber alle nicht, und die Burg strotzte nur so vor schwerbewaffneten Bewohnern.

„Auf!" sagte die Voodoohexe Olisa anstelle ihrer Ordensschwester Kali-Hagzissa. „Lasst uns keine Zeit verlieren! Hinein in die Burg!"

Asifa schwenkte den Ziegenmagen mit dem Sand. Sie machte sich bereit, wieder davon zu nehmen, um sie alle unsichtbar zu machen. Während sie den ersten Schwung der feinen Körnchen hoch über ihre Köpfe warf, verließen sie das schützende Dickicht der Sträucher und Büsche. Sie marschierten mit geschulterten Besen auf die Burg zu. Der Büttel Reinhardt Ehler ging ihnen mit gesenktem Kopf und trübem Blick voran.

20

Die runde Kugel aus gegossenem Eisen sauste in einer irrsinnigen Geschwindigkeit durch die Luft, befeuert durch die Explosion des Schwarzpulvers. Vanda sah sie kommen. Sie nahm sie wahr wie einen heißen, dunklen Kometen in Miniaturform, der die Luft zerschneidet. Die uralte Steinhexe musste sich trotz ihres Alters nicht einmal besondere Mühe geben, der Kugel auszuweichen. Denn sie hatte schon ihre Flugbahn vorausgesehen, als der Jäger den Abzug des Gewehrs betätigt und die Lunte das Pulver auf der Pfanne entflammt hatte.

Kaum hatte Linhart Duettel erkannt, dass sein Schuss danebengegangen war, wurde er auch schon von der Hexe angesprungen. Zielsicher beendete die Alte ihren Sprung, der eine Weite von mindestens einem Dutzend Schritten hatte, direkt vor den Füßen des Jägers. Noch während sie sich aus ihrer gebückten Haltung aufrichtete, packte sie den Überrumpelten mit dem eisernen Griff ihrer beiden klauenhaften Hände an Hals und Hoden. Augenblicklich ließ er das Gewehr fallen und verfiel in eine Schreckstarre.

Linhart Duettel brachte nur ein ersticktes Würgen zustande, als er von der Steinhexe hügelaufwärts gezogen wurde. Mit angewinkelten Beinen stakste er unbeholfen hinter ihr her. Sein Gehänge wurde brutal zusammengequetscht. Es schien sich in ihrem unbarmherzigen Griff zu winden wie eine Schlange in der Schraubzwinge. Er ging mit gebeugtem Rücken, da die furchtbaren Klauenfinger um seine Kehle den Hals niederdrückten. Gerade so tief, dass er nur mühsam stapfen konnte wie ein Kleinkind, das gerade Gehen lernt.

„Komm nur!" dröhnte die Alte mit einem heiseren und dennoch sehr machtvollen Knarren in der Stimme. Sie hatte ihre Brüste wie einen Schal über ihre Schultern nach hinten geworfen. Sonst wären sie wie dünne, schlaffe Säcke an ihr herabgehangen und hätten sie beim Gehen behindert. „Komm nur, schießwütiger Jägerswicht, und lass alle Hoffnung fahren! Oder willst du etwa deinen Hirschfänger benutzen, nachdem deine Flinte nutzlos geworden ist?"

In der Tat hätte er das gerne getan. Aber als er auf die lederne Scheide an seinem Gürtel schaute, wo die Stichwaffe sich zuvor befunden hatte, steckte dort nichts weiter als ein trockener, grob geschlagener Holzscheit!

Wie ist das möglich? fieberten seine Gedanken, gejagt von Todesangst und geschwängert vom Schnaps. *Wo ist mein Hirschfänger? Was für eine gottlose Zauberei ist hier im Spiel? Wer ist diese alte Fuchtel, und warum kann sie springen wie ein Steinbock und hat Kraft wie ein Bär?*

Dass er unter Hexen geraten war, erkannte er sofort, als die Alte ihn auf die Anhöhe gezerrt hatte. Ihm blieb kaum Zeit für Entsetzen und Panik, bevor sie ausholte und ihn hinter sich drängte, um ihn sogleich in hohem Bogen nach vorne zu schleudern. Er fiel auf die Erde und überschlug sich. Die Welt drehte sich um ihn.

Als er im Liegen schließlich erkannte, dass er noch lebte und seine Glieder bewegen konnte, richtete er sich langsam auf. Wäre er nicht betrunken gewesen, so hätte er diese Tollkühnheit nicht besessen. Dann wäre er wohl einfach stumm und stocksteif liegengeblieben, um abzuwarten, was ihm blühte. So aber stand er schließlich staubbedeckt und mit heilen Gliedmaßen, aber gebrochenem Stolz auf eigenen Beinen und sah sich um.

Zweifellos waren es ausschließlich Hexen, die sich auf der Felsplattform befanden. Es waren Dutzende! Sie musterten ihn regungslos. Viele von ihnen wirkten sehr alt. Manche aber schienen noch recht jung zu sein. Einige besaßen gar ein Äußeres, das eine verblüffende Zeitlosigkeit ausstrahlte, vereint mit würdevoller Anmut und seltsamer, beinahe außerirdischer Schönheit. Inmitten der Plattform ragte aus einem Holzhaufen ein sehr eigenartiger Maibaum in die Höhe. Er war nicht nach menschlichem Ermessen gefertigt, sondern ein schauderhaft fremdartiges Objekt, welches aus einem fernen schwarzen Reich zu stammen schien.

„Satan!" flüsterte Linhart Duettel. Er ließ seinen gehetzten Blick hin und her schweifen, um seine Fluchtmöglichkeiten abzuschätzen. „Satan hat mich in seinen Fängen!"

„Nein!" widersprach die Alte mit den starken Klauenhänden, die seiner Gewehrkugel ausgewichen war. „Der alte Pferdefuß hat damit ausnahmsweise nichts zu tun! Die Sache hier ist ganz allein die unsere. Das Fest, das wir heute feiern werden, steht unter unserer eigenen Schirmherrschaft."

Unschlüssig und mit großen, hoffnungslos blinzelnden Augen stand Linhart Duettel da und wich den blitzenden Blicken der Hexen aus.

„Warum hat er sich hier herumgetrieben? Wirkt unser Bannkreis etwa nicht?" fragte eine Hexe. Sie stand mit zwei anderen zusammen neben einem großen, eisernen Topf, der über einem züngelnden Feuer befestigt war und in dem etwas vor sich hin kochte. Es dampfte unaufhörlich. Träge, weiße Schwaden zogen himmelwärts. Der Geruch schwebte über dem ganzen Platz. Er war unbeschreiblich: eine Mischung aus obskuren Pflanzenaromen und würzigem Fett.

Die Alte mit den Klauenhänden schüttelte langsam ihren Kopf. Sie sah aus, als habe sie schon gelebt, als ein Zimmermannssohn mit unendlich großem Herzen und einer wunderbaren Lehre weit, weit weg von hier am Kreuz starb. Über ihren schmalen, knochigen Schultern trug sie ein graues Wolltuch. Ihr weißes Haar – wenn sie überhaupt noch nennenswert viel davon besaß – war von einer Kapuze bedeckt. Das Haupt, in dem ihre listigen, scharfen Äuglein in sehr tiefen Höhlen saßen, machte den Eindruck eines Totenschädels, der von dünner, pergamentartiger Haut umspannt ist.

„Ich glaube nicht, dass unser Bannkreis seine Wirkung verloren hat!" erklärte sie. Es klang dumpf und fest wie aus einer unterirdischen Gruft heraus. „Vielmehr liegt es am Zustand dieses Tölpels, warum er vom Zauber des Bannkreises nicht berührt worden ist." Sie zog die Luft deutlich hörbar durch ihre Nüstern ein und rümpfte ihre lange, dünne

Nase. Der Höcker auf dem Nasenrücken hob und senkte sich. „Ihr riecht es wohl auch? Unverkennbar ist, dass dieser Kerl zu tief ins Glas geschaut hat! Und das am hellichten Tag!"

Irgendwo ließ sich ein Kichern vernehmen, doch die meisten Hexen schwiegen ernst.

„Nur der Geist des Alkohols überflügelt unsere Bannkreise, wie ihr ja wisst!" stellte die steinerne Vanda fest. „Je heftiger jemand einen sitzen hat, desto weniger wirkt die Täuschung und Tarnung dieser Kreise! Und der Schluckspecht hier…" Sie wies mit anklagendem, dürren Zeigefinger auf den Jäger, der am liebsten im Erdboden versunken wäre. „Dieser komische Vogel mit dem unkontrollierten Schießprügel hat wahrhaftig einen in der Krone! So als ob er kein einfacher Landsmann, sondern ein Adeliger wäre! Und zwar kein Graf oder Fürst, sondern der Kaiser des gigantischen Landes, aus dem unsere Gelbhexe Xiannu stammt! Sofern dieser überhaupt eine Krone trägt…" Sie erntete ausgelassene und auch hämische Lacher der Umstehenden, doch fuhr sie unbeirrt fort: „Nachdem wir also nun unverhofften Besuch bekommen haben und es sich um einen recht stattlichen, wenn auch betrunkenen Mann handelt, müssen wir wohl annehmen, dass er uns gezielt aufgesucht hat! Ist es nicht so?" Sie schickte einen etwas spöttischen Blick auf den Jäger, der hilflos und ihr ausgeliefert da stand, nicht wissend, was die klügste Antwort hierauf wäre.

„Du hast uns aufgesucht, Jägersmann, um unserem nächtlichen Spektakel beizuwohnen!" sagte Vanda schnippisch und gestelzt. „Denn heute ist, wie jeder weiß, Walpurgis! Rudemas! Bealtinne! Tana! Hexensabbat!"

Die Hexen auf der Felsplattform des Blocksbergs feixten und jubelten voller Anerkennung der Worte ihrer Anführerin.

„Wie ist dein Name, Jäger?" wollte Vanda wissen.

„Duettel… Linhart Duettel", sagte der Angesprochene leise.

„Linhart Duettel!" wiederholte Vanda. „Linhart Duettel, du wirst unserer heutigen Zusammenkunft nicht nur beiwohnen, sondern uns auch beischlafen… Das heißt, *geschlafen* wird heute Nacht eigentlich überhaupt nicht!" Sie lachte abgehackt und meckernd. Die Hexen fielen in ihr Lachen ein. Ein mehrstimmiges Gelächter brandete auf, unerhört in seiner schamlosen Grobheit und beeindruckend in seiner stimmlichen Vielfalt.

„Ich ernenne dich zum offiziellen Hexenbock!" verkündete Vanda. Das allseitige Lachen schwoll an zu einem ohrenbetäubenden Orchester des Ordinären. „Das ist eine Beförderung und große Ehre für dich!" setzte sie hinzu. „Meine geliebten Schwestern sind aus allen Teilen der Welt hierhergekommen, um diese Feier zu zelebrieren! Würdige es, indem du zeigst, dass viel mehr in dir steckt als ein schnöder Trunkenbold und schlechter Schütze!"

Ohne es selbst zu bemerken, führte der verängstigte Jäger seine Hände schützend vor seinen Schritt. Es sah aus, wie wenn er ahnte, was ihm gleich abverlangt wurde. Die Hexen allerdings waren gnadenlos in ihrem Fordern und ihrer Frechheit.

„Er soll sich ausziehen!" rief eine mit Silberblick und wirren, bläulichen Haaren.

Eine andere ließ ihre gespaltene, ellenlange Zunge um ihr spitzes Kinn wieseln, wo ein borstiger, schwarzer Damenbart wild wucherte wie stacheliges Unkraut. „Heda, strammer Recke!" rief sie züngelnd und anzüglich grinsend. „Auch ich will von dir kosten, wenn es soweit ist, hörst du? Hebe auch etwas von der Spannkraft deines Riemens und dem Inhalt deines haarigen Beutels für mich auf!"

Vanda ging einige Schritte auf Linhart Duettel zu. Der starrte ungläubig und mit offenem Mund ins Leere. Er verwünschte diesen Albtraum, in dem er sich gefangen sah. Sie baute sich vor ihm auf und begann, mit andächtigen Worten einen beschwörenden Spruch zu murmeln:

„Zieh dein Beinkleid aus, das warme
Bist ein Mann, warst nie ein Engel!
Auf dass sich Lust deiner erbarme
Führ die Hand an deinen Schwengel!

Fleißig mit links beginn zu melken!
Die Rechte führ zum Hinterloch!
Dein Schwanz erblüht, anstatt zu welken
Und dir gefällt die Sache doch!

Dein Sack bewegt sich schnell im Takt!
Die Eier darin kochen heiß!
Ein schöner Mann sieht gut aus nackt
Die Hexe ihn zu nehmen weiß!

Steck den Mittelfinger rechts
Ins rote Loch zwischen den Backen
Lass uns hören Gestöhn, Geächz!
Das Loch taugt mehr als nur zum Kacken!

Besorg´s dir selbst von beiden Seiten
Du Bock! Und wärm dich auf damit!
Heut Nacht wirst du die Hexe reiten!
Das wird ein wahrer Wahnsinns-Ritt!"

Linhart Duettels Augen waren bei diesen Worten glasig geworden. Flugs entledigte er sich seiner Kleidung, bis er ganz nackt inmitten der Hexen stand. Er legte wie in Trance Hand an sich und knetete seinen schlaffen Schwanz, der sich langsam aufzurichten begann. Mit der linken Hand walkte er seinen anschwellenden Riemen. Die Rechte führte er, wie ihm geheißen worden war, zwischen seine schweißglänzenden Hinterbacken. Schnell hatte sein Mittelfinger die enge Öffnung gefunden, von der die Hexe gesprochen hatte, und fuhr in sie hinein. Da dies nur mühsam und unter Schmerzen geschah, steckte er nach kurzem Innehalten den Finger in den Mund und befeuchtete ihn kräftig mit Speichel. Dann führte er ihn frisch geschmiert und erfolgreich in seinen Anus ein.

Begleitet vom Applaus und den geifernden Blicken der Hexen, begann er Gefallen an seiner peinlichen Lage zu finden. Beeinflusst von Vandas Beschwörung, löste er sich innerlich vom Regelwerk des menschlichen Anstands und fühlte sich als magisches Objekt des Hexenordens: erhitzt, ausgeliefert und lusterfüllt bis in die Haarspitzen.

Bald schon drangen röchelnde Laute zwischen seinen gebleckten Lippen hervor. Sie uferten aus zu einem stupiden Stöhnen und ochsenhaften Blöken. Sein Schwanz war jetzt rötlich angelaufen und so steif, dass man daran eine Winde hätte befestigen und volle Wassereimer aus einem Brunnen ziehen können.

Mit trockenem Mund und blutunterlaufenen Augen sah der Jäger himmelwärts. Er bearbeitete sein Glied, wie wenn es um sein nacktes Leben ginge – vielleicht tat es das ja auch, dessen konnte er sich nicht sicher sein! Das Blut wallte in ihm und toste durch die Adern seines Körpers, aufgepeitscht von höchster Aufregung, Angst und sexueller Ekstase. Was er oben am Himmel sah, war ein helles, schimmerndes Rot, das immer kräftiger, dunkler und unheilverkündender wurde. Schwarze Flecken tauchten darin auf und wurden immer größer, angereichert mit zahlreichen, phantastischen Details wie spitzen Besen, krummen Nasen und wehenden Haaren und Röcken…

Er erblickte ein nahendes Geschwader fliegender Hexen am blutroten Himmel, etwa drei Dutzend an der Zahl.

„Die Schwestern kommen zurück!"

Welche der Hexen das gerufen hatte, war nicht auszumachen. Augenblicklich aber erkannten alle das neue Ereignis und fingen an zu schnattern und zu gestikulieren. Deutlich zu sehen war, dass die Hexen nicht nur von ihrem Ausflug ins Dorf Sonnhagen zurückkehrten. Sondern dass sie etliche Männer mit sich führten! Diese waren quer über die Besen gelegt. Ihre Arme und Beine baumelten reglos herab. Manche waren auch an den Händen zusammengebunden und an die Besenstiele gehängt worden.

Als eine der ersten Hexen erkannte die steinerne Vanda, dass ihre sich im Anflug befindenden Ordensschwestern nicht vollzählig waren. Sie runzelte die Stirn, den Blick sorgenvoll auf den frühabendlichen Himmel gerichtet. Dort breitete sich schicksalsschwer der glühende Sonnenuntergang aus, verursacht durch den orangeroten Feuerball der Sonne, der sich dem Horizont näherte.

21

„Es wird nun gleich etwas wehtun!" sagte Oswald Crudelis fröhlich. Er hatte Iris den Rücken zugewandt, während er zum schmalen Fensterschlitz des Verlieses hochschaute. Der Himmel hatte sich blutrot verfärbt. Bald würde es rasch dunkel werden und die Nacht bräche herein. Für die junge Hexe keine gute Entwicklung, denn bald war es Zeit für die Folter, die etwa bis Mitternacht dauern würde. Eine Folter, die nicht mehr dazu diente, Geständnisse aus ihr herauszupressen. Sondern die einfach nur dazu da war, ihr in den letzten Stunden ihres Erdenlebens Gelegenheit zur Buße und Sühne zu geben.

Der Hexenjäger mit der Mönchskutte und der Haartonsur war gerührt über seine eigene Fürsorglichkeit, mit der er diese furchtbare Sünderin und Satansdirne bedachte. Fürwahr, er sorgte sich um deren Seelenheil! Die Folter, unter seiner gewissenhaften Anleitung angewandt, würde womöglich dafür sorgen, der Hexe das Höllenfeuer zu ersparen. Grausame Schmerzen, die sie noch in ihrem irdischen Dasein erleiden musste, konnten gar wie ein Ablassbrief wirken. Die Sünden würden sozusagen noch vor ihrem Ableben durch Marter und Pein reingewaschen, zumindest aber ein guter Teil davon. Eine Vorwegnahme der Höllenqualen durch menschliche Hand, welche ihr die späteren Torturen im Jenseits ersparen oder verkürzen konnten…

Crudelis drehte sich um. Er sah zufrieden, dass der Foltermeister schon fleißig ans Werk gegangen war. Die Folter hatte noch nicht begonnen, doch waren schon emsig Vorbereitungen dafür getroffen worden. Die nackte, junge Hexe, die die ganze Zeit über auf die Streckbank lediglich *gefesselt* gewesen war, würde diese Vorrichtung nun in ihrer ganzen Raffinesse zu spüren bekommen.

Hände und Füße der jungen Frau waren jetzt nicht mehr nur mit Hanfseilen gefesselt, sondern mit massiven Eisenringen umschlossen worden. An diesen wiederum führten dünne, starke Ketten an der Kopfseite der Streckbank zu der Drehvorrichtung. Die Hexe lag bereits flach auf der hölzernen Platte. Es war ihr nicht mehr möglich, ihren Kopf zu heben oder sich gar hinzusetzen, wie sie das vorhin noch zustande bekommen hatte, als ihre Fesseln mehr Spielraum gehabt hatten.

„Das Schlafen wird dir heute Nacht vielleicht etwas schwerfallen!" sagte der Hexenjäger milde lächelnd, wenngleich Iris dies nicht sehen konnte. Sie hörte aber nur zu gut den falschen, widerlich freundlichen Ton in seiner hohen Stimme, welche immer noch so klang, wie wenn er den Mund voller Essen hätte. „Nicht nur deshalb, weil deine Haut geschunden, die Sehnen zerrissen und die Knochen deiner Arme und Beine aus ihren Gelenkpfannen gesprungen sein werden! Sondern auch, weil der heiße Höhepunkt deines armseligen Lebens bereits am frühen Morgen stattfinden wird: das Brennen bei lebendigem Leibe am Pfahl inmitten des Scheiterhaufens!"

Iris schwieg. Schon jetzt schmerzten ihre Glieder sehr unangenehm. Die harten, kalten Eisenringe schnitten ihr ins Fleisch der Arm- und Fußgelenke. Der Bucklige hatte an der Winde mit den aufgewickelten Ketten bereits schwungvoll gedreht. Ihr nackter Körper lag straff da, ohne sich rühren zu können. Arme und Beine waren stramm gezogen. Zudem hatte ihre geschundene Nase beileibe nicht aufgehört weh zu tun. Auch die Wunden ihrer linken Hand pochten sehr unangenehm.

Ganz offensichtlich gefiel es dem Inquisitor, seinem Opfer von den bevorstehenden Qualen zu erzählen und ihm damit womöglich noch größere Angst zu machen, als es ohnehin schon hatte. Immer wieder strich er mit seinen dicken, weichen Fingern über seinen Schritt, der sich unter der dunkelbraunen Kutte wieder einmal erregt ausbeulte. Schon seit Stunden bereitete es ihm schauderhafte Wonnen, sein eigenes Verlangen immer wieder wach zu kitzeln, um es hernach abflauen zu spüren.

Iris wurde beinahe übel. Was für ein abscheulicher, bestialischer Kerl dieser Inquisitor doch war! Mehr monströse Kreatur als Mensch! Viel mehr ein dunkler Meister abgrundtief schlechter Taten als ein aufrechter Mann der Kirche und Diener des Christengottes!

„Zur Verbrennung werden wir dich tragen oder schleifen müssen!" prophezeite er. „Das selbstständige Gehen wird dir nicht mehr möglich sein. Du hast ja keine Ahnung, was so eine Streckbank alles anzurichten vermag... Aber das wirst du sehr deutlich spüren! Tröste dich jederzeit damit, dass alles Fleisch ohnehin vergänglich ist. Der menschliche Körper zerfällt irgendwann zu Staub – oder, in deinem Fall, im Feuer zu Asche! Was bleibt, ist die unsterbliche Seele. Sie darbt entweder in ewiger Verdammnis oder wird geadelt durch eine erhabene Existenz im Himmelreich."

Iris hustete. Sie konnte sich nicht verkneifen, etwas zu fragen, wurde aber zunächst daran gehindert, weil ein nagendes Gefühl der Trockenheit und Enge ihre Kehle zuschnürte. Nachdem sie sich schließlich wieder gefasst hatte, wollte sie mit kratzender Stimme wissen: „Wenn ich euch recht verstehe, gibt es also nur zwei Wege für eine menschliche Seele nach dem Tod: den Himmel oder die Hölle?"

Feierlich bejahte es Oswald Crudelis.

„Dann aber", fuhr Iris fort und unterdrückte ein erneutes Husten, „ist mir eines völlig unklar: Wo wird dabei die Grenze gezogen? Und *wer* zieht sie?"

„Wie meinst du das, Unglückselige? Was für Grenzen?" Der Inquisitor hob die Augenbrauen, sehr befremdet vom neugierigen und dreisten Ansinnen der Hexe. Sogar im Angesicht von Folter und Tod wagte sie es, längst geklärte und in der Bibel verewigte geistige Wahrheiten zu hinterfragen!

„Die Grenzen zwischen dem Himmel und der Hölle", erklärte Iris. „Wo befinden sich diese genau? Ich bin des Lesens kundig und kenne die Bibel. Nichts Genaues steht darin, was diesen Scheideweg betrifft!"

„Willst du etwa die Weisheit des heiligen Buches bezweifeln? Oder gar Gott lästern, Verfluchte? Bedenke die ausweglose Lage, in der du dich befindest!" entgegnete Oswald Crudelis erzürnt. „Diese Spitzfindigkeiten und ungerechtfertigten Fragen hat dir wohl dein pferdefüßiger Buhler eingeredet!"

Iris schüttelte den Kopf. Jede Bewegung tat ihr dabei weh, denn die Ketten hielten ihren ausgestreckten Körper eisenhart auf der Streckbank. „Ein sehr guter Mensch kommt in den Himmel, ein richtig Böser in die Hölle", sagte sie. „Ist es nicht so?"

„So ist es!"

„Was aber ist, wenn ein Mensch irgendwo zwischen Gut und Böse steht? Eine charakterliche Mischform sozusagen, von denen es bestimmt unzählige gibt. Niemand ist nur gut oder nur schlecht. Ab wann ist ein Böser so böse, dass er in die Hölle kommt? Und was, wenn er bereut und Gutes tut? Wo ist die Grenze, ab der er die Abzweigung in den Himmel doch noch schafft? Wer urteilt darüber?"

„Das jüngste Gericht!"

„Die Sache ist aber sehr ungerecht, wenn es nur zwei Seiten der Medaille gibt! Da ist dann ein Guter, der doch so viel Böses getan hat, dass er schließlich in die Hölle muss. Und andererseits gibt es vielleicht einen Bösen, der den Weg in den Himmel schafft. Mithilfe von guten Taten oder auch Ablassbriefen, die ihr und euresgleichen ihm gegen teures Geld verkauft."

„Was du da von dir gibst, du schwarzhaarige Hexe, ist ungeheuerlich und gottlos! Es ist nur auf deinen verwirrten Verstand zurückzuführen! Schweig gefälligst und sündige nicht mit Worten, so kurz vor deinem Ende!" Crudelis' Zorn begann sich in eine köchelnde Wut hineinzusteigern. Er ballte die Wurstfinger seiner teigigen Hände, bis die Knöchel weiß wurden vor Anspannung.

„Erlaubt, dass ich meine durchaus ernsthaften und besonnenen Gedanken äußern darf, jetzt, da mein Leben ohnedies verwirkt ist!" antwortete Iris beharrlich. „Ich halte es für unwahrscheinlich, dass die Entscheidung über den weiteren Weg einer menschlichen Seele im Jenseits wie mit einem Würfelspiel gehandhabt wird. Es ist kaum nachvollziehbar, dass das Schicksal einer Seele letztendlich von einer *Entweder-Oder*-Entscheidung abhängt. Diese enge Grenze zwischen *In-den-Himmel-dürfen* und *In-die-Hölle-müssen* ist letztendlich doch eine Sache von Glück, Gutdünken oder gar Zufall!"

Der Inquisitor schwieg und beherrschte seinen aufpeitschenden Jähzorn nur sehr mühsam und unter Aufbietung sämtlicher Kräfte.

„Ich fragte mich bisher auch, warum die Bibel von der hohen Geistlichkeit immer wieder umgeschrieben worden ist! Sie wurde verkürzt, ergänzt und umformuliert! In unserem uralten Hexenorden hatten und haben wir nicht nur mit allerlei mystischen Wesen Kontakt. Vielmehr auch mit wichtigen Personen aller Weltreligionen. Unser Hexenoberhaupt ist so alt, dass es die Urbibel gelesen hat. Merkwürdigerweise hat die Bibel, so wie man sie heute lesen kann, stellenweise gar nichts mehr gemein mit dem Werk, wie es ursprünglich einmal von den Aposteln Jesu verfasst worden ist! Es wurde im Laufe der Zeit vieles am Text geschliffen, geglättet und zurechtgebogen. Die Originalzitate und Verkündungen von Jesus und seinen Aposteln wurden im Laufe der Jahrhunderte vielfach bearbeitet und abgeschrieben. Von ihnen ist in der Bibel, so wie sie heute gedruckt wird, kaum oder nichts mehr Unverfälschtes übrig."

„Es ist gut, dass uns niemand hören kann außer dem Schreiber, der absolute Verschwiegenheit geschworen hat, und dem Foltermeister, dessen Verstand für das

Begreifen des Gehörten nicht ausreicht!" presste Oswald Crudelis hervor. Er zitterte vor Wut und verletztem religiösen Stolz. „Für diese bodenlosen Unverschämtheiten und Beleidigungen des Christentums müsste ich dir eigentlich sofort mit einer Zange deine Zunge aus dem Mund reißen, so dass das Blut in einer Fontäne bis zur Decke spritzt! Anschließend sollte ich dir mit einem Dolch beide Augäpfel aus den Höhlen kratzen und dich mit tiefen Stichen in die Ohren taub machen! Dann wärst du wirklich bereit für deinen weiteren kurzen Leidensweg ins Feuer! Unfähig zu sprechen, zu sehen und zu hören!"

Es war der reine Irrsinn, in ihrer Situation und in Gegenwart dieses wutentbrannten Sadisten weiterzusprechen, aber Iris konnte nicht anders. Zu hell leuchtete die Flamme der Wahrheit und des Wissens in ihrem klaren Verstand. Zu empörend fand sie die Lügen und Intrigen mancher Geistlicher der spätmittelalterlichen Kirche ihrer Zeit, mit denen diese die Bevölkerung für dumm verkauften und für ihre Zwecke benutzten.

„Ich wünsche mir", sagte Iris laut und fest, „dass nicht nur einige, sondern *alle* von euch Mitgliedern des Klerus einmal so etwas wie Mut zur Wahrheitsfindung und echte Menschenliebe verspüren! Anstatt in scheinheiliger Verbindung mit dem Adel das Volk zu drangsalieren, es mit hohen Ernteabgaben zu belasten und mit Drohungen des Höllenfeuers zu erpressen! Ihr habt die Bibel in hunderten von Jahren so ausgeklügelt umgeschrieben, dass ihre Lehre euer gieriges Gewinnstreben und euren Machterhalt unterstützt! Das Wissen um die Wiedergeburt war vor über tausend Jahren auch in der christlichen Lehre verankert. Doch damit hätten sich keine Ablassbriefe und verlogenen Segnungen verkaufen lassen! Wer weiß, dass seine Seele nach dem Tod in einem anderen Körper wiederkommen wird, um weiter zu lernen, wird keine Angst mehr haben vor dem Jenseits und den angeblichen Strafen Gottes. Während die Bauern Frondienste tun und den Zehnten ihres Korns abgeben müssen, vergnügen sich manche Priester, Bischöfe und Äbte in ihren Palästen mit den Zipfeln kleiner Jungen! Man munkelt gar, der Papst selbst würde sein Gehänge nicht nur zum Wasserlassen benutzen, sondern damit feuchtfröhliche Forschungsreisen in die Darmhöhlen seiner Garde unternehmen! Und dieser Papst ist damit bestimmt nicht der erste, der…"

Ein lautes Knallen beendete ihre zunehmend erhitzter gewordene Rede. Die Ohrfeige ließ ihren Kopf zur Seite wirbeln. Augenblicklich verfärbte sich ihre Wange leuchtendrot. Oswald Crudelis schnaubte wie ein tobsüchtiger Rinderbulle. Keuchend stand er neben der Streckbank und wartete, ob die junge Hexe es wagen würde, auch nur einen weiteren Mucks von sich zu geben. In diesem Fall hätte er nicht gezögert und seine Phantasie mit der Zange und dem Dolch in die Tat umgesetzt.

Der Hexenjäger warf einen kurzen Blick auf den Schreiber und den Foltermeister. Er nahm sich vor, sich zusammenzureißen. Beide schauten ihn erschrocken an. Er hatte die Vorgaben verletzt, die er sich selbst zu seinem eigenen Vorteil auferlegt hatte. Zu frech waren die Provokationen der nackten Hexenhure gewesen! Dabei wollte er doch ein stiller Genießer sein; den Frauen Schmerzen zufügen und sie bis zum Äußersten quälen, während er seine körperliche Lust an ihnen befriedigte. Keinesfalls wollte er den Ruf eines tobsüchtigen Verrückten erlangen, der sich nicht beherrschen konnte und für den die Folterungen nicht ein notwendiges Muss im Auftrag der Kirche, sondern eine erregende Freude waren!

Ruhig Blut! mahnte er sich. *Gib dich gelassener. Entspanne dich. Freue dich auf diesen langen Abend! Er wird dir genug Gelegenheit geben, dich an der Hexe für ihre lästerlichen Worte zu rächen. Zeige dich als einen großmütigen Herrn, der über allen Dingen steht und nur seine Pflicht tut... obwohl du in deinem Innern vor Vergnügen über das Foltern frohlockst!*

Er sah zum Pult des Schreibers an der Eingangstüre hinüber. Der Mann saß da und putzte an seinem Federkiel herum.

„Deine Arbeit ist vorerst getan!" sagte Crudelis. „Du wirst hier heute nicht mehr benötigt. Die Hexe hat alles gebeichtet und erzählt. Ja, sogar von ihrer Hurerei mit Satan persönlich hat sie ausführlich berichtet. Ich hoffe, du hast vorhin alles genau mitgeschrieben! Jedoch nichts von den elenden Worten, die sie am Schluss gewagt hat auszusprechen... Ich meine die Lästerungen gegen unsere heilige Kirche und das Buch der Bücher!"

Der Schreiber nickte und fing an, seine Sachen zusammenzupacken. Er häufte die eng beschriebenen Papierblätter aufeinander und verschloss das Tintenfass mit einem Korken.

„Hast du übrigens vermerkt, dass ich in meiner grenzenlosen Güte und christlichen Hilfsbereitschaft entschieden habe, die Folter nur bis Mitternacht zu erlauben?" fragte der Inquisitor hochmütig. Er verschränkte die Hände vor seinem herabhängenden Bauch. „Ungeachtet dessen, dass mich die Hexe gerade eben noch aufs Schlimmste herausgefordert und sogar den Papst persönlich der Unzucht beschuldigt hat?"

„Das habe ich!" antwortete der Schreiber. „Und auch, dass ihr beschlossen habt, die Verbrennung der von euch Verurteilten ungewöhnlich früh festzulegen: gleich morgen, wenn die meisten noch schlafen."

„Aus nichts als reiner Großherzigkeit!" bekräftigte Oswald Crudelis und räusperte sich feierlich. „Die Hexe hat es gewiss nicht verdient! Doch sie soll sterben dürfen, ohne von einer allzu großen Menge angestarrt zu werden wie ein Tanzbär auf dem Jahrmarkt. Nur aus diesem Grund erspare ich ihr auch ein zeitaufwändiges Tribunal. Vielmehr nutze ich die Macht, die mir als Großinquisitor verliehen wurde, und mache dem Biest ein baldiges Ende!"

In Wirklichkeit malte er sich schon voller lüsterner Freude aus, wie grausam und hingabevoll er die junge Frau schänden würde. Zweifellos würde sie schlimm aussehen, wenn er mit ihr fertig wäre. Man würde ihr die Schändung nur allzu deutlich ansehen, wenn sie am frühen Morgen zum Scheiterhaufen gebracht wurde. Zudem war es möglich, dass sie Kraft ihrer Magie noch die Energie besitzen könnte, einzelne Details ihrer Qualen anklagend herauszuschreien. Da war es auf jeden Fall vorteilhaft, wenn der Hexenverbrennung nicht so viele Schaulustige beiwohnen würden. Und die, die es taten, würden verkatert sein und noch halb betrunken vom abendlichen Fest!

Crudelis spürte seinen Schwanz zucken beim Gedanken an die herrlichen Grausamkeiten, mit denen er die Hexe bestrafen wollte. Dieses Mal würde er sich beherrschen, nachdem er den buckligen Foltermeister aus dem Verlies geschickt hatte. Er durfte nicht zu gierig sein. Sonst konnte es passieren, dass er der Sünderin zu schnell sehr schwere Verletzungen zufügte. Es wäre doch äußerst schade, wenn sie noch in der Nacht sterben würde, ohne ihre Verbrennung mitzuerleben!

Außerdem galt es, Ruhe zu bewahren und eine gewisse Vorsicht nicht außer Acht zu lassen. Eine Hexe war und blieb gefährlich, auch wenn sie geschwächt und gefesselt war. Diese hier war zwar ungewöhnlich jung und schien wenig erfahren zu sein. Sie hatte bisher ja auch gezeigt, dass sie weder zu Zaubereien noch zu irgendeiner Art von Gegenwehr fähig war. Das konnte jedoch auch ein hinterhältiger Trick von ihr sein! Vielleicht wartete sie nur auf den richtigen Augenblick, um ihre Fesseln in Blindschleichen verwandeln und fliehen zu können?

Ganz langsam! sprach der Abt und Hexenjäger lautlos zu sich selbst. *Der Foltermeister soll erst einmal sein anstrengendes Werk tun und die Streckbank ordentlich betätigen! Er soll ihr sämtliche Knochen im Leib brechen und ihr die Zähne und den Kiefer mit der gusseisernen Stachelbirne zermalmen. Dann kommt nur noch ein ersticktes Röcheln und Schnaufen aus ihrer Kehle, und sie wird baden in einem tiefen Meer aus Leid und Schmerzen! Nicht im Traum wird sie auch nur daran denken können, sich mir zu widersetzen. Sie wird die Qual akzeptieren als reinigende, gottgegebene Strafe, die im Jenseits ihrer Seele zugute kommt. Ihre Hoffnung wird lediglich sein, dass ihr die Zeit bis zum erlösenden Flammentod nicht gar so lang erscheinen möge!*

Innerlich fast starr vor Lust und Erregung, nahm er sich vor, diesmal nicht einfach Hand an sich zu legen und wollüstig sein Glied zu melken. Vielmehr würde er das Opfer noch auf der Streckbank bespringen! Sicherlich, aufgrund seiner Leibesfülle und seiner Kurzatmigkeit würde das kein leichter Akt werden. Aber die Vorstellung war einfach zu verlockend. Er würde triumphierend und hoch erhobenen Hauptes über ihr knien. Sogleich dränge er dann in sie, während sie sich unter ihm fühlen musste wie in den siedend heißen Feuern der Hölle. Das sollte ihr lehren, noch einmal mit dem Pferdefüßigen inmitten eines brennenden Gotteshauses Sex zu haben!

„Wasser!" Das Wort kam zögernd und brüchig klingend aus ihrem Mund. Iris lag da und sagte noch einmal: „Wasser! Bitte gebt mir etwas Wasser!"

Oswald Crudelis ging behäbig und wiegenden Schrittes auf die Gefesselte zu. „Du willst Wasser?" fragte er gleichgültig. Tatsächlich hatte die junge Hexe ganz trockene und spröde Lippen. Auch in ihrem Mund schien sich kaum mehr Speichel zu befinden. „Dein unverschämtes Reden von gerade eben hat dir wohl sämtliche Feuchtigkeit aus dem Gaumen gezogen? Ja, sehe dies einfach schon einmal als strafendes Zeichen Gottes an! Als Vorgeschmack auf die Hitze der Hölle!" Er zwinkerte ihr mit grausamer Verschlagenheit zu. Dann beugte er sich langsam zu ihr herab.

„Trocken wie eine Wüste im Hochsommer!" stellte er fest und betrachtete ihren aufgerissenen Mund wie ein interessierter Medicus. „Ich hoffe, das trifft nicht auch auf den Schlitz zwischen deinen Beinen zu!" Er lachte laut auf und sah sich dann Beifall heischend um. Der bucklige Foltermeister, der am Hebelgriff der Streckbankwinde herumhantierte, fiel in das Lachen ein. Er gab ein hässliches, wieherndes Geräusch von sich. Der Schreiber am Pult neben der Tür hüstelte nur verlegen und pflichtschuldig. Er hatte seine Sachen nun alle zusammengepackt und wartete auf den geeigneten Moment, um sich zu verabschieden.

„Ich will großzügig sein und dich nicht dürsten lassen!" verkündete Crudelis. Er bewegte seine teigigen Backen und sammelte Speichel. Dann spuckte er ihn ins Gesicht der jungen Hexe.

Iris verzog keine Miene, während die weißen Schlieren ihre Wangen hinabliefen. „Auf, auf!" eiferte der Hexenjäger mit breitem, gönnerhaftem Grinsen. „Das ist alles für dich! Wenn ich deinen Mund nicht getroffen haben sollte, so gräme dich nicht und benutze deine hübsche, kleine Zunge! Wisch den Speichel damit auf und genieße ihn... Denn er wird die letzte Flüssigkeit sein, die dir ab sofort vergönnt sein wird! Bis du morgen früh in den Flammen brutzelst, gibt es kein Wasser mehr für dich. Und danach brauchst du wohl überhaupt keines mehr!" Er lachte dreckig und schadenfroh.

Von draußen ertönten Schritte und ein Stimmengemurmel. Es schwoll an, bis es direkt vor der grobgezimmerten Eichenholztür zu hören war. Metall klopfte gegen das Holz.

„Verzeiht, Herr Großinquisitor!" ertönte eine speckige Stimme. „Ein Büttel aus dem Dorf hat soeben Einlass in die Burg erhalten. Er begehrt mit euch in einer dringenden Angelegenheit zu sprechen!" Diese Ankündigung allein war schon eine Herabsetzung der Wichtigkeit des Besuchers. Weil es in ganz Sonnhagen nur einen einzigen Büttel gab, und der wurde in der Meldung nicht einmal beim Namen genannt.

Nun, egal! Es war jedenfalls die Stimme einer der Wächter, die immer auf dem Gang vor dem Kellerverlies patrouillierten. Oswald Crudelis kannte seinen Namen und sah auch sein Bild vor sich: Nikolaus war ein schnauzbärtiger, hochgewachsener und sehr zuverlässiger Krieger im Dienste des Fürsten Arnulf von Hagen. Er war angewiesen, die Vernehmungen und Folterungen nur zu stören, wenn etwas sehr Dringendes vorlag. Der Besuch eines einfachen Dorfbüttels war für gewöhnlich nicht dringend. Der Hexenjäger konnte sich nicht vorstellen, was den Büttel dazu bewogen hatte, hier einfach aufzukreuzen. Er kannte ihn. Es musste sich um Reinhardt Ehler handeln, diesen sorgenvollen, einfach gestrickten und doch so von sich überzeugten Nichtsnutz!

„Er soll eintreten!" befahl Oswald Crudelis nach kurzem Zögern. Er war neugierig. Was mochte der Kerl von ihm wollen?

Die Eichenholztür schwang auf.

22

Reinhardt Ehler trat ein. Er trug einen dunklen Gehrock und wirkte sehr angespannt und nervös.

Er geht fast in die Knie vor lauter Ehrfurcht und Respekt vor mir! dachte der Inquisitor zufrieden und in Verkennung der tatsächlichen Gegebenheiten. *Wie hat sich mein Ruf doch inzwischen gefestigt! Obwohl ich nur von Zeit zu Zeit in dieser Burg weile… Nun, ein strahlender Stern leuchtet eben immerzu und an jedem Ort!*

Laut sagte er: „Wer seid ihr und was wollt ihr hier, inmitten dieses wichtigen Hexen-Verhöres?" Ersteres wusste er zwar, doch er wollte dem Büttel seine Geringschätzung vermitteln.

„Verzeiht, Herr Großinquisitor!" antwortete dieser und verbeugte sich. „Mein Name ist Ehler, Reinhardt Ehler. Ich bin der Dorfbüttel von Sonnhagen… Ich habe euch eine Mitteilung zu machen." Er schaute sich langsam und vorsichtig um, wie wenn der Raum voller Menschen wäre. Außer Crudelis und der jungen Iris waren da aber nur der Schreiber und der Foltermeister, die beide abwartend herumstanden.

Mit einem Mal ertönte ein raunender, lispelnder Singsang. Er ging augenscheinlich von keinem der hier Anwesenden aus. Vielmehr schien er von einer unsichtbaren Quelle in der Nähe der Kellertüre zu kommen:

„Geh, eile zu den anderen Wachen!
Und schicke sie weit fort!
Vergesst uns hier, macht andere Sachen
An einem anderen Ort!

Die Geräusche, deutet sie
Als harmlos, friedlich, leise!
Ihr werdet uns nicht sehen wie
Wir handeln auf der Reise!"

„Jawohl!" antwortete die Stimme des Wächters Nikolaus aus dem Hintergrund. Er machte mit einem dumpfen Knallen die Eichenholztür von außen zu. Sogleich erklangen seine Schritte im Steingang des Kellergewölbes. Sie entfernten sich.

„Was um alles in der Welt..." Wie vor den Kopf geschlagen stand Oswald Crudelis da. Er starrte den Büttel an, der sich unter seinem Blick schuldbewusst zu winden schien. „Wer hat diesen Spruch von sich gegeben?" herrschte er. „Und warum gehorcht der Wächter einer Stimme, die ich nicht sehen kann?"

„Du wirst uns gleich sehen können... Uns alle!" antwortete eine andere unsichtbare Person, weniger lispelnd als vielmehr rau und düster grummelnd. „Der Sand des Vergessens ist ohnehin alle!"

Entgeistert musste der Inquisitor mit ansehen, wie vor seinen Augen mehrere weibliche Gestalten scheinbar aus dem Nichts auftauchten, eine abnormer und furchteinflößender anzuschauen als die andere. Sie entstanden inmitten des Kellerverlieses, als würden sie von einem abgrundtief verrückten Maler in irrsinnigem Tempo mitten in die Luft hinein gemalt. Crudelis wollte sich ungläubig die Augen reiben, verharrte aber nur in völlig perplexer Reglosigkeit. Der Foltermeister und der Schreiber standen ebenfalls wie vom Donner gerührt und starrten auf das magische Schauspiel, das sich ihnen bot.

Der Büttel Reinhardt Ehler wartete mit gesenktem Kopf ab. Seine Lippen bewegten sich lautlos wie bei einem stummen Gebet. Ihn schien die Situation nicht allzu sehr zu überraschen. Kein Wunder, war er soeben zusammen mit diesen übersinnlichen Gestalten eingetreten und wohl eingeweiht in die unheilige Sache – wenn auch vermutlich gezwungenermaßen!

Hätte der Hexenjäger seinem gefesselten Opfer nicht den Rücken zugekehrt, um die Eindringlinge anzusehen, so wäre ihm der Schein heller Freude aufgefallen, der sich auf dem Gesicht der jungen Hexe ausbreitete. Iris begann zu strahlen wie eine zweite Sommersonne. Ihr wurde klar, wer da gesprochen und sich Zutritt zum Folterkeller verschafft hatte. Rettung war in Sicht! Sie versuchte, ihren Kopf in die Höhe zu recken, konnte aber keine ihrer Schwestern erkennen. Zu wenig Bewegungsfreiheit hatten ihre Glieder, die von den erbarmungslosen Ketten der Streckbank stramm angespannt wurden.

„Was... was soll das? Was ist das für ein Aufmarsch hier, Büttel?" stammelte Oswald Crudelis. Seine Augen schweiften flüchtig zwischen Reinhardt Ehler und den grusligen Eindringlingen hin und her.

„Ich konnte es nicht verhindern", antwortete der Angesprochene tonlos und so leise, als würde er sich dafür in Grund und Boden schämen. „Sie haben mich überrumpelt. Sie erscheinen mir... sehr mächtig."

„Hilfe!" flüsterte Oswald Crudelis. Er erkannte, wer sich da so unverhofft ein Stelldichein gab, und dass auch der Dorfbüttel hilflos war, obwohl doch zuständig für Recht und Ordnung außerhalb der Burg.

Sieben Gestalten waren es, die den Keller heimsuchten. Unverkennbar leibhaftige Hexen! Die meisten von ihnen waren älter und von viel bedrohlicherem und schauderhafterem Wesen als die nackte Gefangene. Eine war fast völlig schwarz bis auf die dunkle Röte ihrer Haut und das Weiß ihrer Augäpfel. Auf ihrer Nase prangte ein großer, goldglänzender Ring voller okkulter Symbole und Ornamente. Sie war offenbar die Anführerin, zusammen mit einer zweiten: Diese trug ein gelbes, schwarzgepunktetes Fell und hatte allerlei kleine Knochen in ihr krauses Haar eingewebt.

Letztere erhob nun ebenfalls ihre Stimme: „Der Sand des Vergessens ist aufgebraucht!" bekräftigte sie, an die anderen Hexen gewandt. „Kein Körnchen mehr ist übrig! Wir haben es gerade noch unbemerkt in die Burg geschafft." Sie warf einen ledernen Beutel achtlos zu Boden.

„Iris, bist du in Ordnung? Ich bin's, Tyna!" rief eine, die sehr jung aussah. „Du bist ja ganz nackt? Hat er dir etwas angetan?" Sie drängte sich in den Vordergrund und wollte zur Streckbank springen, wurde aber von der schwarzen Hexe mit dem Nasenring zurückgehalten.

„Warte", sagte diese leise und beinahe unhörbar. „Bleib noch hier. Wir kümmern uns erst um die Männer!"

Oswald Crudelis machte einige Schritte zurück. Er bewegte sich bedächtig und vorsichtig wie eine Schildkröte. Instinktiv wusste er, dass er in höchster Gefahr schwebte und keine unmittelbare Hilfe zu erwarten hatte. Nicht von der Wache, die sich nach dem Zauberspruch gehorsam und vermutlich geistig völlig benebelt zurückgezogen hatte. Und von dem Büttel Reinhardt Ehler, der die Hexen brav hergeführt hatte, schon gar nicht.

„Einen Moment mal!" sagte er beschwichtigend. Es gelang ihm, einigermaßen ruhig und gefasst zu klingen. In seinem Kopf jedoch schlugen die aufgeregten Gedanken Purzelbäume. „Ich kann alles erklären! Dies ist lediglich eine Befragung. Sie ist nötig, weil…"

„Sei still!" fauchte die junge Hexe, die sich als „Tyna" offenbart hatte. Sie war sehr hübsch mit ihrem hüftlangen, ungewöhnlich hellen Haar und dem dunkelroten Kleid, das sich um ihren schlanken Körper hüllte, eingeengt durch einen anschmiegsamen Ledergürtel. Jetzt funkelten ihre dunklen Rubinaugen ihn bitterböse an. Oswald Crudelis meinte zornig heiße Funken aus ihnen schlagen zu sehen. „Wenn du meiner besten Freundin auch nur ein einziges Haar gekrümmt hast, werde ich dir deine Eier zermalmen wie Walnüsse unterm Schmiedehammer! Ich sehe bereits jetzt, dass ihre Nase ganz blutverschmiert ist!"

„Es ist mir nichts Ernstes passiert!" krächzte Iris auf der Streckbank heiser. „Nur kleine Verletzungen an der Hand und im Gesicht. Ich habe aber einen unheimlichen Durst!"

„Du bekommst gleich Wasser!" versprach Tyna, bevor die Hexe mit dem Nasenring wieder das Wort ergriff.

„Du bist verhaftet, Hexenjäger Oswald Crudelis!" dröhnte Kali-Hagzissa mit einer Selbstsicherheit, als gehöre ihr sowohl die irdische wie auch die spirituelle Welt. „Und mit dir dein Gesindel, das deine widerwärtigen Taten unterstützt hat!"

„I – i – i – i – ich a – a – aber do – doch n – n – nicht?" stotterte der bucklige Foltermeister besorgt. Auch er hatte trotz seines begrenzten Verstandes begriffen, dass die Karten der Macht nun neu gemischt wurden.

Kali-Hagzissa beachtete ihn nicht, sondern musterte abschätzend den Großinquisitor.

An ihrer statt antwortete die Hexe mit dem gelben Fellumhang: „Du hast bestimmt schon unzähligen Menschen einen grauenvollen Tod beschert, Buckliger! Allein dafür verdienst du eine Behandlung der ganz besonderen Art!"

Betreten hielt der Foltermeister daraufhin den Mund. Auch der Schreiber schwieg. Er kauerte sich hinter sein Pult und wünschte sich weit weg.

„Wie kann ich verhaftet sein, wo ich doch nur meine Pflicht getan habe?" fragte Oswald Crudelis in bemüht unschuldigem Tonfall. Er näherte sich sachte und wie beiläufig der jungen Iris, die an die Streckbank gekettet alles hilflos miterlebte. „Der Fürst hat mich hierherbestellt, um nach dem Rechten zu sehen!" beteuerte er. „Es geschahen merkwürdige Dinge in der Burg und auch im Dorf. Kinder starben plötzlich in der Nacht. Vieh verendete. Das Wasser eines Brunnens wurde ungenießbar. Geister wurden gesehen, und alte Frauen hatten seltsame Visionen. Es ist doch ganz natürlich, dass ein Landesherr sich vergewissern möchte, ob alles in Ordnung ist in seinem Herrschaftsgebiet."

„Es wäre alles in Ordnung", sagte Kali-Hagzissa kühl, „wenn nicht ein paar fehlgeleitete Irre unter dem Deckmantel der Geistlichkeit Jagd auf unschuldige Frauen machten! Zudem handelt es sich nicht um schlichte Jagd, sondern um unmenschliche Verbrechen!"

Gerade sie muss von Unmenschlichkeit sprechen! dachte Crudelis, halb krank vor Todesangst und dem Bedürfnis, seine Machtposition wiederzuerlangen. *Dieses alte, schwarze Scheusal mit dem grausigen Goldreif in der Nase und den bohrenden Habichtaugen!* Er machte sich bereit zur Tat. Zunächst jedoch sprach er ruhig weiter, um sogleich den Überraschungseffekt nutzen zu können. Seine Augen suchten die des Büttels, in der Hoffnung, dass dieser reagieren und ihm seine Hilfe bei einem Angriff auf die Hexen signalisieren würde. Doch vergebens! Reinhardt Ehler stand da wie ein Häufchen Elend, passiv und voller Demut. Still abwartend, was als Nächstes passierte.

„So dürft ihr das nicht sehen!" erklärte Crudelis mit gespielter Freundlichkeit. Sie klang so erbärmlich falsch wie der Versuch eines Gichtkranken, Harfe zu spielen. „Gefährliche Kräfte brauen sich überall zusammen! Sie wollen der Kirche und den Menschen Schaden zufügen. Ich bin nur dazu da, um sie vor diesem Schaden zu bewahren! Hierzu ist es leider von Zeit zu Zeit notwendig, verschiedene Personen zu überprüfen. Leute, die in Verdacht geraten sind, bösen Mächten zu dienen. Wenn sich ein solcher Verdacht als unwahr herausstellt, wird eine verhaftete Person natürlich umgehend freigelassen! Dessen könnt ihr euch sicher sein. Vielmehr noch: Inzwischen glaube ich gar an die Unschuld der jungen Frau hier... Ganz freimütig sage ich euch: Nehmt sie mit! Ich schenke ihr die Freiheit und lasse sie laufen!" Ihm selbst fiel nicht auf, dass er die Anführerin der Hexen wie selbstverständlich mit dem ehrerbietenden „Ihr" anredete. Sie hingegen duzte ihn barsch.

„Das wirst du ohnehin!" verkündete Kali-Hagzissa gleichgültig. „Ich weise dein Angebot deshalb zurück! Denn du bist nicht mehr in der Position, über ihre Freiheit oder Unfreiheit zu entscheiden."

Noch während sie sprach, hatte sich der Hexenjäger direkt neben die Gefesselte gestellt, blitzschnell wie das Licht und erstaunlich behände für seine massige, unförmige Statur. Einen kurzen Moment lang sahen alle nur seinen breiten Rücken und das feine, dunkelbraune Tuch der Mönchskutte. Plötzlich blitzte eine scharfe, dünne Messerklinge auf! Kaum fingerlang, aber todbringender als der Reißzahn eines Wolfes.

Zitternd vor Grimm und Bosheit, die Augen zu Schlitzen verengt, stand Oswald Crudelis gebückt da wie ein Meuchelmörder, der bereit ist für sein schändliches Werk. Die Spitze seines Messers, welches er so rasch aus den Weiten seiner Kutte hervorgezogen hatte, berührte die Kehle der jungen Iris. Mit vorgerecktem Kinn und voller Triumpf schrie er nach Hilfe: „Nikolaus! Komm her mit den anderen Wachen! Hexenvolk ist in die Burg eingedrungen! Eile herbei! Sofort, hörst du!" Seine Stimme hallte in dem kleinen Kellergewölbe nach. Alle anderen sahen ihn stumm an. Draußen war vom Gang her rein gar nichts zu hören. Keine Spur von Wachen, Soldaten oder Rittern.

„Jetzt ist Schluss mit dem Spuk!" setzte er nach. Er war etwas leiser geworden und spürte den kalten Schweiß auf seiner Stirn. „Ein Wort noch, *ein* falscher Schritt, und ich schneide der Hure die Kehle durch!" Der Blick seiner kleinen Schweinsäuglein wuselte irre und hektisch zwischen den Hexen hin und her. „Foltermeister! Treibe alle in eine Ecke und binde sie mit Stricken zusammen, bis die Wache da ist! Büttel! Ich befehle dir, dem Foltermeister dabei zur Hand zu gehen!"

Er erntete nichts als Schweigen und lauernde Blicke der Hexen. Innerlich zerrissen, schwankte er zwischen Mut und Verzweiflung. Zweifellos würde er die Skrupellosigkeit haben, die nackte junge Frau sofort und rücksichtslos zu töten. Er sah in ihr aber auch sein einziges Pfand, das ihn vor den Hexen retten konnte. Es war ihm klar, dass seine Feindinnen sich auf ihn stürzen würden, sobald er auf die Hexe einstach.

„Halte aus, Iris!" flüsterte Tyna und warf einen ratsuchenden Blick auf Kali-Hagzissa und Olisa. Beide standen inmitten der kleinen Gruppe und beobachteten den mörderischen Hexenjäger. *Hab keine Angst!* drangen Gedanken der Beschwichtigung in ihren Kopf ein. *Zeige keine Furcht! Mache deinem Orden keine Schande. Der jungen Kräuterhexe wird nichts passieren.* Es war unverkennbar Olisas lautlose Einflussnahme, die da auf ihren Verstand einwirkte. Tyna fügte sich und vertraute den Erfahrungen und Zauberkräften der alten Hexen.

Sie spürte die gefährlich glitzernden Augen des Inquisitors auf sich ruhen. Unbeirrt und stur erwiderte sie den Blick. In seinen Pupillen las sie mehr Furcht als Drohung. Bei den Worten Kali-Hagzissas, die nun folgten, steigerte sich die Furcht des Hexenjägers. Als er schließlich auf seine Hand hinabsah, die das Messer hielt, wuchs seine Angst ins Unermessliche.

„Wie willst du die wehrlose Kleine denn erstechen… mit nichts weiter als einer

Karotte?" fragte Kali-Hagzissa ungerührt und ließ ihren Blick spöttisch auf dem Inquisitor ruhen.

Oswald Crudelis wurde bleich. Er sah das welke Gemüse in seiner Hand, welches er mit einem Mal anstatt der Waffe hielt. Seine fetten Finger umfassten den grünen Strauch, während die harmlose Spitze der Karotte gegen den Hals der jungen Hexe drückte.

„Das... das kann doch nicht… Wie ist das mö – möglich?" keuchte er atemlos und mit aufgerissenen Augen. Er ließ die Karotte fallen, wie wenn er sich bei ihrer Berührung die Beulenpest einhandeln könnte.

„Na, na!" warf Kali-Hagzissa ein. „Für das Stottern ist doch der Bucklige zuständig! Fängst du jetzt auch damit an?"

Tyna entfuhr beim Anblick der Karotte ein helles, lautes Kichern. Sie wusste nun, dass die Magie der älteren Hexen ungebrochen und beeindruckend stark war. Gleichzeitig imponierte ihr die Gelassenheit Kali-Hagzissas, mit der sie ihren lässigen und doch so wirkungsvollen Zaubertrick angewandt hatte.

„Ich kann alles erklären…" konnte Crudelis noch von sich geben. Da stürzte sich die Anushexe Anobella mit einem scharfen Zischlaut auf ihn. Sie grub ihre kräftigen Hände tief in seinen Hals und machte seinen verlogenen Worten ein jähes Ende. Nur noch ein ersticktes Gurgeln drang tief aus seiner Kehle. Es wurde begleitet von den heftigen Bewegungen seiner wabbeligen Brust, in der der Atem hektisch toste wie ein Sturm. Crudelis ging in die Knie und wälzte sich auf dem steinernen Boden. Die Anushexe umfasste hartnäckig seine Kehle. Die Mönchskutte flatterte um den riesigen, aufgedunsenen Leib des Geistlichen. Gegen die knöcherne Kraft der robusten Anushexe hatte der Hexenjäger nicht die geringste Chance. Er wurde nach allen Regeln der Kunst fertig gemacht, bis er grün- und blaugeschlagen und völlig erschöpft dalag. Nur das hektische, flache Atmen in seinem fetten Brustkorb wies darauf hin, dass er noch am Leben war. Das goldene Kruzifix um seinen Hals war bei dem Kampf verrutscht und nun deutlich zu sehen, wie es an der dicken Kette baumelte. Es glänzte teuer und verheißungsvoll in einem satten, dunklen Gelbton.

Neidisch blickten die anderen Hexen auf ihre recht männlich wirkende Ordensschwester, die den Widersacher niedergerungen hatte. Zu gerne hätten sie selbst die Geistesgegenwart besessen, sich auf den sadistischen Widerling zu stürzen.

Aber da waren ja noch die anderen drei!

Der Büttel Reinhardt Ehler schlich rückwärts und unendlich langsam in Richtung der Wand, in die das schmale Fenster eingelassen war. Es war ihm anzusehen, dass ihm ganz schwindlig war vor Angst um sein Leben. Er wünschte sich nichts sehnlicher als unsichtbar werden zu können, genauso, wie es die Hexen hier vorhin zustande gebracht hatten. Zumindest schaffte er es, dass sie ihn vorerst ignorierten. Zweifellos war er ihnen ja ohnedies ausgeliefert. Eine Flucht war ihm so gut wie unmöglich.

„Bitte nicht!" kreischte der Schreiber, als die schwere Sauhexe Vulgaera ihn grunzend besprang. Sie begrub ihn einfach unter sich, die schiere Masse ihres Fleisches nutzend. Sobald sie mit ihren endlosen, ausladenden Hinterbacken auf seinem Kopf saß, war nur noch ein verzweifeltes Stöhnen zu hören, gedämpft durch die Fülle ihres Fettes.

Das Stöhnen schwoll an zu einem entsetzten Heulen, als Vulgaera begann, kraftvoll und langanhaltend zu furzen. Ihren Rock hatte sie angehoben, darunter trug sie nichts. Ihre wabbeligen Gesäßbacken hielten den Kopf des Schreibers fest eingeklemmt. Wenn ihm nicht der Erstickungstod drohte, so war er zumindest den garstigen Gasen ihres Darms ausgesetzt. Wie ein Wind des Verderbens pfiffen unsichtbare Wolken grausamen Gestanks aus Vulgaeras Hinterloch und wollten gar kein Ende mehr nehmen.

„Das ist bestimmt die schlimmste Folter, die in diesem Raum je angewandt worden ist!" brummte die Wüstenhexe Asifa mit hochgezogenen Brauen. Es machte fast den Eindruck, wie wenn sie einen Anflug von Mitleid für den bedrängten Schreiber empfinden würde.

„Denk daran, ihn nicht gänzlich zu ersticken! Übertreibe es nicht mit deinen Winden!" riet die Blumenhexe Florentina. Für sie waren derlei Gerüche etwas undenkbar Ekelhaftes. Sie hatte eine ausgezeichnete Nase und konnte beispielsweise den Duft eines Rosenstrauches von dem eines Fliederbusches unterscheiden, und das über eine Entfernung von mehreren Steinwürfen. Zwar verstand sie sich darauf, ihre zarten und empfindsamen Nüstern zusammenpressen zu können, schon allein aus Gründen des Selbstschutzes. Aber das Riechen der Darmwinde Vulgaeras war in diesem recht kleinen Raum unvermeidlich, so sehr sie ihre Nase auch zu blockieren versuchte.

Halb betäubt lag der Schreiber am Boden. Er rührte sich kaum, auch als die Sauhexe schwer atmend aufstand und wieder von ihm abließ.

„Der jedenfalls ist bedient!" sagte sie und verschränkte ihre kräftigen Arme über der gigantischen Fülle ihrer Brüste. „Er wird uns nicht in die Quere kommen."

Der Bucklige jedoch war zum Kämpfen bereit und darin sogar erstaunlich gut! Nachdem er erfasst hatte, dass sowohl sein Vorgesetzter als auch der Schreiber von den Hexen überwältigt worden waren, griff er sich mit dem Mut der Verzweiflung eine Waffe. Er riss einen schweren, eisernen Speer von der Wand, der dort auf zwei Haken befestigt gewesen war. Tollkühn und dummdreist zückte er ihn gegen die Hexen. Mit einem wütenden Brüllen, welches ihm recht laut und ohne Stottern gelang, griff er die Wüstenhexe Asifa an, die ihm am nächsten stand.

Wie ein scharfgeschliffener Stachel surrte die breite, dünne Klinge des Speers auf Asifa zu. Er hätte den Bauch der Wüstenhexe aufgeschlitzt, wenn diese nicht mit der Geschwindigkeit eines Katapults nach oben geschnellt wäre. Asifa reagierte nicht nur abwehrend auf den Angriff, sondern drehte sich zugleich geschickt in der Luft. Sie landete leichtfüßig und mit angewinkelten Beinen hinter ihrem Angreifer auf dem Boden.

Ehe der tumbe Foltermeister überhaupt bemerkte, wo sie sich befand, drosch sie ihm mit ihrer steinharten, kleinen Faust seitlich gegen den Kopf. Es knallte, wie wenn ein Amboss auf einen reifen Kürbis fiele. Der Bucklige wankte zur Seite. Dort wurde er von einem Hieb der Voodoohexe Olisa empfangen, den diese mit ihrem vorgereckten nagelspitzen Ellenbogen ausführte. Er taumelte in die entgegengesetzte Richtung. Es war, als wäre er eine Glocke, die im Kirchturm hin- und herschwankt.

Anscheinend und zum Leid des Buckligen hatten Asifa und Olisa dieselbe Eingebung. Jede von ihnen streckte ihren Zeigefinger aus und sandte einen pfeilschnellen Strom magischer Energie zu ihrem Gegner. Der wurde aus seinen klobigen Lederschuhen gehoben, getroffen von der Zauberkraft gleich zweier Hexen. Seine Haare standen ihm zu Berge. Die Augen quollen ihm beinahe aus dem Schädel, weiß und angeschwollen wie übergroße Hühnereier. Das Haar qualmte. Seine Gesichtshaut wurde rot wie eine überreife Tomate und die Haut schien sich in einem rasanten Ansturm übernatürlicher Hitze abzuschälen. Asifa, die diesen unsichtbaren Feuersturm losgeschickt hatte, blies sich auf die Fingerkuppe ihres Zeigefingers. Er glühte hell. Durch die Poren der Haut stieg heißer Dampf auf.

Olisas Fingerzeig hingegen bewirkte das Gegenteil. Eine furchtbare Eiseskälte drang in die Tiefen der Brust des Bucklichen. Sie drohte sein Herz zum Stillstand zu bringen und griff wie eine blaue Hand aus biegsamen Eiszapfen nach seinen Eingeweiden. Äußerlich schier verbrennend und im Innern erstarrend wie im ewigen Eis eingefroren verweigerte sein Körper vorrübergehend seinen Dienst. Der Foltermeister wurde ohnmächtig.

Seine Ohnmacht war jedoch alles andere als gnädig! Denn Kali-Hagzissa vermochte es, sie mit ihren Worten zu durchdringen, so dass er selbst im bewusstlosen Zustand ihre Ankündigung begriff und nackte Panik verspürte.

Du kommst mit, genauso wie die anderen! beschied ihm Kali-Hagzissa im Geiste und nach einem kurzen Blickaustausch mit der Voodoohexe Olisa. *Dich werden wir uns heute Nacht vornehmen. Irgendeine passende Strafe wird uns für dich einfallen!*

Sobald der Weg frei und der Inquisitor bezwungen war, hatte sich Tyna sofort daran gemacht, die Fesseln ihrer nackten Freundin zu lösen. Liebevoll und erfüllt von heftigem Mitgefühl, biss sie die starken Hanfseile durch. Unbezwingbar erschienen jedoch zunächst die dicken Eisenringe, welche um die Hand- und Fußgelenke von Iris geschlossen waren. Des Rätsels Lösung war ein simpler Riegelmechanismus, der an den Seiten der Ringe angebracht war, unerreichbar für die Finger der Angeketteten.

Kaum hatte Tyna sämtliche Fesseln gelöst und fielen die Ketten klirrend zu Boden, lagen sich die beiden in den Armen. Iris grub ihr Gesicht in die Schulter von Tyna und weinte heiße, feuchte Tränen der Dankbarkeit. Dass ihre Nase dabei einige Blutflecken auf dem dunkelroten Stoff des Kleides ihrer Freundin hinterließ, war nicht weiter tragisch. Ihr Rücken bebte leicht im Takt ihres kaum hörbaren Schluchzens. Sie schämte sich ihrer Nacktheit nicht.

Beruhigend und zärtlich strich Tyna Iris über den Rücken. Sie spürte die Üppigkeit ihrer Speckröllchen und die weichen Rundungen ihrer fülligen Schultern. Mit einem Mal wusste sie, dass es keine andere gab, die ihr jemals so nahegestanden hatte wie Iris! Viel zu wenig Zeit hatten sie bisher zusammen verbracht, jede zuhause in ihrem eigenen kleinen Reich und ganz eingenommen von ihren vielen Aufgaben. Das würden sie zukünftig ändern! Tyna beschloss in diesem Moment der Nähe und des Wiedersehens, dass sie Mittel und Wege finden würde, mit ihrer Freundin dauerhaft und beständig innigen Kontakt zu halten. Nie wieder sollte sie in derlei Gefahren geraten! Niemals mehr sollte ein abscheulicher Frauenmörder wie Oswald Crudelis sie in seine geisteskranken Fänge bekommen!

„Danke!" wisperte Iris in die Schulter von Tyna. „Ich bin so froh, dass ihr rechtzeitig gekommen seid!"

Tyna nickte. „Ich habe dich mit meinem geistigen Auge gesehen!" flüsterte sie. „Ein paar Mal konnte ich dich ganz kurz erkennen. Dann war das Bild wieder weg. Ich ahnte, dass du in Bedrängnis bist! Wir waren bei deinem Haus und haben uns alles angesehen. In meinem Herzen warst du aber nie weit weg von mir! Auch wenn ich eine Zeit lang nicht wusste, wo du bist."

Iris schaute mit glitzernden Augen zu Tyna auf. „Ich bin schwach!" gab sie zu. „Ich habe meine Monatsblutung. Fast nichts ist von meiner Hexenkraft derzeit übrig geblieben."

Besorgt und prüfend musterte Tyna sie. „Das dachte ich mir schon beinahe!" antwortete sie. „Dass dir *das* ausgerechnet jetzt passieren musste, zur Zeit von Walpurgis... und genau dann, als dieser grausame Irre sich entschloss, dich im Wald aufzusuchen!" Sie besah sich fürsorglich die blutverkrusteten Wunden an Iris´ Nase und Hand.

„Was Blutungen angeht, so hast du da zwei Stellen, um die wir uns kümmern müssen, sobald wir auf dem Blocksberg bei den anderen sind!" sagte Tyna mit einer Träne im Augenwinkel. „Du wirst sehen, das kriegen wir im Nu wieder hin. Es werden auch bestimmt keine großen Narben zurückbleiben!"

Iris lächelte tapfer.

Kali-Hagzissa schnippte ungeduldig mit den Händen. Ihr Aufbruch von hier sollte nicht mehr lange dauern. Trotz ihrer vereinten magischen Macht waren sie nicht unverwundbar. Immerhin war der Sand des Vergessens aufgebraucht, der sie beim Anflug hierher und beim Eindringen in die Burg so hervorragend getarnt hatte. Auch der Zauber, mit dem sie den Wächter Nikolaus belegt hatten, würde nicht mehr allzu lange wirken.

„Auf, auf!" drängte sie zum Abflug. „Wir verschwinden schleunigst von hier! Wenn die Wächter Lunte riechen und Alarm schlagen, wimmelt die Burg von bewaffneten Gegnern wie ein aufgescheuchtes Wespennest!"

Tyna klaubte die Kleidung ihrer Freundin vom Boden auf und gab sie ihr. Iris zog sich rasch an. Sie stellte dabei fest, dass ihr Kleid glücklicherweise kaum beschädigt worden war, als man es ihr ausgezogen hatte. Sie schnürte sich ihre Lederschuhe um, wobei ihr Tyna half, damit es schneller ging.

Die Blumenhexe Florentina hatte einen purpurfarbenen Blütenkelch aus einer ihrer Taschen geholt, die in ihr Kleid eingearbeitet waren. Sie hielt jedem der bezwungenen Gegner den Kelch vor die Nase und blies ihm daraus eine kräftige Brise Blütenpollen ins Gesicht. Niesend und erschöpft prustend kamen die Kerle wieder zu Bewusstsein. Kaum wurden sie sich ihrer Lage erneut bewusst, wären sie wohl am liebsten wieder ins Reich des tröstenden Vergessens versunken. Aber das wusste die belebende Kraft der Pollen zu verhindern. Auch der Büttel, der inzwischen zu Boden gesunken war und dort zitternd verharrte, bekam eine Portion Pollen vor die Nase geblasen. Hustend und mit Tränen in den Augen kniete er auf den Steinfliesen und winselte jammernd um Gnade.

„So ein jämmerlicher Lappen bist du?" stellte die Wüstenhexe Asifa naserümpfend fest. Sie versetzte dem Büttel einen kräftigen Tritt in den Hintern, den er mit stumm verzerrter Gesichtsfratze entgegennahm. „So einen haben wir hier gerade gern! Pfui Teufel! Dafür erfährst du aber keine Gnade oder Sonderbehandlung, auch wenn du dir das mit deinem Geheul erhofft haben magst! Du kommst mit, jetzt erst recht… Warte nur ab, du feiger Hüter von Recht und Ordnung! Wir werden dir unsere Art der Gesetze mit der Weidenrute einbläuen!"

Als Florentina sich mit ihren Blütenpollen dem regungslosen Schreiber zuwenden wollte, winkte Kali-Hagzissa ab. „Der nicht!" sagte sie. „Den lassen wir hier. Er soll den Herren in der Burg ruhig Bericht erstatten. Sie sollen wissen, dass sie sich mit dem Hexenorden nicht ungestraft anlegen dürfen. Vielleicht beugen wir so späteren Übergriffen vor. Außerdem erscheint mir das Kerlchen nicht geeignet für die heftigen Exzesse unserer Walpurgisnacht! Sie würden viel zu derbe für ihn sein. Er würde uns mit seiner Weinerlichkeit und möglichen Impotenz den Spaß verderben."

„Für eine harte Bestrafung kommt er ohnehin nicht in Frage", ergänzte die Voodoohexe Olisa. Sie nestelte an den Knochen in ihrem krausen Haar, tänzelnd und in Aufbruchsstimmung. „Als Schreiber musste er vermutlich genau Buch führen über die vielen Sünden, die in diesem Raum schon begangen wurden. Aber verantwortlich kann er für das schlimme Treiben nicht gemacht werden. Möge er als Augenzeuge für unsere heutige Machtdemonstration herhalten!" Sie gab dem Schreiber, der nach wie vor leblos am Boden lag, einen leichten Tritt.

„Die Fürze von Vulgaera waren für den schon Strafe genug!" bemerkte die Blumenhexe Florentina lächelnd. Die Sauhexe rügte sie dafür mit einem düsteren Blick. Dieser war aber scherzhaft gemeint, wusste sie doch um die sagenhafte Verderbtheit ihrer Verdauungsgerüche. Sie wandte sich der Eichenholztüre zu und öffnete sie leise.

„Unsere Besen lehnen noch draußen neben der Tür!" sagte sie halblaut. „Lasst uns abhauen!"

Die Hexen bewegten sich geräuschlos aus dem Kellerverlies, ihre wehrlosen Gefangenen im Schlepptau. Oswald Crudelis, Reinhardt Ehler und dem buckligen Foltermeister wurden die Hände grob zusammengebunden und über die Besenstiele von Asifa, Florentina und Vulgaera gelegt. Alle drei nahmen auf ihren Besen Platz. Sie redeten ihnen mit sanften Sprüchen und Beschwörungen gut zu, damit sie sich trotz der ungewohnten doppelten Last in die Luft erhoben. Das war nicht einfach, auch wegen der geringen Deckenhöhe des Ganges, der aus dem Keller nach oben führte.

Iris, deren eigenes Flugobjekt sich weit weg in ihrem Waldhäuschen befand, setzte sich zu Tyna auf deren Strohbesen.

„Ein Mucks, und ihr seid dran!" warnte die Anushexe Anobella die drei Männer. „Wenn ihr um Hilfe ruft oder uns beim Fliegen behindert, habt ihr euer Dasein verwirkt! Wir werden uns dann keine gerechten Strafen überlegen, sondern euch jetzt und sofort Kraft unseres Willens vierteilen! Eure Eingeweide werden überall verstreut werden! Eure blutigen Stimmbänder werden durch die Luft fliegen, losgelöst vom restlichen Körper und noch erzitternd vom Hall eurer Hilferufe!"

Benommen vor Todesangst und eingeschüchtert wie die Lämmer beim Metzger nickten alle drei und beteuerten ihren Gehorsam. Sie gaben keinen Laut von sich. Auch nicht, als die Besenflüge der Hexen an Fahrt gewannen und sie mit den Füßen über den Steinboden geschleift wurden. Sie waren hilflos an die Besen gebunden. Die Hexen saßen hinter ihren gefesselten Händen.

Es ist soweit! kündigte Olisa an, per Gedankenübertragung an die anderen Hexen gewandt. *Da oben ist der Ausgang, am Ende der Treppe! Gleich sind wir auf dem Burghof... Achtung, da stehen zwei!*

Ihr Flug, nur begrenzt von der Enge der Steinwände und der niedrigen Decke des Ganges, wurde immer schneller. Die Besen hatten sich rasch an die örtlichen Gegebenheiten gewöhnt. Ihre magische Konditionierung befähigte sie, Hindernisse zu erkennen und ihnen rechtzeitig auszuweichen. Sie waren zwar keine selbstständig empfindenden Lebewesen. Doch besaßen sie hochsensible, okkulte Sensoren, gekoppelt mit motorischen Fähigkeiten. Sie standen in direkter und enger Verbindung mit der Willenskraft ihrer Besitzerinnen.

Dieser Wille beförderte die Besen jetzt vom reinen Flugobjekt zur schlagkräftigen Waffe. Wachen tauchten auf, angelockt von Geräuschen oder auch sich zufällig auf einem Rundgang befindend. Der Wächter Nikolaus war nicht dabei. Er war wohl noch eingelullt von der magischen Beruhigungsformel, mit der er vorhin bedacht worden war. Die Männer waren hellwach, aufmerksam und reaktionsschnell. Drauf und dran, ihre Schwerter zu zücken und die Lanzen in Stellung zu bringen, konnten sie dennoch nichts gegen das rasante Tempo der fliegenden Hexen ausrichten.

Die Spitzen der Besenstiele trafen die Wächter und ließen sie nach links und rechts gegen die Wände des Ganges prallen. Überraschte Schmerzensschreie begleiteten das Poltern ihrer ledernen Helme und das Klirren der eisernen Waffen, die wirkungslos gegen Stein schlugen.

Endlich in der erlösenden Weite des Burghofes angekommen, erhoben sich die Hexen weit hinauf in die Luft, ihre Männerbeute zappelnd an den Besenstielen hängend. Oswald Crudelis begann nun doch in heller Panik zu brüllen, als er sich in zunehmend luftiger werdender Höhe wähnte. Auch der Bucklige schrie jetzt wie ein Schwein am Spieß und sah die Burg zum ersten Mal in seinem Leben von hoch oben. Einzig und allein der Büttel blieb stumm, sei es aus bodenloser Angst oder weil ihm seine Sinne den Dienst verweigerten. Leblos wie ein Sack hing er an dem Besen Florentinas, die Hände mehrfach mit starken Seilen über dem Stiel zusammengebunden.

Schon befanden sich die Hexen in einer solchen Höhe, dass ihnen die Pfeile von Armbrüsten nichts mehr hätten anhaben können, falls welche abgeschossen worden wären. Niemand aber machte Anstalten, auf sie zu schießen. Vielleicht auch deshalb, weil keiner der entführten Männer aus Versehen getroffen werden sollte. Zahlreiche Menschen im Burghof, auf den Zinnen oder hinter den Fensterhöhlen der Türme reckten ihre Hälse zum Himmel. Sie waren schier ungläubig und total fasziniert ob des phantastischen Anblicks, der sich ihnen bot: acht Hexen, davonfliegend auf sieben Besen, daran drei Männer als Beute hängend!

Der Himmel hatte sich vom tiefen Rot in ein unwirkliches, schummeriges Zwielicht verwandelt. Die Sonne war ein orangeroter Ball am fernen Horizont. Sie war nur noch teilweise sichtbar und verdeckt von blauen Wolken, die die finstere Nacht mit sich brachten. Die letzten Reste des Sonnenuntergangs zeigten sich in dem goldgelben Schimmer, der die Türme der Burg streichelte.

Endlich frei! dachte Iris und kuschelte sich hinter ihre Freundin, den harschen Flugwind auf der Haut und in den flatternden Haaren spürend. *Und Walpurgis steht als Krönung der Gefühle kurz bevor!*

Das Glück und das Schicksal sind mit uns! freute sich Tyna und wusste ihre gerettete Freundin dicht hinter sich. *Alles ist gut gegangen! Walpurgisnacht, wir kommen! Beltane, du Nacht der Nächte, empfange uns in deinem Schoß! Rudemas, Tana, Bealtinne – wie immer man dich auf der ganzen Welt nennt, jetzt vergnügen wir uns mit deinem Segen, du heilige, wundervolle Zeit der Freuden und Genüsse! Alles Leid lassen wir hinter uns. Unsere Feinde sind besiegt, unsere Schwester ist wieder mit im Spiel! Und auf die drei Scheusale, die wir als Beute gefangengenommen haben, wartet eine harte Strafe: Wir werden sie nicht töten und ihnen keine Schmerzen zufügen. Aber mit Sicherheit wird unsere steinerne Vanda eine überaus phantasievolle und passende Bestrafung für die Mistkerle auswählen!*

Unter ihnen wurde die Burg des Fürsten Arnulf von Hagen immer kleiner, bis sie zur Größe einer bescheidenen Hütte geschrumpft und das Abendlicht einer kühlen Nachtschwärze gewichen war. Das Dorf Sonnhagen lag wie ein düsterer Kuhfladen unter ihnen, gespickt von winzigen Lichtpunkten, ähnlich denen von Glühwürmchen. Sie stammten von den zahlreichen erhellten Fenstern und den weniger zahlreichen Straßenlaternen.

In der Ferne war schon die felsige Landschaft zu erkennen, wo sich der Blocksberg befand. Die acht Hexen nahmen Kurs auf ihn. Weiße Sterne funkelten am schwarzen Himmel wie kleine, blasse Fackeln in unendlicher Entfernung. Zusammen mit dem aufsteigenden Vollmond machten sie sich daran, die frisch hereingebrochene Nacht der bevorstehenden schamlosen Abenteuer zu erhellen.

TEIL 5

SCHWARZMAGIE UND SCHWESTERNBLUT

23

Das dem Sonnenuntergang folgende Zwielicht machte allmählich der hereinbrechenden Nacht Platz. Die Schatten, welche zunächst im Licht der verschwindenden Sonne immer länger geworden waren, verschwanden beinahe. Jedenfalls sah es im trüben Licht des Tag-und-Nacht-Wechsels fast so aus. Dann aber wurden sie kräftiger und bewegten sich unruhig umher, getrieben vom starken Schein des Hexenfeuers.

Die Flammen hatten von dem mannshohen Holzhaufen Besitz ergriffen. Es krachte und knirschte. Das Feuer verbreitete eine wohltuende Wärme. Funken stoben und Rauchschwaden zogen gen Himmel, wo sie von der Dunkelheit der Nacht verschluckt wurden. Der schaurig-schöne Hexenmaibaum mit den kunstvoll geschnitzten Runen und Zeichen erhob sich in düsterer Eleganz über dem Feuer. Noch brannte er nicht. Doch später würde er unter dem Pfeifen und Johlen des ganzen Hexenordens in Flammen aufgehen, Symbol für die Macht der Unterdrücker des Volkes.

Auf runden Tischplatten, die aus Baumstämmen gesägt worden waren und immer noch wunderbar frisch nach Holz dufteten, stand Essen in Hülle und Fülle bereit. Ein Teil davon würde bald gegrillt werden, sobald die Flammen sich in heiße Glut verwandelt hätten.

Der Trank, der unter Anleitung der Rauschhexe Hallu-Ulla gebraut worden war, wurde bereits herumgereicht und in kleinen Schalen dargeboten. Etliche Hexen hatten schon von dem Sud gekostet, was manchen auch deutlich anzumerken war. Einige spielten begeistert Spiele wie „Ich-sehe-was-was-du-nicht-siehst". Nicht wenige der Hexen widmeten sich dem selbstgebrauten Kräuterbier oder nippten von den wundersamen Schnäpsen und Likören, welche ein paar von ihnen aus ihrer fernen Heimat mitgebracht hatten.

Die schwarzen, würzig riechenden Bohnen der Wüstenhexe Asifa waren bereits zu Pulver zerstäubt und gekocht worden. Das heiße Gebräu, das nun mit Milch und Honig vermischt getrunken werden konnte, mundete den Hexen sehr gut. Auch die großen Nüsse der Voodoohexe Olisa waren geknackt und ihr Inhalt gemahlen worden. Er schmeckte an sich sehr bitter. Aber mit Honig vermischt ergab das Ganze einen dunkelbraunen, süßen Brei, der ganz und gar eigenartig erschien. Die Hexen waren sicher, dass sie die allerersten waren, die in diesem Landstrich von derlei Delikatessen kosten durften.

Kosten wollten sie nun auch endlich von den drei Dutzend eingeflogenen Männern. Sie waren zusammengetrieben worden wie Vieh und befanden sich inmitten einer rechteckigen Umzäunung von der Größe eines mittleren Blumenbeetes. Das Gehege bestand lediglich aus einem kniehohen Zaun, der mit dürrem Reisig und einigen Ästen rasch improvisiert worden war. Es befand sich am Rande der Felsplattform des Blocksbergs in einiger Entfernung zum Festplatz der Hexen. Eine Flucht der Gefangenen war trotz der Behelfsmäßigkeit ihres Gefängnisses unmöglich: Steinhexe Vanda hatte das Gehege mit einem Zauberbann belegt, der verhinderte, dass es von den Männern verlassen werden konnte. Zumindest nicht ohne die Hilfe einer Hexe, die den Bann für kurze Zeit aufzuheben vermochte, damit der von ihr Auserwählte über den Zaun steigen konnte.

Zaudernd und zagend kletterte gerade der Tischler Jost über den Zaun, angewiesen vom lüstern winkenden Zeigefinger der Wasserhexe Aquanda. Sie stand auf ihrem merkwürdigen Unterleib, der in einen ausladenden, großen Fischschwanz mündete. Fortbewegen konnte sie sich damit erstaunlich gut. Sie robbte schnell und geschickt über jeden Untergrund. Ja, sie saß damit auch sicher und Balance haltend auf ihrem Dreizack, den sie anstatt eines Besens zum Fliegen benutzte!

Jost sah sich nach seinem Meister Georg Amman und dem Bäcker Albertus um, welche die Hexen ebenfalls während ihres Raubzuges in Sonnhagen entführt hatten. Die beiden standen verängstigt beisammen und machten keine Anstalten, ihn zurückzuhalten oder ihm zu Hilfe zu eilen.

„Wirst du dich wohl beeilen!" blubberte die Wasserhexe mit einer Stimme, die klang, wie wenn sie auf dem Grund eines Sees oder des Meeres spräche. „Wir haben nicht ewig Zeit! Die Anzahl von euch Männern ist weit geringer als die von uns Hexen. Das heißt, wir müssen euch teilen! Da ich nicht auf Gruppensex stehe und einen Mann allein für mich haben will, werde ich dich schon jetzt vernaschen! Wir vergnügen uns abseits, während die anderen sich mit Fressen und Schlemmen aufhalten."

Jost folgte schicksalsergeben der zielstrebig davonrobbenden Wasserhexe. Vielleicht ergäbe sich für ihn eine Gelegenheit zur Flucht! Diese Hexe, die eigentlich eher eine Nixe war, wollte anscheinend einen Ort aufsuchen, der etwas versteckt am Rande der Felsplattform lag.

Verstohlen blickte er auf ihre festen, kleinen Brüste, die beim Robben aufreizend hin- und her wackelten. Die Brustwarzen waren mit trockenem Seetang bedeckt. Ihr fischähnlicher Unterleib war glatt, grüngeschuppt und glänzte kühl im zarten Mondlicht. Ihre Haut war deutlich heller als die Schuppen ihres Unterleibes und von einem blassen Gelbgrün. Der Übergang zwischen den beiden Farbtönen war fließend. Eigentlich sehr reizvoll anzusehen war das lange, blaue Haar der Nixe. Es reichte ihr bis über den Bauchnabel und wellte sich in fülligen, seidigen Strähnen.

Der Tischler ertappte sich beim Gedanken daran, wie der Sex mit der Nixe wohl sein würde. Wo hatte diese skurrile Aquanda wohl ihre Scheide? Zu sehen war da nichts außer den grünlichen Schuppen des Fischunterleibes. Er hätte fast so etwas wie Lustgefühle empfunden, wenn da nicht diese nagende, unterschwellige Furcht gewesen wäre… Diese war schon in ihm aufgekommen, als Aquanda vor dem Zaun gestanden und ihn für den Sex ausgesucht hatte. Es war die Furcht vor der unberechenbaren Sexualität der Nixe, die womöglich eine völlig entartete und gefährliche sein würde. Irgendeine ruchlose Praxis, die Männern das Leben – oder das Gehänge – kosten konnte!

Aquanda hatte für ihr geheimes Liebesnest ein lauschiges Plätzchen zwischen zwei mannshohen Felsen auserkoren. Der Boden war mit dichtem, flauschigem Moos bewachsen. Irgendetwas im Dunkeln Verborgenes duftete sehr angenehm, wahrscheinlich Blumen oder die frühen Blüten eines Strauches.

Bevor Jost sich auf das Moos setzen konnte, packte ihn Aquanda an seinem Wams und zerrte daran.

„Schnell weg damit!" befahl sie. „Zieh dich aus! Und zwar splitterfasernackt!" Er gehorchte, etwas verletzt in seiner stolzen Mannesehre. War es bisher doch immer er gewesen, der die jungen Bauersfrauen und Mägde dominiert und nach seinem Willen vernascht hatte!

Die Wasserhexe betrachtete ihn abschätzend und anerkennend, während er sich seiner Kleidung entledigte. Jost sah sehr gut aus. Er war noch recht jung und etwas hager, besaß aber starkes, sehniges Fleisch und kräftige Gliedmaßen. Nicht nur sein harter Waschbrettbauch war wohlgeformt. Auch die breiten Schultern und der runde, kleine Hintern betörten Aquanda aufs Heftigste.

Ihre eigene Entkleidung ging sehr rasch vonstatten. Sie zog sich lediglich den Seetang von den Brüsten und entblößte damit sehr große, flache Brustwarzen. Sie hatten Form und Größe von flachgedrückten Pflaumen und eine geleeartige, fast durchsichtige Färbung aus verschiedenen Grün- und Blautönen.

Aquanda hob ihre kleinen Brüste mit den Händen an. Sie glitt auf ihrem Unterleib balancierend abwärts und forderte Jost auf: „Lutsch daran! Das macht mich heiß!" Zwischen den Fingern ihrer Hände besaß sie kleine Schwimmhäute. Der Tischler bemerkte es erst jetzt, so klein und unscheinbar schimmerten sie im Mondlicht, hellgrün und fast durchsichtig.

Bangen Herzens senkte er den Kopf zu den Brüsten der Nixe hin, um an ihren Nippeln zu saugen. Er erwartete einen fischigen Geschmack oder einen modrigen Geruch, ähnlich dem der Hexe mit dem grünen Haar, die ihn im Dorf mit dem Netz gefangen hatte.

Was er jedoch feststellte, sobald er schließlich eine der Brustwarzen im Mund hatte und vorsichtig daran lutschte, war ein ausgesprochener Wohlgeschmack. Mochte er natürlich sein oder auch durch Hexerei entstanden; jedenfalls vergaß Jost augenblicklich alles um sich herum. Er verlor sich im Liebkosen dieses traumhaft schmeckenden und sich herrlich weich und geschmeidig anfühlenden Nippels. Es war wie an einer ungewöhnlich herben Süßigkeit zu saugen, die den Gaumen reizt, kitzelt und dennoch wunderbar schmeichelt.

Dieser Geschmack... frohlockte Jost mit genießerisch geschlossenen Augen. *Er ist so... unbeschreiblich! Wie wenn man an einem glühend heißen Sommertag schrecklichen Durst verspürt und dann überraschend etwas vorfindet. Es ist zunächst kalt wie das Eis im Winter... und wird dann immer wärmer, bis es den Hauch eines Aromas freigibt, welches vom Zuckerwerk eines Kuchenbäckers aus himmlischen, fernen Welten zu stammen scheint!*

Abwechselnd leckte er eine der beiden Brustwarzen. Die jeweils andere liebloste er mit zärtlichen, kundigen Fingern, wie wenn er an einer feinen Tischlerarbeit zugange wäre. Die Nixe fing bald an, ungehemmt zu stöhnen und ihm dabei Anweisungen zu erteilen: „Nicht so stark! Ja, so! Jetzt die andere! Spiel auch mit der Zunge daran! Lass die Zunge um die Warze herum kreisen!" Ihre Stimme überschlug sich häufig und wechselte von einem hellen Blubbern in ein dumpferes, aber nicht weniger anmutiges Gurgeln.

Mit ihren zarten Händen spielte sie zunehmend fahriger und hektischer werdend an ihrem Schritt herum. Beim Lecken der Nippel starrte Jost immer wieder auf diese leere Stelle in ihrer fischähnlichen Leibesmitte. Er konnte dort aber beim besten Willen keinerlei Geschlechtsmerkmal feststellen.

„Jetzt bin ich soweit!" seufzte sie, und das Seufzen klang wie das Gurren einer Seemöwe. „Nimm mich, Mann des Holzes! Stoße in mich!"

Tatsächlich war Josts Schwanz zu einem imposanten Fleischkolben angewachsen. Er ragte unverkennbar erregt unterhalb seines Waschbrettbauchs in die Höhe, zu allem bereit und beschienen vom Mond. Der Tischler leckte noch ein paar Mal über die Brüste der Nixe, um Zeit zu gewinnen. Denn er war ratlos, wohin er seinen steifen Riemen bugsieren sollte. Er kam sich vor wie ein unreifer Bengel, der sein erstes zaghaftes Liebesabenteuer erlebt.

Im letzten Augenblick, bevor die Schande seiner Wisslosigkeit ans Licht gekommen wäre, erkannte er einen langen und sehr dünnen Schlitz. Er war bei der Wasserhexe kaum erkennbar da, wo auch normale Frauen ihre Scheide haben. Wollüstig rieb und streichelte Aquanda an ihrem sehr unscheinbaren Schlitz herum, der sich Jost womöglich nur aufgrund ihrer Aktivität überhaupt gezeigt hatte. Er war kaum länger als ein fingerlanges Haar und beinahe genauso schmal. Eine nennenswerte Wölbung und einen Kitzler gab es nicht. Schamlippen waren keine zu erkennen, weder äußere noch innere. Erst als Aquanda ihre Spalte mit den Händen etwas auseinanderzog, öffnete sie sich sehr zaghaft. Nicht einmal ein Stück Pergament hätte hier hindurchgepasst. Die Lustspalte wirkte wie ein sauberer Schnitt, der mit einem Messer in die grüngeschuppte Fischhaut des Unterleibes getrieben worden war.

Die Nixe schien zu erkennen, warum Jost zögerte. Sie wurde sich der Lage bewusst, in der er sich befand, und kicherte. Es machte ein Geräusch wie Kieselsteine, die in ein Bachbett fallen.

„Keine Sorge!" versicherte sie glucksend. „Meiner Scheide passiert dabei nichts, trotz der Enge! Und deinem Glied auch nicht. Du wirst schon sehen!"

Jost nickte und sah auf seinen steifen Schwanz hinab, dessen Schwellung bereits etwas abgeklungen war. Er wollte ihn etwas melken, um ihm wieder mehr Steifigkeit zu verleihen, aber Aquanda war schneller. Die Nixe umfasste sein Glied und massierte es so flink und zärtlich, dass es im Nu wieder nach oben stand wie ein junger Baum.

Das Eindringen war zunächst schwierig. Es fühlte sich an, als wollte er seinen Kolben in eine ofenwarme Hammelkeule stecken, in die eine hauchdünne Klinge einen tiefen Schnitt gesetzt hat. Plötzlich aber rutschte er mühelos in die Scheide der Nixe hinein. Sie war unglaublich eng und feucht. Sein Schwanz wurde von ihrem Fleisch aufgenommen wie ein strammer Holzlöffel von einem dicken, festen Pudding. Er wollte kaum glauben, dass er sich in ihrer Enge überhaupt rühren konnte, doch er vermochte darin nach Herzenslust zu schalten und zu walten!

Nach einer kurzen Eingewöhnungsphase fing Jost an zu bocken. Er bewegte sein kräftiges Becken mit Eifer und Ehrgeiz. Entschlossen und sanft zugleich deckte er Aquanda mit einer gleichmäßigen, scheinbar nicht enden wollenden Serie von Stößen ein.

Er schaute nicht hinab zu dem, was sein Unterleib da auf ihrem machte. Denn der fortwährende Anblick ihrer gänzlich glatten, schnittartigen Nixenspalte wäre so ungewöhnlich gewesen, dass es ihn irritiert und aus dem Takt gebracht hätte. Was ihn durchaus erregte, war ihr hübsches, von blauem Haar umwalltes Gesicht. Verschwitzt und sichtbar lusterfüllt zitterte es vor ihm und gierte jetzt nach Küssen!

Jost tat ihr den Gefallen. Sofort versank sein Mund in dem ihren, unersättlichen. Ihre Küsse schmeckten ähnlich wie ihre Brustwarzen, aber wesentlich feuchter und auch herber. Angenehm aber war auch dieses Aroma, und so wühlte sich seine Zunge voller Hingabe in ihren Mund. Ihre vollen, sanften Lippen umspülten die seinen. Ihr Duft wie nach warmem Honigwasser umgarnte ihn wie der Hauch der blühenden Rose die Biene.

„Du herrlicher Begatter voller Talent und Tatendrang!" lobte sie ihn keuchend und unter seinen Bockstößen hüpfend.

Das Bespringen dauerte noch geraume Zeit. Wie lange es genau währte, entzog sich seinem Verstand, der beeinträchtigt war von erregten Hitzewallungen und einer fiebrigen Sehnsucht nach dem erlösenden Höhepunkt.

Die Stöße wurden immer heftiger. Aquanda klammerte sich an ihn, damit er wegen seiner gelenkigen Akrobatik nicht aus ihrem Schlitz rutschte.

Jost merkte an den Geräuschen, die Aquanda machte, dass sie bald soweit sein und den Gipfel ihrer Lust erstürmen würde. Sie krallte ihre Hände um seine erhitzten Schultern und in seinen schweißnassen Rücken. Ihr Fischschwanz peitschte unter ihm wie ein Meerestier im Todeskampf.

Dann schrie sie, oder vielmehr: Sie stieß ein hohes, gellendes Quietschen aus, das auf- und abschwoll, bis es endlich in schier endlosen Wellen verebbte. Blass vor Verausgabung und Erleichterung gab Jost dem Drang seines überquellenden Eiersaftes nach und spritzte tief in sie. Pumpend und die Blutadern zitternd wie Würmer, jagte sein Kolben den Saft aus der Eichel hinaus ins feuchte Fleisch der Nixe.

Lange wollten sie noch auf dem weichen Moos beieinander liegen, den Nachgeschmack ihres überraschend vertrauten und lustvollen Liebesspiels auskostend und die übergroße Laterne des Mondes hoch über sich. Jost war verwirrt. Er musste sich eingestehen, dass er nur allzu gerne gefangen und den Hexen ausgeliefert war, wenn *dies hier* Gefangenschaft und Ausgeliefertsein bedeutete!

Schon aber ereignete sich Neues. Aquanda, die rücklings auf dem Moos lag und verklärt in den Himmel sah, deutete plötzlich erstaunt nach oben. Jost folgte ihrem Blick.

Vor dem Mond und den Wolken, die von ihm beschienen wurden, zeichneten sich schwarze Umrisse von fliegenden Hexen ab.

Es mochten wohl ein halbes Dutzend sein oder auch mehr, die da auf ihren Besen flogen und sich dem Blocksberg näherten. Die Silhouetten wurden immer größer. An dreien der Besen hingen zudem Gestalten, die keine Hexen waren. Jedenfalls trugen sie keine Frauenkleider und hatten auch keine langen Haare, die sich im Flugwind bauschten.

„Die sieben Schwestern sind zurück!" hauchte Aquanda erfreut. „Die, von denen die anderen Hexen uns erzählt haben! Sie hatten sich aufgemacht, um die junge Kräuterhexe zu suchen. Jetzt sind sie zu acht, denn eine sitzt auf dem Besen bei der anderen! Das heißt, ihre Mission scheint Erfolg gehabt zu haben! Sie haben sie gefunden!" Sie strich mit ihren Händen über ihr blaues Haar und wischte sich verschwitzte Strähnen vom hübschen Gesicht.

Jost sah nach oben und zuckte mit den Schultern. Er war als Liebhaber wohl abgemeldet, jetzt, wo die Nixe befriedigt war und die neuen Hexen eintrudelten und sich zur Landung klarmachten.

„Schnell! Nichts wie hin!" drängte Aquanda ihn. Schon stand sie auf ihrem grüngeschuppten Fischunterleib und fing an, dem leuchtenden Hexenfeuer des Blocksbergs entgegen zu robben.

Einen Moment lang überlegte Jost, ob dies ein geeigneter Zeitpunkt für eine Flucht sei. Dann aber hielt er sich sein einzigartiges sexuelles Erlebnis mit der Nixe vor Augen und die Tatsache, dass eine mögliche Vereitelung seiner Flucht schreckliche Folgen für ihn haben könnte. So folgte er der Wasserhexe nach kurzem Zögern und beobachtete das Eintreffen der Hexen, die vom nächtlichen Himmel kommend auf der Felsplattform landeten.

24

Als die acht Hexen mit ihrer Beute gelandet und die Neuigkeiten über die Geschehnisse ausgetauscht waren, fing die eigentliche Walpurgisnacht an. Denn nun, nach vielem Hoffen und Bangen, war klar, dass der ganze magische Orden diese Nacht der Nächte gemeinsam würde feiern können – ohne Opfer und Verlorene in ihren Reihen, ohne Kummer und Trauer!

Jedoch mit unterschwelligen, aber grimmigen Rachegelüsten… Endlich war einer der berüchtigten Verbrecher der kirchlichen Inquisition in die Fänge des Hexenordens gelangt. Mit Oswald Crudelis handelte sich um einen der schlimmsten Hexenverfolger überhaupt, der bis zu diesem Jahre 1612 weite Landstriche für Frauen sehr gefährlich gemacht hatte. Der Abt des Klosters *Aureus Veritas* hatte selbstgerecht und getrieben von seiner eigenen kranken Gier und perversen Lust Dutzenden, wenn nicht gar Hunderten unschuldiger Frauen das Leben gekostet. Sein Ruf war gefürchtet und auf bizarre, sehr negative Weise legendär. Besonders grausam war, dass es sich bei allen Frauen nicht um Hexen gehandelt hatte, sondern dass sie von ihm wegen eigentlich ganz harmloser Lebensumstände und Äußerlichkeiten gefoltert und zum Tode verurteilt worden waren. Hier eine Rothaarige oder eine mit grünen Augen, dort eine vermeintliche Ehebrecherin, da eine mit verwirrten Geist… Crudelis hatte sie allesamt ausfindig gemacht, verhaftet, angeklagt und verurteilt! Alles ohne triftige Gründe und eindeutige Beweise für die Taten, die er ihnen vorwarf.

Wirkliche Hexen waren für Hexenjäger wiederum kaum greifbar. Sie verstanden sich nicht nur ausgezeichnet auf die Künste der Tarnung und Verschleierung. Sondern sie waren auch dank ihrer Zauberkräfte sehr wehrhaft. Man tat gut daran, sie nicht zu unterschätzen. Einzig und allein die berüchtigte Monatsblutung konnte die Kraft einer Hexe stark beeinträchtigen, sofern sie noch jung genug war, um eine solche Blutung erdulden zu müssen. Die meisten Hexen blieben von Blutungen verschont, da sie bereits zu alt für sie waren. Nicht zuletzt deshalb war die Macht einer Hexe umso größer, je älter sie war.

Die junge Kräuterhexe Iris wurde herzlich umsorgt und untersucht, bevor mehrere Hexen sich an die Behandlung ihrer Wunden machten. Die blutverkrusteten Quetschungen an ihrer linken Hand, welche die Daumenschraube verursacht hatte, wurden gesäubert und mit heilsamer Tinktur bestrichen. Ebenso ihre geschundene Nase, die zum Glück nicht gebrochen war, sondern nur angeknackst und geschwollen. Ausgestopft mit wohltuendem, in Schnaps eingeweichtem Kraut, würde die Nase bald wieder vollständig heil sein.

Dass Iris sich während ihrer Monatsblutung nicht äußerst vorsichtig verhalten und sich tief in den Wald zurückgezogen hatte, mochte naiv und ihrer Jugend zuzuschreiben sein. Aber es war nun nicht mehr zu ändern. Keine der anwesenden Hexen machte Iris einen Vorwurf daraus oder sich gar über sie lustig. Dazu war die Lage, in der sie sich befunden hatte, viel zu ernst gewesen. Nun galt es allerdings, die Lehren aus dieser Angelegenheit zu ziehen. In Zukunft würden die Geschehnisse zur Zeit der Walpurgis anno 1612 um das Dorf Sonnhagen und die Burg des Fürsten Arnulf von Hagen in den Erfahrungsschatz des Hexenordens übergehen. Andere jüngere Hexen würden gewarnt sein und die Bedrohung ihrer magischen Macht, die von den monatlichen Blutungen ausging, nicht auf die leichte Schulter nehmen.

Überhaupt, die Zukunft… Das war ein Thema, über welches die Hexen gerne und zu jeder Gelegenheit Gedanken austauschten. Sie pflegten in Jahrzehnten zu denken und klug auf Jahrhunderte hinaus zu planen.

„In ferner Zukunft", so prophezeite die Lichthexe Eminentia, während sie einen weiteren Schluck aus einer Schale mit dem Trank der Rauschhexe Hallu-Ulla genoss, „wird unser Orden ausschließlich in der Schattenwelt existieren! Es wird eine Zeit kommen, in der die Menschen viel weniger zu ihrem Gott oder auch mehreren Göttern beten. Sie werden an etwas glauben, welches sie *Technik* nennen werden. *Technik* wird ihr neuer Götze sein. Er wird überall anerkannt und beliebt sein, ja sogar lebensnotwendig für sie werden! Er wird sich ihnen in vielerlei Formen darbieten, die wir heute noch nicht einmal erahnen können. Da sie diesen Götzen selbst geschaffen haben, werden die Menschen glauben, ihn für immer einfach nur benutzen und unter Kontrolle halten zu können. Jedoch wird er schließlich immer mehr an Macht gewinnen, bis er letztlich sogar die Herrschaft über die Menschheit an sich reißt!"

„Wo genau wird unser Orden denn in der Schattenwelt leben?" fragte die Sauhexe Vulgaera besorgt und nagte bereits am fünften Hühnerbein dieses frühen Abends. Sie war sehr hungrig nach dem turbulenten Abenteuer und dem anschließenden Flug auf dem Besen mit ihrer zusätzlichen Last. „Werden wir keinen Kontakt mehr zu den Menschen haben? Wird es noch Hexenverfolgung geben? Wird dieser Götze *Technik* unser Feind sein?"

Eminentia winkte ab. „Kontakt zu Menschen werden wir immer haben, solange es sie gibt. Wir werden durch spezielle Medien zu ihnen sprechen, uns aber auch durch diese verstecken. Das ist wichtig für unseren Selbstschutz und den Frieden unter den Menschen. Die meisten von ihnen werden so vereinnahmt sein von ihrem neuen Götzen, dass sie ihr Verständnis für Mystik und Magie verlieren. Die Männer werden von diesem Mangel übrigens mehr betroffen sein als die Frauen! Die Menschen würden verrückt werden, wenn wir uns ihnen dann offenbaren, und die Welt würde im Chaos versinken. Neue Hexenjäger würden auf den Plan gerufen, die uns mit völlig falschen und unberechenbaren Mitteln bekämpften. Anstatt zu erkennen, dass wir für die Welt Gutes bringen und die Kräfte der Magie im Gleichgewicht halten!"

Eminentia ließ einen weiteren Schluck des Zaubertrankes ihre Kehle hinabrinnen und fuhr fort: „Statt uns den Menschen zu offenbaren und sie zu verwirren und zu ängstigen, werden wir sie in dieser fernen Zukunft für unsere Tarnung sorgen lassen. Sie werden von uns hören und lesen, es jedoch als reine Unterhaltung und Phantasie abtun! Und das ist gut so. Sie sollen unsere Wesenheiten kennen, sie aber nicht für möglich und echt halten! Nicht zuletzt deshalb wird der Götze *Technik* nicht unser Feind, sondern unser Verbündeter sein. Wir werden ihn für unsere Zwecke benutzen. Aber anders als die Menschen werden wir ihn nicht für unfehlbar und als das einzig Wahre halten, sondern unsere magische Macht weiter unbeirrt nähren!"

„Uiuiui… Was du alles weißt!" flüsterte Hallu-Ulla, die Meisterin der Halluzinationen. Von ihrem eigenen Trank hatte sie bereits Augen wie Suppentassen. In ihnen tanzten ihre Pupillen wie dicke, schwarze Motten vor leuchtenden Laternen.

„Ich *weiß* es nicht wirklich, aber ich *erahne* es", entgegnete Eminentia bescheiden. „Ich fühle es wie unter einer dicken Wolldecke. Undeutlich zwar und vage, aber nichtsdestotrotz bedeutsam für uns alle und für unseren geheimen Orden!"

„Was siehst du noch?" wollte Vulgaera begeistert wissen. „Wie werden wir uns in dieser komischen Welt der Zukunft denn fortbewegen? Nach wie vor auf unseren guten alten Besen?"

„Genau kann ich das nicht sagen", antwortete Eminentia. Sie schwenkte einen Zinnlöffel vor ihrem Mund umher, in dem etwas von dem Trank schwappte. Behutsam führte sie ihn zum Mund und schlürfte den Sud aus geheimnisvollen Kräutern, Pilzen und Beeren geräuschvoll in sich hinein.

„Ich sehe… ein Netz. Eines, das die ganze Welt umspannen wird!"

Etliche Hexenaugen verfolgten gebannt, wie sie schmatzte, die Flüssigkeit hinunterschluckte und sich mit der Zunge über die Lippen strich.

Eminentia sprach weiter: „Das Netz wird unsichtbar sein und eines der größten Zeugnisse des Götzen *Technik*. Es wird die Menschen und ihr ganzes Leben verändern, überwiegend zum Guten. Auch unser Orden wird das Netz nutzen. Ich bin jedenfalls überzeugt davon. Es wird uns schneller, klüger und räumlich unabhängiger machen. Der Kontakt zu den auserwählten Menschen, die von unserer Existenz wissen, wird einfacher, stärker und beständiger sein!"

„Wenn es so ein seltsames, unsichtbares Netz einmal geben wird", schaltete sich die Eishexe Istapp ein, „wird es dann auch eine *Spinne* geben?"

„Eine Spinne", antwortete Eminentia, „werden wir in dem Netz…" Ihre Antwort erstarb. Mit großen, glänzenden Augen erblickte sie etwas, das ihre uneingeschränkte Aufmerksamkeit fesselte.

Die steinerne Vanda erschien und mit ihr einige jüngere Hexen im Gefolge. Auch die junge Tyna und die befreite Kräuterhexe Iris waren dabei. Sie folgten der uralten Anführerin in vertrauensvoller Ergebenheit.

„Ich hoffe, ihr seid alle versorgt mit Speis, Trank und dem Genussmittel eurer Wahl?" fragte Vanda mit ihrer knarrenden, gütigen Stimme. Alle um sie herum nickten glücklich und murmelten ausgelassene Worte der Zustimmung.

„Dies ist eine wundervolle Nacht voller Amüsement und Entspannung!" verkündete Vanda feierlich. Sie sah in die Runde, von einer Hexe zur anderen, und schien dabei nicht eine einzige auszulassen. Der komplette magische Orden hatte sich versammelt. Es war erstaunlich, wie viele Hexen sich nun an einem einzigen Ort befanden. Ihre Vielfalt und Eigenartigkeit war bemerkenswert. Keine von ihnen hatte auch nur annähernd Ähnlichkeit mit einer anderen. Jede war auf ihre sehr eigene Weise faszinierend anzusehen. Die Bandbreite der Eindrücke reichte dabei von *zauberhaft hübsch* über *schaurig schön* bis hin zu *wunderbar kauzig* oder *schrecklich verschroben*.

„Hiermit erkläre ich Walpurgis anno 1612 für eröffnet!" sagte Vanda würdevoll. „Die junge Hexe mit den schwarzen Haaren und den funkelnden Katzenaugen ist in Sicherheit und wohlbehalten bei uns. Iris wird sich ein neues Zuhause und einen neuen Wirkungsort suchen müssen. Das aber wird sich bald finden lassen! Das Wichtigste ist, dass wir sie gerettet haben. Ihre drei Feinde, die ihr Schlechtes antun wollten, sind in unseren Händen! Wir haben sie zusammen mit der Bockbeute sicher untergebracht!" Sie wies auf das entfernte Gehege mit den Männern, innerhalb dessen Zauberbannes auch Oswald Crudelis, Reinhardt Ehler und der bucklige Foltermeister gefangen waren.

Jubel erklang, aber auch vereinzelte Rufe nach Genugtuung und harter Bestrafung. „Grillt sie am Spieß, die Halunken!" schrie die Todeshexe Suprema. Sie lachte dabei so laut und schaurig, dass es über die gesamte Felsplattform des Blocksbergs hallte und den Gefangenen bestimmt das Blut in den Adern gefrieren ließ. Einige Hexen klatschten zustimmend in die Hände.

„Foltert sie einfach!" empfahl die Aashexe Gäa mit vollem Mund. Sie hatte sich damit abgefunden, zur Abwechslung einmal frisch zubereitetes Fleisch zu essen, anstatt solches von verwesten Tieren. Zum einen, weil sie hinsichtlich der Gerüche und der Optik Rücksicht auf ihre Schwestern nehmen wollte. Zum anderen, weil es sich schlicht und einfach nicht gehörte, als Einzige während der Walpurgis das allgemein angebotene Essen zu verschmähen. „Lasst mich von ihnen fressen, bei lebendigem Leib! Sie sollen zusehen, wie ihr eigenes blutiges Fleisch als Nahrung in meinem Schlund verschwindet!"

„Das wären nutzlose Gräuel!" entgegnete die Weißhexe Druid kühl und sachlich. „Lasst uns nicht moralisch auf eine ähnlich tiefe Stufe hinabsinken wie der Hexenjäger und seine Schergen. Besser ist es, die drei Kerle für medizinische und weißmagische Experimente zu verwenden. Wir könnten neue Bannsprüche und Heiltränke an ihnen ausprobieren! So würden sie einem guten Zweck dienen." Ein paar Hexen gaben ihr Recht, indem sie anerkennend mit ihren Zungen schnalzten oder hohe Pfiffe ausstießen.

„Das ist gar nicht so dumm und gefällt mir recht gut!" sagte die Steinhexe Vanda nachdenklich. „Es hieße aber, dass wir die drei Gefangenen heute Nacht einfach nur verwahren, während wir die anderen Männer für allerlei vergnügliche Bockspiele benutzen und sie des Morgens heimschicken werden, nachdem sie ihre Schuldigkeit getan haben. Es hieße, dass die drei uns keine Unterhaltung und keinen Spaß brächten. Das wäre ziemlich schade, nicht wahr?"

Die Hexen nickten und feixten händereibend. Trotz ihres sehr hohen Alters und ihres verantwortungsvollen Amtes war Vanda den leichten Dingen des Daseins nicht abgeneigt. Sie liebte die Vergnügungen, die das Leben mit sich brachte.

„Es wäre auch noch zu klären, inwieweit jeder der drei Männer schuldig ist und in Sachen Hexenverfolgung zur Rechenschaft gezogen werden muss!" stellte Vanda fest.

„Dass der Großinquisitor Crudelis ohne Zweifel die Hauptschuld an der Verhaftung der jungen Iris trägt, ist so klar wie frisches Quellwasser! Dass auch der Foltermeister, dieses bucklige Schwein, eigentlich den Tod verdient hätte, steht ebenso außer Debatte. Ist es nicht so, junge Iris?" Ihre alten Adleraugen richteten sich auf die Kräuterhexe, und mit ihnen auch die sämtlicher anwesender Hexen.

Iris schluckte und rief halblaut, aber entschlossen: „So ist es, große Vanda! Der Foltermeister hat gewiss schon unzählige Frauen und Männer bestialisch gequält und ermordet! Obwohl er recht dumm ist, sollte ihn das vor einer harten Strafe nicht schützen. Oswald Crudelis hingegen ist der schlaue Kopf der Inquisition, zumindest in diesen Teilen des Landes! Er ist extrem grausam und hinterlistig, verantwortlich für die Verfolgung und den Tod zahlreicher Frauen, die als Hexen beschuldigt wurden." Ihre Stimme klang etwas näselnd wegen der schnapsgetränkten Kräuterbüschel in ihren Nasenlöchern.

„Sollen wir ihn umbringen?" wollte Vanda wissen. „Ich frage dich das, weil du die am unmittelbarsten Betroffene von uns allen bist. Du musstest ihn bis vor kurzem noch erdulden."

Es folgte Stille. Nach einigem Zögern empfahl Iris: „Wir sollten ihn zumindest für immer handlungsunfähig machen! Er mag wohl auch nur ein Getriebener seines kranken Geistes und seiner perversen Gelüste sein. Aber es gilt, die Menschen unbedingt vor weiterem Schaden durch ihn zu bewahren."

Die Steinhexe nickte. „Ich glaube, ich weiß da schon etwas Interessantes, mit dem wir ihm für alle Zeiten den Garaus machen können – ohne ihn zu töten! Er wird uns heute Nacht ein unvergleichliches Schauspiel liefern, welches eine harte Strafe für ihn bedeuten und zugleich den Grundstein dafür legen wird, dass er sich nie wieder als Hexenjäger betätigt!"

„Was für ein Schauspiel habt ihr da im Sinn, oh liebe Vanda?" fragte die Sauhexe Vulgaera frohlockend. Sie nagte an einem getrockneten Fisch. „Wird es uns denn Freude machen, dabei zuzusehen?"

Vanda lächelte verschmitzt. Ihre Augen funkelten schelmisch. „Es wird uns unglaublich ekelhaft und verrückt erscheinen! Aber es wird sehr erheiternd sein!" versprach sie zwinkernd. „Zumindest für die Mehrzahl unter uns, die nicht allzu empfindlich und verweichlicht ist."

Die Hexen grinsten. Sie rieben sich die Hände voller Vorfreude auf die gerechte Bestrafung des miesen Abtes und Großinquisitors. Auf Vanda konnte man sich verlassen. Sie war stets um die Unterhaltung und das Vergnügen des Ordens bemüht. Schließlich arbeiteten die Hexen das ganze Jahr über hart zum Wohle der Menschheit! Sie traten mit Geistern und den Wesen der Schattenwelt in Kontakt, um Böses von den Menschen fernzuhalten. Sie schufen heilsame Tränke, Tinkturen und Salben, um Kranken und Verwundeten zu helfen. Sie arbeiteten an neuen Zauberformeln und okkulten Sprüchen, um damit Gutes in der Welt zu bewirken. Da durften sie ein einziges Mal im Jahr über die Stränge schlagen und richtig albern, durchgedreht und boshaft sein! Zumal es in diesem Fall auf Kosten eines wahrhaften Übeltäters ging.

„Und der Bucklige?" wollte die Aashexe Gäa neugierig wissen. „Erhält er dieselbe Strafe wie der Inquisitor? Oder darf ich wenigstens von ihm einmal kräftig abbeißen?"

Vanda überlegte kurz und schüttelte den Kopf. „Er erhält eine etwas mildere Bestrafung, welche ihn aber immer noch ausreichend hart trifft!" versicherte sie. „Doch das alles wird im weiteren Verlaufe der Nacht geschehen, nachdem wir uns sattgegessen und uns bereits mit einigen von den Männern vergnügt haben werden! Diese Reihenfolge mag wichtig sein. Denn wenn ihr die heikle Bestrafung des dicken Abtes erst miterlebt haben werdet, steht euch heute Nacht womöglich nicht mehr der Sinn nach Sex und Essen!" Sie zwinkerte geheimnisvoll.

Ihre kleine Ansprache mündete im tosenden Beifall der versammelten Hexen. Sie konnten es kaum erwarten, dass ihre heißersehnte Walburga voller Lust, Laster und Liederlichkeit endlich Fahrt aufnehmen würde!

25

Oswald Crudelis besaß nun nicht mehr die Aura von uneingeschränkter Macht. Er saß am Rande des Zaunes, der mit einem Bannspruch belegt und als Gehege für die Männer gedacht war. Wie ein riesiger, dicker Haufen Traurigkeit und Selbstmitleid kauerte er auf dem felsigen Grund, der an einigen Stellen spärlich mit Gras bewachsen war, und lamentierte über sein ungerechtes Schicksal. Sein goldenes Kruzifix besaß er noch. Nach wie vor baumelte es an der goldenen Kette um seinen Hals. Die Hexen hatten es ihm aus irgendeinem Grund gelassen. Das begriff er ganz und gar nicht, und er hielt es auch für ausgesprochen dämlich. Diesen mangelnden Sinn für Geld und Gold konnte er beim besten Willen nicht verstehen. Wenngleich er es natürlich begrüßte, sein teures Kruzifix noch zu haben. Trost suchend streichelte er es. Vor allem wegen seiner glühenden Liebe zum Gold, weniger aus reinen Glaubensgründen.

In seiner unmittelbaren Nähe saß der Büttel Reinhardt Ehler, mehr aus Gewohnheit als aus dem Bedürfnis heraus, seinem Vorgesetzten nahe zu sein. Kaum weiter weg stand der bucklige Foltermeister und musterte in einfältiger Verdutztheit die rohen Äste des Zaunes. Mehrmals hatte er verbissen versucht, das Gehege zu überwinden, welches ihm so lächerlich erschien. Nicht einmal Rotwild konnte man schließlich innerhalb eines so gewöhnlichen und nur kniehohen Zaunes gefangen halten! Jedes Mal hatte ihn ein unsichtbares Hindernis gelähmt, wenn er über den Zaun hatte springen wollen. Nun überlegte er verzweifelt, ob er weitere Fluchtversuche unternehmen oder aber es sein lassen und sein Los akzeptieren sollte.

Die Männer waren in ihre Gedanken versunken. Sie nahmen nicht die beiden jungen Hexen wahr, die sie aus einiger Entfernung beobachteten, halb verdeckt von einigen Ginsterbüschen.

„Schau", sagte Tyna und legte den Arm um ihre Freundin. „In dieser Umgebung haben die drei Schurken ihren Schrecken verloren, nicht wahr?"

Iris gab ihr Recht, wollte aber gebührenden Abstand zu dem wahnsinnigen Hexenjäger halten. Zu frisch waren ihre traumatischen Erlebnisse im Folterkeller der Burg. Zu lebendig war der Eindruck, den die schmerzhafte Daumenschraube auf ihre Finger und der Anblick der vielen Folterinstrumente auf ihren Geist gemacht hatten. Sie sah auf ihre verwundete Hand, die nun kaum mehr wehtat. Sorgfältig war sie gesäubert und fest mit gewaschenen, grünen Blättern umwickelt worden. Iris schätzte, dass in weniger als einem Dutzend Tagen kaum mehr Anzeichen der Folter auf ihren Fingern zu sehen sein würden. Auch ihre Nase schmerzte momentan kaum. Wie lange die seelischen Wunden noch spürbar waren, blieb allerdings eine offene Frage.

„Nicht auszudenken, was diese Schweine mit dir gemacht hätten!" sagte Tyna finster. „Gut, dass wir sie geschnappt und dingfest gemacht haben. Ich bin gespannt, was unsere Vanda im Schilde führt und wie sie das Lumpenpack zu bestrafen gedenkt!"

„Wir werden es bald erleben!" meinte Iris. „Mitleid verspüre ich jedenfalls keines mit dem Gesindel. Der Schlimmste von allen drei ist eindeutig der Inquisitor. Der Foltermeister ist ein dummer Esel, allerdings ein mörderischer und gefährlicher. Der Büttel scheint noch der Harmloseste von allen zu sein. Auch er hat aber viel Dreck am Stecken!" Sie ließ ihren Blick über die Gruppe der eingepferchten Männer schweifen. Den ungewohnten Anblick fand sie höchst befremdlich, aber zugegebenermaßen auch merkwürdig reizvoll. Er weckte in ihr so etwas wie prickelnde weibliche Machtinstinkte.

„Ich vermute mal, dass die Strafe für den dicken Abt überaus widerwärtig und abnorm ausfallen wird!" kicherte Tyna. „Wenn sie seinen furchtbaren Taten auch nur einigermaßen gerecht werden will, so muss Vanda schon enorme Geschütze auffahren!"

„Junge Tyna!" rief eine helle, seltsam quakende Stimme. Sie klang, als habe jemand einen kleinen Blasebalg im Mund.

Die Gelbhexe Xiannu war aufgetaucht. Ihre kleine, schmale Gestalt zeichnete sich in unruhiger Schwärze vor dem Hintergrund des entfernten Hexenfeuers ab. Ihre zwei langen, dünnen Zöpfe waren an den Enden mit getrockneten und kunstvoll zusammengebundenen Stücken von Schwalbennestern geschmückt. „Junge Tyna! Du sollst bei den letzten Vorbereitungen der Ratespiele helfen und auch dabei, den Beichtstuhl zu bauen!"

Tyna willigte ein und machte sich sogleich daran, der Gelbhexe zu folgen. Diese war bereits wieder auf dem Rückweg in Richtung des Feuers.

„Erhole dich von dem Schrecken deiner Gefangenschaft!" bat Tyna ihre Freundin und strich ihr behutsam übers Haar. Sie beugte sich zu Iris und küsste sie sanft auf die Stirn. Diese roch etwas nach getrocknetem Schweiß, fühlte sich aber angenehm glatt und kühl an.

Iris lächelte Tyna zu und winkte ihr nach, als sie sich entfernte. Ihre festen, kleinen Pobacken bewegten sich anmutig unterhalb des schwarzen, breiten Ledergürtels, straff bedeckt vom feinen Stoff des dunkelroten Kleides. Das lange, weißblonde Haar leuchtete im Mondlicht wie überirdischer, von Elfen gefertigter Silberschmuck.

Die junge Kräuterhexe kniff ihre Schenkel zusammen. Wieder einmal spürte sie, wie vereinzelte Tropfen ihre Blutes sich einen Weg nach draußen zu bahnen versuchten. Ihre monatliche Blutung war nicht vorbei. Immer noch dauerte deshalb die Beeinträchtigung ihrer Zauberkraft an.

Sehr eigenartig war das herrliche und warme Kitzeln, das vom tiefsten Innern ihrer Scheide bis zu den Innenseiten ihrer Oberschenkel und ihren Hinterbacken verlief. Sie deutete es leicht verschämt als sexuelle Erregung. Wie konnte sie nur so etwas empfinden, an diesem Abend, nach diesen bestürzenden Geschehnissen voller Angst, Beklemmung und Gewalt?

Iris atmete tief ein und aus. Sie versuchte, ihren nüchternen Verstand Herr über ihre aufwallenden Gefühle werden zu lassen. Vergebens! Es war eindeutig: Die Anwesenheit

Dutzender gutaussehender Männer, welche kontrolliert, eingesperrt und den Hexen ausgeliefert waren, erregte sie aufs Heftigste. Es war nicht mehr auszumachen, ob die Feuchtigkeit, die sich zwischen ihren Beinen breit machte, von ihrem Blut oder ihrer Scheidenflüssigkeit herrührte. Jetzt, wo sie sich alleine wähnte und selbst ihre beste Freundin mit etwas anderem beschäftigt war, als sich um sie zu kümmern, keimte in ihr ein lüsterner Wille auf. Ein immer lauter werdendes Drängen und Fordern nach sexueller Befriedigung… Diese musste jetzt erlangt werden, und zwar mit Hilfe einer der jungen Mannsböcke aus dem bannkreisgesicherten Gehege!

Langsam und zunächst sehr vorsichtigen Schrittes näherte sich Iris der groben Holzumzäunung. Sie strotzte nur so von dunkler Baumrinde, stacheligen Ästen und Tannennadeln.

Die Kräuterhexe musterte die Männer. Die meisten wandten ihren Blick ab. Wohl wissend, dass sie ein Mitglied des mächtigen Hexenordens war, der zumindest heute Nacht uneingeschränkte Herrschaft über sie alle hatte.

Niederträchtige, verbitterte Augen stierten sie an wie die eines in die Enge getriebenen Ebers.

„Du bist gekommen, um mich zu verhöhnen, Hexe!" flüsterte Oswald Crudelis. Er kauerte am Boden und starrte voll aggressiven Argwohns zu ihr hoch. „Jetzt, wo sich das Blatt gewendet hat für dich, meinst du wohl, du könntest über mich triumphieren? Aber wo du schon hier bist… Hier, nimm mein Gold! Es gehört dir, wenn du mich dafür freilässt! Lass mich entkommen, und das geweihte Kreuz geht in deinen Besitz über!" Auffordernd streckte er ihr das goldene Kruzifix entgegen, das an seiner Halskette hing.

Sie würdigte ihn keines Blickes, sondern schritt bedächtig an dem Zaun entlang, die jungen Männer fest im Blick. In ihrem Unterleib toste es voller Gier und Ungeduld, wie wenn darin gleichzeitig tausend triebhafte Teufelchen der Hölle ihre Lust kundtäten. Ihre willige Spalte war aufnahmebereit und trachtete danach, von dem steifen Schwanz eines gehorsamen, kräftigen Bockes ausgefüllt und liebkost zu werden. Da keine der Hexen im näheren und ferneren Umfeld Iris momentan zu beachten schien, war die Gelegenheit günstig, vorab und in aller Heimlichkeit vom Männerfleisch zu naschen. Das hatte sie sich redlich verdient! Diese Art der Entspannung fand sie jetzt angebracht und passend.

Iris zeigte mit dem Finger auf einen hochgewachsenen, jungen Mann. Er war recht jung, besaß aber breite Schultern, die eine Frau geradezu zum Anlehnen einluden. Sein Gesicht wirkte trotz seiner Jugend kantig und sehr männlich. Die braunen Augen leuchteten warm und lebhaft, obwohl ihm die Beklemmung aufgrund seiner Lage deutlich anzumerken war. Bemerkenswert war sein blondes, lockiges Haar, das ihm bis auf die Schultern fiel. Neben einer Weste aus schwarzem Kuhleder trug er ein weißes Leinenhemd, welches schon einige Flecken aufwies, und eine grobe, dunkelgrüne Stoffhose.

„Du!" sagte sie schlicht. „Komm raus da!"

Er nickte und wollte ihrer Anweisung folgen, schaffte es aber nicht. Beim Versuch, den Zaun zu überwinden, drängte ihn das unsichtbare Hindernis des Zauberbanns zurück.

„Warte!" zischte sie und schloss die Augen. „Ich versuche, den Bann zu lösen, damit du herauskommen kannst." Sie nahm die innere Schwärze wahr und bemühte sich, vor ihrem geistigen Auge die Schlüsselrunen heraufzubeschwören, welche die Magie des Zauberbanns innehatten. Ohne die Erfahrung und Routine einer alten Hexe stand die junge Iris etwas verkrampft da. Sie forschte nach den Resten ihrer Magie, die die schwächende Monatsblutung ihr gelassen haben mochte. Schon wollte sie resigniert aufgeben und sich eingestehen, dass sie nach wie vor vorrübergehend machtlos und auf die Hilfe der anderen Hexen angewiesen war... Da geschah es.

Die magischen Runen des Schlüssels und des Schlosses tauchten in ihrem Innern auf. Deutlicher noch als in der Zeit ihrer Ausbildung, in der sie sie erstmals gelernt und eingeübt hatte. Sogleich las sie die Runen laut vor und murmelte damit die passende Beschwörung.

Zu sehen war nichts bis auf ein kaum wahrnehmbares, milchiges Leuchten, das ganz kurz knapp oberhalb des Geheges glomm.

„Jetzt!" befahl sie dem Mann mit dem halblangen, blonden Haar. „Mach, dass du heraus kommst!"

Der Blonde ließ sich das nicht zweimal sagen. Er ahnte wohl, dass sie nichts Übles mit ihm im Sinn hatte. Mühelos sprang er über den niedrigen Zaun und stand einen Augenblick später neben ihr. Er überragte sie um mehr als einen Kopf.

Sorgfältig schloss Iris den Zauberbann wieder und verhinderte somit, dass weitere Männer aus dem Gehege gelangen konnten. Sie packte den Blonden am Oberarm. Er fühlte sich hart und kräftig an, aber auch warm und geschmeidig.

„Wir schlagen uns da hinten in die Büsche!" sagte sie. „Ich rate dir, keinen Fluchtversuch zu unternehmen! Du würdest nicht weit kommen."

„Ich werde nicht fliehen", antwortete er in einem ruhigen und fast vertrauensvollen Tonfall, der zudem nach freundlicher Neugierde klang. „Wie könnte ich das? Gerade eben im Bann dieses Freilandgefängnisses und jetzt im Bann einer so hübschen, jungen Frau!"

Iris wandte sich ab, damit er ihr Erröten nicht sehen konnte. Aber das hätte er wegen der spärlichen Lichtverhältnisse ohnehin nicht vermocht.

„Rasch!" wies sie ihn an. „Du wirst mich jetzt dabei unterstützen, endlich meine innere Ruhe zu erlangen nach diesem ganzen Wahnsinn, den ich in der Burg erleben musste! Ich will mich einer wohltuenden körperlichen Herausforderung stellen, um die gewaltigen Anspannungen des heutigen Tages aus meinem Kopf zu spülen. Dazu ist mir jedes Mittel recht. Auch dein fleischiges Gehänge, welches mir zu Diensten sein wird!"

Entsetzt über ihre eigene Schamlosigkeit sah sie sich seine Hose aufknöpfen und in sie hineinfassen. Sie fühlte sein Glied, das zwischen ihren kühlen Fingern nicht etwa zusammenschrumpfte, sondern zügig anschwoll und fester wurde.

Er ließ es nicht nur bereitwillig geschehen, sondern verspürte erste, noch verhaltene Wellen der Lust, die seinen aufgepeitschten Geist umtosten. Diese kleine Schwarzhaarige mit den etwas üppigen, weiblich runden Formen hatte etwas ungemein Anziehendes an sich. Sie war offensichtlich scharf auf ihn, hatte gerade *ihn* unter den drei Dutzend Männern des Geheges ausgesucht! Neben seiner wachsenden Erregung fühlte er sich zudem auch sehr geschmeichelt.

Nachdem sie ihm den Weg zu einer Gruppe abgelegener Büsche wies, ging er folgsam mit, ihre kleine, kühle Hand auf seinem Schwanz spürend.

Erfüllt von glühendem Hass und unbändiger Verachtung sah Oswald Crudelis den beiden nach. Er konnte es nicht fassen, dass alle anderen Männer sich scheinbar ihrem Schicksal ergeben hatten und resigniert herumsaßen oder ratlos umherstanden. Wütend versuchte er ein weiteres Mal, über den Zaun seines Gefängnisses zu steigen, schaffte es aber nicht. Eine weiche, aber unnachgiebige Mauer behinderte ihn an einer Flucht. Eine taube Lähmung bemächtigte sich seiner Glieder, je weiter er über das Geäst hinwegzusteigen versuchte.

Welch irrsinnige, verruchte Hexerei ist hier im Gange? fluchte er still vor sich hin. *Der Zaun ist nicht mehr als kniehoch und wäre ein unbedeutendes Hindernis, wenn er nicht verhext wäre!*

Er beobachtete, wie die junge Hexe mit dem blonden Kerl abseits in den Büschen verschwand. Natürlich wusste er, um wen es sich bei ihm handelte, so wie er auch viele seiner anderen Mitgefangenen hier kannte. Schließlich ging er seit Jahren in der Burg des Fürsten Arnulf von Hagen ein und aus. Bei seinen Besuchen hatte er viele Sonnhagener Bürger kennengelernt. Meist, wenn er sie im Dorf aufsuchte, um sie nach besonderen Vorkommnissen und verdächtigen Personen auszufragen.

Der Blonde hieß mit Vornamen Jan und war der Sohn eines der reichsten Bauern in Sonnhagen. *Sie wird dich verschlingen, reicher Lümmel!* dachte Crudelis gleichgültig und mit einem Hauch boshafter Häme. Mit bitterem Herzen beneidete er den jungen Mann um seine Jugend, Schönheit und schlanke Gestalt. *Na, soll sie doch! Da sie weg ist, sind wir hier unbewacht. Umso besser! Ich werde mir einen Weg suchen, wie ich hier herausfinde...*

Nur zu gut hatte er bemerkt, dass die junge Hexe die geheimnisvolle, unsichtbare Bannmauer einen Moment lang aufgelöst hatte, damit der blonde Bauernsohn den Zaun überwinden konnte. Allerdings hatte er die Sache erst so richtig deuten können, als die Wirkung des seltsamen Bannes wieder eingesetzt hatte.

Mir bleibt eine einzige Chance, überlegte er listig. *Wenn die kleine Hexenhure zurückkommt, dann wird sie vermutlich wieder den Zauber des Zaunes aufheben. Damit der junge Bauer sich zurück in seine Gefangenschaft begeben kann... Wenn ich den richtigen Moment abwarte, werde ich fliehen! Ich springe einfach über den Zaun, sobald der Bann für einen Augenblick gebrochen ist, und weg bin ich!*

Er wartete ab und hoffte, dass beide zurückkommen würden, bevor weitere Hexen erschienen und eine Flucht unmöglich machten. In der Ferne sah er das Hexenfeuer brennen und immer mächtiger gen Himmel flackern. Der obszöne, gotteslästerliche Hexenmaibaum ragte weit in den Nachthimmel. Er würde bald von den Flammen verschlungen werden. Die unseligen Weibsbilder kreischten und krakeelten heiter und ausgelassen, während er hier darben musste!

Oswald Crudelis fühlte den kalten Schweiß in seinem teigigen Gesicht. Wo war die junge Hure mit ihrem Bauernbuhler jetzt? Nichts war zu sehen. Kein Laut war aus dem Gebüsch zu hören, in das sie soeben verschwunden waren. Vielleicht aber auch nur wegen den zunehmend ausufernden Feierlichkeiten des Blocksbergs, die viele Geräusche überdeckten.

Der Abt und Großinquisitor bekreuzigte sich rasch. Inständig betete er um göttlichen Beistand, seine Rettung und die Möglichkeit, die junge Hexe und ihre ganze Schwesternbrut foltern und abschlachten zu können.

26

Das Gebüsch roch nach frischen Frühjahrsblüten und feuchter Erde. Kaum hatten sie das etwa hüfthohe, schützende Dickicht erreicht, zog Iris den verdutzten Jan zu Boden. Sie packte ihn dabei am Unterarm und am Glied. Seine Hose hatte sie ihm schon bis zu den Kniekehlen herabgezogen. Sie wälzten sich auf der Erde, die an dieser Stelle mit dichtem Gras bewachsen war, im Gegensatz zu großen Teilen des Blocksbergs, der überwiegend aus nacktem Stein bestand.

Schon saß sie auf ihm und spürte seinen halbharten Schwanz unter ihrem Gesäß. Sie zerriss sein weißes Leinenhemd. Es ging überraschend leicht, so feingewebt und dünn war der Stoff. Vor ihr breitete sich seine Brust aus. Sie war hart und muskulös, die Brustwarzen feinporig und dunkel. Die gekräuselte Behaarung war von ebenso kräftigem Blond wie sein lockiger Schopf. Im Nu entkleidete sie sich und warf Kleid, Unterleibchen und Schuhe neben sich ins Gras. Sie spreizte ihre weichen, etwas fülligen Schenkel und rutschte an ihm entlang, bis ihr Hintern auf seinen Schienbeinen ruhte.

Jan breitete seine sehnigen Arme weit aus und spürte die kitzelnden Grashalme unter sich. Über ihnen stand bleich und gleichmütig der Vollmond und beschien sie mit seinem kühlen Licht. Unzählige Sterne funkelten mal stärker, mal trüber am schwarzen Nachthimmel.

Der Bauernsohn schluckte, als er gewahr wurde, mit welcher Entschlossenheit und Begierde die junge Hexe nach seinem Schwanz fasste. Mit einer Hand rieb sie ihn, forsch und fordernd, während sie mit der anderen an den Falten seines Sacks zupfte. In diesem pochten die beiden Eier prall und saftig, angefüllt und schier berstend mit der weißen Sacksuppe. Die Willensstärke und Energie, mit der die Hexe sich seiner bediente, war äußerst beunruhigend. Sie erinnerte ihn an die Gier einer Hungernden auf ein Stück Fleisch, in welches sie im Begriff war, ihre Zähne hinein zu graben.

Unverkennbar waren die kleinen Verletzungen, die die junge Frau hatte. Ihre etwas geschwollene Nase war anscheinend mit Heilpflanzen ausgestopft, denn dunkles Kraut ragte aus beiden Nasenlöchern. Ihre linke Hand gebrauchte sie sehr vorsichtig. Sie war umwickelt mit einem Verband aus grünen Blättern. Trotz dieser körperlichen Beeinträchtigungen ging sie zügig und zielstrebig ans Werk.

„Was… was hast du mit mir vor? Was habt ihr alle mit uns Männern vor? Warum habt ihr uns entführt und eingesperrt?" verlangte er matt protestierend zu wissen.

Unbekümmert ließ Iris ihre rechte Hand über die dünne Haut seines Schwanzes gleiten. Sie sah ihn umso größer werden, je mehr Blut durch die Adern in ihn hineingepumpt wurde. Es gefiel ihr, wie sich der Manneskolben unter ihren Bemühungen zunehmend versteifte. Die Eichel hatte schon fast Form und Größe einer reifen Pflaume.

Wenngleich sie viel röter gefärbt war als ein solches Obst und ihre Oberfläche auch weniger glatt war, sondern eher grobporig.

„Wir feiern heute Walburga", erklärte sie schlicht. „Walpurgisnacht, Hexensabbat! Die Nacht der Nächte, wie sie bei uns einmal im Jahr stattfindet. An unterschiedlichen Orten, die wir von Jahr zu Jahr jeweils als Blocksberg auswählen. Diesmal hat es eben die Gegend um euer Dorf getroffen."

„Ihr feiert, genau wie wir!" stellte er fest. „Heute wird in Sonnhagen das Maifest veranstaltet. Ein Maibaum ist aufgestellt, und die ganze Nacht wird getanzt und getrunken…" Schmerzlich wurde ihm bewusst, dass er diesmal ganz gewiss nicht am Dorffest teilnehmen würde, ebenso wie die anderen Männer hier. Auch fehlte Gertrud ihm sehr! Wo war sein Trudchen jetzt? Was war mit ihr geschehen, nachdem sie im Schuppen des Bauern Leopold zurückgeblieben war? Vermisste sie ihn?

Kaum dass er Gertrud richtig für sich gewonnen hatte, waren sie beide auch schon wieder auseinandergerissen worden! Es tat ihm in der Seele weh, wenn er daran dachte, wie die Hexen Gertrud und ihn in der Scheune überrascht und ihn hinaus ans Tageslicht gezerrt hatten. Von da an erschien ihm alles wie ein bizarrer Alptraum, geträumt von einem Verrückten!

„Ich stelle gerade einen *Maibaum* auf!" gluckste Iris und molk den dicken, pulsierenden Riemen des Bauernsohns. Sein dunkelblondes Schamhaar war kurz geschnitten. Sie fragte sich, mit welchem Werkzeug er das bewerkstelligt hatte, erwähnte es aber mit keinem Wort.

Die folgenden Szenen empfand er als erniedrigend. Er flüchtete zunächst in eine Rolle als Zuschauer eines wahnwitzigen Schauspiels. Immer mehr aber gewannen in ihm pure Lust und blanke Geilheit die Oberhand. Bis er nicht nur willig und wie Wachs in ihren Händen tat, was sie von ihm verlangte… sondern aus eigenem Antrieb handelte und um ihre Gunst buhlte!

Er leckte ihre wippenden, strammen Brüste, während sie sich zu ihm hinabbeugte, um vom Geschmack der Haut auf seiner breiten Schulter zu kosten. Mit seinen großen, starken Händen umfasste er ihre Gesäßbacken. Liebevoll und zärtlich massierte er sie, bis es ihr dermaßen gefiel, dass sie dem Rhythmus seiner Handbewegungen gerne folgte.

Es dauerte nicht lange, und sie setzte sich auf seinen Kolben, um mit ihrem Hexenritt zu beginnen. Als seine warme, geschwollene Eichel sich direkt unterhalb ihrer zarten Spalte befand, ließ sie sich niedersinken. Jan war, wie wenn sein wachshartes Glied in eine enge, höllenheiße Lustgrotte des Verbotenen führte. Er wurde übermannt von den widersprüchlichen Gefühlen des bohrenden Verlangens und des Misstrauens gegenüber der seltsamen, hübschen Frau, die wohl überirdische Kräfte besaß und sie auch benutzte.

Dabei war die schwarzhaarige, junge, nicht wirklich schlanke Hexe mit den Speckröllchen eine der attraktivsten Paarungskandidatinnen dieser Nacht! Er wollte es sich nicht einmal ausmalen, wie es sein musste, von der einen oder anderen garstigen Fuchtel umgarnt zu werden, die bei diesem Hexenfest ihr Unwesen trieb… Wenn es tatsächlich so sein sollte, dass alle anwesenden Männer überwiegend wegen *der einen*

Sache hier waren, so konnte er sich glücklich schätzen, wenn ihm ein Ritt mit dieser jungen Schwarzhaarigen vergönnt war!

Kaum ritt sie kräftig und elegant auf ihm, gefiel es ihm nicht nur ausgesprochen gut. Vielmehr hoffte er auch, dass ihr Techtelmechtel möglichst lange andauern möge – am liebsten für die gesamte Dauer dieser Nacht! Das würde ihm nicht nur tollen Genuss bescheren, sondern ihn vielleicht vor Schlimmem bewahren... Sollten die anderen bedauernswerten Sonnhagener sich doch mit den Greisinnen unter den Hexen abgeben!

„Wer... bist du... eigentlich?" fragte sie, auf ihm hoppelnd wie ein Wildhase.

„J... Jan!" stieß er ächzend hervor. Sein Becken klatschte unter ihren Stößen, die ihn von oben herab eindeckten wie Kanonenschläge eine Burg im Krieg. „Und wie... heißt... du?"

„Ich bin Iris!" keuchte Iris und änderte ihre Sextaktik: Nun ließ sie ihren Unterleib auf dem seinen kreisen. Das brachte seinen Schwanz in arge Bedrängnis! Denn nun wurde er so umhergewalkt wie ein Kochlöffel in einem Topf. „Aber eigentlich kennt man mich in eurem Dorf unter dem Namen *Kräuterliese!*" ergänzte sie und sah ihre Schweißtropfen auf ihn herabfallen.

Jan starrte zu ihr empor, perplex trotz des erhitzten Sexgewitters, das über sie beide hereingebrochen war und sein Denken zu überschatten drohte. „Ich... ich kenne dich!" rief er mit errötetem Gesicht und pfeifendem Atem. „Das heißt... ich kenne dich nicht wirklich, aber deinen *Namen!* Und die... Umstände!" Er schwieg und versuchte einen klaren Gedanken zu fassen. War es klug, der Hexe von seinem und Gertruds Spaziergang im Wald zu erzählen? Sollte sie wissen, dass sie beide ihr Haus gesehen und das Eintreffen weiterer Hexen beobachtet hatten, die auf ihren Besen fliegend auf der Lichtung gelandet waren?

Er wurde aus seinen verwirrten Gedanken gerissen. Erleichtert erkannte er, dass die junge Hexe kein Interesse an einer Vertiefung des Gesprächs zu haben schien. Denn sie erklomm bereits den Berg ekstatischer Lüste, was sich in unkontrollierten Seufzern und wildem Stöhnen bemerkbar machte.

Die Geräusche schwollen bald zu einem feurigen Schreien an, welches sie größtenteils mit mühsam zusammengebissenen Zähnen zu unterdrücken wusste. Möglicherweise schämte sie sich davor, von den Schwestern ihres magischen Ordens beim heimlichen Akt mit einem der Gefangenen entdeckt zu werden.

Jan spürte, wie sein Kolben von ihrer Flüssigkeit eingenässt wurde. Jetzt stand er kurz vor dem Überkochen! Es war nur noch die Frage von wenigen Augenblicken, bis sein weißer Saft aus den Tiefen seines haarigen Sackes durch den steifen Schwanz geschossen käme...

Im selben Atemzug, als er im Liegen den Kopf hob und seinen blutigen Unterleib erblickte, erreichte er den sexuellen Gipfel. Im Taumel höchster Wollust wurde ihm zugleich schwarz vor Augen, so umwölkte ihn das reine Entsetzen! Kaum dass er seinen Höhepunkt abklingen spürte, wand er sich angsterfüllt und dem Wahnsinn nahe unter der jungen Hexe.

„Blut!" brüllte er heiser und zitternd, und das Brüllen ging beinahe in ein Kreischen über. „Überall Blut! Was hast du nur getan!" Vor seinem inneren Auge sah er sein Glied, das von ihrer teuflischen Spalte abgeschnitten oder abgebissen worden war! Diese besaß vermutlich verborgene Zähne oder scharfe Klingen! Das also war ihr Plan gewesen: ihn trickreich auf eine falsche Fährte zu locken und mit Sex gefügig zu machen, um ihn seiner Männlichkeit zu berauben!

In seiner heillosen Panik war ihm nicht bewusst, dass er keinerlei Schmerzen verspürte, wie sie doch im Falle eines so grausamen Gliedverlustes hätten aufbranden müssen.

Iris ahnte, was ihr noch reichlich unerfahrener Bockpartner befürchtete. Sie rollte spöttisch mit den Augen. „Warte, du Dummkopf!" herrschte sie müde grinsend und noch ermattet von der Wucht ihres Höhepunktes. „Es ist nicht so, wie du denkst! Dein Zipfel ist noch dran!" Sie hob ihren Unterleib an und ließ seinen Schwanz aus ihrem Schlitz gleiten. Halbsteif und träge flutschte er aus dem engen Spalt hinaus. Blutverschmiert federte er umher, dunkelrote Tropfen Lebenssaftes verteilend.

Immer noch außer sich vor Erschütterung und geschockt vom Anblick des Blutes, blickte Jan auf seinen Riemen. Nicht nur dieser, sondern auch sein Sack war blutbeschmiert! Blut troff spärlich aus Iris´ Scheide.

„Es ist Blut, ja", gab sie zu und stemmte die Arme in die Hüften, während sie immer noch über ihm kniete. „Reines, natürliches *Schwesternblut!* Das, was jede meiner jungen Ordensschwestern hin und wieder verliert, und auch jede andere Frau, die noch nicht ihr reifes Alter erreicht hat!"

Von alledem wusste Jan nichts. Es war ihm auch ganz egal. Er wollte dieses Blut nicht sehen und auch nichts von Blutungen hören, welche anscheinend jede Frau regelmäßig zu erdulden hatte. Was ihm über die Maßen wichtig war, war die Unversehrtheit seines kostbaren Gehänges.

Kaum dass sie seinen Schwanz freigegeben und er ihn wieder ganz für sich hatte, betastete er ihn vorsichtig und argwöhnisch. So, als müsste er doch noch heftige Bisswunden oder Schnittwunden daran entdecken. Allmählich beruhigte er sich aber wieder, denn er stellte fest, dass sein Riemen völlig unversehrt war. Das ganze Blut stammte also wirklich von Iris und war während des heftigen Ritts aus ihrem Spalt geflossen.

„Ihr Frauen könnt einen Mann in Angst und Schrecken versetzen!" stöhnte er und ließ sich erleichtert ins Gras sinken. Sein Herz hämmerte immer noch aufgeregt und laut, gewann aber ganz langsam wieder an Ruhe.

Iris zuckte mit den Schultern. Sie hatte sich notdürftig das Blut vom Unterleib gewischt und sich flink angezogen. Nun schubste sie Jans Hose, Hemd und Wams mit dem Fuß zu ihm.

„Säubere dich vom Blut!" sagte sie. „Sonst fallen die anderen Männer in Ohnmacht vor Entsetzen, wenn sie dich nachher sehen, und befürchten gar das Übelste für sich und ihre Schwänze. Bleib noch etwas liegen und ruhe dich aus. Wenn du dich gefasst hast, dann zieh dich an! Du musst zurück zu den anderen ins Gehege. Und ich will sehen, was meine Schwestern treiben!"

Beide bemerkten nicht, dass sie von einem Augenpaar beobachtet wurden, welches sie zunehmend zorniger aus der Dunkelheit anblitzte.

27

Das Feuer nagte schon am Fuße des Hexenmaibaums. Es war drauf und dran, sich seiner zu bemächtigen. Fasziniert und gefangen vom Schauspiel der gierigen, gelben Flammen standen etliche Hexen um den brennenden Holzhaufen herum, der eine angenehme Wärme verbreitete. Die Nacht war nun vollends hereingebrochen. Sie hatte eine verhaltene Kühle mitgebracht.

Die Hexen hatten sich in verschiedenen Gruppierungen zusammengefunden. Da waren die Feinschmeckerinnen, die zwischen den Tischen herumwuselten und sich an den Speisen und Getränken gütlich taten. Besonders die Sauhexe Vulgaera tat sich unter ihnen hervor als eine exzessive Schlemmerin, die keine Genussgrenzen kannte und deren Magen über ein scheinbar unendliches Fassungsvermögen verfügte.

Ganz anders waren die Asketinnen wie die Weißhexe Druid, die Lichthexe Eminentia oder die Todeshexe Suprema. Sie vergnügten sich mit Erzählungen aus ihrem reichhaltigen Erfahrungsschatz und tauschten sich über die Wirkungsweise von Sprüchen und Tränken aus. Zudem genossen sie einfach die feierliche und aufregende Atmosphäre der diesjährigen Walpurgisnacht.

Ungeduldig mit den Füßen scharrend und geradezu brünstig erschienen die Sexversessenen. Von denen hatten manche anscheinend ein ganzes Jahr lang auf die üppigen Orgien der heutigen Nacht gewartet. Sie sehnten sich danach, dass eine von ihnen den Anfang machte und sich einen der Männer aus dem Gehege schnappte. Danach würde es kein Halten mehr geben, und die Schonzeit für die Mannsböcke wäre bis in die frühen Morgenstunden vorbei! Freilich wollte keine von ihnen gerne den ersten Schritt machen und vor allen anderen ihre unersättliche Lüsternheit zugeben. Zu den Sexversessenen gehörten die Blumenhexe Florentina, die Sumpfhexe Lacuna, die Satanshexe Belua und einige andere mehr. Sie machten sich bereit, bald den kurzen Weg zum Männergehege anzutreten.

Schließlich wurde die allgemeine Stimmung immer gelöster, fröhlicher und zugleich aufgeheizter und ekstatischer. Bald spielten Anstand und Hemmungen keine Rolle mehr, und Walburga würde vollends ihren lasterhaften Lauf nehmen. Dieses Jahr war sie etwas ganz Besonderes. Noch nie zuvor hatte es derlei dramatische Ereignisse in ihrem Vorfeld gegeben. Die Angst um ihre in Gefahr geratene jüngere Schwester Iris und ihre darauffolgende abenteuerliche Rettung waren der Freibrief für eine Feier, die in ihrer Heftigkeit alle anderen Walpurgisnächte davor in ihren Schatten stellte!

Zum Einklang dieser Nacht der Nächte gab es eine öffentliche Beichte. Mit dieser verhöhnten die Hexen die gewinnträchtige Unsitte mancher geldgieriger Geistlicher, die Gläubigen unter Druck zu setzen: Erst machten sie ihnen mit überzogen strengen Regeln und Geboten ein schlechtes Gewissen, um sie danach per Beichte und Absolution gegen hartes Gold- und Silbergeld reinzuwaschen und geschickt abzumelken!

Der immer noch etwas betrunkene Jäger Linhart Duettel war ein willkommenes Opfer, da er zuvor die Frechheit besessen hatte, die Ruhe des Blocksbergs zu stören und sogar auf die steinerne Vanda zu schießen. Jetzt saß er nackt im Beichtstuhl und schaute mit unstetem Blick ins Leere. Der Beichtstuhl war aus verschiedenen Hexenbesen improvisiert worden. Diese waren mit dünnen Seilen lose zusammengebunden worden, fügten sich aber vor allem mittels Zauberkraft zu einem Stuhl zusammen. Der konnte sich mal eng zusammenziehen, mal nachgeben oder auseinanderklappen, abhängig von den stummen Befehlen der Besenbesitzerinnen. Ganz so, wie es den Hexen zu scherzen beliebte.

Die Hexenmeisterin veranstaltete die Beichte: Vanda stand vor Linhart Duettel und ließ ihre Augen auf dem konfusen Jäger ruhen. Die Rauschhexe Hallu-Ulla hatte ihm genug von ihrem Trank eingeflößt, um seinen Geist kräftig durcheinanderzuwirbeln und zugleich seine Zunge zu lockern. Der Alkohol tat sein Übriges.

„Holt noch einen aus dem Gehege!" befahl Vanda mit abschätzendem und kritischem Blick auf Duettel. Sie brachte dessen Geisteszustand nicht allzu viel Vertrauen entgegen. „Dieser hier brabbelt schon so dämlich vor sich hin, dass sein baldiger Zusammenbruch bereits abzusehen ist!"

Darauf hatte die Gruppe der sexversessenen Hexen nur gewartet. Sie machten sich gleich zu mehreren auf, um einen geständigen Sünder aus dem Gehege zu holen. Dabei wollten sie die passende Gelegenheit beim Schopf ergreifen und sich gleich die ersten Sexpartner sichern. Unaufhaltsam nahm die unzüchtige Nacht ihren Lauf.

„Was hast du zu beichten?" wandte sich Vanda an den Jäger. „Es ist eine Menge, nicht wahr?"

„Ja!" gestand Linhart Duettel, ohne zu wissen, was er als nächstes sagen würde. In dieser Situation hätte er auch zugegeben, für die ersten christlichen Kreuzzüge ins Morgenland verantwortlich zu sein.

„Du bist ein großer Sünder! Ein Schwein, das sich schämen sollte. Ist es nicht so?" hakte Vanda nach.

„So ist es." Duettel lallte nicht. Dafür war sein Alkoholrausch bereits zu sehr abgeklungen. Aber man hörte seiner Stimme an, wie pelzig sich seine Zunge anfühlen musste. Und wie die Pilze, das schwarze Bilsenkraut und die verschiedenen Beeren und Kräuter des Trankes von Hallu-Ulla ihre Wirkung taten!

„Was hast du getan?"

„Schnaps getrunken."

„Wann?"

„Heute Abend. Und schon den ganzen Tag über."

„Was noch?"

„Ich… ich bin herumgestreunt. Da habe ich euch gestört bei eurer… Andacht." Bei diesen Worten kicherten die Hexen boshaft und stießen bekräftigende Worte nach Sühne hervor.

„Lass dir nicht alles wie Würmer aus der Nase ziehen!" schnauzte Vanda ihn knarrend und düster an. „Deine Untaten des heutigen Abends kennen wir schon. Erzähle uns etwas Neues! Zum Beispiel, wie du es mit deiner Frau zu treiben pflegst!" Zustimmendes Johlen und lüsternes Raunen der Hexen ertönte.

Linhart Duettel spielte verunsichert mit seinen Fingern. Er starrte zu Boden. Der Beichtstuhl aus zusammengebundenen Hexenbesen schien zu leben und bewegte sich ruckelnd hin und her.

„Meine Frau ist gestorben", sagte er leise. „Ich lebe sehr zurückgezogen und jage nach dem Zwölfender."

„Du stellst einem Hirschen nach?" fragte Vanda stirnrunzelnd. „Das ist doch Unsinn! Berichte uns eine Bettgeschichte, und zwar augenblicklich! Wage es nicht, uns Details vorzuenthalten oder uns gar zu belügen, hörst du!"

Der Jäger nickte ernst und gehorsam. Seine Augen waren rotgeädert und geweitet vom magischen Trank der Rauschhexe.

„Mit wem hast du es zuletzt getrieben und wann? Deine rechte Hand zählt dabei nicht."

„Ich treibe es mit Männern!" stieß Linhart Duettel stotternd hervor, aufgepeitscht und angestachelt vom Pflanzengift.

„Weiß das Dorf Bescheid? Sind die Leute in Sonnhagen von deiner Unzucht mit Gleichgeschlechtlichen informiert?" Vanda war unerbittlich. Sie stellte ihre Fragen sachlich und trocken, wie wenn es um weltbewegende Ereignisse oder hohe Politik ginge. Die Hexen konnten ihre allgemeine ausufernde Heiterkeit nur mühsam bändigen.

„Niemand weiß davon!" flüsterte Duettel heiser und beinahe verschwörerisch. Er hielt sogar seine ausgestreckte Hand neben den Mund, während er die Antwort verkündete. „Ich suhle mich wie ein Eber heimlich im Morast der Sünde!"

„Das hast du schön gesagt!" lobte die steinerne Vanda anerkennend. „Mit wem genau treibst du es? Wo und wie oft?"

„Meist mit dem Sohn des Schmiedes, der die gleiche Veranlagung hat!" sagte der Jäger und schluckte aufgeregt. „Manchmal auch mit einem, der *Dorf-August* genannt wird. Mit dem treibe ich es aber nur selten, da mir sein… Glied… zu groß erscheint."

„Der Sohn des Schmiedes also… Lutschst du seinen Schwanz? Bockt er dich gar in den Hintern?"

„Das Lutschen geschieht gegenseitig, im Wechsel. Meist bin ich es, der ihn in den Hintern bockt."

„Warum du ihn und nicht er dich?"

„Weil er… weil ich…" Duettel rang um Worte. Schweigen breitete sich aus, begleitet vom Kichern der Hexen.

„Weil er die Rolle der Frau gerne übernimmt! Ist es nicht so?" half Vanda nach, streng wie eine tadelnde Lehrerin. „Und weil du dir in der Rolle des männerbockenden Mannes gefällst?"

„Ja!" gab der Jäger kleinlaut zu. „So ist es wohl, ja."

„Befriedigst du dich auch selber, wenn du alleine bist? Oder brauchst du zum Sex den Hintern eines Mannes?" forschte Vanda nach.

„Auch selber mache ich es."

„Durch das Reiben deines Riemens? Sind da vielleicht noch andere Sauereien im Spiel?"

„Die Sauereien würden in ein ganzes Buch nicht passen!" presste Linhart Duettel mühsam hervor. Er vergrub das Gesicht in beide Hände. „Fürwahr! Ich bin ein Schwein, das seinesgleichen sucht!"

„Es scheint mir, dass dieses Schwein des Öfteren seinesgleichen auch findet... Aber deshalb beichtest du ja! Und gleichgeschlechtliche Liebe halte ich für völlig in Ordnung!" erklärte Vanda etwas milder gestimmt. „Wir sind schließlich nicht die *Kirche*, merk dir das! Auf, auf, jetzt nur alles heraus damit! Was genau stellst du an, wenn du alleine bist? Versuchst du dir deine eiserne Flinte ins Gesäßloch zu stecken, schießwütiger Jägersmann, der du bist?"

Ein Schluchzen ertönte. Die Schultern Duettels bebten. „Ich... ich stecke mir den Finger tief in den Po hinein und wühle im Darm herum! Dann ziehe ich den Finger heraus und rieche daran!" gab er mit erstickter Stimme zu. „Niemand hat es je gesehen, und niemand darf je davon erfahren! Ich bitte euch, das muss unser Geheimnis bleiben, großmütige alte Frau! Versprecht ihr mir das?"

„Gut!" antwortete Vanda kühl. „Außer uns allen hier erfährt niemand davon. Das verspreche ich." Sie sah auf die Gruppe der Hexen, die inzwischen einige Männer aus dem Gehege herbeigeholt hatten. Den meisten von ihnen hatten sie bereits die Kleider vom Leib gerissen. „Warum machst du das?" setzte sie hinzu. „Was erfreut dich so am Darm?"

„Der Geruch!" antwortete er schnell wie aus der Flinte geschossen. Plötzlich sah er auf und strahlte übers ganze Gesicht. Mit einer Inbrunst und Begeisterung, die eigentlich der Liebe oder der Religion gebührt, führte er weiter aus: „Dieser Geruch ist etwas ganz und gar einmaliges und umwerfendes! Kein Mann riecht wie ein zweiter. Der Darm ist so etwas wie das Aushängeschild des Mannes. Wie wenn das Gesäß ein Wirtshaus wäre, in das einem einzukehren angeboten wird. Der Darmduft ist das Wirtshausschild, das vor der Pforte hängt. Die Hunde zum Beispiel wissen darüber gut Bescheid, viel mehr noch als die Menschen! Unbeirrt schnuppern sie sich gegenseitig am Hintern. Wohl ahnend, welch nahe Genüsse ihnen da vorschweben!"

Der Beichtstuhl brach. Die Seile lösten sich auf und die Besen wanden sich auseinander, getrieben vom magischen Willen ihrer Besitzerinnen. Die Stimmung der Hexen hatte sich gegen den Jäger gewandt. Lautlos befahlen sie ihren Besen, den nackten Kerl für sein schamloses, unappetitliches Geschwätz zu bestrafen. Die Besen wirbelten durch die Luft wie von Geisterhand getrieben. Sie droschen unbarmherzig auf ihr Opfer ein. Sie hieben ihm ihre dünnen Holzstiele auf den Schädel und stachen ihn mit ihrem gebündelten Stroh oder spitzigen Reisig. Gesicht und Kopf mit den Armen notdürftig schützend, floh Linhart Duettel wie von der Tarantel gestochen.

Während die Hexen ihre Besen wieder beruhigten und sie mit Seilen erneut zum Beichtstuhl zusammenbanden, sah Vanda dem flüchtenden Nackten belustigt hinterher.

„Er ist noch trunken vom Schnaps und wird deshalb den Bannkreis um den Blocksberg durchbrechen können!" warnte Hallu-Ulla, die an einem hellgelben Pilz lutschte wie an einer Pfeife. Der Pilzhut drehte sich mit eleganter Behändigkeit vor ihren Lippen. Sie sah gebannt auf ihn, zugedröhnt bis unter die Haarspitzen. Ihre wieselnden Pupillen folgten seinem Spiel.

Die Steinhexe Vanda winkte nachlässig ab. „Soll er doch!" meinte sie großzügig. „Sein Geist wird erst morgen früh wieder zu sich kommen, wenn wir Walburga beendet und uns in alle Winde zerstreut haben werden. Der Jäger wird die ganze Nacht vor sich hin brabbelnd verbringen, nackt unter einem Busch sitzend oder ziellos umherirrend. Selbst die Wölfe werden vor seinem Irrsinn Respekt haben und sich ihm nicht nähern. Auch ein Bär würde sich hüten, ihm in seinem bedenklichen Zustand auf den Pelz zu rücken." Sie kicherte.

„Hier ist noch einer, der um Vergebung bittet und die Beichte ablegen will!" sagte die Eishexe Istapp und präsentierte den Mann ihrer Wahl aus dem Gehege. Er trug einen dunklen Gehrock, der jetzt ziemlich verschmutzt war. Ansonsten bekleidete er wohl ein ernstes und würdevolles Amt, wenngleich von dieser Würde nun nicht mehr viel übrig war. Eingeschüchtert folgte er dem Wink der Eishexe und setzte sich in den engen Beichtstuhl. Die Besen drängten sich um ihn und schnürten ihm fast die Luft ab. Er streckte hilflos die Arme nach oben, um seiner beengten Brust etwas mehr Raum zu verschaffen, und atmete laut hörbar ein und aus. Man hatte ihm bereits reichlich von dem Gebräu der Rauschhexe eingetrichtert. Flüssigkeit troff ihm vom Kinn auf den ausladenden Bauch, über dem sich der dunkle Stoff seines Gehrocks spannte. Wie lange würde es dauern, bis Hallu-Ullas Spezialsuppe ihre haarsträubende Wirkung tat?

„Jetzt zu dir!" verkündete die Hexenmeisterin und baute sich vor dem eingeklemmten Mann auf. Um sie herum zog sich der Kreis ihrer Schwestern immer enger. Das Feuer brannte lichterloh und erhellte diesen Teil der Felsplattform mit gelbem, warmem Schein. Der Hexenmaibaum stand in Flammen. Sie züngelten schon bis zu seiner Mitte empor und erreichten beinahe den Querbalken mit den aufgespießten Münzen. Lange würde es nicht mehr dauern, und der Baum voller geschnitzter Runen und okkulter Ornamente stünde vollends in Flammen.

„Ich werde alles tun, was ihr von mir verlangt, oh Priesterin eurer Sekte!" winselte der Mann in vorauseilendem Gehorsam.

„Das wirst du", bestätigte Vanda kalt. Sie war angewidert von der Weinerlichkeit des Mannes. „Eine Priesterin bin ich allerdings nicht. Eher die Schwester Oberin eines uralten Ordens der Weiß- und Schwarzmagie! Aber das ist jetzt nicht das Thema… *Du* bist es! Wie heißt du und wer bist du?"

„Reinhardt Ehler", war die zaghafte Antwort. „Ich bin Büttel in Sonnhagen."

„Ein Büttel, soso!" raunte Vanda mit übertrieben gespielter Ehrfurcht. „Damit hast du ein Amt inne, das allerlei Verantwortung mit sich trägt. Ist es nicht so?"

Vorsichtig nickte der Befragte. Die Besen um ihn herum schabten und knirschten aneinander. Irritiert verfolgten seine Augen das merkwürdig lebendige Gebälk des Stuhles unter ihm.

„Hast du dem Abt und Großinquisitor Oswald Crudelis bei seinen Hexenverfolgungen zur Seite gestanden?" wollte Vanda mit düsterer Miene wissen.

„Oh nein!" beeilte sich der Büttel zu sagen und verhaspelte sich dabei aufgeregt. „Nein, nein! Ganz sicher nicht! Dieser Mann war mir von Anfang an suspekt! Wie er den armen Frauen überall nachgestellt und sie dann verhört hat, auf die grausamste Weise… ganz entsetzlich!" Er bemühte sich um einen Ausdruck des Abscheus und der Entrüstung, was ihm nicht ganz gelingen wollte, und begnügte sich dann mit einem missfälligen Naserümpfen.

„Du bist also unschuldig wie ein Lamm?" Vanda durchbohrte ihn mit ihren Blicken.

„Ja! Nun ja…" Reinhardt Ehler wand sich im Beichtstuhl umher. Er war beunruhigt; zum einen von der Enge der Besenstiele um ihn herum und zum anderen von dem Rausch der Wahrheit, dem sich sein Verstand zu unterwerfen begann, befeuert durch Bilsenkraut, Beeren und Pilze. „Nicht gerade wie ein Lamm", gab er stockend zu. „Aber ganz ehrlich wie ein braver, aufrechter Schafsbock! Das schwöre ich bei allem, was mir heilig ist!"

Abseits der Hexenhorde war nun ein mehrstimmiges Keuchen und Hecheln hörbar. Ganz offensichtlich hatten sich einige ungeduldige Schwestern bereits darangemacht, die ersten Männer zu vernaschen. Ein paar von diesen harrten allerdings noch dem, was ihnen da bevorstand, und beobachteten Reinhardt Ehler. Sie waren erschüttert, was jetzt aus ihrem Dorfbüttel geworden war: ein zitternder, unter Druck gesetzter Jammerlappen mit einem Verstand, der vom Hexentrank weichgekocht wurde wie eine Rübe im Wassertopf.

„Hast du gerade die Ungeheuerlichkeiten mit angehört, die der Jäger Linhart Duettel da von sich gegeben hat?" fragte die steinerne Vanda.

„Äh… nein, kaum!" gab Reinhardt Ehler zu. „Ich war ja vorhin noch in dem… Raum, den ihr für eure… Gäste… vorgesehen habt."

„Der Jäger hat offen und aufrichtig von seinen sexuellen Vorlieben berichtet", sagte Vanda unverblümt. „Dasselbe wollen wir von dir hören, Büttel! Mit wem treibst du es im Dorfe? Was sind deine bevorzugten Praktiken? Ei, frisch voran! Lass unsere Phantasie erblühen und gib ihr Nahrung, damit wir bald selbst aktiv dem Geschlechtstrieb frönen können!"

„Ich… ich treibe es nicht", hauchte der Büttel leise. „Seit Jahren schon. Ich treibe es nie." Sein Geist fühlte sich mit einem Mal ganz leicht und schwerelos an. Die Wahrheit kam ihm mühelos über die Lippen. Selbst auf dem Marktplatz von Sonnhagen, angesichts der vollzählig versammelten Bevölkerung, hätte er sie nun verkündet.

„Wie dürfen wir das verstehen?" wollte Vanda interessiert wissen. „Magst du es nicht, den Bock zu spielen, oder kannst du es nicht?"

„Beides!" rief der Büttel mit hoher, sich überschlagender Stimme und einem gehetzten Blick wie ein Kaninchen vor der Schlange. „Seit Jahren schon ist es mir zuwider, dieses ekelhafte Flutschen und Reiben und Riechen und Schmieren und Tropfen und…" Seine Stimme brach ab. Er wäre in sich zusammengesackt, wenn sich nicht die flinken Hexenbesen, die seinen Beichtstuhl bildeten, neu formiert hätten.

Bolzengerade und stramm saß er nun da, von den Besen diszipliniert, und redete weiter: „Mein Weib gelüstet es danach, bestiegen zu werden. So wie es alle Weiber dann und wann gelüstet! Aber ich vermag es einfach nicht! Seit einigen Jahren schon verspüre ich eine starke Abneigung dagegen, es überhaupt nur *versuchen* zu wollen!"

„So bleibt dein Weib unbestiegen?" fragte Vanda leicht mitfühlend.

Reinhardt Ehler kratzte sich am Hinterkopf. Er lächelte eingeschüchtert. „Nicht ganz", meinte er schließlich verlegen. „Sie lässt sich von… es gibt da einen… den ich ihr ab und an zuführe. Er wird der *Dorf-August* geheißen und…"

Vanda wurde hellhörig. „Dorf-August?" hakte sie nach. „Er besorgt es deiner Frau, ja?"

Der Büttel nickte resigniert.

„Seinen Namen höre ich in dieser Hinsicht nicht das erste Mal", erklärte Vanda nachdenklich. „Gehe ich recht in der Annahme, dass dieser Kerl ein geschickter und ausdauernder Bock ist?"

Wieder bejahte es der Büttel stumm.

„Dann hoffe ich, dass der Kerl unter uns weilt! Wurde er von meinen Schwestern hierhergebracht, zusammen mit euch anderen Männern Sonnhagens?"

Reinhardt Ehler schüttelte langsam den Kopf. „Ich habe ihn nicht gesehen", antwortete er in einem Tonfall, als würde er das gar nicht bedauern. „Unter meinen Mitgefangenen ist er jedenfalls nicht."

Zu dumm! ärgerte sich Vanda und biss sich auf ihre uralten, spröden Lippen. *Dieser Kerl wäre der Richtige für heute Nacht! Er würde es womöglich mit einem halben Dutzend Schwestern aufnehmen und sie nach allen Regeln der Kunst verwöhnen! Eine nach der anderen!*

Laut sagte sie: „Ich glaube, dass du keine großen Vergehen oder Verbrechen zu verantworten hast, Büttel! Nichtsdestotrotz wirst du heute Nacht hart rangenommen! Wir werden dich nicht schonen. Solltest du deinen Mann nicht stehen und uns Kraft deines Schwanzes nicht zu Diensten sein können, so wirst du uns auf eine andere Weise unterhalten. Es gibt da eine unter uns… Sie heißt Anobella und ist eine recht männlich wirkende Anushexe! Wenn du noch nicht wissen solltest, was das bedeutet, so wird sie dir bald deutlich zu verstehen geben, was ihre Vorlieben sind." Lachsalven brandeten auf. Die Hexen kannten kein Halten mehr. Sie steigerten sich in eine wahnhafte Stimmung ausgelassener Freude und haltloser Begierde hinein.

Lauter werdend, um das Lachen und die fröhlichen Rufe zu übertönen, ergänzte Vanda: „Der Jäger Linhart ist uns davongelaufen, wie es scheint. Er hätte unsere Anobella bestimmt zuvorkommend bedient. Doch diese Arbeit musst nun wohl du übernehmen, Büttel! Denk aber immer daran: Ein Mensch wächst mit seinen Aufgaben! Vielleicht wächst auch erstmals wieder dein tatenloses Glied, wenn sich die Anushexe darum kümmert!"

Unter lautem Johlen, Pfeifen und Kreischen wurde der entgeisterte Reinhardt Ehler aus dem Beichtstuhl entlassen. Die Besen gaben ihn frei und prügelten zum Abschied wild auf ihn ein. Schon stand die Anushexe Anobella bereit, um sich seiner ausgiebig anzunehmen.

Der Beichtstuhl würde von den Hexen im Laufe der Nacht noch einige Male benutzt werden, damit sie sich angesichts der rauschgeschwängerten Geständnisse der Männer amüsieren konnten.

Irgendeine der Schwestern stimmte das *Lüsterne Lied des Lasters* an. Sofort fielen die anderen Hexen mit ein. Sie krakeelten aus vollem Halse:

„Lecken, stoßen, rammeln, saugen!
Spitze Lippen, große Augen!
Gestöhne laut wie Kuh-Geblöke!
Heiße Haut und Schamesröte!

Sperma, nussig, weiß und schmierig!
Verrenkungen und Stellung schwierig!
Gespreizte Beine, Muskelkater!
Fleiß ist der Entspannung Vater!"

Der Hexenmaibaum brannte jetzt wie eine einzige riesige Flamme, die in den schwarzen Nachthimmel flackerte. Er war umgeben von der überirdisch heißen Glut des Holzhaufens. Die Zeichen der Unterdrücker des Volkes und die Runen scheinheiliger Macht verkohlten, bis sie nur noch aus dunklem Ruß bestanden. Bald würden sie vollends zu Asche zerfallen.

Die Hexen aßen, schmatzten, soffen, kicherten, prusteten und vergnügten sich mit den Männern, von denen bald alle aus dem Gehege geholt worden waren. Wer inmitten der geilen, geifernden Horde seinen Schwanz nicht aufzurichten vermochte, wurde gnadenlos zum wilden Lecken von Brüsten und zum Saugen an Scheiden verdonnert. Egal, wie uralt, ausgelaugt und potthässlich manche der Hexen auch waren: Im wahnwitzigen Getümmel blühten sie alle auf zu lebenslustiger, purer Daseinsfreude, welche bald haltlos entartete zu einer unvergleichlichen Orgie!

28

„Das kann ja wohl nicht wahr sein, was ich hier sehe!" zischte die wütende Stimme einer jungen Frau.

Iris erschrak und fuhr auf. Kerzengerade stand sie da. Ihr Herz hämmerte laut in ihrer Brust. Sie blickte auf Tyna, die aus den Büschen gekommen war und nun vor ihnen stand.

Die andere junge Hexe! dachte Jan. Er hielt inne in seinen Bewegungen, sich die Hose zuzuknöpfen. *Das ist doch die, die Gertrud und ich schon im Wald gesehen haben! Sie war auch in Sonnhagen mit dabei, als ich entführt wurde... Wie schön sie ist mit ihrem langen, weißblonden Haar und dem dunkelroten Kleid, das ihren schlanken Leib umschmeichelt wie ein Wasserfall! Selbst ihr schwarzer Ledergürtel schmückt sie, wie wenn er aus purem Gold wäre!*

„Tyna!" stieß Iris betroffen und verwundert hervor. Sie war ratlos angesichts der plötzlichen Wut ihrer Freundin, welche zweifellos ihr galt. Außerdem saß ihr der Schock in den Gliedern, am Ende ihres heimlichen Schäferstündchens ausgerechnet von Tyna überrascht zu werden. „Ich denke, du hilfst beim Bau des Beichtstuhls und bei den Vorbereitungen für das Ratespiel mit?"

„Der Beichtstuhl war eine Kleinigkeit und ist längst fertig!" entgegnete Tyna bissig. „Das Spiel haben die Alten schon ausgeklügelt. Xiannu hätte mich gar nicht holen brauchen. Vielleicht wäre dann *das hier* nicht passiert!" Sie deutete anklagend auf ihre Freundin und den jungen Mann, der mit einem hölzernen Knopf seiner Hose kämpfte.

„Was meinst du damit?" Iris war verdattert. „Da ist doch nichts dabei."

„Du hast dich ja schon ganz gut erholt von der heutigen Tortur!" sagte Tyna böse. „Ich dachte, dass wir uns erst einmal einiges zu erzählen hätten, oder etwa nicht? Wir waren lange voneinander getrennt, haben uns erst am heutigen Tag voller Suchen, Kämpfe und Besenflüge wiedergesehen!" Sie sah dem Mann dabei zu, wie er endlich Oberhand über alle Knöpfe seiner Hose gewann und daraufhin mit dem Ankleiden fertig wurde. Sein markant männliches, ausgesprochen gutaussehendes Gesicht hatte er mit betretenem Ausdruck nach unten gewandt. Die dunkelblonden Lockenhaare fielen ihm bis auf die Schulter.

Was für ein unverschämt stattlicher Lümmel! dachte Tyna verärgert. *Und der war Iris nun so wichtig, dass sie ihre beste Freundin sofort links liegen gelassen hat!*

„Wir haben uns lange nicht mehr gesehen", gab Iris zu. „Ich bin dir auch sehr dankbar, dass du mit den anderen zusammen nach mir gesucht hast! Aber ich dachte, dass ich jetzt die Zeit für etwas Entspannung nutzen könnte... Weil Xiannu dich doch vorhin gebraucht hat und du von mir weggingst."

„Unglaublich, wie rasch du innerlich den Wechsel vollziehen kannst zwischen Angst und purem Vergnügen!" schimpfte Tyna. „Man könnte meinen, du siehst den ganzen Abend hier als ein Schauspiel an, das nur für dich inszeniert wird!"

Was hat sie nur? grübelte Iris, allmählich missmutiger werdend. *Ich bin doch die, die ihre Monatsblutung hat und damit unberechenbaren Stimmungsschwankungen und Launenhaftigkeit ausgesetzt ist! Von dem Verlust meiner magischen Kräfte mal ganz abgesehen! Ich finde, sie übertreibt... Wenn sie sich nicht bald beherrscht, bekomme ich meine heilige Wut – Dankbarkeit hin, Dankbarkeit her!*

Tyna ließ ihre Augen über den Körper des jungen Mannes schweifen. Seine Muskeln, die hübschen Gesichtszüge, sein volles Haar, der bescheidene und zugleich so selbstbewusste Ausdruck in seinen Augen beflügelten sie zu einem Zorn, der der Sache gänzlich unangemessen war.

„Du kannst dich nicht klammheimlich über einen der Männer hermachen!" rief sie erbost und immer hitziger werdend. „Das ist auch eine Respektlosigkeit gegenüber Vanda und den anderen! Dir steht es nicht zu, dir einfach und leichtfertig zu nehmen, wonach es dich gelüstet! Es gibt Regeln in unserem Orden! Lerne endlich einmal, sie zu befolgen!"

„Tu´ ich ja!" entgegnete Iris trotzig und spürte ihr eigenes Temperament langsam hochkochen.

„Anscheinend nicht!" blaffte Tyna sie an. „Sonst hättest du in den Tagen deiner Blutung besser auf dich aufgepasst und wärest nicht von einem fetten Sadisten eingefangen worden wie ein verirrtes Rebhuhn vom Fuchs!"

„Besser, ich bringe Jan zurück in sein Gehege!" rief Iris aufgebracht und deutete auf den Mann. Sie streckte die Hand aus und schob ihn in Richtung der Umzäunung, deren entfernte Umrisse im Mondlicht schwach erkennbar waren. Sie setzten sich in Bewegung.

„Ach? Beim Namen nennst du ihn auch schon?" keifte Tyna und ging hinter den beiden her. Ihre Rubinaugen funkelten wölfisch. Ihr langes, weißblondes Haar wogte im Gehen hinter ihr her, von einer milden Brise sanft bewegt. „Gefühlvolle Vertraulichkeiten mit den Männern während der Walpurgisnacht sind nicht erlaubt! Keine Hexe darf ihr Herz an einen gewöhnlichen Mann verlieren!"

Als sie beim Gehege angelangt waren, sahen sie, dass dort nur noch wenige Männer eingesperrt waren. Die Hexen hatten in der Zwischenzeit die meisten von ihnen zum Feuer geholt, wo die Nacht der Nächte allmählich ihre wilden Höhepunkte erreichte. Gelächter, übermütige Schreie und das Prasseln des gigantischen Brandes hallten zu ihnen herüber.

Iris sehnte sich plötzlich sehr danach, endlich in der Gemeinschaft ihrer treuen Schwestern bis in den Morgen hinein zu feiern. Sie wollte, dass zwischen ihr und ihrer besten Freundin wieder Ruhe und Harmonie einkehrten. Von ganzem Herzen liebte sie Tyna! Umso mehr, weil sie sich als treibende Kraft der Rettung vor der Inquisition gezeigt hatte. Dennoch war Iris eine stolze junge Frau und nicht bereit, sich aus nichtigen Gründen grob zurechtweisen zu lassen.

„Hörst du mir zu, wenn ich mit dir rede?" Tyna klang jetzt beinahe hysterisch. Iris biss sich auf die Zähne und konzentrierte sich auf die magischen Runen des Schlüssels und des Schlosses. Sie beschwor sie herauf und gab dem Zauberbann, der um den Zaun herum wirkte, den Befehl, seine Wirkung einzustellen. Die wenigen Männer innerhalb des Zaunes saßen still und regungslos herum. Sie bemerkten wohl kaum, was hier vor sich ging. Oder sie versuchten, sich möglichst unauffällig und angepasst zu verhalten, in der Hoffnung, letztendlich mit heiler Haut davonzukommen.

Das milchige Leuchten oberhalb des Zaungeästes machte sich wieder bemerkbar. Es pulsierte in trägen, kaum wahrnehmbaren Lichtwellen.

„Jetzt rüber mit dir!" wies Iris den jungen Bauernsohn an, betont ruppig und kühl. Sie hoffte, damit bei Tyna auf Sympathie zu stoßen. Wenn sie ihrer Freundin klar machte, dass ihr der Mann letztendlich nichts bedeutete, war ihr Verhältnis bestimmt wieder rasch im Lot…

Jan gehorchte und stieg über den kniehohen Zaun. Tyna sah ihm nicht dabei zu, sondern musterte Iris nachdenklich von der Seite.

Seltsam ist sie, mein schwarzhaariges Pummelchen! dachte sie mit einem Anflug von aufrechter Liebe und innigem Beschützerinstinkt. *Manchmal meine ich glatt, sie…*

Ihr stockte der Atem.

Ein großes Etwas huschte über den Zaun am anderen Ende des kleinen Geheges. Es geschah fast lautlos und wirkte, als ob der Schatten einer Wolke über den felsigen Grund wanderte. Eindeutig aber handelte es sich um einen Menschen, und zwar um einen von sehr schlechter Natur.

Oswald Crudelis! durchfuhr es Tyna und Iris gleichzeitig. *Die Bestie flieht!*

Schon hatte er den Zaun überwunden und eilte in der Dunkelheit davon. Viel schneller, wie man ihm aufgrund seiner Leibesmasse je zugetraut hätte. Die Fettpolster wogten auf und ab. Seine Silhouette wurde unter dem trüben Licht des Vollmondes immer kleiner. Die Mönchstonsur zeichnete sich auf dem großen Schädel ab wie eine sonderbare Mütze.

Iris war drauf und dran, um Hilfe zu rufen und die älteren Hexen zu alarmieren, doch sie beherrschte sich. Sie wollte nicht den Eindruck erwecken, dass es ihr an nötiger Reife fehlte und sie es nicht einmal schaffte, mit einem Zauberbann umzugehen, ohne dass sie dabei gleich den gefährlichsten Gefangenen von allen entkommen ließ! Geistesgegenwärtig vergewisserte sie sich, dass Jan sich wieder in der Umzäunung befand, bevor sie kurz die Augen schloss und den Bannkreis wieder aktivierte. Nachdem das geschehen war, setzte sie sich sofort in Bewegung.

Tyna war ihr wenige Schritte voraus und jagte bereits hinter Crudelis her. „Du musst aufpassen! Deine magische Kraft ist noch geschwächt!" rief sie ihrer Freundin zu. Ihr dunkelrotes Kleid flatterte in der kühlen Abendluft. Ihre silberglänzenden, weißblonden Haare wehten hinter ihr wie eine wunderschöne Fahne der Weiblichkeit.

Noch ist sie das, ja! antwortete Iris in Gedanken. Die seelischen Schwingungen von Tyna, die ihr Geist verspürte, zeigten ihr, dass die Gedankenübertragung wieder perfekt funktionierte.

Aber nicht mehr lange! Ich spüre es, wie die Kraft zurückkommt. Sie wird stärker sein als je zuvor... Sie wird bald zu einer nie geahnten Größe wachsen!

TEIL 6

WALPURGISNACHT, DIE GEILHEIT LACHT!

29

Oswald Crudelis kam nicht weit. Mit der letzten Energie, die er aufzubringen vermochte, gelang ihm ein erstaunlich schnelles Tempo. Als er jedoch am Rande der Felsplattform nach unten klettern wollte, kam ihm die Wirkung des Bannkreises in die Quere, welcher den ganzen Blocksberg umgab. Ungewöhnlich laut fluchend für einen Mann der Kirche, taumelte er nach hinten, zurückgeworfen vom unsichtbaren Kraftfeld des magischen Bannes. Er ruderte mit seinen teigigen Armen. Die dunkelbraune Mönchskutte flatterte an seinem fetten Leib. Die goldene Halskette mit dem Kruzifix daran schwang hin und her.

Tyna sah von der felsigen Anhöhe auf ihn herab. Sie ging auf ihn zu, leichtfüßig und in geduckter Haltung. Iris folgte ihr dicht auf den Fersen. Sie spürte, dass sie einen Teil ihrer Magie wiedererlangt hatte und ihre Macht zunahm. Die Tage ihrer Blutung waren wohl so gut wie gezählt. In Gegenwart ihrer Freundin fühlte sie sich ohnehin sicher. Tynas Zauberkraft war ungebrochen. Man merkte ihr an, dass sie gewillt war, sie gegen den Inquisitor anzuwenden.

„Weiche von mir, Weib!" kreischte dieser, die Hände abwehrend ausgestreckt und das Gesicht zu einer Fratze des Entsetzens verzerrt. Tyna starrte ihn an und hob dann ihren Blick zu seiner Tonsur.

Seine Augen quollen fast aus ihren Höhlen, sobald er die Hitze bemerkte, die sich auf seiner Kopfhaut ausbreitete. Sein Haar schwelte. Schwarze Rauchschwaden kräuselten daraus empor. Schon fingen die Spitzen an zu glimmen. Fett knisterte. Flammen loderten auf, bis die ganze Tonsur lichterloh brannte.

Verzweifelt stürzte Crudelis auf den felsigen Boden und schlug mit den Ärmeln nach dem Feuer. Er jaulte schmerzerfüllt und angstgepeinigt wie ein gequälter Straßenköter. Sein dicker Wanst wälzte sich am Boden. Die Kordeln seiner Kutte peitschten umher wie der Schwanz eines Drachen.

Tyna rieb sich die Augen. Sie waren gerötet und wirkten müde durch die Anstrengungen des glühenden Blickes, mit dem sie das Haar des Hexenjägers in Brand gesetzt hatte. Derlei Magie durfte sie nicht allzu häufig anwenden. Wenn sie es tat, musste sie darauf achten, dass sie gut zielte und das gewünschte Ergebnis schnell erreichte. Zu erschöpfend war der Trick und zu viel Energie wurde dabei verbraucht. Sie war froh, den glühenden Blick endlich wieder einmal angewendet zu haben. Denn sie konnte sich ihrer Wehrhaftigkeit und Gefährlichkeit nun umso sicherer sein, da sie diesen schwierigen Trick problemlos beherrschte.

„Toll hast du das hingekriegt, Tyna!" rief Iris und betrachtete den dicken Unhold. Der fläzte sich heulend umher, sein Haar schwarzverkohlt, aber nicht mehr brennend. Es roch seltsam und unangenehm, wie nach verbrannten Nussschalen.

„Danke", sagte Tyna etwas ermattet. Der Feuertrick war einer der mühsamsten und kräftezehrendsten, die sie kannte. „Ich hätte besser seine Sackhaare entzünden sollen!"

Sie wandte sich an Oswald Crudelis: „Schrei nicht so herum, du mieser Wüstling! Es wird dir nichts nutzen! Niemand ist hier, der dich bemitleiden könnte. Beantworte mir nur eine einzige Frage: Wirst du brav und zügig mitkommen und dich wieder hinter den Zaun begeben, wo du hingehörst? Oder soll ich noch *mehr* Gewalt anwenden? Zum Beispiel könnte ich deine Eier anschwellen lassen bis zur Größe reifer Äpfel, so dass sie platzen!" Letzteres hätte sie gar nicht gekonnt, im Gegensatz zu einigen der älteren Hexen. Aber das brauchte sie dem Kerl ja nicht auf die Nase zu binden.

„Nein! Nein!" schluchzte Crudelis leise und schamerfüllt ob seiner Demütigung angesichts zweier frühreifer junger Hexen. „Ich komme ja schon! Ich komme mit!" Sehr hastig bemühte er sich aufzustehen, da er anscheinend befürchtete, doch noch das Opfer weiterer übler Zaubertricks zu werden. Als er stand, wankte er gehorsam in die Richtung, in die Tynas streng ausgestreckter Zeigefinger wies.

Iris konnte nicht widerstehen und versetzte ihrem ehemaligen Peiniger einen kräftigen Tritt in den wabbeligen Hintern. Er stieß einen spitzen Schrei aus wie eine Frau und ging etwas schneller, ohne zu protestieren oder sich umzudrehen.

„Dreckschwein!" Tyna spuckte hinter ihm aus und drehte sich zu ihrer Freundin um: „Keine Sorge, Iris! Er wird seine gerechte Strafe erhalten. Wie ich unsere Vanda kenne, hat sie schon etwas richtig Derbes für ihn ausersonnen."

„Töten wird sie ihn nicht", entgegnete Iris nachdenklich. „Ich hoffe nur, dass er sich tatsächlich nie wieder an unschuldigen Frauen vergreifen wird, um sie als Hexen foltern und verbrennen zu lassen."

„Vertraue Vanda. Sie weiß, was sie ihm zufügen muss, damit er für alle Zeiten die Lust an Grausamkeit und Niederträchtigkeiten verliert." Tyna schritt auf das Gehege zu. Sie machte sich bereit, den Zauberbann kurz aufzuheben, damit der Gefangene wieder ungehindert über den Zaun steigen konnte.

Verzerrtes Gestöhn erklang hinter einem Felsen in der Nähe des Geheges. Es hörte sich nach großen Anstrengungen und Schmerzen an.

Vorsichtig schlich Iris auf den Felsen zu. Sie schaute sich zu Tyna um. Die beschied ihr, dem Grund für das wilde Stöhnen ruhig nachzuspüren. Selbst aber blieb sie neben dem stacheligen Geäst des Zauns stehen. Sie sorgte dafür, dass Oswald Crudelis wieder hinter dem Zauberbann seines Gefängnisses landete. Kaum sank er dort wehleidig auf die Knie und betastete das verbrannte Kopfhaar seiner Tonsur, gesellte sich Tyna zu ihrer Freundin.

Iris hatte erblickt, was sich hinter dem Felsen abspielte. Breit grinsend und kopfschüttelnd erwartete sie Tyna.

„Unsere Nacht der Nächte hat jegliche Scham verloren!" kündigte sie an. „Sie ist bereits soweit ausgeartet, dass es nicht mehr lange dauern kann, bis unsere ganze Hexengemeinschaft der geilen Hysterie verfällt!"

Sobald Tyna sah, welches Treiben der Felsen abgeschirmt hatte, verfiel sie in ein schallendes Gelächter. „Das ist doch der Büttel von Sonnhagen!" rief sie mit gespielter Empörung. „Er lässt sich seinen Hintereingang vom dicken Besen unserer Anushexe kehren!"

Reinhardt Ehler befand sich in äußerster Bedrängnis. Auf allen Vieren kauernd, wurde er von der hochgewachsenen, kräftigen Anushexe von hinten besprungen. Sie überragte ihn um mehr als einen Kopf und war von überaus knochiger und männlicher Gestalt. Gleichwohl hatte sie sehr langes Haar und wies recht weibliche Gesichtszüge auf. Letztere waren vor allem das Ergebnis geschickter Schminke.

Ausgesprochen unweiblich hingegen war ihr langer, steifer Schwanz, der wie ein krummer Knüppel unentwegt in das Gesäßloch des Büttels hineinglitt und wieder aus ihm hinausfuhr. Begleitet wurde der Akt vom schmerzerfüllten Schnauben und Jammern des Unterjochten.

Mit ihren sehnigen, dünnen Fingern kniff die Anushexe dem Büttel in seine weiche Männerbrust. Sie zerrte an ihr, zwirbelte die Brustwarzen und ließ dabei ihr hartes Becken gegen seinen Hintern knallen. Speichel troff ihr aus dem geifernden Mund, der dem Begatteten sogleich in durchsichtigen Schlieren über den Rücken und die Gesäßbacken lief.

Als Tyna die Anushexe ansprach, warf auch Reinhardt Ehler einen Blick auf sie. Er war zu sehr in Anspruch genommen von den gewaltigen Stößen Anobellas und zu ausgefüllt vom Drängen ihres fülligen Gliedes, um sich noch Gedanken über Anstand und Sitte zu machen. Sein Gesicht war verschwitzt und stark gerötet. Er erzitterte unter dem Ansturm der Hexe mit dem wachsharten Riemen.

„Verehrte Anobella! Wie ich sehe, hast du dir deine Art des Vergnügens bereits organisiert!" sagte Tyna verschmitzt.

Anobella wandte ihr das Gesicht zu und nickte freundlich, ohne auch nur im Geringsten mit dem kraftvollen Bocken aufzuhören. Rhythmisch donnerte ihr erhitzter Unterleib gegen das bloße Hinterteil des Büttels. Der würdevolle Vertreter von Recht und Ordnung war zur willigen Hure verkommen, die ihren Enddarm unterwürfig und mit gespreizten Beinen zur freien Verfügung stellte.

Allerdings verriet der steife Schwanz des Büttels seine klammheimliche Erregung während des Aktes. Sein Teil hing zwar unter ihm, verborgen im Schatten, war aber unverkennbar in seiner geschwollenen Größe und mit der tropfenden, saftbeschmierten Eichel.

„Der Kerl hier hat gebeichtet!" brachte die Anushexe mit zusammengepressten Zähnen hervor, während sie den Mann mit gleichmäßigen Kolbenstößen eindeckte. „Er besorgt es seinem Weib schon lange nicht mehr und ekelt sich vor dem Sex mit ihr! Vanda hat entschieden, dass seine Bestimmung deshalb die ist, Besprungener zu sein anstatt Bespringer! Jedenfalls für die Dauer unserer Walpurgis!" Sie befühlte mit ihren langen Klauenfingern den herabhängenden Bauch des Büttels und ertastete sein steifes Glied. Gnadenlos packte sie es und molk es. Wie wenn es die übergroße, erhärtete Zitze eines Kuheuters wäre, der es Milch abzuverlangen gälte!

Panisch brüllend und mit geweiteten Pupillen wand sich Reinhard Ehler unter der geilen Grobheit der Anushexe. Nichtdestotrotz stoben Tropfen weißen Eiersaftes aus der Eichel seines gekneteten Schwanzes.

„Wir wünschen euch viel Spaß!" säuselte Iris affektiert und verdrehte ihre rotbraunen Katzenaugen. „Lasst euch nicht weiter stören!" Sie wandte sich ab und ging mit Tyna auf die Mitte der Felsplattform zu.

Dort loderte das Hexenfeuer bis hoch in den Nachthimmel. Der Hexenmaibaum war nur noch ein schwarzverkohlter Baumstamm. Rote Funken stoben nordwärts, aufgestachelt vom stärker gewordenen Nachtwind. Es hatten sich etliche Paare gebildet. In dunklen Haufen bewegten sich kleine Gruppen von Hexen, die gemeinschaftlich mit mehreren Männern Unzucht trieben.

„Unser Fest kommt in Schwung!" gluckste Tyna mit wachsender Begeisterung. „Das Kräuterbier, der Wein und der Trank von Hallu-Ulla tun ihre Wirkung… Mal sehen, was heute Nacht noch alles auf uns wartet an unsittlichen Überraschungen!"

30

Hoch oben am nächtlichen Himmelszelt stand der Vollmond und beschien den Blocksberg, auf dem das bunte Treiben der Hexen immer abnormer wurde und seinem Höhepunkt entgegenstrebte.

Der eiserne Topf mit dem Kräutersud der Rauschhexe war nur noch halbvoll. Mindestens die Hälfte der Hexen hatte von dem Trank gekostet oder ihm sogar unverhohlen und gierig zugesprochen. Hallu-Ulla kniete heillos kichernd vor dem Topf. Sie war von den verschiedenen Essenzen ihres Gebräus bis zur völligen Entartung erheitert und zugleich emporgehoben auf höchste Bewusstseinsstufen. Blau und violett schimmerten ihre glasigen Pupillen. Mit spitzen Lippen sang sie ihr Lieblingslied. Sie stimmte es immer dann an, wenn der Grad ihrer Berauschung kaum mehr zu steigern war und sie sich im Taumel des vollendeten Glücks befand. Es war ihre Hymne an die Vielfalt der betörenden Pflanzen, die die Natur bot; ihr Lied vom Rausch:

„Schlucken, süffeln, inhalieren
Von dies und jenem mal probieren
Rausch, ich neulich dich schon sah!
Jetzt bist du ja schon wieder da!

Eil´ nicht fort und mach doch Rast!
Bist ein gern gesehener Gast!
Mein Oberstübchen lädt dich ein:
Lass mal fünf gerade sein!

Liebkos´ mich mit dem Schnauzer zart
Mein lieber, alter Rauschebart!
Und kann ich dann bald nicht mehr stehen
Mein lieber Rausch! Auf Wiedersehen!“

Ein grässliches Heulen der Hoffnungslosigkeit ertönte. Der bucklige Foltermeister stand inmitten einer Traube lachender Hexen und besah sich sein Gemächt. Er war nackt. Sein Körper war ungestalt wie der eines alten Bären und fast genauso haarig. Schwarze, struppige Borsten wuchsen ihm auf seiner Brust, den Unterarmen und entlang der krummen Beine. Sein gewaltiger Buckel thronte hinter seinem Haupt wie ein um die Schultern geworfener Getreidesack.

Der Bucklige starrte auf sein Aufsehen erregendes Gehänge. Sein von Haaren bedeckter Sack sah zwar ziemlich normal aus bis auf die Tatsache, dass das eine Ei darin deutlich mehr herabhing als das andere. Sein Glied aber hatte das Aussehen und die Farbe eines riesigen, erdverschmierten Rettichs. Die Haut am Ansatz des Schwanzes ging nahtlos über in die fruchtige, spröde Härte von Gemüse. Kegelförmig und bizarr ragte der zum Rettich mutierte Riemen des Foltermeisters schräg nach unten. Die schmutzig weiße Oberfläche war durchsetzt von dünnen, braunen Wurzelstrünken.

„Was habt ihr mit mir angestellt?" brüllte der Bucklige, halb wahnsinnig vor Verzweiflung und Panik. Soeben hatte er noch halb betäubt auf der Erde gelegen, umnachtet und verwirrt vom starken Kräuterschnaps. Dann hatte er ein heftiges Ziehen und Zerren in seinen Lenden gespürt, wie wenn etwas aus seinem Unterleib hervorwüchse. Es war begleitet vom beschwörenden Murmeln einer Hexe mit weißen Haaren und langer, schiefer Nase. Sie hatte einen Spruch vor sich hin gegrummelt, den er sehr deutlich vernahm und der ihn aufs höchste alarmierte:

„Ich will es, wünsch es und so werd´ es!
Dein Glied wird groß wie das des Pferdes!

Wo vorher Fleisch und Haut, so fettig
Wächst jetzt ein großer, weißer Rettich!"

Ungläubig und völlig perplex vom Anblick zwischen seinen Beinen war er schlagartig stocknüchtern geworden, nachdem er die Veränderung seines Schwanzes bemerkt hatte. Dieser war zwar immer schon sehr unansehnlich gewesen, da voller geröteter Beulen und Schwielen, außerdem widerlich haarig und mit einer walnussartigen, bläulichen Eichel versehen. Gegenüber dem jetzigen Ungetüm von Rettich aber war das Ding ehemals geradezu schön gewesen!

Weinend und schwindelig vor Kummer über das Schicksal seines Geschlechtsteils rieb er daran, immer und immer wieder. Als könne er gar nicht glauben, in was die Hexen sein bestes Stück verwandelt hatten. Der Mann, der Hunderten von Menschen auf bestialische Weise das Leben genommen hatte, verlor sich in einem Strudel des Selbstmitleids und der Weinerlichkeit.

„So sei es!" meinte die Weißhexe Druid würdevoll, die die magische Beschwörung gesprochen hatte. Sie ließ ihre Blicke augenzwinkernd über die Reihen der Hexen schweifen, welche hemmungslos feixten und grölten.

„Dein Mannskolben wird von nun an keine Frau mehr interessieren!" mutmaßte sie und nahm den Buckligen damit wieder aufs Korn. „Allenfalls die Hasen auf dem Felde werden dir hinterherschauen. Nur ihnen wird dein Glied begehrenswert erscheinen!"

Der Foltermeister schluchzte haltlos, die Schultern und der Buckel zitternd wie unter den Erschütterungen eines Erdbebens.

„Selbst mit diesem kümmerlichen Rest von Zuneigung wird es aber nicht mehr lange her sein!" setzte die Weißhexe feierlich nach. „Denn Gemüse ist nur begrenzt haltbar. Bald wird dein Gewächs anfangen zu faulen wie jeder Rettich, der dem Schoß der Erde entnommen wurde! Dein jämmerliches Gehänge wird zu stinken anfangen und schwarz werden, bis es schließlich ganz abfällt und du entmannt bist!"

Mit einem erstickten Schrei stürmte der Bucklige davon. Er hielt seine großen, haarigen Hände vor den nackten Schoß gepresst und versuchte mit ihnen das weiße Gemüse der Schande zu bedecken. Deutlich aber sah er seinen langen Zipfel unter ihnen hervorragen, das fadendünne Ende fast auf dem Boden schleifend.

Inzwischen waren Tyna und Iris erschienen und wohnten belustigt der grotesken Szene bei. Tyna hatte ihren Arm in beschützender Vertrautheit um die weichen, schmalen Schultern ihrer Hexenfreundin gelegt. Erstaunt sah sie die Weißhexe Druid an.

„Was hat der Kerl? Lasst ihr ihn einfach so laufen?" fragte sie. „So wie der riecht, ist er betrunken. Das heißt, sein betäubter Geist wird immun sein gegen den Zauber des Bannkreises, und er wird den Blocksberg verlassen können!"

Die Weißhexe lächelte und zeigte lange Reihen makelloser, glatter Zähne. „Das soll er ruhig!" antwortete sie. „Unsere Vanda hat es bereits abgesegnet. Der bucklige Foltermeister wird ab der heutigen Nacht dem blanken Irrsinn verfallen und nie wieder einen klaren Gedanken fassen können! Die Angst um sein vermeintlich verschandeltes Geschlechtsteil frisst sich in seine Seele. Sie beraubt ihn des letzten Restes der Vernunft, den sein beschränkter Verstand bisher noch hatte."

„Was für einen Wahn habt ihr in ihm geweckt?" wollte Tyna wissen. „Er hielt sich seinen nackten Schwanz, wie wenn sein lausiges Leben davon abhinge!"

„Er glaubt meinem Zauberspruch und wähnt sein Glied in einen Rettich verwandelt!" sagte Druid. Sie konnte sich ein trockenes Lachen nicht verkneifen. Es klang, als ob Flusskiesel in einem Tongefäß voller Wasser umhergeschwenkt würden. „Dabei ist gar nichts geschehen! Alles fauler Zauber! Sein Gehänge sieht aus wie zuvor. Der Rettich existiert nur in seinem kranken Geist, und nur dort wird er auch bald vor sich hin faulen… Das arme Schwein wird überzeugt davon sein, dass bald ein Stück schimmeliges Gemüse zwischen seinen Beinen baumelt! Niemals wieder wird er dazu fähig sein, in dem verruchten Folterkeller sein Unwesen zu treiben."

Iris lächelte vergnügt. „Eine wunderbare und passende Bestrafung!" urteilte sie. „Ohne Gewalt angewendet zu haben, habt ihr ihm gründlich den Kopf gewaschen! Nie mehr wird er Frauen auf der Streckbank die Knochen brechen oder sie mit dem Segen der Inquisition schneiden, stechen und schänden!"

„Hm… Was die Inquisition angeht…" Die Weißhexe runzelte ihre buschigen, weißen Augenbrauen. „Vanda hat vorhin schon angemerkt, dass sie mit dem Richten über den Hexenjäger nicht mehr allzu lange warten will. Ist er im Gehege eingesperrt?"

Iris nickte. Sie wechselte einen vielsagenden Blick mit Tyna. Beide erwähnten nicht, dass der gefährliche Abt und Großinquisitor ihnen vorhin für kurze Zeit entwischt war.

„Wir werden ihn nachher für seine gewaltigen Sünden büßen lassen!" sagte Druid spröde. „Ihm soll es viel schlimmer ergehen als seinem buckligen Komplizen! Vanda hat etwas sehr amüsantes und zugleich unglaublich Ekelerregendes vor mit ihm!" Sie klatschte in ihre dürren, zartgliedrigen Hände, die durchsetzt waren von einem Netzwerk bläulicher Adern.

„Das Ratespiel!" rief sie. „Es wird Zeit, ein paar kleine Fragen zu stellen!"

31

Das Feuer war jetzt unglaublich heiß, aber in seiner Größe merklich zurückgegangen. Nur noch verhalten flackerten Flammen zwischen dem verkohlten Holz hervor. Beißender Rauch lag über dem Blocksberg. Er kroch langsam himmelwärts. Momentan war es so gut wie windstill. Nachtigallen sangen irgendwo dort draußen, abseits der felsigen Anhöhe des kleinen Berges. Ansonsten war die Luft erfüllt vom Lachen und Murmeln der Hexen, von heillosem Gestöhne und vereinzelten Schreien überraschter oder überanstrengter Männer.

Der Sauhexe Vulgaera lief das Wasser im Mund zusammen, sobald endlich das fette Spanferkel vom Grill genommen und zerteilt wurde. Die Haut war mit Honig eingeschmiert worden und jetzt knusprig braun und aromatisch süß. Zusammen mit frischem, leicht angeröstetem Weißbrot schmeckte das Fleisch köstlich. Obwohl Vulgaera in dieser Nacht schon enorme Mengen an Essen in sich hineingeschaufelt hatte, war sie wie ein Fass ohne Boden: Irgendetwas passte immer noch in sie hinein.

Noch wusste sie nicht, dass ihre Völlerei sich schon sehr bald als nützlich erweisen würde. Und zwar auf eine komplett verrückte, sehr abscheuliche Weise, wie sie selbst zu dieser fortgeschrittenen Nachtstunde keine der anwesenden Hexen für möglich gehalten hätte – außer der steinernen Vanda.

Die uralte Steinhexe mit ihrer extrem dünnen, gebrechlich wirkenden Statur und der faltigen, pergamenten Haut war selbstsicher und frivol genug, um es sich trotz ihres Alters tüchtig besorgen zu lassen. Sie hatte den aus Sonnhagen entführten Ratsherren Gabriel Gemswies als ihren kurzweiligen Liebhaber auserkoren. Mit verbissener und ordinärer Lüsternheit, die man ihr aufgrund ihres Aussehens und ihres hohen Ranges nicht zugetraut hätte, vergnügte sie sich mit dem stattlichen Mann in einem Zelt aus frisch gegerbten Rehfellen. Das Zelt war in unmittelbarer Nähe zum Hexenfeuer aufgebaut worden. Es war recht warm darin. Die Felle verbreiteten einen herben Geruch nach Wild und Wald, der durch die Wärme und die Feuchtigkeit der körperlichen Ausdünstungen verstärkt wurde.

Gabriel Gemswies hatte sich nach seinem anfänglichen Schrecken damit abgefunden, der heutige Lustsklave der Hexenmeisterin zu sein. Er war zwar schon mittleren Alters, im Vergleich zu der über tausend Jahre alten Hexe aber ein echter Grünschnabel. Sein feiner Rock aus dunkelblauem Samt lag achtlos hingeworfen vor dem Zelt. Das weiße Hemd trug er noch, ansonsten aber war er splitternackt. Seine hellbraunen Haare klebten verschwitzt und fettig am Kopf.

Vanda saugte an seinem Schwanz, der sich bereits steil aufgerichtet hatte. Gleichzeitig spielte sie mit ihren spindeldürren, knöcherigen Fingern an seinem Sack herum, in dem die beiden Eier aufgedunsen und mit erhöhter Betriebstemperatur umherschwammen.

Gemswies wollte ein Stöhnen unterdrücken und schaffte es nicht. Aus seinem offenen Mund drang das laut hörbare Zeugnis seiner Erregung und zugleich des Unmuts über die Zwangslage, in der er sich befand. Beide Empfindungen verspürte er in einem perversen, schizophrenen Zweiklang. Es war, wie wenn sich in ihm unbändige, zügellose Lust und schamhaftes, bürgerliches Entsetzen um die Vorherrschaft balgten.

Während des Lutschens hatte Vanda nicht nur den Sack ihres Sexpartners, sondern auch ihre trockene Spalte ausgiebig massiert. Diese war inzwischen feucht geworden wie ein Sumpfgebiet im Dauerregen. Der Grund hierfür war auch eine geheimnisvolle Substanz, die die Steinhexe erstmals und heimlich an sich ausprobierte: ein geriebenes Pulver, gewonnen aus den getrockneten Wurzeln einer Pflanze, die aus dem fernen Lande der Voodoohexe Olisa stammte. Vanda stellte fest, dass die Substanz recht gute Wirkung zeigte und wohl bedenkenlos als geeignetes Mittel der weiblichen Luststimulation gelten durfte.

„Jetzt zeig mir, ob du den geschickten Umgang mit deinem Kolben beherrschst, Ratsherr!" forderte sie Gemswies auf und rüttelte zart an seinem geschwollenen Ding.

Gabriel Gemswies wollte erbost sein über die untergeordnete und demütigende Rolle, die ihm die Alte skrupellos zugewiesen hatte. Aber er spürte die ungewohnte Härte seines steifen Gliedes, das unter dem sanften Lutschen der greisen Hexe und ihrem verruchten, gottlosen Fingerspiel angeschwollen war wie noch nie zuvor in seinem Leben. Selbst in frühester Jugend hatte Gemswies niemals eine solch hölzerne Steifheit seines besten Stückes erfahren dürfen.

„Ich werde euch bespringen, wie es sich gehört!" kündigte er an. Er wunderte sich gar nicht darüber, dass er sie in der respektvollen Mehrzahl ansprach, obwohl sie hingegen ihn schlicht duzte. Instinktiv wusste er, dass seine Stellung als Mitglied des Rates von Sonnhagen gänzlich unbedeutend war gegenüber ihrer magischen Machtfülle und ihres gigantischen Erfahrungsschatzes, der bis zu den Zeiten von Jesus Christus zurückreichte.

Als er in sie stieß, trat ihm kaum Widerstand entgegen. Die alte Steinhexe nahm ihn willig und voller Freude auf. Kaum hatte sich sein Becken auf das ihre gesenkt, schlossen sich ihre dünnen, faltigen Gliedmaßen um ihn. Gemswies fing grimmig an zu rammeln und verteilte wuchtige Bockstöße. Er würde der alten Fuchtel schon zeigen, auf was sie sich da eingelassen hatte! Zusammenfalten wie einen vergilbten Papyrus würde er sie! Durchschütteln wie frischer Weizen, der gedroschen wird!

Er hatte allerdings die Rechnung ohne die Zähigkeit und das ungestüme Wesen Vandas gemacht. Unter der bedächtigen, ruhigen Oberfläche der Greisin lauerte ein nimmersatter Drachen der Wollust, der sich abgrundtief feurig und energisch gebärdete. Vanda benutzte eifrig Zunge, Lippen und Hände, um dem sie bedienenden Ratsherren entgegenzukommen und ihn weiter anzustacheln. Sie folgte dem Rhythmus seines Bockens nicht nur, sondern heizte ihn durch eigene wilde Beckenbewegungen an. Heftig in Fahrt gekommen, zischte sie ihm brünstige Beschwörungsformeln zu.

Gemswies fühlte, dass dies ein äußerst gewagter Hexenritt war, bei dem es ganz sicher nicht mit rechten Dingen zuging. Sein Riemen war nicht nur klitschnass und eingeölt sowohl von seinem Eiersaft als auch vom Sekret der steinalten Hexenspalte. Sondern er war so angefüllt mit pochendheißem Blut, dass er schier zu bersten drohte!

„Verehrte Vanda!" ertönte eine angemessen höfliche und zurückhaltende Stimme von außerhalb des Zeltes. „Das Rätselraten steht an! Die Schwestern warten auf dich, damit wir beginnen können!"

„Nicht jetzt!" keuchte Vanda. Ihr welker Körper wirbelte unter den verbissenen Stößen des Ratsherren auf und nieder. „Fangt schon mal ohne mich an! Es ist doch bestimmt die Lichthexe, die das Spiel führt, nicht?"

„Ja, es ist Eminentia!" bestätigte die Stimme. „Nur sie kennt die Fragen. Sie hat sie sich alleine ausgedacht. Die Schwestern freuen sich darauf, ihre Chance auf einen Gewinn zu ergreifen. Die drei schönsten Männer stehen bereit. Sie sind die Belohnung für die schnellsten richtigen Antworten!"

„Ich weiß, ich weiß! Das Spiel kenne ich zur Genüge! Erfreut euch ruhig gemeinsam an der kleinen Albernheit!" wiegelte Vanda ab. Ihre Tonlage war ebenso wankend und in Schwingung versetzt wie ihr Körper. Unzählige Schweißtropfen perlten von ihrer Haut ab und benetzten Gabriel Gemswies, der seinerseits unter der engen Tierhaut des Zeltes stark schwitzte.

„Ich habe noch etwas Wichtiges zu erledigen!" setzte sie hinzu, während ihr Bespringer sie mit seinem wachswarmen Riemen bearbeitete wie ein Dorfschmied das heiße Eisen. „Nachher, wenn es ernst wird und zur Sache geht, erscheine ich und erwarte euch alle vollzählig! Wir werden über den Abt richten und ihn seiner gerechten Strafe zuführen. Bis dahin aber verzichtet bitte auf mich!"

Die Hexe draußen vor dem Zelt willigte gehorsam ein und trollte sich. Bis auf die mehr oder weniger gleichmäßigen Geräusche des Festes war nichts mehr zu hören. Alles klang merkwürdig weit weg.

Vielleicht eine weitere Hexerei! dachte Gabriel Gemswies benommen. Er besprang die unersättliche Alte weiter, die allmählich in einen Strudel sexueller Euphorie geriet, aus dem sie so schnell kein Entrinnen fand.

Das Rätselspiel der Hexen, von dem die Rede gewesen war, wurde nun nicht länger aufgeschoben. Angeleitet von der Lichthexe Eminentia hatten sich die Schwestern alle beim Feuer versammelt. Die rote Glut zauberte ein warmes, lebhaftes Glimmen auf ihre Gesichter. Sie warteten, mal schön und mal schaurig anzusehen, auf das, was Eminentia sie fragen würde.

Drei besonders gut aussehende junge Männer hatten sich damit abgefunden, sozusagen als lebende Pokale an die sexhungrigen Gewinnerinnen verteilt zu werden. Einer von ihnen war Jan, der kräftige Bauernsohn mit dem halblangen, blonden Haar. Er litt noch unter den Nachwirkungen des geilen Ritts mit der pummeligen Kräuterhexe. Die junge Iris hatte ihn in dem Gebüsch dermaßen stürmisch vernascht, dass er sich noch ziemlich ausgelaugt fühlte.

Grundgütiger Gott! ächzte er in Gedanken. *Mein Schwanz fühlt sich an, wie wenn er zuerst weich geklopft und danach in siedendem Öl gebraten worden wäre! Der Sex mit der süßen Schwarzhaarigen war wunderbar, hat mich aber viel Kraft gekostet!* Wieder dachte er an Gertrud, wehmütig und etwas schuldbewusst. Wenn sie nur sähe, was ihm hier blühte, so würde sie wohl augenblicklich in eine weitere tiefe Ohnmacht fallen… Sofern sie aus ihrer vorigen, in die die Hexen sie am Nachmittag geschickt hatten, überhaupt schon erwacht war!

Die Situation kam ihm seltsam grotesk und unwirklich wie in einem törichten Traum vor. Er war einer von drei schwanzbehangenen Preisen in einem Ratespiel von jungen und alten Hexen, die auf einer als „Blocksberg" bezeichneten felsigen Anhöhe ihre Walpurgisnacht feierten! Fast meinte er, bedröhnt und kirre zu sein vom Zaubertrank der irren Rauschhexe, obwohl er wusste, dass er von dem Sud nicht einmal probiert hatte.

„Die Fragen sind nicht allzu schwierig!" versprach die Lichthexe Eminentia. Sie schritt inmitten des Halbkreises der versammelten Hexen auf und ab, während sie redete. „Deshalb geht es vor allem darum, *rasch* zu antworten! Die Rätsel bestehen aus zwei gereimten Fragen, die ich hintereinander stellen werde. Das jeweils fehlende Wort muss ergänzt werden. Beide Wörter zusammengesetzt ergibt die Lösung. Wer die Lösung als erstes herausruft, hat gewonnen und darf sich einen der drei Männer zur Paarung aussuchen!" Sie blickte in die Runde und sah aufmerksame, neugierige und auch etwas ratlose Gesichter.

„Habt ihr alles verstanden?" fragte sie nachsichtig wie ein Schulmeister, der Kindern die Funktion eines Rechenschiebers erklärt.

„Nein!" sagte die Sauhexe Vulgaera ratlos und mit vollem Mund. In der linken Hand hielt sie einen kleinen Korb mit Früchten, aus dem sie sich mit der anderen pausenlos bediente.

„Dann ist es egal!" urteilte Eminentia barsch. „Den Dummen bleibt die Chance auf einen der Preise eben verwehrt!" Sie lächelte breit, um anzudeuten, dass dies ein kleiner, gemeiner Scherz gewesen war. „Nun macht euch bereit!" forderte sie und räusperte sich. „Ich stelle die erste Frage!"

Es war mucksmäuschenstill geworden bis auf das Knistern der Feuerglut und das Pfeifen einiger Nachtvögel. Eine Hexe hustete gedämpft, und von irgendwo her ertönte kaum hörbar ein lustvolles Stöhnen.

„Der Stier, er senkt den Kopf im Zorn!
Seine Waffe ist das…?

Durchs Schlüsselloch der Bauer schaut
Erblickt die Magd mit nackter…?"

Eminentia hatte kaum ausgesprochen, als die Hexen sie mit gellenden Zurufen bestürmten. Die meisten davon waren allerdings falsch und im Zustand unüberlegter Aufregung geschrien worden. Eine aber – es handelte sich um die Wasserhexe Aquanda – hatte die Lösung sogleich richtig geraten: „Hornhaut!"

Eminentia nickte anerkennend und zeigte auf die drei Männer. Aquanda robbte mit ihrem grünblau geschuppten Fischunterleib auf sie zu. Wählerisch suchte sie sich einen kleinen Dunkelhaarigen aus. Der wirkte zwar nicht sehr männlich, dafür aber überaus hübsch. „Ich habe bereits schon etwas über die Stränge geschlagen!" gab sie schelmisch lachend zu. „Aber dieser appetitliche Wicht wird es nun noch mit mir zu tun bekommen heute Nacht!"
Unbeirrt machte die Lichthexe weiter:

„Haare wachsen auf der Warze
Sind keine weißen, es sind…?

Die Nonne Hildegard, die kesse
Befingert sich in der heiligen…?"

„Schwarze Messe!" brüllte die Aashexe Gäa, zu der die Hexen einen gebührenden Abstand hielten: Sie stank zwar nicht sehr außergewöhnlich, da sie für die Zeit der Walpurgisnacht auf den Genuss von Aas verzichtete. Aber ihre Ausdünstungen waren dennoch nicht ohne. Die magischen Schwestern zogen es vor, nicht unbedingt die Nähe zu der sehr eigenwilligen Feinschmeckerin suchen zu wollen.

„Richtig!" lobte Eminentia und deutete ein Händeklatschen an. Jubelrufe und übermütige Heiterkeitsbekundungen der Hexen folgten. Manche äußerten scherzhaft Mitleid, gerichtet an die verbliebenen zwei Männer, von denen einer als Belohnung Gäas herhalten musste.

Klopfenden Herzens und klamm in der Brust sah der blonde Jan die abscheuliche Aashexe auf sich zukommen. Fetzen alter Kleidung hingen an ihr herab wie träge Rabenfedern. Diese waren so widerwärtig muffig und farblos, dass es einen schaudern ließ. Ihre lange, dünne Zunge schleckte in dem breiten Maul umher, das von spitzen, langen Zähnen nur so wimmelte. Ihre Haare waren schwarz und strähnig. Sie fielen ihr über die breiten, runden Schultern. Ihr Blick hatte etwas Beunruhigendes an sich. Die wässrigen, hellgrauen Pupillen erschienen sehr gruselig. Sie brannten sich jedem ins Gedächtnis, der sie nur ein einziges Mal gesehen hatte. Ihre Augäpfel glänzten in weißer Trübheit. Die Pupillen verloren sich darin und waren kaum wahrnehmbar.

Die Aashexe blieb vor den zwei Männern stehen und genoss es sichtlich, ihnen ihren Geruch entgegen zu hauchen. Sie musterte mal den einen, mal den anderen in abwartender Lüsternheit.

Jan ließ sich nichts von seinem Ekel anmerken. Er sah stur geradeaus und bemühte sich, weder abweisend und unfreundlich zu wirken noch einladend und interessiert.

Der andere Mann hingegen wand sich voller kaum verhohlenem Abscheu vor der Aasfresserin. Er schickte stumme und verzweifelte Stoßgebete zum Himmel, dass er bitte vor der grausigen Alten bewahrt werden möge.

Natürlich wählte Gäa daraufhin *ihn* aus. Begeistert grunzend, als habe sie eine ganz spezielle Delikatesse erbeutet, packte sie ihn in Brusthöhe an seinem Wams und schloss ihre langen, gelben Greifer um den Wollstoff. Spitzige, messerscharfe Fingernägel gruben sich durch das Wams hindurch und ritzten ihn in die Haut. Sie schleifte das laut wehklagende Opfer weg. Gäas lauernder Raubvogelblick suchte bereits das Gelände nach einer geeigneten Stelle ab, wo sie ungestört über den Mann herfallen konnte. Ihr Gestank folgte beiden wie eine braune Fahne des Verderbens.

Die Lichthexe wurde jetzt feierlich. Sie wies auf Jan, den verbliebenen Hauptgewinn. Der war sichtlich erleichtert. Mit der Aashexe war eine der grässlichsten Gestalten des Ordens ausgeschieden, die seinem schönen Körper gefährlich werden konnten. Die Gefahr war aber noch nicht gebannt, denn es warteten etliche Hexen darauf, das Spiel zu gewinnen. Ein paar von ihnen waren kaum weniger garstig anzusehen als Gäa und als Sexpartnerinnen ungefähr so anziehend wie die schwarze Pest!

„Das letzte Rätsel für heute Nacht!" rief Eminentia. Ihre Augen leuchteten voller mystischer Kraft und hochsensibler Hellsichtigkeit. Sie lächelte vielsagend und sprach:

„Der Jüngling mag sein Liebchen doch
Klettert zu ihrem Fenster…?

Die Kirchturmglocke schallt sehr weit
Sie verkündet laut die…?"

Wie der grelle Blitz eines nahen Gewitters überschlug sich Tynas laute Stimme bei ihrem Rufen: „Hochzeit!"

Obwohl auch anderen die Lösung eingefallen war, hatte die junge Hexe am schnellsten von allen reagiert und sich damit den Preis verdient. Die Gemeinschaft klatschte und jubilierte. Man feuerte sie an und gab ihr gutgemeinte und kundige Ratschläge, wie sie sich des gutaussehenden Kerls am besten bedienen konnte.

Voller Genugtuung warf Tyna einen triumphierenden Blick auf Iris, die neben ihr stand und mal auf ihre Freundin, mal auf Jan sah.

Iris war jedoch keine Spielverderberin. Immerhin war ihr Leben nicht zuletzt auch von Tyna gerettet worden. Außerdem hatte sie bereits klammheimlich und genussvoll ihren Spaß mit dem gutgebauten Bauernsohn gehabt.

„Er wird noch recht verausgabt sein!" raunte sie Tyna zu, während diese an ihr vorbeischritt. „Aber du wirst ihn schon wieder richtig zum Leben erwecken, nicht wahr?" Sie schickte ein verschmitztes Zwinkern hinterher. Ihre Freundin revanchierte sich mit der lautlosen Andeutung eines Kusses.

Jan erwies sich als aufmerksamer, ausdauernder Liebhaber. Seine Ermattung wegen des vorangegangenen Sexgefechtes mit Iris war ihm nicht mehr anzumerken. Nachdem sie ihr lauschiges Plätzchen zwischen hohem Farn und dem dicken Stamm einer abgestorbenen Kiefer gefunden hatten, brach das Geschmuse so selbstverständlich und gewaltig los wie ein unvermeidliches Naturereignis.

Tyna hatte Mühe, seinem ungestümen Lecken und Drängen Herr zu werden. Es war dem jungen Mann deutlich anzumerken, dass er sehr erleichtert war, von einer der attraktivsten und jüngsten Hexen ergattert worden zu sein. Tatsächlich erschien ihm Tyna als die Schönste von allen, hübscher noch als die niedliche Schwarzhaarige, mit der er es zuvor getrieben hatte!

Ich gerate noch völlig außer mir! dachte er verwirrt, während er wie im Fieberwahn Tynas engen, feuchten Spalt leckte. *Heute Mittag erst war ich im Wald mit Trudchen und habe versucht, sie von einem Liebesspiel zu überzeugen... Und kaum ist Mitternacht vorüber, habe ich zum zweiten Mal heftigen Sex mit einer betörenden Hexe!* Obgleich er eingenommen war vom guten Aussehen und erotischen Geruch der jungen Hexe, war ihm die Erinnerung an die dralle Magd sehr gegenwärtig. Was mochte Gertrud jetzt in Sonnhagen tun, weit weg von diesem phantastischen Ort? Ging sie ohne ihn zum Tanz in den Mai? Feierte sie das Frühlingsfest mit einem anderen Jüngling, der sie heute Nacht womöglich verführen würde?

Andererseits war es schwer vorstellbar, dass das Maifest überhaupt stattfand! Denn Dutzende von Sonnhagener Männern fehlten, waren entführt worden von einer Horde wilder Hexen, die auf Besen vom Himmel gekommen waren und das Dorf heimgesucht hatten wie eine der biblischen Plagen! Was mochten die Leute im Dorf jetzt denken, welche Ängste mochten die Familien der Entführten ausstehen? Hatten sie schon einen Plan, die Männer zurückzuholen oder gar die Hexen zu jagen?

Jan war sich nicht ganz sicher, ob er auf die Hexen wütend sein oder sich vor ihnen fürchten sollte. Er wunderte sich sehr darüber, wie menschlich nahe sie ihm erschienen. Vor allem *diese* hier...! Viele Hexen hatten nur wenig gemein mit den grausamen Scheusalen, als die sie in den Märchen und Legenden dargestellt wurden.

Wortlos zog Tyna ihn auf sich, nachdem sie das Vorspiel ausgekostet und genug davon hatte, Jans Zunge an und in ihrer Scheide zu fühlen. Viel lieber wollte sie jetzt seine starke Männlichkeit in sich spüren!

Steif und fleischig erhob sich sein Schwanz über seinem krausen, blonden Schamhaar. Sowie er über sie kam und zwischen ihre ausgestreckten Beine drängte, öffnete sie sich ihm voller heißer Hingabe und ohne Zeit zu verlieren. Sie wusste, dass mit der Bestrafung des Inquisitors eine der Hauptattraktionen der heutigen Walpurgis unmittelbar bevorstand. Darum wollte sie sich ihren Höhepunkt der Lust vorher noch rasch gönnen…

Jans erregtes Glied fuhr in sie. Langsam, aber unaufhaltsam glitt sein Fleisch in das ihre, geschmeidig geworden vom öligen Saft ihrer Lust. Tyna spürte das Blut in Jans Riemen pulsieren, so nahe war sie ihm jetzt. Sein Atem dampfte erhitzt an ihrem Ohr. Seine großen Hände streichelten in wollüstiger Ekstase über ihre Schulterblätter. Sie fühlte wohlige Schauer, wie wenn der goldene Schatten eines überirdisch großen Glücks sie streifte.

Tyna gelang es, seine Pobacken zu erreichen, und drückte die Finger hinein. Sein Gesäß war sehr fest und stramm. Besonders jetzt, da die Muskeln unter dem starken Beben seiner Stöße angespannt waren wie die Sehne einer Armbrust.

Ob er Iris vorhin auch so gebockt hat… oder ganz anders? fragte sie sich, das Gemüt in Wallung gebracht und wie betäubt von der Sehnsucht nach grenzenloser Ekstase und Entspannung. *Eigentlich ist es auch ganz egal! Was zählt, ist dieser kostbare Augenblick voller Lust. Niemand wird mir je diese Erinnerung nehmen können. Ich werde Walburga anno 1612 nie vergessen! Die Nacht, in der ich mit dem lebenden Hauptgewinn Unzucht trieb!*

Immer mehr in Fahrt kommend und voller Befürchtungen, dass ihrem Bock vorzeitig die Puste ausgehen könnte, krallte Tyna ihre zarten Finger in Jans muskulöse Hinterbacken. Von Zeit zu Zeit hieb sie ihm kräftig aufs Gesäß, um ihn zur Ausdauer zu ermahnen.

Ihr von Besorgnis getriebenes Unterfangen war unnötig. Denn obwohl der junge Kerl noch keine allzu weitreichende sexuelle Erfahrung hatte, war er doch ein Naturtalent. Er vermochte es, die kochende Suppe in seinem umherschwingenden Sack so lange zurückzuhalten, bis die junge Hexe den Gipfel ihrer Lust erklömme.

Da Jan trotz seines kräftigen Rammelns sehr zärtlich war, dauerte es nicht lange, bis sich Tynas Höhepunkt anbahnte. Verursacht vom unbeirrten Stoßen seines Kolbens und befeuert von der Fürsorglichkeit seiner Zunge, seiner Hände und der Macht seiner schmeichelnden Worte, überkam sie das heftige und doch so vergängliche Glücksgefühl ihrer Lenden. Alle Fasern ihres Leibes schienen zu vibrieren. Sie bäumte sich auf, festgehalten von der übermächtigen Stärke des Männerkörpers, und zerfloss wie heißes Wachs zwischen seinen kräftigen Gliedmaßen.

Nachdem Jan spürte, dass seine Liebespartnerin in wenigen Augenblicken den Höhepunkt erleben würde, ließ auch er seiner Lust freien Lauf. Mit kurzer Verspätung erstürmte auch er den Gipfel der Geilheit. Geistesgegenwärtig zog er im letzten Moment seinen Schwengel aus der Enge ihres Schlitzes und zielte damit auf ihre Brüste. Weiß und dünnflüssig spritzte der Saft seines Sackes aus seinem Schwanz, welcher rotgeädert und mit blau gekolbter Eichel umherfederte.

Beide stöhnten sie, die junge Hexe und der schöne Sohn des Sonnhagener Großbauern. Ihre Sinne waren immer noch bis zum Äußersten gereizt. Ihr Geist aber spürte die Erlösung, der die sexuelle Spannung bereits zu weichen begonnen hatte.

Ihr Akt hatte keinen Augenblick zu früh begonnen oder geendet! Schon ertönten laute Rufe, die über die ganze Felsplattform des Blocksbergs schallten: „Vanda ist erschienen! Kommt alle herbei und lasst ab von eurem Tun, Schwestern! Die Zeit der Sühne ist angebrochen! Der Hexenjäger muss büßen für seine Verbrechen, jetzt und hier!"

Tyna versuchte, ihr rasches, stoßweises Atmen unter Kontrolle zu bringen. Sie wusste, dass sie sich nun rasch anzukleiden hatte. Für ein zärtliches Nachspiel blieb leider keine Zeit mehr.

„Auf!" sagte sie mit einem bedauernden Blick auf Jan, dessen nackter Körper verschwitzt und immer noch einladend dalag. „Auf zum Hexenfeuer!"

32

Das Hexenfeuer war zur Glut verkommen. Diese beleuchtete die gespenstische Szene unheilvoll und dramatisch.

Der Abt und Großinquisitor Oswald Crudelis stand vor dem Tribunal der Hexen. Es bestand aus der klugen Weißhexe Druid, der mächtigen Satanshexe Belua und der Anführerin Vanda. Letztere sah merkwürdig gelöst und entspannt aus, wie wenn sie gerade eben noch einem kurzweiligen Vergnügen nachgegangen wäre. Beide Hexen flankierten die uralte Steinhexe links und rechts. Eisern und finster musterten sie den einstigen Hexenverfolger, der nun seiner Bestrafung harrte. Auch die anderen anwesenden Hexen warfen vernichtende Blicke auf ihren Feind. *So* vielen Frauen hatte er bereits das Leben gekostet und war zudem drauf und dran gewesen, heute Nacht eine der ihren grauenhaft zu foltern!

Crudelis machte einen überraschend gefassten Eindruck. Der konnte aber kaum darüber hinwegtäuschen, dass hinter der bleichen Fassade seines großen Mondgesichts die nackte Angst kauerte. Sein Mund war fest zugekniffen. Die viel zu kleinen, sonst so listigen und boshaften Augen glommen jetzt schwach und trübe wie Laternen im Nebel. Seine zerzauste Tonsur war schwarzverkohlt. Immer noch verströmten seine Haare einen leicht verbrannten Geruch.

Tyna näherte sich dem Ort des Geschehens. Sie bahnte sich möglichst unauffällig einen Weg zu Iris, die sie bereits entdeckt hatte. Ihre Freundin stand ganz in der Nähe ihres ehemaligen Peinigers und ließ ihn nicht aus den Augen. Entweder ignorierte er sie oder er bemerkte sie gar nicht, vertieft in seine nagende Furcht vor der aufgebrachten Hexenversammlung.

Iris bemerkte Tyna erst, als diese sich neben sie stellte und ihre unverletzte rechte Hand ergriff. Sie nickte ihr kurz zu und flüsterte, immer noch etwas näselnd wegen der Heilkräuter, die sich in ihrer Nase befanden: „Eben haben sie ihn aus dem Gehege geholt! Keiner hat ihn gefragt, wie er zu seinem verbrannten Haar gekommen ist, und es scheint allen auch reichlich egal zu sein! Seine große, düstere Stunde ist gekommen… Das Monstrum bezahlt jetzt für seine Sünden!"

Erst nachdem es ganz still geworden war, verkündete die steinerne Vanda ihre Anklage: „Oswald Crudelis! Du bist Abt des Klosters *Aureus Veritas* und Großinquisitor im Dienste der Kirche, ein sogenannter Hexenjäger. So ist es doch!" Ihr Tonfall machte keinen Hehl daraus, dass es sich um eine Feststellung und keine Frage handelte.

Zögernd nickte Crudelis und erhob dann seine Stimme, um sich zu verteidigen. In die aufkommenden Buhrufe und Pfiffe der Hexen hinein sagte er schrill und quengelnd: „Das bin ich wohl. Jedoch bin ich absolut unschuldig! Ich tat nur meine Pflicht, und zwar bei all den Verhören, die ich führte! Sie geschahen aus der Überzeugung heraus, Gutes für das Volk zu tun und Schaden von ihm abzuwenden." Nervös fummelte er an seiner Goldkette herum, die hinter dem Kragen der Mönchskutte zu sehen war.

„Junge Frauen zu verfolgen, zu verstümmeln und auf dem Scheiterhaufen zu verbrennen ist deiner Ansicht nach also nötig, um die Menschen vor Schaden zu bewahren?" fragte Vanda mit hochgezogenen Augenbrauen. „Abt und Hexenjäger, oder vielmehr *Frauenquäler!* Du ermüdest mich mit deinem Versuch, deinen Kopf aus der Schlinge zu ziehen! Schweig besser, bevor mich eine grandiose Wut erfasst!"

Crudelis schluckte. Unter den fetten Quaddeln seines kurzen Halses hüpfte sein Adamsapfel auf und ab. „Ihr… ihr wollt mich aufhängen?" brachte er fassungslos hervor.

Die Hexenmeisterin winkte ab. „Das war nur so eine Redensart! Nein, *Aufhängen* wäre zu nichtssagend und viel zu banal für dich! Wir haben etwas weit Interessanteres mit dir vor! Umbringen werden wir dich nicht. Aber wir werden dafür sorgen, dass du diese Nacht in deinem ganzen restlichen Leben nicht mehr vergessen wirst! Sie wird dir in Alpträumen immer und immer wieder erscheinen. Du wirst den Geschmack der pikanten Bestrafung auf deiner Zunge nicht wieder loswerden."

„Ich versichere euch, ich…"

„Halt den Mund, verlogener Mörderpfaffe!" donnerte Vanda gebieterisch. Sie unterstrich ihre Worte, indem sie ihre knöcherne Faust schüttelte. „Deine Schuld ist eindeutig! Es wird nicht verhandelt, es wird zur Tat geschritten! Alles ist eingefädelt. Hexen stehen bereit, um zu machen, was nötig ist für die Strafe, die dir blüht!" Sie nickte der Satanshexe Belua zu, die rechts von ihr stand. Diese winkte einigen Schwestern und bedeutete ihnen, den Richtplatz entsprechend auszustatten.

Gebannt verfolgten Tyna und Iris, wie vier Hexen unter Anleitung der dicken Sauhexe Vulgaera einen mittelgroßen Holztisch herbeischleppten, vor den sie einen Stuhl stellten. Im Nu wurde der Tisch gedeckt mit Tellern und Schüsseln aus Ton sowie Zinnbesteck. Mehrere Hexen traten hervor. Einige von ihnen tänzelten von einem auf den anderen Fuß, wie wenn sie kaum erwarten könnten, endlich tätig zu werden.

„Was haben die nur vor?" flüsterte Iris aufgeregt. Tyna reagierte nicht, sondern überlegte, wie die Bestrafung wohl aussehen mochte, die Vanda für den brutalen Sadisten und Mörder vorsah. Eine winzige Idee hatte sie diesbezüglich, doch sie verwarf sie schnell wieder. Zu ungeheuerlich, zu bombastisch erschien sie, als dass es wirklich vorstellbar wäre, dass ein Mensch zu *so* etwas gezwungen werden könnte…

Auch Oswald Crudelis wusste nicht, was er von dem Tisch und dem Geschirr halten sollte. Das Ganze war eindeutig für ihn bestimmt. Aber zu abwegig schien der Gedanke, dass die Hexen ihm Essen vorsetzen wollten. Eine Strafe konnte das wohl kaum sein. Es sei denn…

Es sei denn, das Essen schmeckt nicht gut! dachte er beklommen. *Vielleicht werden sie Giftpilze beimischen, die furchtbare Halluzinationen auslösen? Oder sie würzen es so scharf, dass mir die Tränen in die Augen schießen und mir der Magen brennt wie reines Feuer?*

„Wollt ihr denn nicht mein Gold?" fragte er mit solch schleimiger Freundlichkeit, dass es selbst eine Weinbergschnecke angeekelt hätte. „Ich gebe euch meine Kette!" Er nestelte mit zitternden Fingern an seinem Hals herum.

„Die hätten wir dir ohnehin abgenommen!" antwortete die Satanshexe Belua humorlos grinsend. „Wo du dich aber so bemühst, dich großzügig zu zeigen… Her damit!" Es dauerte nur einen Augenblick, und sie hatte den teuer funkelnden Schmuck in ihren Klauen. Abschätzend musterte sie mit glühenden Augen die Verzierungen des kleinen Kreuzes und die feingeschmiedeten Glieder der Ankerkette.

„Das Kruzifix werden wir voller Respekt für Jesus Christus aufbewahren!" bestimmte sie zufrieden und eher an ihre Ordensschwestern als an Crudelis gewandt. „Wir verstecken es an einem geheimen Ort. Denn wir ehren alle aufrichtigen Religionen, Lehren und geistlichen Führer dieser Welt! Die schnöde Goldkette hingegen werden wir einschmelzen, um Kugeln daraus zu gießen! Kugeln, die uns weit mehr Macht über abtrünnige Kreaturen der Finsternis verleihen werden als es einfache Silberkugeln tun. Silber hilft gegen feindlich gesinnte Werwölfe. Aber durch schwarzmagische Rituale geweihtes Gold besitzt eine ganz eigene, tiefgreifende Macht! Es ist eine wirksame Waffe, selbst gegen Vampire und Geisterwesen. Besonders wenn die Kugeln sorgfältig gegossen und von einer guten Flinte zielsicher abgeschossen werden."

Die Hexen, die auf ihren Einsatz warteten, bekamen nun von der Weißhexe Druid mit einer Geste signalisiert, dass es soweit war.

Die eine oder andere von ihnen hielt sich den Bauch und war recht bleich im Gesicht, wie wenn sie ein mächtiger Druck und Magenbeschwerden plagten. Ohne weiter Zeit zu verlieren, schnappten sich die Hexen die Tonschüsseln und Teller. Sie zogen sich ungeniert die Röcke herab oder hoben ihre Kleider an. Mit gespreizten Beinen stellten sie sich über die Teller und hockten sich auf die Schüssel. Schon ertönten erste Darmwinde und glucksende, brabbelnde Geräusche aus ihren Unterleibern!

Crudelis fing an zu begreifen und wurde kalkweiß. Er wollte einige Schritte rückwärts machen, um Abstand zu schaffen zwischen sich und dem Tisch. Unbarmherzig hielten ihn jedoch Hexen mit eisernem Griff fest.

Die meisten der magischen Schwestern hatten bis jetzt keine Ahnung über die Art und das Ausmaß der Strafe gehabt, die ihrem Erzfeind zugedacht war. Sobald sie jetzt erkannten, was ihre Anführerin Vanda ersonnen hatte, feixten sie verstohlen, lachten verblüfft oder schüttelten mit belustigtem Ekel den Kopf.

„Nein!" schrie Crudelis zitternd und aufgebracht. „Das… das ist nicht recht, das könnt ihr nicht machen! Es ist unmenschlich! Kein Mann auf dieser Welt ist jemals so schändlich behandelt worden!"

Sichtlich erleichtert und entspannt schissen die Hexen in die Tonschüsseln. Kot fiel oder strömte in verschiedener Färbung und Konsistenz in sie hinein. Mal war er fest, mal weich oder auch gänzlich flüssig, abhängig von der Verdauung der jeweils Scheißenden.

„Das Essen heute Nacht ist so reichlich und auch exotisch, dass manche von euch Schwestern etwas Schwierigkeiten mit ihrer Verdauung haben!" erklärte die steinerne Vanda ungerührt. „Jetzt hat jede von euch Gelegenheit, es wieder los zu werden! Scheut euch nicht, wenn das Mahl etwas üppig ausfallen sollte – unser Gast hat schließlich einen ordentlichen Appetit!"

„Nein", hauchte Crudelis und schüttelte immer wieder den Kopf, als könne er gar nicht glauben, was da demnächst von ihm verlangt wurde. „Nein, nein, nein!"

Die Sauhexe Vulgaera baute sich in ihrer ganzen schwabbelnden Fülle vor ihm auf. Sie zeigte mit einem ihrer dicken Finger auf ihn und rief laut eine Beschwörungsformel, drohend und unheilverkündend:

„Du widerlicher Bösewicht!
Bestraft wirst du mit braunem Essen
Kot sei heut dein Leibgericht
Nie wirst du diese Nacht vergessen!

Darmdreck hart und Darmdreck knusprig
Gerade gut für dich, du Schwein!
Kot, der schmatzt beim Scheißen lustig
Spachtel ihn in dich hinein!

Viel Frauen hast auf dem Gewissen
Hast sie gequält mit Folter, Sex!
Wir werden dir ins Trinkglas pissen
Und du säufst es schnell auf ex!

Durchfallsuppe, flüssig warm
Du wirst nur angeekelt glotzen
Geschissen aus dem tiefsten Darm
Doch du vermagst es nicht zu kotzen!

Du darfst den Löffel nicht abgeben
Und eins ist sicher, ums Verrecken:
Niemals wird in deinem Leben
Dir jemals wieder Essen schmecken!"

Die vollgeschissenen Tonschüsseln wurden auf den Tisch gestellt. Auf einer Zinnplatte befanden sich mehrere harte, fast schwarze Kotklumpen. Am Boden kniete die Sumpfhexe Lacuna über einer Schüssel und verzerrte angestrengt das Gesicht. Mit einem schmierigen Brodeln schoss eine braune Fontäne Durchfall aus ihrem Hintern.

„Hier ist eine Suppe als wunderbare Vorspeise!" verkündete sie wichtigtuerisch. Sie hob die Schüssel hoch und stellte sie vorsichtig auf den Tisch. Der flüssige Kot schwappte darin umher und verströmte einen Geruch, der selbst in den hintersten Reihen der Hexen für entsetztes Naserümpfen sorgte.

Eine Hexe mit schmutzig roten Haaren und einer grausig krummen Nase, die dünn und lang wie ein Habichtschnabel bis zu ihrer Oberlippe hinabragte, hielt einen Tonkrug vor ihre entblößte Scham. Sichtlich vergnügt pisste sie hinein. Der Urin plätscherte ununterbrochen, bis der Krug reichlich gefüllt war. Anschließend nahm sie ihn, wie die bizarre Karikatur einer Schankwirtin aussehend, und stellte ihn auf den Tisch zu den Speisen.

Oswald Crudelis sah sich wie selbstverständlich auf dem Stuhl Platz nehmen. Hilflos verfolgte er, wie seine Hände zum Zinnbesteck griffen. Sie wurden von den verhängnisvollen Zauberkräften dazu gezwungen, welche die Beschwörungsformel Vulgaeras ausgelöst hatte. Er schüttelte verzweifelt den Kopf, als seine rechte Hand den großen Zinnlöffel wie automatisch in die braune Suppe tunkte.

Fasziniert und hingerissen vor Sensationslüsternheit verfolgte der gesamte Hexenorden, wie der Abt zu essen begann. Er schlürfte den flüssigen Kot der Sumpfhexe vom Löffel und gab sich dann mehrfach Nachschlag. Sein bleiches, massiges Gesicht war zu einer Maske des unbändigen Ekels verzerrt. Die Augen traten groß hervor und schienen aus ihren Höhlen hervorzuquellen. Schlieren von Scheiße liefen ihm übers wabbelige Kinn und tropften auf seine dunkelbraune Mönchskutte, wo sie fast nicht mehr zu sehen waren. Crudelis wollte laut aufheulen vor bodenloser Verzweiflung, abgrundtief angewidert von dem schrecklichen Mahl. Er brachte nur ein quakendes Mümmeln hervor, denn seine Hände sorgten unablässig dafür, dass sein Mund voll war.

Hastig nahm er welche von den harten, dunklen Kotbrocken, die auf der Zinnplatte lagen, und stopfte sie sich in den Mund. Er kaute kaum, sondern schluckte die entsetzliche Masse hinab. Langsam glitt der Kot seine Speiseröhre entlang und landete im Magen, der sofort rebellierte und den ungenießbaren Darmdreck loswerden wollte. Die Beschwörungsformel der Sauhexe tat jedoch ihre Wirkung: Oswald Crudelis konnte sich weder erbrechen, noch vermochte er seinen Mund und seine Hände unter Kontrolle zu halten. Unablässig fraß er das grauenvoll schmeckende Mahl in sich hinein und grapschte mit dem Besteck mal in diese, mal in jene Schüssel.

Tyna und Iris mochten kaum glauben, dass ihr zügig essender Gast den hinuntergewürgten Darmdreck wirklich bei sich behalten konnte. Aber dem war tatsächlich so. Er schaufelte das Essen wie wild in sich hinein. Zugleich war ihm anzusehen, dass er im Augenblick den Tod vorgezogen hätte, wäre ihm die Wahl gelassen worden! Tränen rannen ihm seine Hängebacken hinab. Seine Nase war überwältigt vom Ausmaß des erbärmlichen Gestankes, der sie bedrängte. Er sehnte sich eine gnädige Ohnmacht herbei. Eine Bewusstlosigkeit ähnlich jener, in die die junge Kräuterhexe im Folterkeller gefallen war, nachdem er an ihr die schmerzenden Daumenschrauben ausprobiert hatte. Eine Ohnmacht jedoch war ihm in dieser Nacht nicht vergönnt. So musste er aufmerksam und mit all seinen wachen Sinnen die braune Vielfalt des Menüs auskosten!

„Hast du keinen Durst? Nimm doch einen tüchtigen Schluck von dem leckeren Getränk, das dir gereicht wurde!" sagte die steinerne Vanda, ganz die aufmerksame Gastgeberin.

Crudelis nickte und griff mechanisch nach dem Krug. Er war mehr als halbvoll. Der Urin darin roch säuerlich und leicht faulig. Ohne zu zögern setzte er den Krug an die Lippen und trank. Er hätte laut heulen können wie ein unglückliches Gespenst, so abscheulich schmeckte es! Aber erstaunlicherweise leerte er den Inhalt des Kruges in einem Zug die Kehle hinab. Schäumend und abgestanden schwappte der Hexenurin in seinem Magen umher. Allein der Nachgeschmack auf seiner Zunge hätte den Abt normalerweise dazu gebracht, sich heftig und im hohen Bogen zu erbrechen… Wäre er nicht vorhin mit dem schwarzmagischen Zauberspruch belegt worden, der ihn am Kotzen hinderte und ihn zum Essen zwang!

Crudelis biss gerade von einer recht festen, gelbbraunen Kotwurst ab, als sich inmitten der amüsierten Zuschauerinnen eine Hexe bemerkbar machte.

Es handelte sich um die Aashexe Gäa. Kurzerhand sprang sie mit flatternden Haaren und den schmutzig umherschaukelnden Fetzen ihrer Kleidung auf den Tisch, so dass er erzitterte. Während der Abt zutiefst verzweifelt und starr vor Ekel weiter aß, griff die Aashexe nach einer der noch leeren Tonschüsseln. Sie konnte ihren Hintern gerade noch rechtzeitig vom Stoff des Kleides befreien, da kündigten auch schon grässliche Geräusche in ihrem Innern das nahende Unheil an!

Begleitet von wallenden Wolken unvorstellbaren Gestankes, spritzte eine schleimige, schwarze Scheißfontäne in die Schüssel. Selbst die Aashexe war versucht, sich die Nase zuzuhalten ob des Ausmaßes übler Gerüche, die die nähere Umgebung eindeckten. Die versammelten Hexen wandten sich pikiert ab oder pressten ihre Armbeugen über ihre Nasen. Manche verstanden sich ausgezeichnet darin, ihren Geruchssinn zu überlisten, indem sie den würzigen Eigengeruch ihrer langen Haare nutzten und sich die Strähnen um die Nase zwirbelten. Oder aber sie hielten sich Bündel von stark riechenden Kräutern vors Gesicht und strichen sich Tropfen von aromatischem Öl unter die Nüstern.

Die Wüstenhexe Asifa hatte sich die Nase mit dem Pulver der zerstampften schwarzen Bohnen eingepudert, die sie aus ihrem weit entfernten Land mitgebracht hatte. Einige Schwestern wie die Weißhexe Druid oder die Voodoohexe Olisa konnten ihren Geruchssinn einfach nach Belieben unterdrücken. Die Rauschhexe Hallu-Ulla war zu bedröhnt, um dem Gestank irgendeine Bedeutung beizumessen. Die Blumenhexe Florentina freilich besaß ein dermaßen empfindliches Geruchsorgan, dass sie in der hintersten Reihe der Hexen stand und eine Handvoll frischer Blütenkelche vors Gesicht presste. Selbst so war die Situation für sie fast unerträglich. Sie hielt jedoch tapfer durch:

aus Solidarität zu ihren Schwestern, und weil sie die harte, öffentliche Bestrafung des dicken Sadisten aufrichtig wünschte und unterstützte.

Großzügig präsentierte die Aashexe Gäa dem bitterlich weinenden Oswald Crudelis ihre Tonschüssel mit der frischen Kot-Ernte aus ihrem Darm.

„Für dich!" sagte sie breit lächelnd und ließ ihre spitzen, gelben Zähne blitzen. „Ich habe heute sogar noch ein verwestes Kaninchen gefunden, das ich verspeisen konnte. Das verleiht deinem Mahl die richtige Würze, werter Gast der Walburga!"

Crudelis sah sich artig die Andeutung einer Verbeugung machen und ohne Umschweife nach Gäas Schüssel greifen. Es war nicht für möglich zu halten, aber die Scheiße der Aashexe erweiterte die Bandbreite des Gestankes um ein Vielfaches! Was da zu riechen war, erschien von dermaßen unterirdischer Widerwärtigkeit, dass selbst ein Wildschwein augenblicklich Reißaus genommen hätte. Das Ausmaß dieses Stinkens schien geeignet dafür, selbst in der Hölle zur gefürchteten und sagenumwobenen Legende werden zu können!

Ohne zu zögern verputzte Crudelis den Darmdreck der Aashexe. Danach schleckte er sogar noch die Schüssel aus.

Sein Magen war jetzt prall angefüllt mit Scheiße und rumorte kränkelnd vor sich hin. Er weigerte sich schlicht, die bereits verdauten Ausscheidungen nochmals zu verdauen. Immer noch gestattete die Beschwörungsformel von Vulgaera dem Abt keinen Brechreiz, der die Voraussetzung für eine gewisse Linderung durch Kotzen gebracht hätte.

Streng kontrollierte die steinerne Vanda die leeren Schüsseln und Teller, nachdem sich Crudelis schweißüberströmt und krank aussehend im Stuhl nach hinten gelehnt hatte. Um seinen Mund herum zeugten verklebte, braune Spuren von dem grauenhaften Gericht, das er soeben willenlos und gehorsam zu sich genommen hatte.

„Du hast alles aufgegessen!" stellte Vanda zufrieden fest. „Bist du satt?"

„J... J... Ja!" gab Crudelis von sich. Es erinnerte mehr an ein ersticktes Keuchen als an menschliche Worte.

„Hat es dir geschmeckt? Willst du mehr davon, vielleicht einen kleinen Nachtisch?"

„Iieh... I... Ich kriege nichts mehr runter!" beteuerte der Abt weinerlich und ganz elend vor Ekel und Schwäche. „Ich brauche... frische Luft..." Er rülpste verhalten und hielt sich dabei die Hand vor den kotverschmierten Mund. Dabei zuckten die Hexen in der ersten Reihe zusammen, wie wenn in jedem Moment aus seinem Rülpsen ein Erbrechen werden und ein unbeherrschter Schwall der soeben verschlungenen Scheiße über sie hereinplatzen könnte. Das Aroma des Rülpsers musste sagenhaft sein und man wollte es sich am liebsten auch gar nicht ausmalen – sofern man das Glück hatte, es nicht riechen zu müssen...

„Du hast also genug?" fragte Vanda etwas bedauernd, aber auch mit dem Verständnis einer Gastgeberin, die weiß, dass das aufgetischte Mahl sehr üppig und gehaltvoll war. „Willst du vielleicht gehen?"

„Ich... Ich bitte darum!" ächzte Crudelis. Er fühlte seine Eingeweide sich winden wie geschundene, aufgeblähte Würmer.

„Wirst du weitermachen wie bisher und dich als Inquisitor betätigen? Wirst du als Hexenjäger weiterhin Frauen nachstellen und sie bestialisch für Verbrechen büßen lassen, die sie gar nicht begangen haben?"

„Nein!"

Vanda hielt inne und überlegte. Schließlich verkündete sie: „Gut, so sei es: Du bist frei! Der Bannkreis um den Blocksberg wird aufgehoben. Die Walpurgisnacht neigt sich ohnedies dem Ende entgegen. Verschwinde, Oswald Crudelis, und lass dich nie, *niemals* wieder sehen in Gegenwart von einer der unseren!"

Ein paar Hexen fingen an zu murren. Sie protestierten gegen die Gnade, die ihre Anführerin dem Verbrecher zuteilwerden ließ. Ausnahmslos machten sie aber den Weg frei, bevor der ehemalige Inquisitor und jetzige Kot-Esser davonstolperte, dem Rande der Felsplattform entgegen. Schon allein aus reinem Eigennutz hielten sie großzügigen Abstand zu dem Kerl, da er eine umfangreiche, markante Fahne des Gestankes hinter sich herzog.

Oswald Crudelis wollte davonlaufen, so schnell ihn seine dicken Füße tragen konnten. Aber er schaffte es nur, breitbeinig zu wanken und umher zu schlingern wie ein Schiff in stürmischer See.

Endlich aber, sobald er von der felsigen Anhöhe hinabgestiegen war und tatsächlich keinerlei Hindernis durch irgendeine hinterlistige Zauberei oder einen Bannkreis bemerkt hatte, wurde ihm das Ende seiner Gefangenschaft bewusst. Befreit aus den Fängen des Hexenvolkes, verspürte er wieder die Herrschaft über seinen eigenen Körper.

Sofort fing sein Magen an zu rebellieren. Er sehnte sich nach Befreiung von dem widerwärtigen Ballast. Die schwere, stinkende Masse in ihm brodelte und stieg nach oben, sich den Weg ins Freie suchend wie Lava aus einem Vulkan. In gleichem Maße erwachte der Brechreiz in Oswald Crudelis, nun, da die Beschwörungen der Sauhexe Vulgaera ihre Wirkung verloren.

Dann brach es aus ihm heraus: heiß, ätzend und schlimmer stinkend als die Kloaken der Hölle! Ein großer, dunkler Schwall von Kot-Kotze schoss aus seinem Mund, der weit aufgerissen war wie der eines nach Luft schnappenden Karpfens. Ihm war, wie wenn sogleich sein Darm aus ihm herausquellen wollte, so brachial war der Drang seines Mageninhalts, nach draußen zu gelangen.

Selbst als er dachte, er hätte nun alles auch nur Erdenkliche aus seinem Innern erbrochen, kamen immer wieder neue Bröckchen zerkauter Scheiße aus seinem Mund geschossen, angereichert mit Magensäure. Fast war ihm, wie wenn sich sein Magen nach außen stülpte, um nur ja alles von dem garstigen Zeug loszuwerden!

Schließlich kam beim besten Willen nichts mehr außer schmutzigem Schleim und Speichel. Crudelis sank ins Gras und wälzte sich wild schluchzend darin umher. Er ruderte mit den Armen und riss büschelweise Grashalme aus, die er sich in den Mund stopfte. Buchstäblich alles war ihm recht, um auch nur die leise Chance zu erlangen, den unbeschreiblichen Geschmack auf seiner Zunge und auf seinem Gaumen loszuwerden. Er schlang sogar das Gras in sich hinein, nur um es sogleich wieder zu erbrechen. So sehr sehnte er sich danach, dass das Aroma der Aborte ihn endlich verlassen mochte!

Was er noch nicht wusste, war, dass der Geschmack von Kot nie wieder wirklich von ihm weichen sollte. Bei jedem Bissen würde er in Zukunft mehr als nur einen Hauch des Darmdrecks schmecken. Die Nahrungsaufnahme hatte für ihn von nun an ihre Unschuld verloren. Sie wurde künftig zu einer üblen Notwendigkeit, weit weg von dem Genuss, den sie einmal für ihn gewesen war. Oswald Crudelis würde ab jetzt extrem dünn werden, angeekelt von jeder Art der Speise. Auf ihn wartete das Dasein eines bis zum Skelett abgemagerten Hungerhakens, überaus schwächlich und seelisch komplett gebrochen.

Schon begann es am Horizont heller zu werden. Im Gemüt des Abtes jedoch machte sich eine ewige Dunkelheit breit, die auch die geringsten Spuren von Daseinsfreude für immer auslöschte.

33

Der neue Morgen erwachte. Er sandte einen hellgelben Schimmer über das dunkle Himmelsdach. Die vielen Sterne waren noch deutlich zu sehen, gerieten aber ins Hintertreffen angesichts der herannahenden Sonne. Lange würde es nicht mehr dauern, und ihr glutroter Ball erschiene über den waldbewachsenen Hügeln des Landstrichs um Sonnhagen.

Der Blocksberg wimmelte von Hexen, die sich für ihren baldigen Aufbruch bereit machten. Wie er es in jedem Jahr am Ende einer langen Walpurgisnacht zu tun pflegte, so wollte der gesamte Hexenorden rechtzeitig das Feld räumen. Noch ehe sich Menschen gewahr werden konnten, dass und vor allem *wo* genau die Hexen Walburga gefeiert hatten!

Dieses Mal galt es ganz besonders, pünktlich den diesjährigen Blocksberg zu verlassen. Es hatten sich schließlich Ereignisse zugetragen, die das normale Maß einer Zusammenkunft sich vergnügender Hexen bei weitem überstiegen. Männer waren auf der Flucht, getrieben von ihren neuen Erfahrungen mit den Hexen und gepeinigt von einer Angst, die sie im Dorf und den umliegenden Ortschaften weiterverbreiten würden. Erstmals waren außerdem ein Hexenverhör und eine wüste Folterung vereitelt worden. Allein dies hatte in der Burg des Fürsten Arnulf von Hagen bestimmt für entsprechende Unruhe gesorgt und den Willen nach Gegenmaßnahmen geweckt.

Die steinerne Vanda ordnete an, die Spuren der Nacht so gut es ging vom Blocksberg zu tilgen. Das schwarzverkohlte, dürre Gerippe des Hexenmaibaums war kaum verräterisch, da man auf ihm keine Spuren der geschnitzten Runen und Symbole mehr erkennen konnte. Die vielen Essensreste und die Kochstelle mit dem jetzt leeren Topf des Zaubertrankes waren da schon eher Misstrauen erweckend. Alles wurde, soweit möglich, in den letzten Resten des Feuers verbrannt oder inmitten der zahlreichen und dichten Gebüsche entsorgt. Zwar würde die Walpurgisnacht im nächsten Jahr wie immer an einem ganz anderen Ort stattfinden, wie es den Sicherheitsvorkehrungen und Riten der Gemeinschaft entsprach. Aber im Sinne einer langfristigen Planung war es auf jeden Fall vorteilhaft, wenn von dem magischen Fest so wenig Spuren wie möglich blieben.

Die gefangenen Männer hatten ihre Schuldigkeit getan und wurden laufengelassen. Erleichtert und verwirrt machten sie sich in kleinen Gruppen von dannen. Sie waren eingelullt vom Sud der Gleichmut, den die rührige Rauschhexe Hallu-Ulla trotz ihrer starken Benebelung zuzubereiten verstanden hatte. So gut wie alles würden die Männer vergessen. Ihnen bliebe fast keine Erinnerung an diese schicksalsträchtige Nacht. Nur manchmal, in dunklen Träumen oder im Zustand langanhaltender Übermüdung, wenn ihre Sinne bis zum Äußersten angestachelt wären, überkäme sie ein Hauch des Erinnerns.

Dann würde sie die leise Ahnung von schwarz- und weißmagischen Gaukeleien und empörenden sexuellen Ausschweifungen, von ekstatischen Räuschen und fiebriger Geilheit überfallen.

Tyna sah Jan nach. Er schaute mit einem etwas verlorenen Blick zurück und winkte ihr dann müde zu, während er mit einigen anderen Männern die felsige Anhöhe der Plattform hinabstieg. Sie winkte zurück und blinzelte, wie wenn der Morgenwind ihr ein Staubkörnchen ins tränende Auge geweht hätte.

Magie kommt zu Magie! Die gewöhnliche Welt da draußen ist nichts für unsereins! erinnerte sie sich an die Lehren ihrer magischen Ausbildung. *Es ist sinnlos, tiefere Gefühle für Menschen empfinden zu wollen, zu denen man nie einen inneren Zugang finden wird. HIER ist der Orden – und DA ist die Welt der Menschen in ihren Städten und Dörfern! Beides ist getrennt durch einen Bann überirdischer Weißmagie und Schwarzmagie. Wie helle und dunkle Bausteine umfasst diese Mauer unseren Orden. Sie gibt ihm Macht und schützt ihn zugleich vor schädlichen Einflüssen.*

Iris legte ihren Arm um die Schultern ihrer besten Freundin. Sie fühlte das hellblonde, wie silbernes Geschmeide glitzernde Haar Tynas auf ihrer Haut. Ihr eigenes Haar wehte träge und mit schwarzer Eleganz im stärker werdenden Wind des frühen Morgen. Die Schwellung ihrer Nase war ziemlich abgeklungen. Dennoch war vorsorglich ein frisches, kleines Bündel Heilkraut in die Nasenlöcher gestopft worden.

„Du und ich!" sagte sie fest und zärtlich. „Du und ich, wir halten auf ewig zusammen! Egal was auch kommen mag, wir stehen füreinander ein. So wie du mir mit den anderen Schwestern zusammen geholfen hast, so werde auch ich dir zur Seite stehen, wenn du einmal in Gefahr bist!"

„Bist du sicher?" lächelte Tyna und sah Iris mit schief gelegtem Kopf an. „Du weißt, dass wir Hexen sind und vielleicht über tausend Jahre alt werden! Weißt du, was ich in tausend Jahren alles anstellen kann? Eine Menge Arbeit wartet auf dich, meine süße Kräuterhexe… Wenn du *wirklich* auf mich aufpassen willst!"

Iris zeigte ihr ein strahlendes Grinsen voller Aufrichtigkeit und Liebe, das war Antwort genug. Gemeinsam sahen sie den anderen Hexen dabei zu, wie sie ihre Besen mit Morgengrüßen bedachten und ihnen für die bevorstehenden langen Flüge gut zuredeten.

Alle Schwestern hatten die restliche Nacht mit langen Gesprächen und interessantem Erfahrungsaustausch zugebracht, nachdem die wildesten Vergnügungen und die drastische Bestrafung des Hexenjägers vorüber waren. Sie waren geistig und körperlich gestärkt und nun wieder für ein ganzes Jahr gerüstet mit Anregungen, Vorsätzen und den schönen und gruseligen Erinnerungen an diese Walpurgis anno 1612.

Die Hexen versammelten sich inmitten der Felsplattform des Blocksbergs, wo der vom Feuer übriggebliebene Aschehaufen noch warm vor sich hin schwelte. Sie saßen und standen neben ihren Besen, aßen, schwatzten oder meditierten voll innerer Ruhe in Erwartung des baldigen Fluges in luftigen Höhen. Recht müde waren sie, würden aber dennoch den ganzen Tag lang fliegen, um ihre Heimatorte zu erreichen oder ihnen zumindest näher zu kommen. Die nächste Pause planten die meisten Hexen erst ein, wenn die Dämmerung hereinbräche.

Nachdem schließlich die ehrwürdige Steinhexe Vanda auf ihrem Besen Platz genommen und das Signal zum Aufbruch gegeben hatte, begannen sich die ersten Hexen in den Himmel zu erheben. Dieser hatte bereits eine Farbe zwischen Rotviolett und Orange angenommen. Die Sonne war schon als goldgelber Feuerball zu erkennen, dessen Kraft noch gebändigt wurde von kühlen Luftmassen, der aber sehr bald an Helligkeit gewinnen würde.

Es war schön anzusehen. Die schwarzen Umrisse der fliegenden Hexen auf ihren Besen zeichneten sich vor der Morgenröte ab. Tyna und Iris standen noch auf dem Blocksberg und spürten die beruhigende Härte des felsigen Bodens unter ihren Füßen. Voller Faszination und überaus stolz auf ihre Gemeinschaft sahen sie die Hexen aufsteigen und immer höher schweben: Die Blumenhexe Florentina, die Weißhexe Druid und die Lichthexe Eminentia, die Anushexe Anobella, die Rauschhexe Hallu-Ulla, die Wüstenhexe Asifa und die schwarze Kali-Hagzissa, die Eishexe Istapp und die Wasserhexe Aquanda, die Aashexe Gäa, die Voodoohexe Olisa und die Sumpfhexe Lacuna, die Gelbhexe Xiannu, die Satanshexe Belua und die Todeshexe Suprema. Dazu noch viele andere mit exotischen Namen und von beeindruckendem Aussehen…

Allen voran nahm die Steinhexe Vanda Kurs auf die Sonne, bevor sich die Gruppe auflösen und in alle Winde zerstreuen würde.

Fliegt, meine lieben Schwestern! sandte Tyna ihnen in Gedanken hinterher. Sie und Iris hörten das vielstimmige Kreischen des Übermutes und der Fröhlichkeit, das aus weiter Ferne vom Himmel drang. Tyna wischte über eine lange Strähne ihres hell schimmernden Haares, das der Wind in ihr Gesicht geweht hatte, und ihr Herz erstrahlte voller Liebe und Zuversicht.

Wir werden uns über alle Hindernisse und Gefahren erheben, die unseren Weg kreuzen! Wir alle gemeinsam und für immer!

ENDE

Aktuelle Infos und noch mehr erhalten Sie unter
www.buchgeil.de oder **www.luna-blanca.com**

MEHR LIEFERBARE TITEL:

HALLOWEEN HORROR QUEEN 1: Die geisteskranke Autobahn-Hexe EBOOK
ISBN 978-3-86441-025-3
Trampen kann gefährlich sein! Die junge Studentin Mona und ihr Freund Ingo stehen an der Autobahn. Es ist der 31. Oktober, Halloween. Sie werden von einer Frau im Wagen mitgenommen, die sich bald als sehr seltsam und beunruhigend entpuppt. Anstatt an ihr Ziel zu gelangen und zuhause einen vergnüglichen Abend zu verbringen, geraten die beiden in einen Strudel aus Wahnsinn, Perversion und Bosheit. Blacky A. Fraid ist ein junger wilder Autor mit Hang zur dunklen Seite der Menschen. Er liefert mit „Die geisteskranke Autobahn-Hexe" eine spannende Story ab, die es in sich hat…

SEX IM ALTEN ROM 1-3 Sammelband EBOOK
ISBN 978-3-86441-015-4
SEX IM ALTEN ROM 1-3 Sammelband TASCHENBUCH
ISBN 978-3-86441-016-1
Historische Erotik-Romanserie vom extravaganten Schriftsteller des Lasters und der Leidenschaft: Rhino Valentino. Geschrieben für reife Leserinnen und Leser. Neben intensiven Schilderungen verschiedenster Erotik-Szenen enthalten diese Geschichten eine kräftige Brise Humor. Sie beleben augenzwinkernd das Genre der Erotik-Parodie… In einer geschliffenen, messerscharfen Sprache entführt Sie der Autor Rhino Valentino in die schamlose, dekadente Welt des alten Roms!
SEX IM ALTEN ROM 4-6 Sammelband EBOOK
ISBN 978-3-86441-020-8
SEX IM ALTEN ROM 4-6 Sammelband TASCHENBUCH
ISBN 978-3-86441-041-3
SEX IM ALTEN ROM 1: Die Sklaven EBOOK
ISBN 978-3-86441-012-3
SEX IM ALTEN ROM 2: Die Schamlosen EBOOK
ISBN 978-3-86441-013-0
SEX IM ALTEN ROM 3: Die Orgie EBOOK
ISBN 978-3-86441-014-7
SEX IM ALTEN ROM 4: Das Signum der roten Laterne EBOOK
ISBN 978-3-86441-017-8
SEX IM ALTEN ROM 5: Dunkle Exzesse EBOOK
ISBN 978-3-86441-018-5
SEX IM ALTEN ROM 6: Medusa der Eunuch EBOOK
ISBN 978-3-86441-019-2
SEX IM BUSCH 1-3 Sammelband EBOOK
ISBN 978-3-86441-036-9

SEX IM BUSCH 1-3 Sammelband TASCHENBUCH
ISBN 978-3-86441-037-6
Heiterer und schweinischer Erotik-Roman in drei Teilen. Von Rhino Valentino.
Belgisch Kongo, 1912: Barnabas Treubart ist ein stattlicher Mann in den mittleren Jahren, erfahrener Afrika-Reisender und Missionar in eigener Sache. Eines Tages beobachtet er eine wunderschöne, junge schwarze Frau am Fluss. Es ist Muluglai, die edle Tochter eines Häuptlings. Sie wird von einem grausamen, abscheulichen Krieger überrascht, der sie vergewaltigen und töten will. Als Barnabas ihr zur Hilfe eilt, ahnt er noch nicht, dass dieses Zusammentreffen ihn in seinen moralischen Grundfesten zutiefst erschüttern wird. Auf den kleinen, dicken Mann mit dem mutigen Herzen eines Löwen warten abnorme Abenteuer mit wilden Kannibalen und Raubtieren, wundersame Begegnungen mit Eingeborenen, dunkle Geheimnisse des Voodoo-Kults… und eine neue, faszinierende Welt schamloser sexueller Ausschweifungen! Erotik, Spannung und Humor mischen sich in diesem Werk zu einem deftigen Buchstaben-Menü: Scharf gewürzt, heiß und fettig, aber gut bekömmlich.

SEX IM BUSCH 1: Die Schöne am Fluss EBOOK
ISBN 978-3-86441-029-1
SEX IM BUSCH 2: Im Treibsand der Sünde EBOOK
ISBN 978-3-86441-032-1
SEX IM BUSCH 3: Im schwarzen Reich der Kannibalen EBOOK
ISBN 978-3-86441-034-5

FICKEN HEUTE! 1 & 2 Doppelband EBOOK
ISBN 978-3-86441-028-4
FICKEN HEUTE! 1 & 2 Doppelband TASCHENBUCH
ISBN 978-3-86441-040-6
Stark erotische, deftige XXL-Doppel-Story über Porno-Drehs und heiße Nächte in Jamaika. Rhino Valentino hat Danielas brisante Geschichte in einer direkten, eisblumigen Sprache geschrieben, die nicht um den heißen Brei herumredet, sondern direkt in ihn hineinklatscht! Mit einem Vorwort des Autors.

FICKEN HEUTE! 1: Daniela und der Porno-Dreh EBOOK
ISBN 978-3-86441-038-3
FICKEN HEUTE! 2: Daniela und die Sex-Karriere EBOOK
ISBN 978-3-86441-039-0

BUMSEN IN BRASILIEN 1-3 Roman von Rhino Valentino EBOOK
ISBN 978-3-86441-042-0
BUMSEN IN BRASILIEN 1-3 Roman von Rhino Valentino TASCHENBUCH
ISBN 978-3-86441-043-7
Frauen, Fußball, Freudenfeste: Ein tiefer und mitreißender Sex-Einblick in die sonnige und lebensfrohe, aber zugleich abgrundtief düstere und harte Welt der brasilianischen Favelas!
Die junge Angelina lebt zusammen mit ihrer Mutter und ihren beiden Brüdern in Rocinha, der größten Favela von Rio de Janeiro. In diesem Ghetto und am Strand der Copacabana erlebt die bildhübsche Brasilianerin schamhaarsträubende und erschütternde Abenteuer.
Schonungslos offen und erotisch wird der dramatische und deftige Lebensabschnitt von Angelina und ihrer Familie erzählt. Die südamerikanische Macho-Welt ist heißer als die Sommersonne, schärfer als ein gepfefferter Feijoda-Eintopf und süßer als ein Bolo-Delicado-Kuchen…

Diese Erotik prickelt nicht einfach nur – sie schäumt!

BUMSEN IN BRASILIEN 1: Strand der heißen Sünden   EBOOK
ISBN 978-3-86441-031-4

BUMSEN IN BRASILIEN 2: Favela Party   EBOOK
ISBN 978-3-86441-033-8

BUMSEN IN BRASILIEN 3: Mehr als nur ein Kuss im Bus!   EBOOK
ISBN 978-3-86441-035-2

HEXEN SEXPARTY 1-6 Roman von Luna Blanca   EBOOK
ISBN 978-3-86441-050-5

HEXEN SEXPARTY 1-6 Roman von Luna Blanca   TASCHENBUCH
ISBN 978-3-86441-051-2

Bereit für heiteren Hexen-Sex und scheinheilige Skandale? Die Autorin Luna Blanca hat sich in mehreren hundert schweißtreibenden Stunden dieses bizarre Werk aus ihrem Gehirn gemolken. Sie erzählt von vielfältigem Sex und okkulten Orgien inmitten der düsteren Zeit mittelalterlicher Hexenverfolgung.

Dieser Roman ist phantastisch geeignet für Frauen und Männer, denen folgende magische Mischung gefällt: Einfühlsame und auch mal recht deftige Erotik, die langsam aufgebaut wird; dazu Action, Spannung, Humor, etwas gefühlvolle Romantik und ein kleines bisschen Ekel und Gewalt…

HEXEN SEXPARTY 1: Eine fehlt!   EBOOK
ISBN 978-3-86441-044-4

HEXEN SEXPARTY 2: Ein Schmerz und eine Seele   EBOOK
ISBN 978-3-86441-045-1

HEXEN SEXPARTY 3: Hexen im Dorf!   EBOOK
ISBN 978-3-86441-046-8

HEXEN SEXPARTY 4: Kampf im Folterkeller   EBOOK
ISBN 978-3-86441-047-5

HEXEN SEXPARTY 5: Schwarzmagie und Schwesternblut   EBOOK
ISBN 978-3-86441-048-2

HEXEN SEXPARTY 6: Walpurgisnacht, die Geilheit lacht!   EBOOK
ISBN 978-3-86441-049-9

THAILAND TROUBLE   EBOOK
ISBN 978-3-86441-002-4

THAILAND TROUBLE   EBOOK PDF
ISBN 978-3-86441-003-1

THAILAND TROUBLE   TASCHENBUCH
ISBN 978-3-86441-004-8

Irrwitziger Reise-Report in 315 Comic-Bildern. Comic-Biografie von Rolf G. Wiener: Vom Lebenskünstler zum Liebeskasper! Ein Asien-Trip endet beinahe tödlich.